btb
Aus Freude am Lesen

btb

Buch

Jo und Meg, Amy und Liz: Die vier Freundinnen treffen sich regelmäßig, um über Bücher und Literatur zu sprechen und natürlich über all die anderen wichtigen Dinge, über die Frauen so reden. Da wird der notorisch untreue Ehemann Megs tot aufgefunden – brutal ermordet in der Wohnung seines besten Freundes Larry. Meg ist am Boden zerstört, hat sie Rob doch trotz seiner zahlreichen Eskapaden immer noch geliebt. Zu allem Überfluss wird sie auch noch von der Polizei verdächtigt, ihren Ehemann aus Eifersucht getötet zu haben. Auch Larry gerät ins Visier der Polizei. Doch dann passiert ein zweiter Mord: Wer könnte für beide Morde ein Motiv haben? Das Misstrauen unter den Freundinnen wächst…

Ein spannungsgeladener literarischer Kriminalroman: Atmosphärisch dicht und psychologisch einfühlsam entführt Paul Bryers die Leser in das London der Gegenwart – und in die dunklen Gassen der Stadt, wo einst Jack the Ripper sein Unwesen trieb.

Autor

Paul Bryers stammt aus Liverpool. Bevor er zum Journalismus wechselte, war er Lehrer für Geschichte. Er arbeitet heute als Regisseur fürs Fernsehen und ist Autor mehrerer Romane. Paul Bryers lebt in London.

Paul Bryers bei btb

Winter des Bären. Roman (72837)

Paul Bryers

Tödlicher Reigen

Roman

Aus dem Englischen
von Leon Mengden

btb

Die Originalausgabe erschien 2003 unter dem Titel
»The Used Women's Book Club« bei Bloomsbury Publishing,
London

Umwelthinweis:
Alle bedruckten Materialien dieses Taschenbuchs sind chlorfrei
und umweltschonend.

btb Taschenbücher erscheinen im Goldmann Verlag,
einem Unternehmen der Verlagsgruppe Random House.

1. Auflage
Deutsche Erstveröffentlichung Januar 2004

Umschlaggestaltung: Design Team München
Umschlagfoto: Wolf Huber
Satz: Uhl + Massopust, Aalen
KR · Herstellung: Augustin Wiesbeck
Made in Germany
ISBN3-442-73069-4
www.btb-verlag.de

KAPITEL 1

Angekündigte Niederschläge

Die Polizei beseitigt die Schweinereien, die die Toten hinterlassen, nicht, aber man kennt dort eine Frau, die das übernimmt. Einer der Beamten hatte Larry ihre Karte gegeben. »Falls Sie keine Lust haben, das selber zu erledigen«, hatte er gesagt.

Die Karte steckte in der Innentasche der wetterfesten schwarzen Jacke, die Larry nicht gerne als Anorak bezeichnete, obwohl frühere Arbeitskollegen – Menschen, die er nicht gerade zu seinen Freunden zählte – sie so genannt hatten. Er hatte die Nummer bereits zweimal gewählt, aber beide Male nur den Anrufbeantworter dranbekommen. Er hatte seine Nummer hinterlassen, aber bisher noch keinen Rückruf erhalten. Seit zwei Tagen hatte überhaupt niemand ihn angerufen oder ihm etwas auf Band gesprochen, was ihm langsam zu denken gab. Ihn beschlich das Gefühl, unsichtbar zu werden. Als wäre er dadurch, dass er sämtliche Verbindungen zu seinem Zuhause, seinem Job – auch seiner Familie? – abgebrochen hatte, durch die Risse in den Pflastersteinen in ein Schattenreich zwischen den Lebenden und den Toten geschlüpft.

Ja, er kam sich jetzt wirklich unsichtbar vor, und das trotz der grellen rot-gelben Tafel, die er vor seiner Brust trug. Auf jeden Fall hatte er während der zehn Minuten, die er bereits hier stand, keinerlei Aufmerksamkeit auf sich ziehen können.

»An einem guten Abend kannst du bis zu siebzig Kunden

angeln«, hatte Jud ihm versichert. »Das bedeutet zweihundert Mäuse für zwei Stunden Arbeit, und alles bar auf die Kralle und ohne nennenswerte Auslagen.«

Aber dies war kein guter Abend. Was schon daran lag, dass man kaum etwas sehen konnte. Während des Tages hatten sich düstere Wolken gebildet, die nun, nach Einbruch der Dunkelheit, einen lästigen Sprühregen auf die Straßen von London herabrieseln ließen.

Larry hatte auch nichts anderes erwartet.

Seit dem Mord war er ein eifriger Hörer der Wettervorhersage auf *Radio Four* geworden. Es hätte ihm zwar – so glaubte er wenigstens – nicht viel genützt, wenn er bereits zum Zeitpunkt des Mordes gewusst hätte, wie das Wetter werden würde. Weder hätte dies die Tat verhindert, noch wäre sie weniger grausam. Doch er empfand eine Art Befriedigung angesichts der Gewissheit, dass manche Dinge – etwa die Windstärke vor Land's End – einigermaßen präzise vorhergesagt werden konnten. Auch die Stimme des Sprechers empfand er als angenehm, als wären dessen Worte irgendwie unmittelbar an ihn gerichtet – wie die verschlüsselten Nachrichten, die die BBC während des Zweiten Weltkrieges an die Spione und Widerstandskämpfer im besetzten Europa ausgestrahlt hatte.

Um fünf Minuten vor sieben Uhr fanden sich zwei Interessenten ein, ein Mann und eine Frau von Mitte zwanzig in eleganten Regenmänteln und mit Schirmen bewehrt. Schon bevor er den Akzent des Mannes hörte, wusste Larry, dass die beiden ausländische Touristen waren. Das schloss er einerseits aus den Regenmänteln, andererseits aber auch aus der Aura der fröhlichen Unbekümmertheit, die die beiden umgab und die man auch an Menschen, denen das Wasser buchstäblich bis zum Halse steht, oder Menschen im Zustand geistiger Umnachtung beobachten konnte. Er dachte, dass die beiden Dänen sein könnten. Nachdem sie ihre Tickets gekauft hatten, stellten sie sich im Eingang der U-Bahn-Station vor dem Regen unter. Larry vermied es, zu ihnen hinüberzublicken, aber er spürte ihre Unsicherheit – als hätten die beiden ein ansonsten menschenleeres Restaurant betreten und es wäre ihnen nun peinlich, auf der Stelle wieder kehrtzumachen. Um Punkt sieben Uhr erschien noch eine Gruppe von sechs Personen, alles Frauen mittleren Alters und sämtlich mit Anoraks bekleidet. (Anoraks, die man, im Gegensatz zu dem seinen, wirklich als *Anoraks* bezeichnen konnte.) Auch die Neuankömmlinge waren Ausländer und strahlten Unternehmungslust aus. Die Frau, die die Tickets bezahlte, erzählte Larry, dass sie aus Island kämen.

Larry wartete noch bis ein paar Minuten nach sieben und entschied dann, dass es heute wohl nicht mehr werden würden. Er klappte seine Tafel zusammen und stellte sie mit der Schrift zur Wand gleich neben den Eingang der U-Bahn-Station. Falls die Tafel geklaut werden sollte, würden ihm die Kosten für die Beschaffung einer neuen von seinem Verdienst abgezogen, wodurch er mit fast leeren Taschen dastünde. Dann baute er sich in der Mitte des Gehsteigs auf und trommelte seine kümmerliche Gefolgschaft zusammen.

»So, wenn Sie jetzt bitte näher treten würden.«

Der Regen war ein wenig dichter geworden. Das sah Larry in dem Licht der Straßenlaternen. Er überlegte, ob er eine Anspielung darauf machen, eine der landläufigen humorigen Bemerkungen über das englische Wetter von sich geben sollte, die seine Zuhörer über den Regen hinwegtrösten oder ihn wenigstens als nicht mehr ganz so lästig erscheinen lassen würde, aber ihm fiel nichts Passendes ein.

Er erkundigte sich, ob denn auch alle Englisch verstünden. Ein Nicken in der Runde, recht selbstbewusst auf Seiten der isländischen Fraktion, ein wenig zurückhaltender bei den Dänen. Larry fragte sich, ob das etwas mit der Volksmentalität zu tun hatte.

»Gut«, sagte er. »Ich kann nämlich kein Isländisch.«

Sein erster Witz an diesem Abend.

Die Isländerinnen grinsten. Die Dänen wussten mit der Bemerkung zunächst nichts anzufangen, aber als sie sahen, dass alle anderen lächelten, taten sie es ihnen gleich.

Larry führte sie hinaus in den Regen.

Ihr erstes Ziel befand sich nur ein kurzes Stück die Whitechapel High Street hinunter. Es handelte sich um einen in eine Hauswand eingelassenen steinernen Wasserspeier. Larry erklärte, dies sei die Mündung einer Quelle aus uralten Zeiten, die aber längst versiegt oder umgeleitet worden wäre. Er malte seinen Zuhörern aus, wie das kalte, klare Wasser einst zwischen den Felsen hervorströmte und dann durch eine mit Blättern bedeckte Waldschneise hindurch zum Themsestrom eine halbe Meile weiter südlich plätscherte. Druiden mögen an dieser Stelle bereits ihre Messen abgehalten haben, fuhr er fort, und bei Ausgrabungen war man auf die Überreste eines römischen Tempels gestoßen. In späteren Jahren hatten Christen dann hier eine Kirche erbaut, die ursprüngliche *Weiße Kapelle*, von der der Name dieses Bezirks, Whitechapel, abgeleitet wurde. Doch bald hatte der Moloch Stadt sich über seine Mauern hinweg ausgedehnt, sich in die umliegenden Weiden und Wälder gefressen und sie in die berüchtigten viktorianischen Slums verwandelt, die schließlich das Jagdgebiet von Jack the Ripper geworden waren.

Er wies auf die Inschrift.

Einem Unbekannten und doch bekannten.

Manche, erklärte er, glauben, dies beziehe sich auf den Ripper, obwohl der Brunnen und seine Inschrift schon viele Jahre vor ihm existiert hatten. Als hätte der anonyme Steinmetz eine Vorahnung gehabt von den Gräueltaten, die sich hier einmal abspielen sollten, und dem Unbekannten, dessen Werk sie waren. Zwei der Zuhörer begannen wissend mit dem Kopf zu nicken. Die Übrigen starrten verständnislos die Inschrift an und schließlich Larry – in der Hoffnung, von ihm Aufklärung zu erlangen. Sie begannen ihm ein wenig Leid zu tun, allerdings nicht so sehr, wie er sich selbst bemitleidete.

In Wahrheit sei diese Inschrift ein Zitat aus dem zweiten Brief der Korinther im Neuen Testament, dozierte er, und auch gar nicht weiter ungewöhnlich, da die meisten Trinkwasserbrunnen in den Straßen Londons von religiösen oder wohltätigen Vereinigungen gestiftet wurden. Er hielt einen Augenblick inne und überlegte, ob er dieses Thema weiter vertiefen sollte. Auf seinen früheren Rundgängen hatte er die Meinung zum Ausdruck gebracht, dieser Brunnen sei ein heidnischen Gottheiten geweihter Altar, den Göttern der Druiden möglicherweise. Göttern, die menschliches Blut als Opfergabe einforderten und auch erhielten. Wenn das Stadtviertel Whitechapel eine Seele besäße, hatte er dann geschlossen, wäre sie hier zu finden.

Das war eine kleine theatralische Einlage gewesen, von der Jud allerdings behauptete, sie würde niemandem etwas sagen außer Larry selbst. *Mach's nicht zu kompliziert,* hatte er ihn ermahnt, *verzichte auf deine albernen Ausschweifungen.*

Heute Abend wollte Larry also den Druiden eine Pause gönnen. Doch an die Opfer wollte er seine Zuhörer schon erinnern. Und an das Blut. Deswegen waren sie ja schließlich hergekommen.

Im Umkreis von einer halben Meile in nördlicher, südlicher, östlicher und westlicher Richtung um diese altehrwürdige Gedenkstätte – Larry lässt seinen Schirm wie einen Zirkel kreisen, und sie folgen ihm mit den Augen und blinzeln in den Regenschleier – hatten im Spätsommer und Herbst des Jahres 1888 sechs Frauen auf eine Weise ihr Leben gelassen, die ihnen Unsterblichkeit verlieh. Die Kehlen durchtrennt, die Körper vom Unterleib bis zu den Brüsten aufgeschlitzt und ihrer Weiblichkeit beraubt, die wie bei einem Ritual öffentlich zur Schau gestellt wurde. Die vollendete Versinnbildlichung vom Mann als Jäger und dem Weib als Opfer. *Und er kommt damit durch.* Das ist die allergrößte Obszönität daran. Er wird nie gefasst. Seine Identität wird niemals endgültig geklärt. Es gibt keine Vergeltung, keinen Racheengel.

Bis jetzt.

Einigen seiner Zuhörer war nun anzusehen, dass sie gerne weiter wollten. Eine der Isländerinnen flüsterte ihrer Freundin etwas ins Ohr, was hoffentlich eine Übersetzung war und keine despektierliche Bemerkung. Sei es drum – am Gesichtsausdruck der Angesprochenen konnte man jedenfalls ablesen, dass sie nichts begriffen hatte. Also dozierte Larry weiter. Dies war seine Wiedergutmachung, sein persönliches Gebet um Vergebung an die geschändeten Toten.

Es muss doch einen Sinn geben.

Aber es ergibt keinen Sinn. Man soll sich nichts vormachen. Wir tun nichts Gutes, wir treffen nur Feststellungen. Wenn man etwas Gutes tun will, schließt man sich einer karitativen Vereinigung oder einer Hilfsorganisation an. Und bis dahin macht man verdammt noch mal einfach so weiter wie bisher.

Larry schüttelte die Erinnerungen von sich und marschierte weiter.

Jede Gräueltat braucht ihren Nährboden, und in diesem Falle war das die Armut. Stellen Sie sich vor, das alles hat sich vor kaum mehr als einhundert Jahren zugetragen… Mitten im Herzen des größten Weltreiches seit Menschengedenken. Im Westen – er macht mit seinem Schirm eine ausladende Geste in Richtung der Londoner City – befand sich die wohl vermögendste Quadratmeile der ganzen Welt. Und hier, eine einzige Omnibushaltestelle davon entfernt, der tiefste Morast der Armut. Neunzigtausend Menschen ohne Hoffnung zusammengepfercht in diesem Labyrinth aus verseuchten und von Ratten heimgesuchten Bruchbuden, siebzigtausend davon Frauen und Kinder… Zwölfhundert Straßenhuren, *polizeibekannte* zumindest, und mindestens ebenso viele, von denen die Polizei nichts wusste. Fahle Motten, die im Licht der Gaslaternen flattern. Müde Schmetterlinge im verblassten Sonntagskleid aus besseren Tagen, die man von einem Obstkarren in der Petticoat Lane abpflücken kann; die schlaffen Federn und der verblichene Pelz, der abgewetzte Samt, die befleckten Spitzen… Ein makabres Schauspiel auf der düstersten, verkommensten Bühne, die Sie sich nur vorstellen können. Versuchen Sie's ruhig. An einem Abend wie diesem kann das doch nicht so schwierig sein. Stellen Sie sich eine typische Londoner Dunstglocke der Achtzigerjahre des vorletzten Jahrhunderts vor. Löschen Sie alle Lichter, lassen Sie den Vorhang aus Nebelschwaden fallen, verleihen Sie dem Bühnenbild Farbe: ein Teil Nebel auf zwei Teile Rauch, gesprenkelt mit Ruß aus einer Million Schornsteinen, lassen Sie es auch noch Nacht werden… Und dann einen einzigen Stern erscheinen.

Kein Beifall.

»Wir gehen jetzt auf die andere Straßenseite«, sagte Larry. »Achten Sie auf den Verkehr.«

Zwanzig Minuten – und drei Morde – später standen sie an der Ecke, wo die Straße abzweigte, in der Larry wohnte. Aber das verriet er seinen Zuhörern nicht, obwohl es sie höchstwahrscheinlich interessiert hätte. Das gäbe doch einen Extra-Kick.

Es war eine schmale Straße – eigentlich kaum mehr als eine Gasse – mit Kopfsteinpflaster und für Fahrzeuge gesperrt. Das Fehlen der Straßengeräusche, die altertümlichen Laternen und dazu noch der Regen – alles zusammen verlieh diesem Ort den eigentümlichen Charme eines Schauplatzes aus den Romanen von Charles Dickens. So jedenfalls hatte Larry jemanden sagen hören. Für ihn hatte die Straße immer etwas von Jekyll und Hyde gehabt, und das auch schon vor dem Mord. Die meiste Zeit des Jahres kamen tagsüber Touristen auf ihrem Weg von der Liverpool Street Station zu den Läden und Ständen des Spitalfields Market hierher. Um die Mittagszeit füllten sich die Weinlokale und die Restaurants für gewöhnlich mit Angestellten aus der City. Aber am späten Abend, wenn die Geschäfte geschlossen hatten und die Ratten hervorgekrochen kamen, um die Abfallberge zu plündern, die sich für die wöchentliche Runde der Müllabfuhr türmten, verwandelte sich die Atmosphäre vollends ins Düstere. Diese Straße war wie ein Greis, der zwischen Vergangenheit und Gegenwart hin und her schwankt, als wüsste sie nicht immer so genau, wo oder was sie war.

Larrys Haus war das dritte am Ende der Gasse. Alle Vorhänge waren zugezogen, und in seinem Schlafzimmer brannte Licht. Einen Augenblick lang stutzte er. War jemand dort? Aber dann sagte er sich, dass die Polizei das Licht wahrscheinlich hatte brennen lassen, entweder aus Versehen oder um Eindringlinge abzuschrecken.

Es war sowieso das einzige reine Wohnhaus in der gesamten Gasse – alle anderen waren Ladengeschäfte mit Wohnungen in den oberen Etagen. Und es war ein sehr kleines Haus. Zwei Stockwerke und ein ausgebauter Dachboden. Das Maklerbüro hatte es als »Hugenottisches Seidenweberhaus« angeboten, gebaut für die Protestanten, die im 17. Jahrhundert von Ludwig XIV. aus Frankreich vertrieben worden waren – doch Larry wusste, dass das wohl kaum der Wahrheit entsprach. Ein paar Straßen weiter gab es nämlich *richtige* Hugenottische Seidenweberhäuser, und die waren zwei- oder dreimal so groß und kosteten das Vierfache. Rob hatte gescherzt, dass Larrys Haus früher vermutlich die Seidenraupen beherbergt hatte, aber Larry zog es vor, sich das Haus als ehemaliges Cottage aus der Zeit vorzustellen, als Spitalfields noch offenes Weideland war. Während des 16. Jahrhunderts hatte Heinrich VIII. der *Honourable Artillery Company* gestattet, hier draußen vor den Mauern der Stadt ihre Kanonen auszuprobieren. Diese Geschichtsträchtigkeit war einer der Gründe, die Larry so für das Viertel eingenommen hatte. Nun war noch ein weiteres Stück Geschichte hinzugekommen.

Er wandte dem Haus den Rücken zu und lenkte die Aufmerksamkeit seiner Zuhörer auf das wesentlich noblere Gebäude an der Ecke, das gerade zu einem »Bürokomplex im Atriumstil« umgebaut wurde.

Dies sei in viktorianischen Tagen ein Armenhaus gewesen, erklärte er. Zu Zeiten Jack the Rippers hätten hier die Ausgestoßenen und Obdachlosen Unterschlupf gefunden – oder auch die Prostituierten, die nicht die erforderlichen vier Pence für ein Bett in einer billigen Absteige hatten zusammenkratzen können. Manche von Jacks Opfern, fügte er hinzu, dürften hier wohl genächtigt haben. Wenn man sich kein Bett leisten konnte, bezahlte man einen Halfpenny für einen Platz auf einem zwischen zwei Haken in den Wänden gespannten Seil. Man legte seine Arme über das Seil und ließ sich einfach schlaff herunterhängen. Er machte es ihnen vor. Einige seiner inzwischen triefnassen Schäfchen blickten drein, als wären sie froh und dankbar, würden sie jetzt eine solche Unterkunft angeboten bekommen.

Mit einem Male kam Larry ein ganz und gar bizarrer Gedanke – er hatte plötzlich das Bedürfnis, seine Gruppe auf die andere Seite der Gasse und in sein Haus zu führen. In der Jackentasche trug er den Schlüssel zur Eingangstür bei sich – die Haut an seiner Daumenspitze war schon wund gescheuert, weil er vor lauter Nervosität ständig auf dem gezackten Bart herumrieb. Nur ein Blick in den Flur, oder noch ein Stückchen weiter in die Schreckenskammer seiner Küche, und sie würden diesen Abend so schnell nicht wieder vergessen. Da hätte er ihnen wirklich etwas für ihr Geld geboten.

Aber das tat er natürlich nicht. Stattdessen führte er sie in ein Pub.

KAPITEL 2

Ein Probelauf

Jo hatte nicht vorgehabt, eine Viertelstunde in einer Weinbar zu verbringen und von Männern in Anzügen begafft zu werden. Sie war, wie sie ohne Umschweife vor sich selbst zugab, in Panik geraten. Das Licht hatte sie umgehauen. Sie hatte nicht geglaubt, dass jemand dort sein würde. Vielleicht *war* auch niemand dort gewesen – vielleicht war das Licht bloß nicht ausgeschaltet worden –, aber nachdem sie sich ertappt, entdeckt, von unsichtbaren Augen beobachtet gefühlt hatte, war ihr einziger Gedanke gewesen, schleunigst die Flucht zu ergreifen. Irgendwie insektisch. Gab es so ein Wort überhaupt? Selbst jetzt, in einer solchen Situation und bei ihrer derzeitigen Gemütsverfassung, wollte ihr diese Frage nicht aus dem Kopf gehen. Nein, sagte sie sich, so ein Wort existierte nicht. Also dann *insektenmäßig*. Sie war klammheimlich davongekrabbelt und unter dem nächstbesten Stein verschwunden.

In einer Weinbar.

Und nun saß sie hier mit einem Glas Wein fest, das sie nicht hatte trinken wollen, und erregte unerwünschtes Aufsehen. Und genau das wollte sie vermeiden.

Sie saß an einem Tisch beim Fenster. Sie beugte sich zur Fensterscheibe, presste die Stirn gegen das Glas und hielt sich die Hand über das Gesicht, um mehr erkennen zu können als nur ihr eigenes Spiegelbild. So würden die Männer an der Bar glauben, dass sie nach ihrem Freund Ausschau hielt.

Das Licht brannte immer noch, eine einzelne Glühbirne in einem Fenster im ersten Stock.

Sie lehnte sich zurück und nippte noch einmal an ihrem Glas.

Na und? Selbst wenn sich jemand dort aufhielt, war es eher unwahrscheinlich, dass derjenige ausgerechnet in dem Augenblick aus dem Fenster geschaut hatte, als sie um die Straßenecke kam. Und noch unwahrscheinlicher, dass er sie erkannt hatte. Oder den Schluss zog, dass sie die Mörderin war, die an den Ort ihres Verbrechens zurückkehrte.

Man behauptet, dass es die Täter immer an den Ort ihrer Tat zurückzieht. Die Polizei würde also Ausschau halten.

Sie hätte sich nicht auf dieses Spiel einlassen dürfen. Sie sollte von hier verschwinden. Nach Hause gehen. Alles vergessen.

Es hielt sie nichts davon ab, einfach zu gehen. Außer dass sie dadurch wieder Aufmerksamkeit auf sich zöge. Dass man sich an sie *erinnern* würde. An die Frau, die in die Bar stolziert war, fünf Minuten alleine an einem Tisch gesessen hatte und dann wieder gegangen war, ohne ihr Glas auszutrinken. Sie warf einen verstohlenen Blick auf die Männer. Konnten das Polizeibeamte sein? Das Revier befand sich immerhin gleich um die Ecke in der Bishopsgate.

Sie würde fünfzehn Minuten lang hier verweilen. Die Rolle der Frau spielen, die auf ihren Freund wartete. Der dann nicht auftauchte. Sie nahm ein Buch aus ihrer Handtasche. *Der Liebhaber des Vulkans* von Susan Sonntag, die Auswahl ihrer Lesegruppe für diesen Monat. Ihre eigene Wahl, genau genommen. Sie las es jetzt bereits zum dritten Mal – das erste Mal lag schon viele Jahre zurück – und hatte gar nicht die Absicht, sich jetzt darin zu vertiefen, aber auf der Seite, die sie wahllos aufschlug, fiel ihr zufällig ein Satz ins Auge, der sie nicht wieder losließ:

Momente, in denen alles entgleitet, in denen alles möglich scheint und nichts wirklich einen Sinn hat.

Sie las weiter, tat nicht mehr länger nur so, als würde sie

das Buch interessieren. Dies war der Abschnitt des Romans, in dem die Frau des Cavaliere gestorben war und er um sie trauerte. Er teilt sein Haus mit einem Maler, der kleine Leinwände mit Studien der Leere zu füllen scheint. *Alles befand sich im Einklang mit der Stimmung des Cavaliere,* las Jo.

Sie war nicht abergläubisch, und sie pflegte kleinen Zufälligkeiten auch keine übergeordnete Bedeutung beizumessen, aber diese Worte schienen auf sonderbare Weise genau zu *ihrer* Stimmung zu passen.

Ja, sie befand sich in einer besonderen Stimmung, daran konnte es keinen Zweifel geben, und Paranoia war ein Teil davon. Und Verlogenheit. Oder war das ein Symptom?

Jo erzählte nicht gerne Lügen, aber bei den seltenen Gelegenheiten, bei denen sie das doch tat, versuchte sie stets, die Lüge auch wirklich wasserdicht zu machen, damit man ihr nicht draufkam.

Als Dozentin für englische Literatur war Josephine O'Connor eine geschulte und unerbittliche Kritikerin. Sie unterzog Plot und Motiv einer haargenauen, rigorosen Analyse, hinterfragte, was ihren weniger strengen Kollegen nie aufgefallen wäre, sezierte den Handlungsverlauf, bis er gelegentlich unter ihren Händen in sich zusammenbrach. Unseligerweise tendierten ihre raren Versuche, die Unwahrheit zu sagen, dazu, mindestens ebenso fragil und oft viel elaborierter zu geraten als jeder Plot, den sich ein Autor nur einfallen lassen konnte. *Mach's nicht so kompliziert*, hatte ihre Freundin Meg ihr bereits mehr als einmal geraten, *verrenne dich nicht in so viele Einzelheiten. Niemand erwartet langatmige Erklärungen von dir.*

Was ja auch alles schön und gut war, doch Meg legte leider von Zeit zu Zeit eine hoffnungslose Naivität an den Tag. Falls Jo gesehen worden *war*, falls sie *jetzt gerade* von jemandem an der Bar beobachtet würde, war es unumgänglich, eine Erklärung für ihre Anwesenheit hier, in dieser Straße und zu genau dieser Zeit, parat zu haben.

Den Kopf über das Buch gesenkt, ging sie die möglichen Erklärungen durch. Den Text nahm sie schon gar nicht mehr wahr. Morbide Neugier erschien ihr am plausibelsten. Sie wollte einfach das Haus sehen, in dem es sich zugetragen hatte. Das klang schlicht und überzeugend. Und wenn sie sich nicht in ausschweifenden Erläuterungen erging, würde sie damit durchkommen, außer... Unvermeidlicherweise stieß sie bei diesen Erwägungen auf eine mögliche Reihe von Fragen, die sie sehr in Verlegenheit bringen konnten.

Eine Bewegung an der Bar riss sie aus ihren Gedanken. Einer der Männer hatte sich hingekniet, als wolle er sich den Schnürsenkel zubinden, und versuchte ganz eindeutig, ihr unter den Rock zu gucken. Seine Kumpel an der Bar amüsierten sich köstlich. Jo gab sich alle Mühe, sie zu ignorieren, und konzentrierte sich auf ihr Buch. Wenn sie nicht demnächst von hier verschwand, würden sie bald an ihren Tisch kommen und sie voll quatschen.

Ihr fiel auf, dass die Situation sie sehr an eine sexuelle Fantasie ihres Mannes Michael aus der Zeit, als sie noch zusammen lebten, erinnerte. Vielleicht hing er dieser Fantasie auch heute noch nach. Er stellte sich gerne vor, wie sie alleine in einer Bar saß, einen Mantel über einem kurzen schwarzen Kleid trug und dazu Strümpfe und hochhackige Pumps. Wenn sie dann die Beine übereinander schlug, offenbarte sie ein kleines Dreieck nackter Haut an der Innenseite ihres Oberschenkels, zwischen Strumpfband und Rock. Und natürlich trug sie keine Unterwäsche.

Er erfand jedes Mal eine komplizierte Geschichte – so kompliziert wie Jos Lügengebäude –, um zu erklären, was sie in der Bar zu suchen hatte. In der fantasievollsten Version hatte er ihr gerade eine Affäre gestanden, die in ebenjener Bar ihren Anfang genommen hatte; also war sie selber in die bewusste Bar gegangen, um ihm einen Denkzettel zu verpassen – auf sein Geheiß hin.

»Ich möchte nicht, dass du mich verlässt«, pflegte er zu erklären. »Also lässt du dich von *mir* zu einem Drink einladen, und damit sind wir wieder quitt.«

Der Ort, an dem diese Geschichten sich abspielten, war für seine Fantasien ebenso wichtig wie die Kleider, die Jo trug, oder vielmehr nicht trug. Er malte sie ihr mit solcher Liebe zum Detail aus, als handele es sich um das Bühnenbild für eines seiner Stücke. Er hatte eine Schwäche für englischen Kitsch. Manchmal wählte er ein Flughafenhotel mit leiser Hintergrundmusik vom Tonband, greller Beleuchtung und dunkelroten Lederpolstern, an denen ihr nackter Hintern kleben blieb. Aber noch beliebter war ein Weinlokal in der City. Dieses hier wäre genau das Richtige für ihn gewesen: traditionell mit Eichenholz getäfelte Wände, Bodendielen aus Eiche, Eichenfässer hinter der Bar und darüber das unvermeidliche Zitat von Dr. Johnson. Selbst der Weihnachtsmann mit der blinkenden Lichterkette hätte ein Requisit aus seinem Repertoire sein können. Auch die Gäste hätten ihm gefallen. Dickliche Männer in Anzügen von Ende zwanzig bis Anfang dreißig.

Am liebsten aber setzte er Fußballmannschaften ein, besonders wenn es sich um ein Hotel in der Nähe eines Flughafens handelte. *Französische* Teams, deren Anschlussflug Verspätung hatte. Aber für die Weinlokale in der City bevorzugte er Typen mit einem Collegeabschluss – die Art Männer, die er im wirklichen Leben verabscheute.

Jo wurde nie gefragt, wenn es um den Entwurf oder die Besetzung eines solchen Szenarios ging, obwohl er angeblich alles so einrichtete, dass auch sie ihren Spaß hatte, wenn sie mit diesen Männern ins Bett stieg. In Wirklichkeit aber war es Michael, der sich daran aufgeilte. Immer wieder brachte er auch sich selbst in das Skript ein – etwa als Jos Chauffeur oder in der Rolle des Ehemanns, der sich alles aus diskreter Entfernung mit ansehen muss, während sie sich an der Bar bezirzen oder zu einer Runde Billard überreden ließ, damit die Männer zuschauen konnten, wie sie sich weit über den

Tisch beugte, um die Kugel besser ins Visier zu nehmen. Seine Fantasien endeten immer damit, dass er sie zu einer anderen Bar oder in ein anderes Hotel fuhr und sie sich auf dem Rücksitz zwischen zwei Männern eingekeilt fläzte, die sie abknutschten und begrabbelten, während sie ihr nach und nach die Kleider vom Leibe zogen. Seinen Orgasmus bekam er oft, wenn er beschrieb, wie er ihr die Autotür öffnete, damit sie aussteigen konnte – nackt bis auf ihre hochhackigen Schuhe und die Strümpfe.

Seine eigene Präsenz in diesen Fantasien, die er allerdings als *ihre* Wunschvorstellungen ausgab, schien ihm sehr wichtig zu sein – sei es nun als Autor, Regisseur, Bühnendekorateur oder sonst wer. Einmal, kurz vor ihrer endgültigen Trennung, hatte sie versucht, ihn über den Unterschied zwischen männlichen und weiblichen sexuellen Fantasien aufzuklären, ein Gebiet, auf dem sie längst nicht so bewandert war, wie es sich zu jener Zeit angehört haben mochte. Aber es war ihr dennoch gelungen, ihn zu überzeugen. Er hatte tagelang geschmollt.

Noch einmal warf sie einen Blick auf die Uhr. Kurz nach sieben. Zeit zum Aufbruch. Sie schlug den Mantelkragen hoch, bevor sie auf die schmale Straße hinaustrat, der Versuchung widerstehend, noch einmal einen Blick auf das Haus zu werfen. Dann ging sie raschen Schrittes auf die Bishopsgate zu. Es nieselte leicht, aber sie verzichtete darauf, ihren Taschenschirm aufzuspannen. Sie trug eine schwarze Baskenmütze, die ihr Haar weitgehend vor dem Regen schützte.

Was ging am schnellsten? Sollte sie ein Taxi nehmen oder mit der U-Bahn fahren und ein kurzes Stück den Fluss entlang zu Fuß zurücklegen? Höchstwahrscheinlich das Taxi. Aber es kam nicht nur darauf an, zügig von hier fortzukommen. Der Fahrer könnte sich daran erinnern, eine unbegleitete Frau aufgelesen zu haben. Die Untergrundbahn war wesentlich anonymer.

Um genau achtzehn Minuten nach sieben verließ sie die U-

Bahn-Station Tower Hill und ging in südlicher Richtung auf den Fluss zu. Es schien kälter geworden zu sein, der Regen hatte zugenommen und drohte in Schnee oder Schneeregen überzugehen. Die Hände in den Taschen ihres Ledermantels vergraben und den Oberkörper leicht vorgebeugt trotzte sie dem Regen. Als sie die Brücke erreichte, blieb sie stehen und sah noch einmal auf die Uhr. Fünf vor halb acht.

Sie wusste, wie lange sie von hier bis zur Wohnung brauchen würde. Zehn Minuten. Allerhöchstens zwölf.

Also war es möglich.

Plötzlich hatte sie ein Bild im Kopf. Das Zifferblatt einer Uhr, aber nicht das ihrer eigenen. Das Glas war zersplittert und der Minutenzeiger abgebrochen.

Sie drehte sich um und stützte sich mit beiden Händen auf die Brüstung. Ihr war hundeelend.

Der Wein auf leeren Magen? Oder die Panik?

Sie wartete darauf, dass das Übelkeitsgefühl nachließ. Einen Augenblick später spürte sie kalten Schweiß auf der Stirn. Sonderbarerweise tat ihr das gut. Sie wischte sich mit dem Handrücken über den Mund und schaute sich um, ob jemand sie beobachtete.

Die Reifen der Autos machten zischende Geräusche auf der nassen Straße, während sie an ihr vorbeisausten. Die Scheinwerfer durchschnitten den Regenschleier. Sie schien wirklich die Einzige zu sein, die *zu Fuß* die Brücke überquerte. Weit und breit war kein Mensch unterwegs.

Sie holte ein Papiertaschentuch aus ihrer Handtasche und schnäuzte sich. Sie fühlte sich jetzt wohler; wenigstens war ihr nicht mehr übel. Sie marschierte weiter, bedächtiger nun, und genoss das Gefühl des Regens auf ihrem Gesicht. Sie schien wieder normale Temperatur zu haben, aber der Schweiß klebte immer noch an ihrem Körper. Sie nahm die Treppe, die zu der Promenade entlang dem südlichen Flussufer führte, und blieb bei *Butler's Wharf* noch einmal stehen, um aufs Wasser hinauszuschauen.

Es war Flut. Jo sah zu, wie der Fluss an ihr vorbeizog wie der schwarze Rücken eines riesigen Tieres, auf dem die Lichter von beiden Seiten des Ufers Streifen bildeten. Auf der Nordseite standen hell erleuchtete Kräne, an deren Armen Weihnachtsbäume hingen. Wieder ein neues Bauprojekt am Fluss. Sie kannte die Nordseite nicht allzu gut. Sie kam ihr jetzt vor wie Feindesland.

Diese Seite war ihr Gebiet. Das südliche Themseufer von der Tower Bridge bis zu Jacob's Island. Ein Stück Flusspromenade. Sie kam sich vor wie eine streunende Katze, die hier untergeschlüpft war. Und eine Weile lang hatte sie sich hier auch sicher fühlen können.

Nun jedoch nicht mehr.

KAPITEL 3

Die Schnellen und die Toten

Larry führte seine Gruppe in das *Ten Bells*, eines der *Ripper*-Pubs in Spitalfields. Hier hatten sie eine halbe Stunde Zeit, an der Bar etwas zu trinken und Souvenirs zu kaufen – ein Ripper-T-Shirt oder ein Geschirrtuch, einen Becher oder einen Bierkrug mit seiner angeblichen Unterschrift, in roter Farbe…

An einem Ecktisch saß Jud mit einigen der anderen Fremdenführer. Larry holte sich ein Pint dunkles Bier und gesellte sich zu ihnen.

»Wieder so'n Scheißabend«, sagte Jud, ohne Larry dabei direkt anzusehen. Ihm dürfte kaum entgangen sein, mit wie wenigen Kunden Larry das Pub betreten hatte.

»Ich dachte, du hättest einen Job«, versetzte Larry vorwurfsvoll.

Wie die meisten anderen Führer war auch Jud eigentlich Schauspieler. Er machte diesen Job nur, wenn er gerade mal wieder kein Engagement hatte. Im Augenblick aber sollte er eigentlich für ein Krippenspiel proben, und Larry war einer der Auserwählten, die sich mit dem Versprechen ungeahnter Reichtümer von ihm hatten ködern lassen, für ihn einzuspringen.

»Abgesetzt«, erklärte Jud. »Zu wenig Kartenvorbestellungen.« Aus der Art, wie er das sagte, klang weder Empörung noch Enttäuschung, als hätte er bereits geahnt, dass dieses Schicksal jedes Krippenspiel ereilen würde, in dem er eine

Rolle hatte – wie überhaupt jede Art von öffentlicher Aufführung.

»Super«, sagte Larry. »Dann kannst du ja die Tour übernehmen.«

Jud sah ihn nachdenklich an, erwiderte aber nichts. Larry hatte das Gefühl, dass Jud ihn als vollwertigen Ersatz schon längst abgeschrieben hatte. Wenn Jud auch als Schauspieler bisweilen ohne Fortüne sein mochte – seine Leistungen als Fremdenführer galten als tadellos. Das behaupteten jedenfalls diejenigen seiner Kollegen, die Larry bereits kennen gelernt hatte. Aber Jud saß ja auch in dem Komitee, das für die Einsatzpläne und die Öffentlichkeitsarbeit verantwortlich war, und kassierte zehn Prozent der Einnahmen.

Jud war für Larry eher ein Bekannter als ein Freund. Er war der Bruder einer Frau, mit der Larry ein- oder zweimal ausgegangen war. Als Larry seinen Job als Kameramann beim Fernsehen aufgegeben und den Kurs an der Kunsthochschule belegt hatte, war sie es gewesen, die vorschlug, er könne sich mit den geführten Rundgängen doch ein wenig Taschengeld hinzuverdienen.

»Den Leuten einen Bären aufzubinden liegt dir doch«, hatte sie Larry versichert.

Larry merkte, dass die beiden Dänen von der Bar zu ihm herübersahen. Der Mann sagte etwas zu der Frau und kam dann an den Tisch. Es täte ihm sehr Leid, sagte er, aber sie würden den Rundgang nicht bis zum Ende mitmachen können. Seiner Frau gefiel der Regen nicht. »Wir sind aus Luxemburg«, fügte der Mann, den Larry für einen Dänen gehalten hatte, noch hinzu, als würde das alles erklären.

Als ob es in Luxemburg niemals regnete.

Larry sagte, das wäre ihm recht.

Er dachte daran, ihm sein Geld zurückzugeben, doch die Anwesenheit von Jud und den anderen Fremdenführern hielt ihn davon ab.

Als die beiden gegangen waren, schüttelte Jud kummervoll

den Kopf. »Du stopfst sie zu sehr mit deinem pseudosozialistischen, pseudofeministischen Mist voll«, sagte er zu Larry. »Die wollen Blut und Eingeweide, Mann.«

Wenn Jud seine Rundgänge machte, trug er stets ein Buch mit Fotografien bei sich, auf denen die Opfer des Rippers abgebildet waren, nachdem er sie aufgeschlitzt hatte. Diese Fotos hielt er dann ins Licht einer Taschenlampe, damit jeder sie deutlich sehen konnte. Und am Schluss einer jeden Tour trug er seine Lieblingstheorie über die Identität des Rippers vor.

»Ich bin im Moment nicht so wild auf Blut und Eingeweide«, entschuldigte sich Larry. »Tut mir Leid.«

Er sah, wie die beiden anderen Blicke miteinander austauschten. Er fragte sich, ob einer von ihnen von dem Mord wusste.

»Was ist dein Problem?«, fragte Jud.

Möglicherweise wussten sie wirklich noch nichts. Sein Name war in keinem einzigen Pressebericht genannt worden – zumindest hatte er ihn nirgendwo entdecken können –, obwohl Bilder von seinem Haus abgedruckt worden waren. Aber er hatte keine Lust, ihnen jetzt davon zu erzählen.

»Ich pack's einfach nicht«, sagte er. »Gibt's nicht etwas weniger Schauriges?«

Das war unter den gegebenen Umständen vielleicht nicht ganz der angebrachte Ausdruck gewesen. Seine beiden Kollegen blickten ziemlich missmutig drein. Sie sagten nichts, schwiegen indigniert und tranken einen Schluck Bier.

»An was dachtest du denn?«, wollte Jud wissen.

»Ach, ich weiß nicht. Der Brand von London, Guy Fawkes, das London zur Zeit Dr. Johnsons, irgend so was.«

»Weißt du denn was darüber?«

»Bis eine Woche vor Beginn meiner Tätigkeit als Touristenführer habe ich auch über Jack the Ripper nicht allzu viel gewusst.«

»Ja, und vielleicht ist genau das dein Problem.«

Aber Jud versprach, sich umzuhören und Larry anzurufen, sobald er etwas für ihn hatte.

Um neun lieferte Larry seine Gruppe wieder an der U-Bahn-Station ab und brachte seine Reklametafel ins Pub, wo er sie hinter dem Tresen verstaute.

Nicht so leicht war es dagegen, die Leichen loszuwerden. Sie spukten in seinem Kopf und zwischen seinen Füßen herum. Sie würden ihm bis in seine Wohnung folgen und sich in seinen Schlaf stehlen, so dass er aus einem schrecklichen Albtraum erwachen würde, in dem eine von ihnen neben ihm lag. Das war ihre Art, es ihm heimzuzahlen.

Er nahm seinen üblichen Schleichweg durch die Seitenstraßen zum Fluss hinunter, überquerte Tower Hill mit dem Denkmal für die im Krieg gefallenen Männer der Handelsmarine – eine große schwarze Mauer voller Namen –, ging an der Stelle vorbei, wo das Podest gestanden hatte, auf dem die zum Tode Verurteilten aus dem Tower of London aufgehängt, zu Tode gestreckt und gevierteilt, oder, wenn sie Glück hatten, lediglich geköpft worden waren. Und unten am Fluss, am Fuße der Tower Bridge, erwartete ihn bereits das Dead Man's Hole, wo die Selbstmörder von der Flut angespült wurden. Er wusste um all die bekannten Stellen, die Richtblöcke, die Galgen und die Massengräber, in denen die Pestopfer lagen. Als er noch ein Kind war, hatte der Arzt über ihn gesagt, er hätte eine morbide Vorliebe für den Tod. Doch Larry kam es eher so vor, als hätte der Tod eine morbide Vorliebe für *ihn*. Aus irgendeinem unerfindlichen Grund hatte sich der Tod ihn als Zeugen ausgesucht, und wenn er nicht mehr hinsah, wenn er aufhörte, die Toten zu filmen, wenn er sich einfach abwandte, sandte der Tod sie doch wieder zu ihm zurück, häufte sie in einem finsteren Winkel seines Gehirns auf. Nachts war er wie der alte Captain Cat in Dylan Thomas' *Unter dem Milchwald* und hörte sie über das Geräusch der Wellen hinweg nach ihm rufen.

»Erinnerst du dich noch an mich, Captain? Ich habe in Nantucket einen falschen Schritt getan…«

Aber Larry vernimmt eine andere Stimme.

»Erinnerst du dich noch an die Erste, die wir entdeckt haben, unten in Rotherhithe, beim alten Dog and Duck?«

Die Erste von vielen. Wenn sie doch damals nur gewusst hätten, wie viele es werden würden. Stattdessen hatten sie in all ihrer Ahnungslosigkeit auf dem Bermondsey Wall gesessen und zugesehen, wie die Wasserschutzpolizei die Leiche auf das Deck der Barkasse zerrte, und er, Larry, hatte eine Bemerkung gemacht, dass da wohl etwas faul wäre – die Art Kommentar, hinter dem ein Zwölfjähriger seinen Schrecken und sein Entsetzen versteckt. *War nicht so gemeint, Kamerad,* hatte er damals gedacht. Und sich vorgestellt, eine versöhnliche Antwort zu bekommen: *Hat mich auch nicht weiter getroffen, Boss.*

Aber gelegentlich fragte er sich, ob der empörte Geist sich möglicherweise *doch* getroffen gefühlt haben mochte – und vielleicht eine geheime Glocke geläutet hatte, um all die anderen Leichen herbeizurufen, denen Larry im Laufe der Jahre begegnet war…

Wenn du mich *zum Lachen findest, dann guck dir mal das hier an.*

Und da war es wieder – das Bild von Robs Leiche hinter der halb geöffneten Küchentür –, und er wäre beinahe auf der Stelle stehen geblieben und hätte laut aufgeschrien. Aber dann hatte er sie dorthin zurückgeschoben, wo sie gut aufgehoben sein würde – in den hintersten Winkel zu all den anderen Leichen.

Der Schleppkahn seines Vaters, die *Lady Jane,* lag etwa zwanzig Meter vom Ufer entfernt an einer schwimmenden Mole fest getäut. Um zu dem Schiff zu gelangen, musste man drei mit Müll beladene Schuten überwinden, die eine Art Ponton bildeten. Herrschte gerade Flut – so wie jetzt –, befand sich das Deck der ersten Schute beinahe auf gleicher

Ebene mit der Uferbefestigung, und Larry konnte mit einem Schritt vom Ufer auf den Kahn treten. Die Deckränder waren glitschig vom Regen, doch Larry kletterte unbeirrt von einem Kahn zum nächsten, bis er beinahe die Mole erreicht hatte. Hier klaffte eine Lücke von knapp anderthalb Metern – sein Vater hatte das absichtlich so eingerichtet, um Vandalen abzuschrecken –, aber unter dem Dollbord lag eine Holzplanke, die man als Gangway benutzen konnte.

Das Brett war nass und schmierig, eine aufgestörte Ratte, die sich daran zu schaffen gemacht hatte, verschwand in der Dunkelheit. Als Larry endlich auf dem Schiff stand, angelte er mühsam mit der feuchten Hand nach den Schlüsseln, die in der Hosentasche seiner Jeans steckten. Und dann glitten sie ihm auch noch aus den Fingern. Er stieß einen lauten Fluch aus, den die Wasservögel zeternd erwiderten wie pöbelnde Nachbarn in einem Vorstadtslum, die von einem Trunkenbold aus dem Schlaf gerissen wurden.

Es gab angenehmere Arten, nach Hause zu kommen.

Als er endlich im Ruderhaus stand, schaltete er den elektrischen Heizlüfter ein und trocknete sich ein paar Minuten lang in dem heißen Luftstrom. Dann ging er unter Deck, um den Ofen zu befeuern. Er war rußgeschwärzt, alt und hässlich wie der ganze Schleppkahn und hatte seinen eigenen Willen. Er funktionierte nur, wenn ihm danach war. Larry füllte ihn mit Anzündholz und Kohle, so wie sein Dad es ihm vor langer Zeit gezeigt hatte, und brachte den Ofen mit viel gutem Zureden schließlich zum Brennen.

Während das Feuer im Ofen anzog, machte er sich einen Tee, den er mit ins Ruderhaus nahm, wo er dann, den Becher mit beiden Händen haltend, im Dunkeln über den Kartentisch gebeugt hockte und sich in Einsamkeit und Selbstmitleid erging.

Es hatte einmal eine Zeit gegeben, in der er all dies als eine Art Abenteuer betrachtet hätte – wenn auch nicht unbedingt im Winter. Kurz nachdem sein Vater die *Lady Jane* gekauft hatte – das war Ende der Siebzigerjahre gewesen –, hatte er ihn und Rob hin und wieder darauf übernachten lassen, vorgeblich, um Anstreicharbeiten zu erledigen. Einmal hatten die beiden zwei Mädchen auf das Schiff mitgenommen, Schwesternschülerinnen von Saint Thomas, die ein oder zwei Jahre älter waren als sie selber, und das war zu jener Zeit eine enorme Mutprobe gewesen. Larry hatte das Gefühl, dass es für Rob das erste Mal war. Für ihn selbst *wäre* es das erste Mal gewesen, nur hatte sein Mädchen nicht so recht mitspielen wollen, und so hatte er den überwiegenden Teil der Nacht mit dem Versuch verbracht, an sie heranzukommen.

In jenen Tagen war die ganze Gegend auf der nördlichen Flussseite eine einzige Trümmerwüste gewesen, bis auf ein paar unter Zollverschluss stehende Schuppen, in denen immer noch Wein und Schnaps gelagert wurde. In den Dreißigerjahren hatte ein Großbrand den überwiegenden Teil der Hafenanlagen vernichtet, und den Rest hatte dann der Bombenhagel des Zweiten Weltkrieges besorgt. Larry war diese Gegend stets wie eine Art düsteres, verschwiegenes Totenreich inmitten der übrigen Docklands vorgekommen, in denen längst wieder eifrige Geschäftigkeit herrschte. Und nun war auch dieses Refugium zu einer riesigen Baustelle geworden. Drei neue Apartmentanlagen mit halbrunden Balkons, die auf den Fluss hinausgingen, und holzgetäfelten Wänden, die an die Kabinen eines Luxusliners erinnern sollten, näherten sich ihrer Vollendung. Die Bauherren hatten dieses Projekt Hermitage Wharf getauft – nach einer mittelalterlichen Klause, die sich einmal an dieser Stelle befunden hatte – und sich bereit erklärt, auch eine Gartenanlage zum Gedenken an die Londoner Bürger, die während der Luftangriffe ums Leben gekommen waren, anzulegen. Larry hegte seine Zweifel, ob diese heruntergekommene Steganlage mit ihrer kleinen, verwahrlosten Flottille aus Schuttkähnen und dem alten Schlepper so recht in die Pläne der Investoren passte. Er ahnte, dass man sie schon bald auffordern würde, sich einen neuen Platz zu suchen, und dann hätte sein Vater wieder etwas, worüber er jammern könnte – Old Scrooge, der alte Geizkragen, wie Larrys Tante Ethel ihn nannte, obwohl sie ihm das nie offen ins Gesicht sagte.

Mit Old Scrooge – nicht seinem Vater, sondern dem echten, dem Geizhals aus dem Weihnachtsmärchen – hatte Larry sich in jüngster Zeit in Gedanken oft beschäftigt. Zum einen, weil es die entsprechende Zeit des Jahres war, hauptsächlich aber, weil er, wann immer er nach Einbruch der Dunkelheit zum Fluss zurückkehrte, an den alten Knauser denken musste, der am Heiligen Abend von seiner Kanzlei zu seiner freudlosen Heimstatt zurücktrottet, in der nur dünner Haferbrei und der Geist seines Kompagnons Jacob Marley auf ihn warten.

Larry wischte an der beschlagenen Scheibe des Ruderhauses ein Guckloch frei und presste sein Gesicht gegen das Glas, damit er das südliche Ufer auf der anderen Seite sehen konnte. Genau gegenüber waren die Lichter des Conran-Komplexes auf Butler's Wharf, aber drüben in Bermondsey war alles mehr oder weniger in Dunkel gehüllt, was ihn an das Flussufer erinnerte, das er aus seiner Kindheit kannte – nur, dass hier keine Schiffe mehr lagen. Er musste an seinen Vater und seine Tante Ethel denken, die jetzt nur ein kurzes Stück vom Fluss entfernt in ihrer Wohnung vor dem Fernseher saßen. Aber vielleicht war Tante Ethel auch gerade mit dem Hund draußen und spähte zur anderen Seite hinüber, um zu schauen, ob auf dem Schlepper ein Licht brannte. Sie mochte es nicht, wenn Larry dort ganz alleine herumsaß. Sie hatte ihm angeboten, auf dem Sofabett in ihrem Wohnzimmer zu übernachten, aber er hatte abgelehnt und ihr gesagt, er wäre allergisch gegen Hundehaare. Und das stimmte sogar. Aber es war nicht der einzige Grund.

Er wusste, dass sie sich Sorgen um ihn machte, weil er immer alleine war, weil er keine Freunde hatte, bei denen er unterkommen konnte.

»Ich habe jede Menge Freunde«, hatte er ihr versichert.

»Ich möchte ihnen im Augenblick nur einfach nicht zur Last fallen.«

Das hatte er in ziemlich scharfem Ton gesagt, weswegen sie ihn wohl schon seit ein paar Tagen nicht mehr angerufen hatte.

Daran dachte er gerade, als das Telefon läutete.

Aber es war nicht Tante Ethel. Es war die Frau, die ihm von der Polizei empfohlen worden war und die er um Rückruf gebeten hatte.

Welcher Natur denn genau sein Problem sei, wollte sie wissen.

Larry erzählte es ihr. Er hatte nicht auf eine einfache Lösung gehofft, und die war auch nicht in Aussicht. Zunächst einmal, sagte sie, könne sie am Telefon überhaupt nichts fest vereinbaren. Er würde sie persönlich aufsuchen und einen schriftlichen Nachweis erbringen müssen, dass er der Eigentümer des Hauses sei, und außerdem eine Bestätigung der Mordkommission, dass der Tatort freigegeben wäre.

»Wir wollen uns doch hinterher nicht vorwerfen lassen, dass wir alles sauber gemacht haben, ehe die Beamten von der Spurensicherung mit ihrer Arbeit fertig waren.« Etwas arg penibel, dachte Larry, erhob aber keine Einwände. Auch er wollte ja, dass alles picobello geputzt wurde. Außerdem hörte sie sich an, als käme sie aus Schottland, was ihn noch zuversichtlicher stimmte. Er stellte sie sich als eine routinierte Haushälterin in einer Arztpraxis oder einem Pfarrhaus vor. Dann wäre da noch die Kostenfrage, sagte sie. Er müsse für die »erste Besichtigung« im Voraus zahlen – entweder bar oder durch eine Einzugsermächtigung.

»Wir müssen schließlich den Umfang der erforderlichen Arbeiten feststellen«, fuhr sie fort, »und wie ich Ihnen sicherlich nicht zu sagen brauche, kann es sich dabei um eine ziemlich unerquickliche Angelegenheit handeln, also wird es nicht billig, was Sie gewiss verstehen werden.«

Larry sagte, das sei ihm klar, und wunderte sich die ganze Zeit, wo er ihre Stimme schon einmal gehört hatte.

Sie fragte ihn, ob es sich bei dem Opfer um einen Angehörigen handelte.

»Nein«, antwortete er. »Ein Freund.«

»Verstehe.« Ein kurzes Schweigen. Er fragte sich, ob das einen Unterschied machte. Möglicherweise was den Preis betraf.

»Und ich gehe davon aus, dass es in Ihrer Absicht liegt, dort wieder wohnhaft zu werden?«

Das wüsste er noch nicht, sagte er.

»Ich frage nur«, erwiderte sie, »weil in solchen Fällen manche unserer Kunden eine vollständige Renovierung bevorzugen – was wir für Sie arrangieren können, wenn Sie es wünschen. Käme das eventuell für Sie in Frage?«

Die Stimme erinnerte Larry an jemanden, aber er konnte sie mit keinem Gesicht in Verbindung bringen. Irgendwie kam ihm die gestelzte Ausdrucksweise bekannt vor – und auch, dass ihre Stimme sich immer beim letzten Wort eines Satzes hob. Er ging im Geiste die schottischen Frauen durch, die er in seinem Leben gekannt hatte, konnte sie aber immer noch nicht unterbringen.

»Ich werde darüber nachdenken«, sagte Larry. Dann vereinbarten sie einen Termin. Als sie gerade aufgelegt hatte, fiel es ihm wieder ein.

Die Serviererin in der Teestube in Peebles.

Er war mit Rob dort gewesen. Sie hatten in der Gegend gefilmt und waren auf dem Rückweg nach Edinburgh, von wo ihr Zug ging. Aber es gab keinen Grund zur Eile, und Rob, der zur Mittagszeit schon etwas getrunken hatte, verkündete, er bräuchte jetzt Tee und Gebäck.

Die Bedienung hatte sich ausgesprochen aufmerksam um die beiden bemüht, und es gab wirklich eine große Auswahl verschiedener Teesorten. Larry hatte das Gefühl gehabt, er sei es dieser Frau schuldig, sich wählerischer zu geben als sonst üblich.

Also hatte er einen Lapsang Souchong gewählt, nicht unbedingt, weil ihm danach war, sondern weil es exotisch genug klang, um ihre redlichen Bemühungen zu honorieren.

Aber es gab keinen Lapsang Souchong.

Lapsang Souchong ist leider aus, mein Freund, hatte Rob bemerkt, und sich sowohl über Larrys Verlegenheit als auch die der Serviererin amüsiert.

Larry war es ihretwegen sehr unangenehm gewesen, aber die Frau ließ sich nicht so rasch aus der Fassung bringen.

»Ich denke, Sie werden um diese Jahreszeit auch Orange Pekoe sehr aromatisch finden«, hatte sie gesagt. »Käme das eventuell für Sie in Frage?«

Rob war begeistert gewesen. Für ihn war das das Beste an der ganzen Reise. Sooft er Larry von da an eine Alternative anbot – meistens das geringere von zwei Übeln –, hatte er, geziert den schottischen Akzent der Serviererin nachahmend, hinzugefügt: »Käme das eventuell für dich in Frage?«

KAPITEL 4

Die abgelegten Frauen

Es war das erste Treffen der Lesegruppe seit dem Mordabend.

»Sie kann sich doch nicht allen Ernstes über *Bücher* unterhalten wollen«, hatte Jo gesagt, als sie mit Liz telefonierte, um ihre gemeinsame Strategie für den Abend abzuklären.

Aber Jo war sich dessen nicht so sicher. Sie kannte Meg und ihre ausgeprägte »Verdrängungsfähigkeit«, wie Megs Mutter es nannte, schon lange.

»Das ist im Augenblick das Einzige, was mich davor bewahrt, durchzudrehen«, hatte Meg erklärt, »mich in ein Buch zu vertiefen.«

Jo saß in Megs Küche und sah ihr aufmerksam zu, während sie eine Flasche Wein entkorkte. Meg trug kein Make-up, und ihr Haar hätte mal wieder gewaschen werden müssen, aber sie war immer noch schön. Sie wirkte weniger wie eine trauernde Witwe denn wie ein schmollendes Schulmädchen, fand Jo. Sie sah in Meg oft noch das Mädchen von früher – auch wenn Meg inzwischen siebenunddreißig war.

»Immer hübsch den Kopf hoch halten, Mädels«, hatten die Nonnen in der Klosterschule stets zu ihnen gesagt. Scheiß drauf, hatten die Mädchen gedacht. Für sie war es ein Akt des Widerstandes, sich mies zu fühlen.

Jo trank schweigend ihren Wein und wartete. Sie war davon ausgegangen, dass Meg über etwas Besonderes mit ihr sprechen wollte und sie deshalb gebeten hatte, etwas früher als die anderen zu kommen. Aber falls das so war, schien sie keine Eile zu haben, damit herauszurücken.

»Wo sind denn deine Mädchen?«, fragte Jo nach einer Weile.

»Mum hat sie übers Wochenende zu sich genommen. Sie meinte, sie bräuchten mal einen Tapetenwechsel.«

Und dann hatte sie zu weinen angefangen. Jo ging zu ihr hin, legte ihr den Arm um die Schultern und drückte sie an sich.

»Ich weiß ja, ich weiß ja«, tröstete sie sie.

Sowie sie diese Worte ausgesprochen hatte, ging ihr auf, was für ein sonderbarer Trost das unter den gegebenen Umständen war. Schließlich wusste sie im Augenblick nur sehr wenig über alles, zumindest über Megs wahre Empfindungen angesichts des gewaltsamen Todes ihres Ehemannes.

Aber wie immer es in ihrem tiefsten Innern aussehen mochte – sie würde sich vor allem wegen der Mädchen Sorgen machen.

Rob war ein guter Vater gewesen. Sonderbar, dachte Jo, dass ein Mann, der sich so verächtlich Frauen gegenüber verhalten, sie so geschickt *benutzen* konnte, gleichzeitig so gut zu seinen Töchtern gewesen war, so erpicht darauf, sie zur Eigenständigkeit zu erziehen.

Nachdem Meg in ein Papiertaschentuch geschnäuzt und sich die Augen abgetupft hatte, fragte Jo sie, ob sie schon über die bevorstehenden Feiertage nachgedacht hatte.

»Robs Eltern wollen, dass wir sie besuchen«, sagte Meg. »So wie immer eben.«

Jo schüttelte verständnislos den Kopf. »Wie bitte? Als ob nichts geschehen wäre?«

»Du kennst ja seinen Vater.«

»Das wird die reinste Tortur.«

»Ich weiß.«

Dann unternimm doch etwas dagegen, dachte Jo. Schlag einmal im Leben mit der Faust auf den Tisch. Tu, was *du* für richtig hältst.

Es war nicht das erste Mal, dass sie sich das für Meg wünschte. Aber sie sagte lediglich: »Wie denken die Mädchen darüber?«

»Sophie meint, wir sollten Weihnachten ganz ausfallen lassen. Sie hat mir gesagt, dass sie auch keine Geschenke möchte. Sie könnte es nicht übers Herz bringen, sie auszupacken. Ich weiß nicht, wie Kate dazu steht – sie hat sich noch nicht geäußert. Sie glaubt seit diesem Jahr auch nicht mehr an den Weihnachtsmann.«

Jo dachte, Meg würden wieder die Tränen kommen, aber sie zog nur an dem schwarzen Band, mit dem sie ihr Haar zusammengebunden hatte, und schüttelte den Kopf, so dass es ihr ins Gesicht fiel. als würde sie einen Vorhang zuziehen. Das hatte sie schon in der Schule gemacht, wenn sie für irgendetwas einen Tadel hatte einstecken müssen. Da sah man sie dann hinter ihrem Schleier aus Haaren sitzen und wusste nicht, ob sie weinte oder sich eins feixte.

»Und wie steht's mit dir?«, fragte Meg. »Fliegst du wieder nach Boston?«

Jo hatte für den 19. Dezember einen Flug gebucht. Sie kam sich wie eine Verräterin vor.

»Wenn ich schon zu Thanksgiving nicht fliege, dann wenigstens zu Weihnachten«, entschuldigte sie sich.

Ihr kam plötzlich der Gedanke, sie mitzunehmen – Meg und die Mädchen. Mit ihnen an der Küste von Cape Ann entlangzuspazieren. Schroffe Felsen, schneidender Wind und die Wellen, die die Kiesel über den Strand treiben, all den Schmerz und den Kummer davonspülen – und die Schuldgefühle.

»Mum möchte, dass wir alle mit ihr runter nach Cornwall fahren«, sagte Meg. »Sie hat dort zusammen mit ein paar Freunden ein großes Haus direkt an der Küste gemietet.«

»Das solltet ihr machen.«

Aber eigentlich war Jo mit den Gedanken schon bei Flugverbindungen nach Boston, überlegte, wo sie Meg und die

Kinder so kurz vor Weihnachten würde unterbringen können. Es wäre gut für sie alle.

»Nein, vielen Dank«, sagte Meg. »Weißt du, was passieren wird? Sie wird uns jeden Tag dick gegen die Kälte eingemummelt über den Strand scheuchen. ›Kommt, Kinder, das ist genau das, was ihr jetzt braucht.‹ Da bin ich lieber bei Robs Eltern.«

Irgendwo im Haus läutete das Telefon. Meg stand auf, um den Anruf entgegenzunehmen, und überließ Jo der wenig erbaulichen Erkenntnis, dass sie, nachdem sie sich fast ein halbes Leben lang bemüht hatte, ganz anders als ihre *eigene* Mutter zu werden, offenbar so geworden war wie die Mutter von Meg.

Megs Mutter – der Drachen, wie sie sie schon seit Jugendtagen nannten – war eine erfolgreiche Geschäftsfrau, organisierte internationale Konferenzen und verfasste Lebenshilfebücher. Und sie kommandierte ihre Mitmenschen herum. Ihrem früheren Ehemann hatte sie bis zu ihrer Scheidung das Leben schwer gemacht – er war mit einer Jüngeren von dannen gezogen –, und Meg und ihre Schwester hatten ihre ganze Kindheit und Jugend unter der Fuchtel ihrer Mutter gestanden.

Aber sie hatte Jo stets gemocht. Sie *respektiert* dich, hatte Meg einmal zu Jo gesagt. Sie glaubt, dass du etwas aus deinem Leben gemacht hast. Was wohl eine Anspielung darauf sein sollte, dass Meg das nicht geschafft hatte.

Jo füllte ihr Weinglas und betrachtete die Kücheneinrichtung.

Meg ging vollkommen in ihrer Küche auf. Sie war ihr privates Refugium, ihre Höhle, so wie für andere Frauen das Schlafzimmer, das Badezimmer oder der Garten. (Was Jo betraf, lagen das Bad und ihr Arbeitsraum in engem Wettstreit miteinander.)

Megs Küche war geräumig, verfügte über einen Terracottafußboden, einen walisischen Geschirrschrank und einen jener begehrten *Aga*-Herdöfen. An der Decke war ein schmiedeeisernes Gestell befestigt, das an eine Vorrichtung aus einem mittelalterlichen Kerker erinnerte, an der einst die Folterinstrumente baumelten.

Jos Mutter wäre von einer solchen Küche begeistert gewesen.

Nein, sagte sich Jo, Schluss mit den spöttischen Gedanken. Sei nicht so herablassend. Es war wirklich eine schöne Küche – sogar mit Büchern, und es gab nicht bloß welche mit Kochrezepten. Hier saß Meg am Küchentisch und las ihre Bücher, hielt den Kopf dabei gesenkt und verbannte die übrige Welt hinter ihren Vorhang aus hellblondem Haar, sperrte all die Herumkommandierer aus, die wollten, dass sie etwas tat, wozu sie keine Lust hatte, und dass sie etwas war, was sie nicht sein wollte.

Solange Jo Meg kannte, hatten immer andere versucht, Meg ihren Willen aufzuzwingen. Sie wählten sie als Opfer, weil sie schön und gutmütig zugleich war. Eine fatale Kombination. Selbst Jo hatte bisweilen Lust, Meg zu etwas zu zwingen – das eigensinnige Aschenbrödel, das nicht zum Ball gehen will. *Lass mich in Ruhe,* hätte sie der Stiefmutter gesagt, *ich bin froh, zu Hause bleiben zu können.*

Über die Jahre hatte Jo zugesehen, wie Meg sich immer mehr in dieser Küche abkapselte, sie um sich spann wie einen Kokon – wie eine Invalidin, die sich mit den Notwendigkeiten und den kleinen Freuden ihres eingeschränkten Daseins umgab, den Tabletten, den Büchern, den Blumen und den Pralinen, so dass sie sich kaum mehr bewegen oder sonstwie Umstände machen musste. Ein Blick in die Küche verriet, wer Meg war – was sie immer schon gewesen war und selbst, was aus ihr hätte werden können. Eine gerahmte Fotografie von ihr, wie sie an der Filmakademie – wo sie Rob kennen gelernt hatte – bei einer Szene Regie führt. Ein paar Aquarelle, die sie gemalt hatte, als sie mit Sophie schwanger war – sie hatte sich überreden lassen, sie hinter Glas aufzuhängen. Die drei viktorianischen Sektgläser, die von dem Sechserpack, das Jo Meg zur Hochzeit geschenkt hatte, übrig geblieben waren. Hatte sie die anderen nach Rob geworfen oder sie vor lauter Verzweiflung zerschlagen, wenn er wieder einmal abends nicht nach Hause kam? Hoffentlich die erste Variante, dachte Jo. Aber das war eher unwahrscheinlich. Die handkolorierten Schalen, die Meg in Amalfi gekauft hatte, wohin sie mit Jo während der, wie sie es nannte, »Trennung auf Probe« gefahren war. (Damals wie heute hatte Jo es allerdings merkwürdig gefunden, dass Meg während dieser Trennung auf Probe ein komplettes Dinnerservice erworben hatte.)

Jo stand auf und ging mit ihrem Weinglas zu der Pinnwand aus Kork, auf der Meg ihren Alltag dokumentierte: Telefonnummern und Einladungen, nützliche und nutzlose Informationspartikel, Urlaubsgrüße und Fotos… wie ein aufgeschlagenes Notizbuch voller Erinnerungen und Andenken.

Unter den Postkarten befanden sich auch zwei, die Jo ihr vor längerer Zeit geschickt hatte. Beide stammten aus Kunstgalerien. Die erste – sie musste sie geschrieben haben, als sie beide noch auf die Universität gingen – zeigte zwei junge Frauen in Ballkleidern: gesunde, rosige, gut gepolsterte Mädchen mit einer Aura selbstironischer Unbekümmertheit. Eine von beiden, die Ältere, die auch mehr von sich überzeugt zu sein scheint, hat eine Hand auf den Rand einer großen Porzellanvase gelegt und hält mit der anderen ihre Freundin umschlungen, und zwar so, dass es aussieht, als würde sie ihre Brüste stützen. Auf der Rückseite der Karte stand: Ena und Betty, Töchter von Asher und Mrs. Wertheimer, John Singer Sargent, 1901. Jo hatte sie aus Jux an Meg geschickt, als neckischen Kommentar zu ihren hochfliegenden Zukunftsplänen in jener Zeit. Eine Weile lang hatten sie sich gegenseitig mit Ena und Betty angeredet.

Die zweite Karte war einige Jahre später geschrieben worden, nicht lange nach Megs Heirat. Sie zeigte einen Ausschnitt aus einem »Absinth« betitelten Gemälde von Degas:

eine Frau, die neben einem Mann an einer Bar sitzt. Der Mann hat ein Glas Bier vor sich stehen und eine Pfeife im Mund. Er hat den Blick von der Frau abgewandt, schaut über den Bildrand hinaus. Vor der Frau steht ein Glas Schnaps, und sie scheint entweder ins Leere zu blicken oder auf etwas tief in ihrem Inneren fixiert zu sein, etwas, das an den Kern ihrer Verzweiflung rührt. Sie ist vermutlich ungefähr in dem Alter der älteren Tochter von Asher und Mrs. Wertheimer, aber an ihren eingefallenen Zügen und den gebeugten Schultern kann man erkennen, dass der Tod bereits seine Hand nach ihr ausstreckt.

Diese Karte hatte Jo geschickt, um sich über sich selbst lustig zu machen – sie war zu jener Zeit mit ein paar ziemlich scheußlichen Männern ausgegangen –, hatte jedoch keinesfalls Megs Ehe damit kommentieren wollen. Man brauchte sich doch nur die Fotos von Meg anzusehen, um festzustellen, wie wenig Gemeinsamkeiten es zwischen ihr und der Absinthtrinkerin gab. Aber Meg hatte die Karte gründlich in den falschen Hals bekommen. Und wenn man die beiden Karten nebeneinander pinnte, wie Meg es getan hatte, konnte man zu dem Schluss kommen, dass sie tatsächlich Erwartung und Realität darstellen sollten und damit bewusst persönlich gemeint waren und gleichzeitig zutiefst empfundenes Mitgefühl ausdrückten.

Es gab auch Fotos von Rob. Rob und Meg zusammen, Rob und Meg mit den beiden Mädchen und noch einige weitere von Rob mit einem Filmteam am Drehort. Jo betrachtete gerade eines dieser Bilder eingehender, als Meg zurückkam.

»Ist das Larry?«, fragte Jo, ohne sich umzusehen.

»Ja.«

»Hast du schon was von ihm gehört?«

»Nein.«

Etwas an der Art, wie sie diese beiden Worte – ja und nein – aussprach, veranlasste Jo, sich umzudrehen und Meg anzusehen.

»Ich hätte gedacht, dass er von sich hören lässt«, sagte sie.

»Und wieso?« Es klang scharf, beinahe schnippisch.

»Na, um sein Beileid auszudrücken. Oder um dich zu sehen. Und die Mädchen. Wenn man bedenkt, wie nahe er und Rob sich gestanden haben, meine ich.«

Meg wandte sich ab und begann, ein Päckchen mit Nüssen in eine Schale zu schütten. Mehr schien es nicht zu essen zu geben. Pistazien.

»Vielleicht schämt er sich«, sagte Meg.

»Schämen? Wofür sollte er sich denn schämen?«

Aber sie wusste mindestens einen Grund, weswegen er sich schämen müsste.

»Nun komm schon, Jo. Glaubst du, er hat es nicht gewusst?«

»Was gewusst?«

»Dass er mit einer anderen zusammen war.« Sie drehte sich um, und Jo sah ihr jetzt ihre Wut an. Eine Wut, die weder Trauer noch sämtliche anderen Gefühle hatten mindern können. »Man überlässt doch niemandem den Schlüssel zu seinem Haus, wenn man selbst nicht da ist, ohne zu fragen, was derjenige damit vorhat.«

Aber war sie nun wütend auf Larry? Oder auf Rob? Oder auf beide?

»Und nach allem, was man inzwischen weiß, war es auch nicht das erste Mal.«

Jo bekam es mit der Angst – vor Megs Zorn oder vor etwas anderem?

»Wer weiß *was*?«, fragte sie.

Da hörten sie, wie es an der Tür läutete.

»Gehst du?«, fragte Meg. Sie setzte sich hin und ließ wieder den Vorhang aus Haar vor ihr Gesicht fallen.

Sie waren zusammen gekommen. Als Jo ihnen die Tür öffnete, wirkten sie beide verlegen – als hätte man sie bei einer unlauteren Machenschaft ertappt.

Liz hatte eine Flasche Wein dabei und Amy einen Strauß

Blumen. Jo kam der absurde Gedanke, dass die beiden sich hinter ihren Geschenken versteckten. Wenn Jo Liz und Amy zusammen sah, musste sie bisweilen an den »lahmen« Fuchs und den »blinden« Kater aus *Pinocchio* denken, das Betrügerpaar, das den hölzernen Knaben mit der Verheißung von Reichtum und Berühmtheit lockt, um ihn dann an ein umherziehendes Puppentheater zu verkaufen. Nicht, dass Liz und Amy arglistig oder gar durchtrieben wären, aber man wurde bei ihnen das Gefühl nicht los, dass sie beide etwas im Schilde führten, sich zu irgendetwas verschworen hatten. *Heidideldumdei, schön ist die Schauspielerei.* Heute Abend sahen sie aus wie Fuchs und Kater, nachdem man ihnen auf die Schliche gekommen war.

Jo mochte Liz gerne, und sie konnte sich sogar ein wenig Sympathie für Amy abringen. Aber sie kannte eigentlich keine von beiden richtig, sie hatte keine Ahnung, was in ihren Köpfen vor sich ging. Sie drückten Jo an sich, als hätten sie alle gerade gemeinsam ein Erdbeben oder sonst eine Naturkatastrophe überlebt. Jo führte sie in die Küche, wo Meg auf die gleiche Weise umarmt wurde. Wie zuvor Jo nahm Liz sofort das Buch, das auf dem Küchentisch lag, in die Hand.

»Das kann doch nicht dein Ernst sein«, entfuhr es ihr.

Sie stand immer noch im Mantel da, hielt die Flasche Wein in der einen und das Buch in der anderen Hand und blickte so verständnislos drein wie ein Betrunkener bei einer Bibellesung. Oder wie ein Mitglied des *Lesekreises für abgelegte Frauen*, das bei der Lektüre den Faden verloren hat, dachte Jo.

Der Lesekreis für abgelegte Frauen war Jos Idee gewesen, der Name allerdings nicht. Der gehe auf einen Tippfehler zurück, beharrte sie, obwohl es manche gab, die ein gewisses Maß an Intention dahinter vermuteten.

Schon seit mehreren Jahren hatten Jo und Meg Romane ausgetauscht. Man könnte aber auch sagen, dass die Romane, die Jo gerade las, unweigerlich bei Meg landeten.

»Was liest du im Augenblick gerade?«, pflegte Meg zu fragen. Sich über Bücher zu unterhalten gehörte genauso zu ihrer Freundschaft wie die höfliche Erkundigung nach gemeinsamen Freunden und der Familie – vielleicht sogar noch mehr, weil sie sich hier auf unverfänglicherem Terrain wähnten.

Erst als Meg damit anfing, Jos Bücher an ihre Freundinnen, vor allem Liz und Amy, weiterzuverleihen, erhob Jo zaghafte Einwände. Jo lag schon etwas daran, ihre Bücher wieder zurückzubekommen. Sie waren ein Teil ihres Lebens. Sie waren ein Teil von *ihr* geworden. Die Figuren darin stellten das erwachsene Gegenstück der Puppen und Plüschtiere und imaginären Freunde ihrer Kindheit dar, waren für sie ebenso real – manchmal sogar realer –, gewiss aber leichter zu verstehen und ihr oft auch mehr ans Herz gewachsen als die Menschen, denen sie im wirklichen Leben begegnete. Sie wollte nicht, dass die Bücher einfach verschwanden oder erst nach langer Abwesenheit schäbig und zerfleddert zurückkehrten.

»Was stellen die bloß damit an?«, hatte sie sich jedes Mal gefragt, wenn sie die schlimm zugerichteten Überreste dessen in Augenschein nahm, was einmal ein fast ladenneues Taschenbuch gewesen war. Aber sie wusste genau, was sie mit den Büchern anstellten – der Beweis sprang ihr von fast jeder Seite entgegen: Sie schütteten Wein über ihnen aus oder ließen sie fallen, wenn sie in der Badewanne darin lasen (Amy); sie ließen sie über Nacht auf einem Haufen Kompost liegen oder benutzten sie dazu, um Wespen an die Wand zu klatschen (Liz). Nur Meg war zuzutrauen, dass sie Jos Bücher mit dem Respekt behandelte, den sie verdienten. Amy und Liz gingen mit Büchern um wie mit Männern, denen sie etwas heimzahlen wollten.

Es war Megs Idee gewesen, dass sie die Bücher doch auch abwechselnd kaufen könnten. Allerdings bat sie darum, dass Jo, die für sie alle den guten literarischen Geschmack schlechthin verkörperte, eine Liste der Bücher, die sie für erwerbenswert hielt, zusammenstellte. Liz war es dann, die – frisch geschieden und besessen von dem Wunsch, eine neue Struktur, einen neuen Rhythmus in ihr Leben zu bringen – vorschlug, sich in regelmäßigen Abständen und reihum bei einer von ihnen zum Abendessen zu treffen, wobei besagte Bücher ausgetauscht und diskutiert werden konnten. Und Jo wiederum war es gewesen, die ihre erste Bücherliste unter dem Betreff *Frauenlesekreis für abgelegte Bücher* in den Computer tippte und sie an ihre drei Mitstreiterinnen mailte. Nur, dass diese Mails dann unter *Lesekreis für abgelegte Frauen* eintrafen.

Jo behauptete steif und fest, dass die Überschrift von bösen Geistern aus dem Cyberspace verändert worden sein musste. Doch als sie dann in ihrer Datei für abgeschickte Mails nachschaute, stand alles dort so, wie es bei den anderen angekommen war. Meg glaubte, es wäre Absicht gewesen, Liz fand es hinreißend. Auf eigene Initiative ließ sie Briefpapier mit diesem Namen drucken.

»Sie meint ›abgelegt‹ im Sinne von ›schon mal benutzt‹«, versicherte Amy Jo gegenüber, als diese ihre Zweifel an der Richtigkeit der Namenswahl zum Ausdruck brachte. Diese Erklärung fand Jo wenig überzeugend. Außerdem hatte sie den Verdacht, dass das Wort für Liz weit mehr bedeutete als nur »schon mal benutzt«.

»So?«, sagte Liz.

»Es ist *ironisch* gemeint«, fuhr Amy fort, als ob Jo weder wüsste, was Ironie war, noch, dass diese sich gelegentlich als zweischneidiges Schwert erweisen konnte.

Aber damit hatte es sich dann. Sie waren der Lesekreis für abgelegte Frauen.

Wie die vier erbarmungswürdigen Schwestern, die Zeus erschaffen hatte, um die Sterblichen von den schlimmen Folgen von Torheit, blinder Vernarrtheit und Verblendung zu warnen, dachte Jo – *lahmende, runzlige, schielende Kreaturen*, deren einziger Lebenszweck darin bestand, als abschreckendes Beispiel zu dienen: Sieh uns an, meide unser Schicksal.

Jo wollte es ganz und gar nicht gefallen, dass sie sich mit einem solchen Namen schmückten, nicht einmal, wenn er *ironisch* gemeint war – vor allem aber, dass *sie* Mitglied eines Klubs mit diesem Namen werden sollte. Die anderen mochten von sich behaupten, in ihrem Leben von Männern *benutzt* oder *abgelegt* worden zu sein, aber das konnten sie ja wohl schwerlich von ihr sagen. Oder etwa doch?

Es gefiel ihr noch weniger, dass sie unweigerlich zu dem Schluss kam, dass sie das sehr wohl konnten – und vermutliche auch taten –, als sie über diese Frage nachdachte.

Ihre Ehe war es, die Jo für eine Mitgliedschaft im Lesekreis für abgelegte Frauen qualifizierte.

Diese Ehe beruhte, wie auch der Name des Lesekreises, auf einem Fehler. In selbstbewussten, unbeschwerten Momenten hatte sie sie als vorübergehenden Spleen bezeichnet, aus der Laune eines Augenblicks heraus geschlossen, schnell bereut und ohne schmerzliche Gefühle wieder beendet – eine törichte, aber letztlich harmlose Dummheit. Mitunter verglich sie sie auch mit einer Krankheit, einem jener Wehwehchen, wie sie Kinder plagen und die dann im Erwachsenenalter in heftigerer Form wieder auftreten – wie Gürtelrose oder Herpes.

»Ich habe sie mir von einem Buch geholt«, pflegte sie dann kryptisch zu verkünden, um darauf das Thema zu wechseln.

Als Kind hatte ihre Mutter sie stets vor Krankheitserregern gewarnt, die man sich einfangen konnte, wenn man fremder Leute Bücher las. Ihre Mutter stellte sich die ungewaschenen, schmutzigen Finger vor, die die Seiten umblätterten; die Bakterien, die sich mit Schweiß und anderen Absonderungen zu einer toxischen Verbindung mischten, die von den Buchseiten aufgesogen wurde, sich in den Papierfasern einnistete und zu einem schlummernden Virus wurde, der auf den nächsten ahnungslosen Leser lauerte.

Jos Mutter war keine häufige Besucherin öffentlicher Bibliotheken. Sie wäre niemals Mitglied in einem Lesekreis für gebrauchte Bücher geworden.

Obwohl sie schon als kleines Mädchen nicht viel von der Meinung ihrer Mutter über Ansteckungsmöglichkeiten gehalten hatte – was auch auf ihre Ansichten zu jedem anderen einigermaßen wichtigen Thema zutraf –, musste Jo jedoch einräumen, dass man sich bestimmte Leiden sehr wohl durch Bücher zuziehen konnte. Eines davon war die Liebe. Oder, um es genauer zu sagen, das Verlangen nach *romantischer Verliebtheit*. Und daran war ja auch gar nichts auszusetzen, solange es sich in Grenzen hielt, doch es konnte in manchen Fällen zu Komplikationen führen. Dieses Leiden konnte einen zuweilen im späteren Leben erneut befallen – wie die meisten Kinderkrankheiten –, aber dann in ernsterer Form, als Torheit nämlich, die oft einherging mit ihren scheußlichen Schwestern blinde Vernarrtheit und Verblendung.

Jo war zum ersten Mal im Alter von zehn Jahren von diesem Leiden heimgesucht worden, und zwar durch einen Roman von Georgette Heyer mit dem Titel *Die Vernunftehe*. Sie war hin und weg gewesen von Horatia, der stotternden Heldin – und das nicht zuletzt, weil sie selber als Kind auch gestottert hatte –, sowie von dem schneidigen, geistig überlegenen Helden, dem Earl of Rule. (Dieser Edelmann blieb für Jo bis ins Teenageralter das Sinnbild des romantischen Helden, und selbst später noch pflegte sie unter der Vorgabe, sich lediglich selbst parodieren zu wollen, ihre eigenen Liebhaber und die ihrer Freundinnen einem simplen Test zu unterziehen: Wie standen sie im Vergleich zum Earl of Rule da? Fast ausnahmslos lautete die Antwort: nicht besonders.)

Im Alter zwischen zehn und zwölf Jahren hatte Jo jedes Buch von Georgette Heyer gelesen, das sie in die Finger bekam. Dann stieg sie zu Jane Austen auf. In rascher Folge verschlang sie *Stolz und Vorurteil*, *Emma* und *Vernunft und Gefühl*. Im Alter von dreizehn Jahren war Jo zu dem Urteil gekommen, dass Jane Austen Georgette Heyer ohne triefendes Schmalz war. Später hatte sie sich an einer tiefschürfenderen Variante dieser Einschätzung versucht, war aber dann dabei geblieben, dass ihre ursprüngliche Definition den Nagel auf den Kopf traf. »Vergessen Sie einmal die gesellschaftlichen Kommentare, die Ironie und die detaillierte Beobachtung«, dozierte sie vor ihren Studenten und Studentinnen. »Jane Austen hat einfach verdammt gute Liebesromane geschrieben.« Jane Austen hat die romantische Liebe mit Leben gefüllt. Und auch bei ihren männlichen Helden bewies sie eine glückliche Hand: Darcy, Mr. Knightley, Colonel Brandon. Sie waren nicht gerade der Earl of Rule, doch ihre Fehler machten sie nur umso liebenswerter, irgendwie realer.

Neben unermesslichem Reichtum hatten die Helden von Georgette Heyer und Jane Austen nach Jos Ansicht jedoch vor allem eines gemeinsam: und zwar *Verlässlichkeit*. Sie waren nicht flatterhaft. Sie mochten mitunter ein wenig von oben herab sein, ihnen fehlte es vielleicht ein bisschen an Sinn für Humor, sie neigten kaum zu Frivolitäten, aber wenn es hart auf hart ging, wenn dein Vater knapp bei Kasse war, deine Mutter mit Geistesschwund darniederlag und deine kleine Schwester mit Sholto, dem Grobian, durchgebrannt war, konnte man sicher sein, dass sie mit helfender Hand, zwanzigtausend Pfund im Jahr und einem stattlichen Anwesen im Peak District an deine Seite geeilt kamen.

In ihrem Thesenpapier *Der Held im viktorianischen Roman* hatte Jo geschrieben:

> Man wirft Jane Austen vor, ihre männlichen Helden litten an dem Gebrechen, einen Besenstiel verschluckt zu haben, wie es so schön heißt. Für mich als anglophile Amerikanerin ist das weniger ein Gebrechen als eine Tugend. Es bedeutet Beständigkeit, Integrität, Zuverlässigkeit, Ehrgefühl. Nennen Sie mich ruhig altmodisch, aber ich bin der

festen Überzeugung, dass ein gewisser Grad an Steifheit eine gute Eigenschaft an einem Mann ist…

Als Jo ihr Thesenpapier zum ersten Mal präsentierte, schien der ganze Seminarraum beim letzten Satz vor Begeisterungsbekundungen zu erbeben. Jo war gerührt über das enorme Maß dieser Zustimmung, jedoch auch ein wenig überrascht gewesen, bis eine Freundin sie auf die Zweideutigkeit des Wortes »Steifheit« aufmerksam machte. Jo war wie vor den Kopf geschlagen. Besonders ärgerte sie, dass das Gejohle ihr intendiertes Fazit, dass nämlich das Einzige, was sowohl sie als auch Jane Austen an einem Mann nicht ausstehen konnten, *Flatterhaftigkeit* sei, vollkommen hatte untergehen lassen.

Umso erstaunlicher, umso abwegiger, umso *tragischer* war es, dass sie sich aus freien Stücken entschieden hatte, einen Mann zu heiraten, der so egoistisch, so unbeständig, so unehrenhaft, so unstet und so *flatterhaft* war wie Michael Geraghty.

Wenn Jo besonders zufrieden mit sich selbst war oder mit etwas, das sie gerade geschrieben hatte, gestattete sie sich die harmlose Eitelkeit, imaginierte Gespräche, die ihre Freunde und Angehörigen, ihre Studenten und Kollegen hinter ihrem Rücken über sie führten, in Form eines Skripts festzuhalten. Doch stets keimte der Verdacht in ihr auf, dass jedes Mal, wenn ihre bescheidenen Errungenschaften als Akademikerin, als Autorin, als Kritikerin und als Frau im Kreise der ihr vertrauten Menschen diskutiert wurden, irgendjemand früher oder später das Thema ihrer Ehe aufs Tapet bringen würde. An diesem Punkt der Unterhaltung würde ein mitleidiges Seufzen durch die Runde gehen, ein sorgenvolles Kopfschütteln. Selbst eine Frau wie Jo, da wären sie sich nicht ohne Genugtuung einig, war auf einen Mann wie Michael Geraghty hereingefallen.

Jo hatte nicht so leiden müssen wie die übrigen Mitglieder

des Lesekreises für abgelegte Frauen. Sie war nicht so herumgeschubst und erniedrigt worden wie Meg. Sie war nicht um ihr Erbe betrogen und wegen einer Jüngeren verlassen worden wie Liz. Sie war nicht verprügelt, ohne einen Fetzen am Leibe zur Tür hinausgeworfen oder zu unaussprechlichen sexuellen Praktiken gezwungen worden, wie Amy es von sich behauptete. Sie war nicht *benutzt* worden; zumindest nicht in dem Maße wie die anderen. Aber sie war auch nicht gänzlich unversehrt geblieben. Sie war herabgewürdigt worden. Sie hatte das Vertrauen in ihr eigenes Urteilsvermögen eingebüßt, das Jo so wichtig war wie das Vertrauen in einen anderen Menschen. Sie hatte sich ihre Mitgliedschaft in dem Lesekreis wohlverdient.

Sie versammelten sich an Megs Küchentisch und warteten darauf, dass eine den Anfang machte. Normalerweise würden sie über dies und jenes schwatzen, sich Wein nachschenken, Nüsse und Oliven kauen, Knabbereien in Dips tunken, bis diejenige, der dieses Mal die Rolle der Gastgeberin zugefallen war, sie zur Ordnung rufen würde und sie dann unverzüglich zum Thema übergingen. Aber nicht heute Abend. Heute glich es mehr einer Séance denn einem Treffen des Lesekreises, fand Jo. Jeden Augenblick würde Meg sie dazu auffordern, sich alle bei den Händen zu fassen.

Jo warf einen verstohlenen Blick in den Kreis ihrer Mitstreiterinnen. Liz war ganz und gar mit ihrem rechten Handrücken beschäftigt, an dem sie sich die Knöchel aufgeschürft hatte – vermutlich im Garten, dachte Jo, oder bei einer tätlichen Auseinandersetzung mit jemandem. Bei Liz war beides möglich. Amy tupfte mit dem Finger in einer kleinen Lache Rotwein, die sie beim Einschenken verschüttet hatte. Meg saß mit gesenktem Kopf da und starrte auf das Buch, das zugeschlagen vor ihr auf dem Tisch lag; ein Buch, das sie alle inzwischen gelesen haben sollten. (Sie waren mittlerweile davon abgekommen, das Buch an einander weiterzugeben – der eigentliche Sinn und Zweck ihres Lesekreises – und kauften sich jetzt jede ein Exemplar. Jo fand es nur schade, dass sie trotzdem an dem ursprünglichen Namen ihres Kreises festhielten.)

Meg sah Jo an.

»Mich würde interessieren«, sagte sie, »warum du dieses Buch für uns ausgesucht hast.«

Jo wurde argwöhnisch. *Für sich selbst* hatte sie das Buch aus einer ganzen Reihe von Gründen ausgesucht, nicht zuletzt wegen der Autorin, aber *für die anderen* hatte sie es wegen der Heldin – oder Antiheldin – ausgewählt, Emma Hamilton.

Emma Hamilton war als *abgelegte Frau* berühmt geworden. Sie könnte ihr Maskottchen, ihre Galionsfigur abgeben. Geboren in bescheidenen Verhältnissen als Tochter eines Schmieds, war sie von der Prostituierten zur Kurtisane und schließlich zur Gattin von Sir William Hamilton, dem britischen Gesandten am Königshof von Neapel im ausgehenden 18. Jahrhundert, aufgestiegen. Dieser William Hamilton war der Liebhaber des Vulkans aus dem Titel des Buches. Emma wurde zur Vertrauten der Königin von Neapel und zur gefeierten Gastgeberin in der damals immerhin zweitgrößten Stadt Europas. Aber dann begegnete sie Admiral Lord Nelson und wurde dessen Geliebte.

Als Gespielin des größten Seehelden Englands erlangte Emma Unsterblichkeit. Sie war aber auch – jedenfalls zu ihren Lebzeiten – die am unflätigsten karikierte Frau in ganz Europa, das Objekt von Spott und Hass, und ihr Leben endete als mit Gin voll gelaufenes Wrack in einer schäbigen Herberge in Calais, wohin sie vor ihren Gläubigern geflohen war.

Jo war gleichzeitig fasziniert und abgestoßen von Emma Hamilton.

Während ihrer Zeit in Neapel hatte sie eines der grausamsten und korruptesten Regimes in Europa unterstützt. Als das Volk sich gegen seine Unterdrücker erhob, drängte sie ihren

Ehemann, den Botschafter, und ihren Liebhaber, den Admiral, sich für die royalistische Schreckensherrschaft einzusetzen, die unzählige Menschen auf abscheuliche Weise mit Mord, Vergewaltigung und Folter knechtete.

Warum? Wie konnte sie so etwas nur tun? Wie konnte eine Frau, deren Herkunft und deren bisherige Lebenserfahrung sie zur festen Verbündeten der Unterdrückten hätte machen müssen, sich so vorbehaltlos auf die Seite der Peiniger stellen? Das waren die Fragen, die Jo quälten – vermutlich, weil sie die Antworten fürchtete.

... als noch so eine talentierte, überreizte Frau, die sich für kostbar hielt, weil Männer, die sie bewunderte, sie liebten. Im Gegensatz zu ihrem Mann und ihrem Geliebten hatte sie keine ehrlichen Überzeugungen. Sie war eine Schwärmerin und hätte sich mit derselben Leidenschaft für die Sache eines jeden, den sie liebte, engagiert. Ich kann mir Emma Hamilton, hätte sie eine andere Nationalität gehabt, mühelos als republikanische Heldin vorstellen, die höchst tapfer am Fuße eines Galgens hätte enden können. Das ist die Nichtigkeit von Frauen wie ihr.

So hatte Susan Sontag Emma mit den Worten der Ich-Erzählerin und eigentlichen Heldin ihres Buches beschrieben, der Revolutionärin und Dichterin Eleanora de Fonseca Pimentel, die für Jo so sehr Vorbildcharakter hatte wie Emma ihn *nicht* hatte.

Waren es Schamgefühle? Hatte Emma, die benutzte, abgelegte Frau, sich schließlich nicht gegen die Tyrannen, sondern gegen Menschen wie Eleanora gewandt, die es wagten, gegen ihre Unterdrückung aufzubegehren, und, indem sie das tat, »*die Nichtigkeit von Frauen wie ihr*« ans Licht gebracht?

»Ich habe mein Lied gesungen, und die Kehle wurde mir durchgeschnitten. Ich habe Schönheit gesehen, und die Augen wurden mir ausgestochen. Vielleicht bin ich naiv ge-

wesen. Aber ich habe mich nicht der blinden Leidenschaft ergeben. Ich bin nicht in der Liebe eines einzigen Menschen ertrunken.«

Eleanora und Emma, die zwei Gesichter der Frau? Äußern Sie sich zu dieser These.

All dies und noch mehr hätte Jo vorbringen können. Zu einer anderen Zeit und an einem anderen Ort hätte sie es getan. Aber nicht jetzt.

Jetzt sagte sie nur: »Ich weiß es nicht. Ich habe es vergessen.«

»Ich schätze mal, weil du dich mit Eleanora identifizierst und in mir Emma siehst«, bemerkte Meg.

Dieser Seitenhieb kam so unerwartet, war so feindselig gewesen, dass Jo nicht gleich die Worte fand, um sich zur Wehr zu setzen. Während sie noch stumm vor Entsetzen dasaß, nach Gegenargumenten suchte und sich gleichzeitig vor der schrecklichen Erkenntnis fürchtete, Meg könne *Recht haben,* meldete sich Liz zu Wort.

»Du kannst doch nicht ernsthaft erwarten, dass wir uns jetzt darüber unterhalten«, sagte sie. »Doch nicht jetzt.«

Meg sah Liz einen Augenblick lang an, stand dann auf und verließ den Raum.

Die anderen drei saßen wie erstarrt da. Dann sagte Liz zu Jo: »Du gehst besser hinterher und redest mit ihr.«

»Ich weiß nicht recht«, widersprach Amy. »Vielleicht möchte sie lieber allein sein.«

Langsam und widerstrebend erhob sich Jo, aber ehe sie auch nur einen Schritt machen konnte, kam Meg ebenso abrupt, wie sie sie verlassen hatte, wieder in die Küche gefegt und ließ sich auf ihren Platz fallen.

»Na schön«, sagte Meg. »Da ihr offensichtlich nicht über Bücher sprechen möchtet, reden wir eben über Rob.«

Als hätte sie es ihnen damit so richtig gezeigt. Als sollte es ihnen nun Leid tun, sich in ihre Pläne für heute Abend eingemischt zu haben. Aber Jo ahnte, dass Meg nicht über Rob sprechen wollte, ebenso wenig wie über Bücher. Nicht wirklich jedenfalls.

Sie sahen Meg an. Meg sah sie an, eine nach der anderen.

»Ich habe daran gedacht, eine Trauerfeier für ihn abzuhalten«, sagte Meg. »Da sie mich ihn ja nicht beerdigen lassen.«

Einen Augenblick lang herrschte Schweigen. Dann sagte Liz: »Das halte ich für eine sehr gute Idee.« Mit sichtlicher Erleichterung blickte sie in die Runde. »Findest du nicht auch, Jo?«

»Wer lässt dich ihn nicht beerdigen?«, fragte Amy.

»Die Polizei.«

»Und wieso nicht?«

»Offenbar wollen sie seine Leiche noch eine Weile lang behalten«, stellte Meg so leidenschaftslos fest, als ginge es um ein Buch, das sie verliehen hatte. »Falls die Verteidigung des Verdächtigen auf einer erneuten Obduktion besteht.«

»Gibt's denn einen Verdächtigen?«, fragte Amy.

Darüber schien Meg kurz nachzudenken. »Bis jetzt nur mich«, sagte sie schließlich. Sie blickte in die schockierten Gesichter der anderen. »Na, ist doch klar. Zunächst wird immer der Partner verdächtigt. Wenn die Frau ermordet wird, fällt der erste Verdacht auf den Ehemann, also wird es wohl beim Mann…«

»Wie können sie dich denn verdächtigen?«, unterbrach Amy sie. »Wo du doch die ganze Zeit mit *uns* zusammen warst.«

Jetzt, dachte Jo, *wenn du je vorgehabt hast, es uns zu erzählen, dann tue es jetzt.*

»Also, wo sollen wir die Trauerfeier abhalten?«, fragte Meg. »Irgendwelche Vorschläge?«

Später, als Jo ging, folgte ihr Meg an die Tür.

»Ich wollte dich etwas fragen«, sagte sie. Jo nickte und blieb stehen. »Würde es dir etwas ausmachen, es Larry zu sagen? Das mit der Trauerfeier?«

Jo wäre allerhand eingefallen, worüber Meg möglicherweise unter vier Augen mit ihr hätte sprechen wollen, aber darauf wäre sie nicht gekommen. Sie wusste nicht, was sie dazu sagen sollte.

»Ich denke, man muss ihn auch einladen«, fuhr Meg fort. »Wo die beiden einander doch so nahe gestanden haben. Er wird vielleicht auch etwas sagen wollen.«

»Worüber denn?«

»Na, über Rob.«

»Aber ich kenne Larry doch gar nicht. Warum lädst du ihn denn nicht selber ein?«

»Ich möchte im Moment nicht mit ihm sprechen.«

Meg hielt ihr einen Zettel hin. »Das ist seine Handynummer.«

Jo seufzte. »Na gut«, sagte sie und nahm den Zettel. »Selbstverständlich sage ich es ihm. Und, Meg...« Sie streckte die Arme nach ihr aus. »Nicht einen Augenblick lang habe ich gedacht, du wärst wie Emma Hamilton.«

»Lügnerin«, sagte Meg. Aber sie drückte sie trotzdem an sich.

KAPITEL 5

Die Abräumerin

Der Firmensitz von *SOCARE Ltd – Wiederherrichtung von Tatorten* befand sich über einer Videothek in Camden. Larry argwöhnte, dass die beiden Unternehmen mehr miteinander verband als dieselbe Geschäftsadresse. Die im Schaufenster der Videothek ausgestellten Neuerscheinungen könnten auch als Werbemittel für SOCARE dienen. Es gab allerdings zwei separate Eingänge. Der von SOCARE zeichnete sich durch ein Türschild aus Messing, eine Gegensprechanlage und eine Überwachungskamera aus. Larry musste zweimal läuten, ehe die Sprechanlage sich mit einem fragenden »Ja?« meldete. Es war eine Frauenstimme. Larry nannte seinen Namen, und die Tür wurde geöffnet. Dahinter verbargen sich ein kurzer Flur und eine schmale Treppe.

Larry ging die Treppe hinauf und betrat eine Art Vorraum oder Wartezimmer, nicht viel größer als der Flur, aber doch mit einer kleinen Couch, zwei Sesseln und einem Tisch ausgestattet, auf dem akkurat ausgerichtet einige Fachzeitschriften und, ein wenig abseits, damit sie sogleich ins Auge fiel, eine Ausgabe der *Financial Times* lagen. Ein Fenster ging auf die Straße hinaus; an einer Tür direkt gegenüber der Treppe war ein weiteres Messingschild befestigt, auf dem *M. Hoffman, Director* stand. Larry überlegte gerade, ob er Platz nehmen und warten oder an die Tür klopfen sollte, als sie sich öffnete und eine junge Frau darin erschien. Sie hatte blondes, schulterlanges Haar und eine gar nicht zur Jahreszeit passende Sonnenbräune, die vermutlich aus der Tube stammte, aber geschickt aufgetragen war. Er fand die Frau immerhin so attraktiv, dass er unwillkürlich den Bauch einzog.

»Mr. Hunter?«, fragte sie. Sie stellte die Frage ganz ernsthaft, als könne er sich auf dem Wege von der Tür zum Treppenabsatz in einen anderen verwandelt haben.

Er bestätigte, dass es sich wirklich um *ihn* handelte.

»Bitte treten Sie näher«, sagte sie.

Larry betrat das Büro. Sie schloss die Tür und gab ihm die Hand.

»Muriel Hoffman«, stellte sie sich vor.

Vermutlich der Name ihres Mannes, schloss Larry, es sei denn, es gab in irgendeiner obskuren Gegend der Highlands einen Hoffman-Klan, von dem er bis jetzt noch nichts gehört hatte. Sie war jünger und kleiner, als er ihrer Stimme nach angenommen hätte. (Larry hatte sich eine stattliche Erscheinung vorgestellt.) Sie war Mitte bis Ende dreißig, schätzte er, und ihre Brüste waren überraschend groß für eine so zierliche Person. Sie trug verwaschene Jeans und ein weißes T-Shirt, das mit einer Illustration aus Aubrey Beardsleys *Lysistrata* bedruckt war. Es stand auch etwas darauf geschrieben, was Larry aber nicht lesen konnte, weil er nicht zu lange auf ihren Busen starren wollte.

Hoch oben in einer Zimmerecke hinter ihrem Schreibtisch entdeckte er eine weitere Überwachungskamera. Eine am Eingang und eine im Büro deuteten auf einen überdurchschnittlichen Grad von Paranoia hin, aber im *Tatortwiederherrichtungsgeschäft* hatte man es möglicherweise auch mit Kunden zu tun, die einen paranoid werden ließen. Er fragte sich, ob im Nebenzimmer Kollegen von ihr saßen, die die Monitore überwachten und hereingestürzt kamen, falls es brenzlig werden sollte. Oder befanden sie sich unten in der Videothek? Larry tat sein Bestes, sich gelassen zu geben und damit beruhigend auf die Frau und die versteckten Wächter zu wirken, aber in Wahrheit war er alles andere als gelassen. Das lag hauptsächlich an dem ungewöhnlichen Grund für seinen Besuch, aber auch das T-Shirt tat das seinige dazu.

... ball piel für... haue Mädchen... nicht... Kacken las er, während er eine Kopie seines Hypothekenvertrags auf den Schreibtisch legte.

»Ich habe die Dokumente mitgebracht, die Sie sehen wollten«, sagte er. »Die Polizei wird Ihnen ein Fax schicken, sobald der Tatort freigegeben ist.«

Mrs Hoffman bestätigte, dass alles so weit seine Ordnung hatte, zumindest, was die Unterlagen betraf. Ob er sie über die relevanten Umstände ins Bild setzen könnte, bat sie.

Larry überlegte, was wohl als relevant betrachtet wurde und was nicht.

»Nun, mein... *das Opfer* hielt sich in meinem Haus auf«, begann er. »In Spitalfields.«

»Und ich nehme an, dass Sie zu der Zeit abwesend waren.«

»Ja. Ich bin erst am nächsten Tag wieder zurückgekommen. Er war in der Küche.«

Sie nickte. Ihm fielen die Zeitungsausschnitte auf, die sie auf ihrem Schreibtisch liegen hatte, und er hätte gerne gewusst, ob sie über den Mord berichteten. Über *seinen* Mord.

»Ihm wurde eine tödliche Stichwunde zugefügt«, sagte sie. »Soweit ich verstanden habe?«

»Man könnte es so bezeichnen«, sagte Larry. Das Wort *Stichwunde* – selbst in Verbindung mit dem Adjektiv *tödlich* schien ihm irgendwie untertrieben.

Es gelang ihm, noch weitere Bruchstücke des Textes auf ihrem T-Shirt zu entziffern.

Spiel für rauhe Mädchen, nichts... Knaben...

»Also handelt es sich lediglich um den Küchenbereich?«

»Und um den Flur. Die Polizei meint, er wurde angegriffen, als er die Haustür öffnete.«

Er merkte plötzlich, dass er unverhohlen auf ihre Brüste starrte und dass auch ihr das kaum entgangen sein dürfte.

»Entschuldigung, aber was steht da?«

Sie setzte sich kerzengerade hin, streckte die Schultern und hielt das T-Shirt so, dass er es lesen konnte: *Fußball ist ein Spiel für rauhe Mädchen und nichts für zarte Knaben.*

»Oscar Wilde«, erklärte sie.

Sie drehte sich in ihrem Schreibtischstuhl, damit er auch die Rückseite sehen konnte.

Wilde, stand da, und die Zahl 8. In Rosa.

»Spielen Sie denn?«, fragte er und fügte, peinlich berührt und ganz und gar überflüssigerweise, hinzu: »Fußball?«

»Nein«, antwortete sie. »Aber ich bin Chelsea-Fan. Zumindest, seit ich nach London gezogen bin.«

»Klar«, sagte er.

»Und Sie?«

»Nein… früher schon, aber in letzter Zeit… nicht mehr.«

»Also die Küche und der Flur.« Sie schrieb es sich auf. »Und es sind überwiegend Blutflecken?«

»Ja. Da war auch noch ein bisschen… Sie wissen schon… Haut und so, aber ich glaube, die Polizei hat das alles mitgenommen… das meiste jedenfalls.«

»Und sonst nirgendwo im Haus?«

»Na ja«, sagte er. »Die Polizei meint, sie könnten die Dusche benutzt haben.«

Sie blickte von ihrem Notizblock auf.

»Die Dusche?«

»Um das Blut abzuwaschen.«

»*Sie?*«

»Oder *er*. Wer auch immer.«

»Sonderbares Verhalten.«

»Nun, er muss über und über mit Blut besudelt gewesen sein«, versuchte Larry zu erklären.

»Ja, schon… Ich meine, ich kann ja verstehen, dass er sich waschen möchte, die Hände und das Gesicht und so, aber gleich unter die Dusche… Finden Sie das nicht sonderbar?«

Larry fand es sonderbar, dass jemand seinen Freund Rob

in seinem Flur und seiner Küche buchstäblich verhackstückt hatte. Dass derjenige sich hinterher duschen wollte, kam ihm im Vergleich dazu beinahe normal vor. Aber er wusste, warum sie ihn so ansah. Sie war der Ansicht, dass das nur jemand tun würde, der selber in dem Haus lebte.

Auch die Polizisten hatten ihn so angesehen.

Und das war auch der Grund, warum Larry sich seit dem Mord von den meisten seiner Freunde fernhielt: Er wollte nicht, dass *sie* ihn so ansahen.

»Nun, ich glaube, dass man Blutspuren in der Dusche gefunden hat, und ich möchte sichergehen, dass nichts davon übrig bleibt.«

»Selbstverständlich«, sagte sie und machte sich noch eine Notiz. »Wir streuen für alle Fälle immer etwas in den Abfluss«, sagte sie. »Nur der Gründlichkeit halber. Der Gedanke an das, was sich da unten noch befinden könnte, ist es, was den Leuten zu schaffen macht.«

Sie hatte eine sympathische, professionelle Art – irgendwie schrullig, altmodisch für eine Frau in ihrem Alter. Er wollte nicht, dass sie ihn für zu empfindlich hielt – weder für raue Spiele noch dafür, sich unter eine Dusche zu stellen, die jüngst von dem Mörder seines besten Freundes dazu benutzt worden war, das Blut abzuwaschen. Er sei ziemlich zuversichtlich, weiterhin in dem Haus leben zu können, ob nun etwas im Abflussrohr steckte oder nicht, sagte er, aber er habe einen sechsjährigen Sohn…

»Und ich möchte ihn nicht etwas so… so… aussetzen.« Ihm fiel das treffende Wort nicht ein.

»Krassem«, half sie ihm.

Krass. Das passte.

»Ich verstehe.« Sie hielt den Blick ein wenig länger auf ihn gerichtet, als es ihm lieb war, und er fragte sich, ob sie sich gerade ein Urteil über ihn bildete. »Und weiß er, was sich dort zugetragen hat?«

Larry schüttelte den Kopf.

»Und Ihre Frau? Hat sie eine Meinung zu der Angelegenheit?«

»Wir sind geschieden«, sagte Larry, obwohl er sich bewusst war, dass das in keiner Weise ihre Frage beantwortete. In Wahrheit hatte er keine Ahnung, was Ruth über die Sache dachte.

»Ich verstehe«, sagte Mrs Hoffman noch einmal. Auch sie sei geschieden, vertraute sie ihm an, aber ihre Ehe war kinderlos geblieben.

»Mein Exmann hätte es als unangebracht empfunden, dass eine Frau einen solchen Beruf ausübt. Mir ist klar, dass viele Menschen so denken. Sie verstehen nicht, warum eine Frau wie ich so einer Tätigkeit nachgeht.«

Gleich nach ihrer Scheidung habe sie diese Firma gegründet, erzählte sie, und Larry fragte sich einen Moment lang, ob das wohl eine Art Therapie gewesen war. Aber nein, sie musste ja schließlich irgendwie ihren Lebensunterhalt bestreiten.

»Nicht, dass ich spontan darauf gekommen wäre«, fuhr sie fort. »Anfangs habe ich Privatwohnungen und Büros sauber gemacht – halt das Übliche –, aber dann habe ich von dieser Art von Spezialisierung gelesen. In den Staaten boomt diese Branche; sie haben sogar ihre eigene Standesvereinigung, *The American Bio-Recovery Association*. Ich habe im letzten Jahr als ausländischer Gast an ihrem Jahreskongress in Vegas teilgenommen.« Sie zeigte auf ein gerahmtes Foto an der Wand. »Das bin ich mit einigen Delegierten. Aber bei uns hier ist das alles noch lange nicht so organisiert. Es handelt sich natürlich auch um eine Marktnische.«

Nach so einer Marktnische hatte sie schon länger Ausschau gehalten, erzählte sie weiter, obwohl es ihr nicht einzig und allein um das Geschäftliche ging. Sie glaube fest daran, dass sie und ihre Kollegen eine wichtige gesellschaftliche Funktion erfüllen, eine Dienstleistung. Es war doch ein wenig viel verlangt, wenn die Hinterbliebenen auch noch sauber machen sollten, nachdem ein geliebter Mensch in ihren eigenen Wohnräumen ermordet worden war, und sie selber sei nie zimperlich gewesen. Früher hatte sie immer Krankenschwester werden wollen.

»Aber dann habe ich jung geheiratet, und es hat nicht sollen sein. Er war im Fleischhandel, wie alle in seiner Familie.« Sie schien kurz darüber nachzudenken, als wäre das etwas, das ihr schon früher hätte zu denken geben sollen. »Heute bin ich natürlich Vegetarierin. Na ja, anders ist das bei meiner Art der Arbeit ja wohl auch kaum möglich.«

»Sie… Sie kommen dann also selber an… den Tatort?«, stotterte Larry.

»Aber gewiss«, betonte sie mit Nachdruck. »Auf jeden Fall. Man darf nie etwas von anderen verlangen, wovor man selbst zurückschreckt. Ich will nicht verhehlen, dass mir bei meinem ersten Auftrag speiübel war. Ich habe geweint. Ich habe die Familienfotos gesehen; das geht einem wirklich an die Nieren. Natürlich hilft die Schutzkleidung. Und ich habe ein sehr gutes Team, alles Profis in ihrem Metier. Haben Sie schon einen Blick in unseren Prospekt geworfen…?« Sie schob ihm das Faltblatt über den Tisch hinweg zu, und er vertiefte sich pflichtbewusst darin. Muriel Hoffman war in diversen Arbeitsanzügen abgebildet. Irgendwie schaffte sie es, in jedem davon attraktiv zu wirken. »Vierzehn Angestellte, die Ihnen vierundzwanzig Stunden am Tag und sieben Tage die Woche zu Diensten stehen. Und wir verwenden die allermodernsten Technologien: Chemikalien, Reinigungsmittel, Enzyme, Pestizide…« Sie nahm seine Reaktion mit Wohlwollen zur Kenntnis. »Oh, in einigen Fällen braucht man die unbedingt, das dürfen Sie mir gerne glauben. Rein mit der Bombe und ab die Post. Da gibt's nichts. Kein Job für Zimperlinge.«

»Die Bombe?«

»Insektizide gegen das Ungeziefer. Es kommt immer Ungeziefer. Besonders schlimm ist es im Sommer. Aber Sie dürften kein Problem damit haben. Es sei denn, Sie haben die Zentralheizung nicht heruntergedreht. Aber ich nehme an, dass Sie zur Zeit ohnehin nicht dort übernachten.«

Larry bestätigte das und erzählte ihr von dem Schiff. Sie könne ihn über seine Handynummer erreichen, fügte er hinzu, aber sie schien nicht erpicht darauf, das Gespräch schon jetzt zu beenden. Sie fragte ihn, wie er es denn so fände, zu dieser Jahreszeit auf einem Schiff zu wohnen.

»Kalt«, gab er zu. Aber kein Ungeziefer. Dafür Ratten. Doch das sagte er ihr nicht. Es erschien ihm unangebracht, jetzt eine scherzhafte Bemerkung zu machen, und er hatte auch nicht den Eindruck, dass sie dafür sehr zugänglich wäre. Aber es gibt einen Ofen, erzählte er, und sogar eine Dusche. Und er sei Mitglied in einem nahe gelegenen Fitnessclub, dessen Waschräume er benutzen könne.

»Ein Fitnessclub«, wiederholte sie. »Und trainieren Sie auch?«

Ein weiteres Mal schien sie ihn mit ihrem Blick abzuschätzen.

Auch Muriel Hoffman war Mitglied in einem Fitnessclub. In demselben wie er, bloß in einer anderen Filiale, wie sie feststellten.

»In der Cousin Lane bin ich noch nie gewesen«, sagte sie. »Haben sie da auch einen Pool?«

»Ja«, sagte Larry, »den gibt es.« Er fand, dass sie ein wenig vom Thema abschweiften. Als ob sie seine Gedanken gelesen hätte, verfiel Muriel Hoffman sogleich wieder in ihren geschäftlichen Tonfall.

»Wenn ich Sie noch nach ein paar persönlichen Daten fragen dürfte.«

Larry wunderte sich, inwieweit sich diese von denen, die er ihr schon genannt hatte, unterscheiden sollten.

Zwischen den Papieren auf ihrem Schreibtisch zog sie eine Art Formblatt hervor.

»Alter, Beruf, Familienstand und so weiter.« Sie lächelte ein wenig verlegen. »Was ich bereits weiß, kann ich auch selber eintragen.«

»Neununddreißig Jahre alt, Beruf Kunststudent«, sagte er.

Sie blickte von dem Blatt auf.

»Vorher war ich Kameramann beim Fernsehen. Aber das habe ich aufgegeben.«

Einen Moment lang glaubte er, sie würde das näher erörtern wollen, aber sie war schon wieder bei ihrem Fragebogen.

»Monatliches Durchschnittseinkommen?«

»Nichts«, antwortete er und fügte rasch hinzu: »Ich lebe von Ersparnissen.« Er verschwieg ihr seine Einkünfte als Fremdenführer an Mordschauplätzen. Aus seiner Tasche zog er den Umschlag mit dem Vorschuss, den sie verlangt hatte, und legte ihn auf den Schreibtisch.

Sie warf einen kurzen Blick darauf, nahm ihn aber nicht an sich.

»Sie können meine Rechnung vermutlich bei Ihrer Hausratversicherung einreichen«, sagte sie freundlich. »Und falls Sie dafür in Frage kommen, können Sie auch einen Zuschuss bei der Verbrechensopferhilfe beantragen.«

Ob er beim Ortstermin dabei sein möchte, wollte sie noch wissen, oder ob er ihr einfach den Schlüssel dalassen würde.

»Wir treffen uns dort«, sagte Larry. Er zögerte, fügte dann aber hinzu: »Aber wahrscheinlich werde ich nicht mit reingehen.«

Noch einmal brachte sie ihr Verständnis zum Ausdruck.

Sie verabredeten sich für den folgenden Montag um 11.30 Uhr vor dem Haus.

Draußen blieb er noch einen Augenblick lang stehen und betrachtete das Schaufenster der Videothek. Sein erster Eindruck hatte ihn nicht getäuscht. Es zeigte ausschließlich Horror- und Gangsterfilme. In Letzteren, erinnerte sich Larry, wurden Auftragskiller bisweilen als »Abräumer« bezeichnet. Er merkte, dass er von zwei Männern im Laden beobachtet wurde. Plötzlich erschien Muriel Hoffman neben den beiden. Als sie ihn durchs Fenster sah, winkte sie. Etwas verkrampft erwiderte Larry den Gruß und wandte sich dann ab.

KAPITEL 6

Ehefrauen und Liebhaber

Für die Übergabe existierten verschiedene Möglichkeiten. Normalerweise fand sie auf dem Sportplatz der Schule statt. Im Sommer trafen sie sich manchmal bei den Schaukeln; im Winter im örtlichen Freizeitzentrum. An einem Ort jedoch verabredeten sie sich niemals: an dem, den sie einmal ihr Zuhause genannt hatten.

In den fünf Jahren seit der Scheidung war Larry nicht ein einziges Mal in dem Haus gewesen, das er und Ruth gekauft hatten, als sie mit Ben schwanger war, und in dem sie nun mit Ben und ihrem zweiten Mann Oscar lebte.

Larry gab zu, dass das zuweilen lästig war. Er akzeptierte Ruths Vorwurf, dass seine Weigerung, dem Mann zu begegnen, der – ob es ihm nun gefiel oder nicht – Bens Stiefvater war, zumindest von wenig Entgegenkommen zeugte. Aber er wusste nichts darauf zu erwidern, nichts jedenfalls, woraus nach heutigen Vorstellungen Reife und Verantwortungsbewusstsein eines Vaters gesprochen hätten. Er konnte lediglich darauf verweisen, dass Ruth ihn nur ein einziges Mal in seinem Haus in Spitalfields besucht hatte – vermutlich, um zu schauen, ob dort Kakerlaken hausten –, und es geradezu unhöflich eilig gehabt hatte, wieder zu gehen. Ganz so, als wollten weder er noch Ruth sich der Realität ihres Lebens ohne einander stellen. Also trafen sie sich auf neutralem Boden, im Niemandsland.

An diesem Freitag war das Freizeitzentrum an der Reihe.

Larry war vor ihr da und saß in der schäbigen Cafeteria vor einem ungenießbaren Kaffee. Von allen Orten für die Übergabe war dieser ihm am wenigsten angenehm, aber er musste sich damit abfinden, dass er nicht das Recht hatte, sich zu beschweren – ebenso wenig wie das Recht, Einspruch zu erheben, wenn seine Frau beschloss, eine Affäre mit einem anderen Mann anzufangen –, aber gefallen musste es ihm hier deswegen noch lange nicht, und *einverstanden* sein musste er schon gar nicht damit.

Der Grund dafür, dass Larry meinte, kein Recht zu haben, sich über die Seitensprünge seiner Frau zu beklagen, lag darin, dass er selbst sie dazu getrieben hatte. Von dem Augenblick an, als er sie gefragt hatte, ob sie seine Frau werden wolle, war er vor ihr davongelaufen.

Einen Schritt vor und zwei zurück...

Larry hatte Ruth in Palästina kennen gelernt – beziehungsweise der Westbank, wie das Land westlich des Jordan bezeichnet wurde, das Israel besetzt hielt. Sie war als Abgesandte des *Save the Children*-Fonds dort gewesen, er als Berichterstatter über die *Intifada*. Die erste *Intifada*. Er hatte sich verliebt. Zugegebenermaßen nicht zum ersten Mal. Aber nach seiner Abreise stellte er fest, dass seine Gefühle diesmal nicht weichen wollten. Nein, im Gegenteil, es wurde immer schlimmer. Er schrieb ihr. Sie führten lange Telefongespräche. Er rief sie aus Hotels inmitten anderer Kriegsschauplätze an und hin und wieder von seiner Wohnung in London aus. Schließlich flog er nach Palästina zurück – als Tourist, denn die streitenden Parteien hatten einen Waffenstillstand geschlossen und, für den Augenblick wenigstens, keinen Bedarf an seinen Diensten. Er wohnte im *American Colony Hotel* in Jerusalem, seinem Lieblingshotel unter allen, die er in der Welt kannte. Dort aßen sie am Tag seiner Abreise zu Mittag, als er sie fragte, ob sie ihn heiraten wolle.

Er hatte nicht beabsichtigt, ihr diese Frage zu stellen.

Sie saßen im Innenhof des Hotels, das einmal der Palast

eines türkischen Paschas gewesen war. Hier gab es Palmen, Blumen und einen Springbrunnen. Es gab Eidechsen, die aus dem Schatten in die Sonne und wieder zurück huschten. Und es gab eine Katze, eine dieser halb verhungerten, halb wilden Straßenkatzen, die sich irgendwie in diese normalerweise katzenfreie Zone verirrt hatte. Ruth fütterte die Katze heimlich unter dem Tisch, sie war eine Katzennärrin. Jede Katze, die sie sah, wollte sie gleich mit zu sich nach Hause nehmen. Larry war nicht so begeistert gewesen. Nicht, dass er generell etwas gegen Katzen gehabt hätte – aber er fand mitunter, dass sie mehr Raum und Aufmerksamkeit für sich beanspruchten, als ihnen von Rechts wegen zustand. *Diese* Katze begann er zu hassen, er sah in ihr eine Rivalin in seinem Bestreben, Ruths Gunst zu erwerben – oder zumindest eine unwillkommene Ablenkung, indem sie sich mit ihrem Gemaunze in das drängte, was ihr letztes gemeinsames Essen sein konnte.

Es waren zwei wundervolle Wochen gewesen, aber es sah nicht danach aus, dass ihre Beziehung eine längere Trennung überstehen würde. Das machte ihn traurig. Andererseits glaubte er nicht, schon für die Alternative reif zu sein. Zwei Wochen waren zu kurz gewesen – ein Leben lang zusammen unvorstellbar. Und doch schien ihm die Situation eines klärenden Wortes zu bedürfen. Die Geschichte musste zu einem Abschluss gebracht werden, selbst wenn nicht unbedingt ein Happy End dabei herauskäme: Er war überzeugt davon, dass sie seinen Antrag ablehnen würde. Eine andere Möglichkeit hatte er nie ernsthaft erwogen. Er stellte sich einen Zeitpunkt in ferner Zukunft vor, wenn Ruth ein Kind auf ihren Knien schaukeln würde – ihre Enkelin – und ihm erzählte, dass sie einmal, vor langer, langer Zeit, in Jerusalem von einem Mann gefragt worden war, ob sie ihn heiraten wolle.

Aber sie hatte ja gesagt. Sie hatte ein wenig überrascht gewirkt, aber sie hatte geantwortet: »Ja, wenn du das möchtest.«

Sooft Larry später darüber nachdachte, kam ihm diese Antwort merkwürdig vor.

»Nicht so merkwürdig wie deine bescheuerte Frage«, hatte sein Freund Rob gesagt, als er ihm davon erzählte. »In Anbetracht der Umstände.«

Selbst Rob, der Larry schon eine Ewigkeit kannte, fand, dass Larrys Denken in diesem Augenblick ausgesprochen vernebelt gewesen sein musste. Larry gab zu, nicht überlegt gehandelt zu haben. Er wies darauf hin, dass seine Einsamkeit und Sentimentalität dazu beigetragen hatten – sowie auf die zusätzliche Komplikation in Form der Katze. Rob ließ gelten, dass die Katze der entscheidende Faktor gewesen sein könnte. *Keine andere Erklärung würde einen Sinn ergeben.* Das war sein Resümee.

Nach dem Essen waren Larry und Ruth auf ihr Zimmer zurückgekehrt, um sich zu lieben. Später dann hatte Larry Ruth schlafen lassen und war hinunter zum Pool gegangen. Er schwamm ein paar Runden und setzte sich schließlich mit einem Bier an einen der Tische, um über die Ereignisse der vergangenen Stunden nachzudenken. Eine junge Frau erschien in einem Bademantel, den sie dann abstreifte, um einen geschmeidigen Körper im Bikini freizugeben. Larry vermied es, zu ihr hinüberzuschauen, aber er spürte, dass sie *da* war. Sie steckte sich das Haar zu einem Knoten zusammen, ließ sich ins Wasser gleiten und schwamm zaghaft mit emporgerecktem Kopf. Larry sah ihr dabei zu, doch mit seinen Gedanken war er bei Ruth. Ruth wäre mit einem Kopfsprung ins Wasser getaucht, dachte er, und dann mit schnellen Zügen und dem Kopf unter Wasser durch das Becken gekrault, auch ohne Badekappe. Doch da kletterte die Frau auch schon wieder aus dem Pool, bemerkte sein Interesse und setzte sich an den Beckenrand, wobei sie ihre schlanken braunen Beine ins Wasser baumeln ließ und ihm einen aufmunternden Blick zuwarf. Sie löste den Knoten und schüttelte den Kopf, so dass ihr langes, blondes Haar über ihre nackten Schultern fiel. Und Larry hatte gedacht: *Was habe ich bloß angestellt.*

Er war doch kein Frauenheld wie Rob, sagte er sich, er begehrte ja nicht gleich jede gut aussehende Frau, die ihm begegnete, oder meinte, jede gut aussehende Frau auf der Stelle vernaschen zu können – doch die *Möglichkeit,* sie zu besitzen, mochte er auch nicht ausschließen. Eines konnte er sich auf jeden Fall zugute halten: Nachdem er eine Frau gefragt hatte, ob sie ihn heiraten wolle, hätte er nie mehr ernsthaft etwas mit einer anderen angefangen. Das Problem war nur, dass es ihn so deprimierte.

Sie heirateten in Hampshire, wo Ruths Eltern lebten. Ruth hatte sich in das Londoner Büro der Hilfsorganisation versetzen lassen, und Oscar, ihr neuer Boss, war einer der Gäste bei der Hochzeit. Larry fand ihn ziemlich verschlossen, was er auf Schüchternheit zurückführte. Äußerlich hatte Oscar wenig Eindruck auf Larry gemacht – er erinnerte sich nur, dass er dunkles Haar und einen blassen Teint hatte und dass etwas Katzenartiges an ihm war – ein weicher, schwerer Kater mit etwas zu viel Speck auf den Rippen. Ruth hingegen war sehr angetan von Oscar. Er täte ihr Leid, sagte sie Larry, denn er käme zwar gut mit seiner Arbeit klar und hätte innerhalb der internationalen Hilfsorganisation auch einen ziemlich sicheren Posten, sei aber sehr verletzlich und zudem auch noch unglücklich verheiratet. Durchaus denkbar, dass Larry damals schon geahnt hatte, dass etwas zwischen den beiden war – nichts Sexuelles, noch nicht zu diesem Zeitpunkt, aber doch *irgendetwas*. Möglicherweise war er in solchen Dingen auch übersensibel. Larrys Mutter hatte seinen Vater – und damit auch Larry (er dachte dabei immer in dieser Reihenfolge) schon drei Jahre nach ihrer Eheschließung verlassen. Und so war sich Larry durchaus bewusst, wie verletzlich er selber war.

Rob war sein Trauzeuge. Er hielt eine Rede. Dann war Larry an der Reihe. Beide Reden waren mit Humor gespickt. Es wurden Rufe laut, dass auch Ruth etwas sagen sollte, aber sie wollte nicht. Sie hatte eine Scheu vor öffentlichen Auftritten, war ein eher zurückhaltender Mensch. Dummerweise hatte Larry sie zu überreden versucht, aber sie hatte ihm eine scharfe Abfuhr erteilt: »*Dir* macht es vielleicht nichts aus, dich vor allen Leuten lächerlich zu machen, aber *mir* schon.«

Larry war wie vor den Kopf gestoßen gewesen, so sehr, dass er sich zurückziehen und einen einsamen Abendspaziergang um das Hotel herum machen musste, in dem die Hochzeitsfeier stattfand. Ich kenne diese Frau überhaupt nicht, dachte er. Ich habe jemanden geheiratet, den ich überhaupt nicht kenne. Aber das machte ihm nicht halb so viel aus wie die Tatsache, dass er eine Frau geheiratet hatte, die ihn mit wenigen scharfen Worten so sehr verletzen konnte.

Nach einer Weile begann er, es nicht mehr ganz so persönlich zu nehmen. Er dachte darüber nach, ob er oder Rob in ihren Reden etwas geäußert hatten, was *ihr* wehgetan haben könnte, und kam zu dem Schluss, dass dies durchaus denkbar war. Später hatte sich Ruth bei ihm entschuldigt und erklärt, sie hätte bei dem Gedanken, eine spontane Rede halten zu müssen, Panik bekommen, und es sei ihr so schnell nichts anderes eingefallen, als ihn anzuschreien. Larry wusste, dass er übertrieben gekränkt reagiert hatte. Aber er kam immer mehr zu der Überzeugung, dass sie ihn als einen Clown betrachtete. Ein liebenswerter Clown zwar, aber eben doch ein Clown.

Wie er bereits festgestellt hatte, waren die meisten ihrer Freunde von ernsthaftem Naturell. Oscar vor allem. Niemand würde Oscar je einen Clown nennen. Während der folgenden Monate beobachtete Larry an sich zunehmend *clowneskes* Benehmen. Er schien nichts dagegen tun zu können. Es war beinahe, als stünde er im Publikum und sähe sich selbst bei seinen Clownereien zu. Aber er konnte die Vorstellungen ebenso wenig unterbrechen, wie er sich dieses Verhalten erklären konnte. Ruth tröstete ihn damit, dass es sich wohl um eine Reaktion auf die Anspannung im Beruf handelte. Larry wusste, dass es etwas anderes war, aber er akzeptierte die Erklärung. Sein damaliger Einsatzort war Bosnien, wo Larry sich mehrere Wochen lang zu Dreharbeiten aufhielt.

Als Ruth feststellte, dass sie schwanger war, befand er sich gerade in Sarajevo. Die meiste Zeit ihrer Schwangerschaft verbrachte sie ohne ihn, obwohl er doch bei ihr hätte sein sollen. Er hätte sich frei nehmen oder um seine Versetzung an einen anderen Einsatzort bitten können. Rob war der Ansicht, dass Larry die Ehe so sehr hasste, dass er es vorzog, in Sarajevo zu bleiben. Larry aber wusste, dass er nicht das Verheiratetsein an sich hasste, sondern nur das Gefühl der Verletzlichkeit. In Sarajevo fühlte er sich weniger angreifbar. Sarajevo hatte nicht *Persönliches*, jedenfalls nicht für ihn.

Zur Geburt aber war er wieder zu Hause.

Es war ein Kaiserschnitt. Larry stand am Kopfende des Bettes und hielt Ruth die Hand, während ihr der Bauch geöffnet wurde. Die Entbindung fand unter Epiduralanästhesie statt, weswegen sie nichts von dem Schnitt wahrnahm – obwohl sie später erzählte, sie hätte zwar das Messer gespürt, nicht aber den Schmerz –, und sie hielten auch eine Sichtblende über ihren Unterleib, so dass sie gar nicht sehen konnte, was man mit ihr anstellte. Larry sah das Baby herauskommen. Sie zogen es aus der Spalte, die man in ihren Unterleib geschnitten hatte. Es sah gerötet aus, wie rohes Fleisch, und schien zu bluten. Es erinnerte Larry an den kleinen Alien, der aus dem Magen von John Hurt hervorgebrochen kommt. Das erste – jedenfalls für Larry – erkennbar *Menschliche* an dem Baby war sein Hodensack. Er kam Larry übergroß vor. Das Kind schien nur aus Kopf und Eiern zu bestehen. Dann reichten sie es ihm. Er hielt es nur für einen kurzen Moment und gab es dann an Ruth weiter, doch in diesem Augenblick schwanden ihm die Sinne. Die Mauern um ihn herum stürzten über ihm zusammen. Er kehrte als veränderter Mensch nach Bosnien zurück. Und er war bereits mit Plänen befasst, sein ganzes Leben umzukrempeln.

Als er wieder in England war, hatte Ruth ein Verhältnis mit Oscar angefangen.

Larry sagte nichts dazu, aber er *wusste* es. Er wusste es sofort, als sie ihn am Flughafen abholte. Wie kommt es, dass man so etwas immer weiß? Man zweifelt an seiner eigenen Wahrnehmung, man führt es auf alle möglichen Ängste zurück, aber man weiß es. Monatelang sagte Larry nichts, auch als Ruth über Nacht fortblieb – angeblich einen Kongress besuchte –, und er genau wusste, dass sie bei Oscar war. Als er endlich verlangte, dass sie ihm die Wahrheit sagte, rollte sie sich wie ein Fötus auf dem Bett zusammen. Auch sie war wie ein rohes, blutendes Stück Fleisch, aber das sah Larry nicht.

»Was wirst du jetzt tun?«, wollte sie wissen.

»Ich werde dich verlassen«, sagte er.

»Wenn du mich lieben würdest, würdest du das nicht sagen.«

Sie hatte Recht. Er verachtete sich dafür, dass er das gesagt hatte, und noch mehr dafür, dass er es ernst meinte.

»Ich liebe dich«, sagte sie. »Das weißt du doch, oder?«

Er wusste es, aber das hielt ihn nicht davon ab, sie zu verlassen. Seine Freunde erklärten ihn für verrückt. Selbst Rob, der schon die Eheschließung für eine Schnapsidee gehalten hatte, fand es noch idiotischer, alles hinzuschmeißen, bloß weil Ruth eine Affäre hatte. Er zählte die Vorteile des Bleibens auf: »Erstens ist da Ben, zweitens das Haus und drittens Ruth, die so voller Schuldgefühle sein wird, dass du sie vögeln kannst, sooft du Lust hast.«

Für Rob sah so die perfekte Ehe aus.

Larry sagte ihm, dass es mit der Arbeiterklasse zu tun hatte. Damit stopfte er Rob unweigerlich das Maul. In Bermondsey arrangiert man sich nicht irgendwie mit so etwas, sagte Larry. Man haut dem Knaben eins in die Fresse, oder man verlässt seine Frau, vielleicht beides. Selbst wenn man am Ende der Gelackmeierte ist, wenn es einem selbst mehr wehtut als den beiden. Männlicher Stolz, männliches Ego, man kann nicht aus seiner Haut, Kumpel. Es liegt in der Natur.

Er erinnerte Rob an die Geschichte von dem Skorpion und dem Frosch.

»Der Skorpion möchte über den Fluss, aber er kann nicht schwimmen, also bittet er den Frosch, ihn mit auf die andere Seite zu nehmen. Kommt nicht in die Tüte, sagt der Frosch, du wirst mich stechen. Aber der Skorpion sagt, sei doch nicht so verdammt blöde, wenn ich dich steche, ertrinke ich doch. Also nimmt der Frosch den Skorpion auf den Rücken, und sie sind gerade den halben Weg über den Fluss, als der Skorpion zusticht. Kurz vor Einsetzen der Lähmung fragt der Frosch noch: Warum hast du das getan? Jetzt müssen wir beide sterben. Und der Skorpion sagt: Das liegt in meiner Natur.«

Rob verstand die Geschichte nicht.

»Wer bist *du* denn jetzt«, fragte er, »der Skorpion oder der Frosch?«

Rob glaubte, die Frau sei immer der Skorpion.

»Es ist nur dein gekränkter Stolz«, sagte er. »Leg ein paar Weiber flach, und es geht dir gleich viel besser. Das wird dich lehren, die Dinge wieder aus der richtigen Perspektive zu betrachten.«

Larry räumte ein, dass gekränkter Stolz viel damit zu tun hatte, obwohl ihn das Wörtchen »nur« störte, vor allem von Rob. Aber es ging auch um die Frage des Vergebens und Vergessens. Es war ja nicht so, dass er Ruth nicht verzeihen konnte, mit Oscar gebumst zu haben, sagte er sich, sondern bloß, dass er sich selbst nicht verzeihen konnte, sich in eine Position manövriert zu haben, in der ein Mann wie Oscar ihm das antun konnte.

Für Larry war Oscar wie eine der Katzen, die Ruth immer mit nach Hause nehmen wollte. Und er war ja auch in ihr Haus gekommen, als Larry fort war, hatte schnurrend um Sympathie, Beistand und Offenherzigkeit gebettelt und so den Platz eingenommen, den Larry in seinem Stolz und seiner Eitelkeit als einzig und allein für sich reserviert betrachtet hatte.

Aber in Wahrheit wusste Larry nur sehr wenig über Oscar, wie er sich bald darauf eingestehen musste. Er wollte allerdings auch gar nichts über Oscar wissen. Er wollte nicht, dass Ruth ihm erzählte, Oscar wäre unglücklich gewesen, dass man ihm wehgetan, dass er jemanden gebraucht hätte – als träfe das alles nicht auch auf Larry zu und würde jetzt trotzdem gegen ihn verwendet werden. Er wusste nur, dass Oscar sich in sein Leben gedrängt und überall seine Pfotenabdrücke hinterlassen hatte. Er hatte Larrys Liebesgeschichte umgeschrieben, als Larry gerade ein Happy End dafür eingefallen war.

Larry wusste auch, wie verwirrt und zwiespältig seine Gefühle für Ruth waren, aber zu der Romanze mit ihr stand er voll und ganz. Er hatte diese Romanze *genossen*. Er hatte das Gefühl genossen, verliebt zu sein, und ganz besonders das Gefühl, von ihr geliebt zu werden. Und dann hatte sie sich in Oscar verknallt. Es spielte für Larry keine Rolle, dass es sich um eine »vorübergehende Schwäche« handelte, wie Ruth es ausdrückte, oder dass sie selbst zu dieser Zeit besonders anlehnungsbedürftig gewesen war. »Und wo bist du gewesen?«, hatte sie ihn unter Tränen gefragt.

Man macht einen Schritt vor und zwei zurück.

Larry wusste ja, wie Recht sie hatte. Aber zu dieser Zeit konnte er an nichts anderes denken als daran, dass sie sich mit diesem Mann verschworen hatte, um ihre Romanze zu zerstören. Nicht ihre *Ehe* – die hätte überlebt, hätte unter Umständen sogar noch stabiler werden können, wenn er es gewollt hätte. Aber ihre *Romanze*, oder zumindest Larrys Wahrnehmung davon, war für immer dahin.

Seitdem hatte er natürlich von allen Seiten zu hören bekommen, dass er an seinem ganzen Elend selber schuld war. Seine Freunde hatten ihr Psychogebrabbel auf ihm abgeladen – und dabei war alles in Wahrheit doch eigentlich ganz einfach: Er hatte Ruth auf die Probe gestellt, um zu sehen, ob sie ihn im Stich lassen würde – so wie seine Mutter ihn im Stich gelassen hatte. Er hatte es sehr schwierig – manche meinten, unmöglich – für sie gemacht, den Test zu bestehen. Er hatte sie praktisch zu einer Affäre *gezwungen* und sich dann geweigert, sie wieder aufzunehmen, als sie den eindeutigen Wunsch äußerte, zu ihm zurückzukehren.

Im Großen und Ganzen stimmte Larry dieser Analyse zu. Er hätte sich mit dem, was geschehen war, abgefunden, sagte er jedem, den es interessierte, und auch sich selber. Bisweilen war es ihm sogar peinlich, wie sehr ihn das alles belastete. Es war, als wäre das alles einem anderen Menschen passiert. Er hasste es, daran zurückzudenken, wie er sich benommen hatte – sowohl während ihrer Ehe als auch bei der Trennung –, aber noch mehr verabscheute er die Erinnerung an die Nächte, die er allein im Haus mit Ben verbrachte – wohl wissend, dass Ruth bei Oscar war. Deswegen wollte er nicht mehr in das Haus zurück, das sie einmal ihr Zuhause genannt hatten. Er mochte nicht daran erinnert werden, dass das alles *ihm* widerfahren war.

Sie trafen in einer Woge aus Mänteln, Schals, Umarmungen und Entschuldigungsworten ein. Als sie ihre Wange an die seine drückte, spürte er, wie kalt sie sich anfühlte. Während Larry Ben überschwänglich begrüßte, merkte er, wie Ruths Augen sein Gesicht musterten. Suchte sie nach Kampfspuren?

»Ich habe eine neue Badehose bekommen«, vermeldete Ben. »Rot und mit einem tauchenden Frosch auf der Seite.«

Ben konnte schon seit seinem vierten Lebensjahr schwimmen, bekam aber immer noch Unterricht. Ruth wollte einen noch *besseren* Schwimmer aus ihm machen. Sie beide wollten das. Sie wollten, dass er auch weiterschwimmen konnte, nachdem der Skorpion ihn gestochen hatte. Wenn sie sich im Freizeitzentrum trafen, holte Larry Ben normalerweise nach der Schwimmstunde ab. *Vor* dem Unterricht trafen sie sich nur, wenn Larry und Ruth etwas zu bereden hatten – und meistens ging es dabei um Ben.

Larry ging mit Ben in den Umkleideraum für Männer und sah zu, wie er seine neue Badehose anzog. Bens Hoden waren schon längst zur Bedeutungslosigkeit geschrumpft – oder sein Körper war über sie hinausgewachsen. Larry war sich nie ganz sicher, wie die Natur das eingerichtet hatte.

»Wir gehen doch nachher auf das Boot?«, fragte Ben.

»Klar«, sagte Larry. Er hatte ihm am Telefon von dem Schiff erzählt, vorgegeben, die Maler im Haus zu haben, weswegen sie für eine Weile woanders wohnen mussten. Ben wusste, dass sie nicht im Haus von Larrys Vater übernachten konnten, weil Larry allergisch gegen Hundehaare war. Er fragte nie, wieso sie nicht in das Haus von Ruth gingen. Vielleicht dachte er, dass Larry allergisch gegen Oscar war.

»Fährt es aufs Meer raus?«, erkundigte sich Ben.

»Nein«, sagte Larry, »es bleibt auf dem Fluss.«

»Ich kann jetzt ohne Pause zweimal quer durchs Becken schwimmen«, berichtete Ben.

Larry fragte sich, ob Ben mit dieser Feststellung seine eigene Angst besiegen wollte. »Das ist sehr gut«, lobte er ihn.

»Also kann mir nichts zustoßen, wenn ich ins Wasser falle, oder?«

»Zustoßen« klang ein wenig seltsam, dachte Larry. Es passte nicht zum Wortschatz eines Sechsjährigen, hörte sich an wie etwas, das er aus einem Gespräch zweier Erwachsener aufgeschnappt hatte. *»Mach dir keine Sorgen, ihm stößt schon nichts zu.«* Und wer war es gewesen, der sich keine Sorgen machen sollte – Ruth oder Oscar?

»Dir stößt nichts zu«, sagte Larry. »Aber ins Wasser fallen wirst du auch nicht.«

Nachdem er Ben beim Schwimmlehrer abgeliefert hatte, setzte sich Larry zu Ruth auf die Zuschauertribüne über dem Bassin. Es war ein passender Ort, um über den gewaltsamen Tod seines besten Freundes zu sprechen, besser geeignet als manch andere Umgebung, allemal besser als die Cafeteria. Das Plätschern des Wassers und die widerhallenden Rufe der Schwimmer übertönten ihr etwas intimeres Zwiegespräch.

»Du siehst besser aus, als du dich am Telefon angehört hast«, begann Ruth.

Er bedankte sich für das Kompliment. Sie selber sah zauberhaft aus, dachte er. Sie wirkte immer so bezaubernd, wenn sie miteinander verabredet waren. Ob sie sich extra deswegen so zurechtmachte? *Natürlich macht sie sich für dich zurecht*, hatte Rob ihm versichert. Sie mag *dich* vielleicht nicht mehr begehren, aber garantiert möchte jede Frau, dass ein Mann *sie* begehrenswert findet.

Die Geisterstimme in seinem Ohr – oder in seinem Kopf. Larry vernahm sie jetzt so deutlich, als käme sie von einem Menschen aus Fleisch und Blut, diese schnarrende Stimme mit einem Anflug von Sarkasmus oder Ironie oder *Erstaunen*, dass jemand so naiv sein konnte. Der Stachel des Todes war noch nicht abgestumpft. Es gab kein Anzeichen dafür, dass Rob schlicht und ergreifend in das Schweigen seines Grabes sinken würde. Wahrscheinlich, weil er sich gar nicht in einem Grab befand. Er lag mit einem Zettel an seinem großen Zeh in einem Kühlfach im Gerichtsmedizinischen Institut.

Sie fragte, ob er etwas Neues von der Polizei gehört hatte.

»Nur über die Mordwaffe«, sagte er.

»Man hat sie gefunden?«

»Nein, aber sie glauben, dass es sich um eine Art Haken gehandelt haben könnte.«

»Einen *Haken*? O mein Gott.«

»Na ja, jedenfalls *gebogen* wie ein Haken. Oder ein Gaff, wie man es zum Angeln verwendet … oder eine Sichel.«

Sie vergrub das Gesicht in den Händen, und er machte sie darauf aufmerksam, dass Ben zu ihnen hochsah. Larry winkte ihm zu.

Der Schwimmlehrer hatte die Kinder am Beckenrand aufgereiht. Er wollte ihnen zeigen, wie man taucht. Ben war nicht so groß wie einige der anderen Jungen, aber stämmiger als die meisten von ihnen. Er fühlte sich wohl in seinem Körper. Er war kein Kind, das sich leicht unterkriegen lässt.

»Sie wollten wissen, ob ich so etwas im Haus hatte«, sagte Larry.

»Und hattest du?«

»Ich weiß nicht. Möglicherweise. Aber jetzt ist es auf jeden Fall nicht mehr da. Sie haben das Haus vom Keller bis zum Dach umgekrempelt.«

»*Möglicherweise*, sagst du?«

Er seufzte. »Ich glaube, ich hatte mal so etwas. Einen Haken für Heuballen. Er hat meinem Dad gehört. Er hat ihn benutzt, als er unten in den Docks gearbeitet hat – eben um Ballen damit herumzuwuchten. Alle Dockarbeiter hatten solche Haken. Sie haben ihn in den Ballen gehakt und ihn sich damit auf die Schultern gewuchtet.« Er sah sie an. »Erinnerst du dich daran, dass ich mal einen Haken besessen habe?«

Sie schüttelte den Kopf und sah ihn mit einem Gesichtsausdruck an, in dem er gleichzeitig Entsetzen und Ungläubigkeit erkennen konnte. Diesen Ausdruck hatte er in jüngster Zeit häufiger beobachten können.

»Ich erinnere mich vage, ihn mal irgendwo gesehen zu haben«, fuhr er fort. »Aber ich kann mich nicht erinnern, ob es nach meinem Umzug nach Spitalfields gewesen ist oder vorher.«

Es war, als spräche er über irgendein Werkzeug, das er verlegt hatte, dachte er, irgendeinen nützlichen Gegenstand für einen Heimwerker.

Er beobachtete, wie Ben die Arme ausstreckte, den Kopf senkte und in das Becken sprang. Sein erster Kopfsprung. Oder der erste, bei dem Larry dabei war. Sekunden später kam sein Kopf wieder an die Oberfläche. Sobald er sich das Wasser aus den Augen gewischt hatte, schaute er zur Tribüne hinauf. Larry hielt den ausgestreckten Daumen in die Höhe.

Er spürte, dass Ruth ihn immer noch musterte.

»Hast du Angst, dass sie glauben könnten, du seist es gewesen?«, fragte sie.

Das war eine Frage, die man auf verschiedene Art und Weise interpretieren konnte. Eine davon war: »*Bist* du es gewesen?«

»Nicht unbedingt«, sagte er. »Sie *müssen* mich ja in Verdacht haben.«

»Warum?«

»Denk doch mal nach, Ruth. Es war in *meinem* Haus, und *ich* habe die Leiche gefunden.«

»Aber – welchen Grund solltest du denn haben, Rob umzubringen?«

»Er hat Alice Oakley gesagt, dass ich scharf auf sie wäre.«

»Wie bitte?«

Larry schüttelte den Kopf. »Tut mir Leid. Ich weiß nicht, warum ich das gesagt habe.« Alice Oakley war mit ihnen in Bermondsey auf die Schule gegangen. Sie hatte die größten Brüste aller Mädchen ihres Jahrgangs gehabt. Auch Rob war in sie verschossen gewesen.

Ruth sah ihn besorgt an.

»Geht es dir gut?«, fragte sie.

»Nein«, sagte er. »Nicht besonders.«

»Du stehst wahrscheinlich immer noch unter Schock. Weil du ihn doch … gefunden hast.«

»Ich habe ihn geliebt. Er war mein bester Freund.«

»Ich weiß.« Sie nahm seine Hand und begann auf ihrem Sitz hin- und herzuschaukeln, als würde sie ein Baby in den Schlaf wiegen.

Larry wusste, dass Ruth Rob nie sonderlich gemocht hatte.

»Es kommt mir vor, als hätte ich ihn verraten«, sagte er.

»Inwiefern? Du kannst doch nichts dafür.«

»Ich habe ihm immer den Rücken freigehalten.«

»Auch wenn er mit einer Frau zusammen war?«

Er antwortete nicht und hielt den Blick auf Ben geheftet.

»Du hättest nicht verhindern können, was da passiert ist, Larry.«

Aber er hatte Rob schon seit Kindertagen den Rücken freigehalten. Und Rob ihm. Wenn Larry mit dem Auge am Sucher der Kamera dastand und filmte, was sich vor ihm abspielte, stand Rob hinter ihm und beobachtete ihn.

»Ich muss immerzu denken, dass ich einen Verrat an ihm begangen habe«, sagte er. »Besonders…«, er wusste nicht recht, ob er es aussprechen sollte, gerade vor Ruth, »…weil wir uns in letzter Zeit nicht so grün waren.«

»Du hattest dich doch nicht mit ihm verkracht?« Ihm entging nicht, wie erschrocken sie klang.

»Nicht direkt.«

»Seid ihr mit derselben Frau ausgegangen?«

Als hätte sie den sechsten Sinn. Sie ließ seine Hand los.

Er schüttelte den Kopf. »Das war es nicht. Es war mehr wegen Frauen im Allgemeinen. Es ist, als hätte er geahnt, dass ich nicht mehr auf seiner Seite stand.«

Einmal – kurz vor ihrer Heirat – hatte er ihr gesagt, dass er und Rob stets auf der gleichen Seite stehen würden, was immer auch geschehen würde. »Dann nehme ich mal an, dass wir Frauen die andere Seite darstellen«, hatte Ruth darauf geantwortet.

Jetzt aber sagte sie: »Du hast nie *wirklich* auf seiner Seite gestanden. Nicht in *diesem* Kampf zumindest.«

»Früher einmal hat es gestimmt. Aber dann habe ich die Seiten gewechselt.«

»Und deswegen hast du das Gefühl, ihn im Stich gelassen zu haben?«

Larry zuckte nur mit den Schultern.

»Also, wo bist du denn zu dem Zeitpunkt nun eigentlich gewesen?« Ihm war klar, dass sie darüber nachdachte, eventuell sogar mit Oscar darüber gesprochen hatte; auch, dass sie versuchte, möglichst unverfänglich zu klingen.

»Auf dem Boot«, sagte er.

»Ganz alleine?«

»Unglücklicherweise ja.« Damit sie es nicht verkehrt deutete, fügte er rasch hinzu: »Also kann ich es nicht beweisen.«

Zu seiner Verwunderung fragte sie ihn nicht, was er ganz

alleine an einem Dezemberabend auf dem Boot seines Vaters gewollt hatte.

»Weiß man denn genau, wann es passiert ist?«

Er nickte. »Sie glauben es zu wissen. Seine Uhr war zerbrochen. Die Zeiger sind um Viertel nach sieben stehen geblieben.«

»Seine Armbanduhr?«

»Ich nehme an, er wollte einen Hieb abwehren.«

»O mein Gott, Larry.« Sie legte die Hand an die Stirn und bedeckte ihre Augen.

Nach einer kurzen Pause sagte sie: »Hast du schon mit Meg gesprochen?«

»Noch nicht.«

»Und du hast immer noch keine Ahnung, mit wem er sich getroffen hat?«

»Nein.« Als er Ruth angerufen und ihr von dem Mord erzählt hatte, hatte sie natürlich wissen wollen, was Rob in Larrys Abwesenheit in seinem Haus zu suchen hatte. Larry hatte ihr gesagt, dass Rob seine Wohnung benutzte, um sich dort mit einer Frau zu treffen. Wie die Polizei schien auch Ruth nicht so recht glauben zu wollen, dass er keine Ahnung hatte, wer diese Frau war.

»Ob Meg es wohl weiß?«, grübelte sie.

»Warum sollte sie es dann verschweigen?«

Darauf fiel Ruth keine Antwort ein, aber einen Augenblick später sagte sie: »Wenn er sich mit dieser Frau bei dir treffen musste, könnte das doch bedeuten, dass die Frau ihn nicht mit zu sich nehmen konnte. Also muss sie mit jemandem zusammenleben.«

»Und du willst damit sagen, dieser Jemand hat es herausbekommen und ist an Stelle der Frau zu der Verabredung erschienen?«

»Oder ist ihr gefolgt und hat die zwei zusammen erwischt.«

Ben rief ihnen etwas zu, das sie beide nicht verstehen konnten. Larry und Ruth lächelten und winkten.

»Wie denkt er über das Boot?«, fragte Larry.

Entweder war Ruth nicht klar, was er meinte, oder sie tat, als hätte sie nicht verstanden. Aber Larry wusste, dass Ruth nicht sehr glücklich darüber war, dass er Ben wieder auf das Boot mitnahm. Sie mochte den Fluss nicht. Sie hatte Larrys Vater von den Strömungen erzählen hören, die einen in die Tiefe zogen und erst fünf Meilen weiter wieder ausspien, von den Seuchen, die durch Rattenpisse verbreitet wurden, und von anderen Dingen. Larry hatte ihr gesagt, dass es gefährlicher wäre, Ben im Park spielen zu lassen, mit all den Hunden, die dort herumliefen, und den Pädophilen – Battersea sei in beider Hinsicht ein ungutes Pflaster, behauptete er, ohne dass es dafür einen Beweis gab –, aber er bezweifelte, sie damit überzeugt zu haben. Er war sich seiner Sache ja selbst nicht sicher. So wurde das Kind von einem zum anderen gereicht wie ein wertvolles Stück Porzellan, und beide lebten in ständiger Angst, der andere könne es fallen lassen. Sooft das Telefon läutete, wenn Ben nicht bei ihm war, dachte Larry stets, es wäre Ruth mit der Nachricht, vor der er sich so sehr fürchtete. Er hatte sich sämtliche Schreckensszenarien bereits ausgemalt, kannte sämtliche Drehbücher des Entsetzens auswendig. Und er konnte sich vorstellen, dass auch Ruth über ein solches Repertoire verfügte.

»Es wäre doch möglich, dass er sich ein wenig fürchtet«, sagte sie.

»Er ist doch schon früher mit dir an Bord gewesen, oder?«

»Aber nicht über Nacht.«

»Na, ich denke, das schafft er schon.« Er merkte, wie sorgsam sie ihre Worte wählte. »Er ist im Moment wirklich ein bisschen ... verunsichert. Er spürt, dass etwas nicht stimmt. Das tun Kinder immer. Übrigens habe ich ihm erzählt, dass Rob tot ist. Nicht, *wie* er gestorben ist oder so, aber ich dachte, ich sollte es tun.«

»Was hast du ihm denn über Robs Tod gesagt?«

»Ich habe gesagt, es wäre bei einer Schlägerei passiert. Das ist ja auch nicht ganz verkehrt.«

»Hast du gesagt, wo es passiert ist?«

»Nein. Das wollte ich dir überlassen.«

Vielen Dank, dachte er.

Wie bringt man einem sechsjährigen Kind bei, dass der beste Freund seines Vaters in ebender Küche abgeschlachtet worden ist, in der das Kind morgens seine Cornflakes isst? Larry hatte keine Ahnung, ob er es überhaupt je über sich bringen würde, Ben das zu erzählen.

»Er ist auf dem Boot gut aufgehoben«, sagte er. »Wir fahren ja schließlich nirgendwo hin.«

Als Larry in den frühen Sechzigerjahren am Fluss aufwuchs, waren noch jede Menge Schiffe unterwegs und auf den Kais noch jede Menge Dockarbeiter tätig. Nach den Bombenangriffen der Deutschen hätte Charles Dickens die Gegend nicht wieder erkannt, wohl aber die Physiognomien der Gestalten, die in den Pubs und den engen Gassen herumlungerten. Als Kind wusste Larry von mindestens drei Männern, die Bill Sikes, dem Mörder aus *Oliver Twist,* wie aus dem Gesicht geschnitten waren, und in seiner Schule gab es Dutzende jugendlicher Spitzbuben, wie Larry sie aus dem Roman kannte. Larry wusste auch um die Gefährlichkeit des Flusses – von den daran angrenzenden Vierteln ganz zu schweigen –, aber nichts davon konnte ihm Angst machen. Das war damals sein Abenteuerspielplatz – und war es auch heute noch.

Aber nicht für Ben.

Larry hätte es vorgezogen, ihn bei Tageslicht hierher zu bringen – wenigstens am ersten Tag seines Besuchs. Bei Tag waren die Docklands ein schickes Neubaugebiet; hier gab es nichts zu fürchten. Touristen machten Fotos von der Tower Bridge, den alten Segelschiffen am St. Katherine's Dock, dem *Dickens Inn,* unternahmen einen Spaziergang durch die Geschichte. Am Tag wirkte selbst der alte Anlegesteg am

Kai von Hermitage Wharf pittoresk. Doch nicht bei Dunkelheit.

Larry blieb oben an der Treppe mit Ben auf den Schultern stehen und stellte sich vor, wie ein Kind diese Gegend betrachten würde. Ein verwunschener Hafen voller Wracks und den Geistern der toten Seeleute. Jetzt wünschte sich Larry, er hätte Ben nicht die Geschichte von Captain Kidd erzählt, den man in Ketten ans Execution Dock gehängt hatte, bis drei Fluten über ihn hinweggegangen waren – um sicherzustellen, dass er auch wirklich tot war. Oder von dem Richter Jeffries, den man den Henker nannte und der hoch über dem Fluss auf dem Balkon eines Pubs saß und zusah, wie die Gehenkten baumelten und gegen die Kaimauer geklatscht wurden, während das Wasser stieg. In dem Haus in Spitalfields oder beim Eisessen an einem Sommertag in Bermondsey waren ihm diese Geschichten harmlos vorgekommen; aber jetzt, mit einem losen Tau, das im Wind gegen die Bordwand pochte wie Fingerknochen auf einen Sargdeckel, und einem einsamen Blesshuhn, das seinen Klageruf in die Finsternis hinausschrie, konnte von wohligem Schauer keine Rede mehr sein.

Es war gerade Ebbe, also mussten sie die Stufen hinuntergehen, um zu den Kähnen zu gelangen.

»Es ist ganz leicht«, versicherte Larry dem Jungen, als er ihn von seinen Schultern hob. »Es sieht im Dunkeln nur ein bisschen gruselig aus.«

Ben erklärte, er würde sich nicht fürchten, aber Larry merkte, wie er zum Fluss hinunterblickte, und sah es dann mit den Augen eines Kindes, das schlüpfrige, schwarze Biest, das an den untersten Stufen der Treppe leckte.

Er war froh, dass Ruth nicht bei ihnen war.

»Ich habe nur ein bisschen Angst wegen Monks«, ließ sich Ben vernehmen.

Er drückte eines seiner Plüschtiere – einen Affen namens Monks – an sich. Larry überlegte, ob er ihn lieber in den Rucksack stecken sollte. Aber da war auch nicht mehr viel

Platz. Also sagte er Ben, Monks würde nichts geschehen, solange er ihn nur ordentlich festhielt. In dem Rucksack, den Larry bei sich trug, befanden sich Bens Sachen für das Wochenende, und an den Fingern seiner rechten Hand hing die Plastiktüte mit den Fish and Chips, die er zum Abendessen gekauft hatte. Er hatte das Feuer im Herd nicht gelöscht, damit es unter Deck schön warm war, wenn sie zurückkamen. Sie konnten sich aber auch ins Ruderhaus setzen und dort essen, während sie die Lichter am Fluss beobachteten. Doch zunächst mussten sie dorthin gelangen.

Larry nahm die Plastiktüte in die linke Hand und Ben bei der rechten. Das Deck des ersten Kahns war auf einer Ebene mit der sechsten Stufe der Treppe, und die Lücke dazwischen nicht breiter als zwei oder drei Fuß. Larry fasste Ben mit der Hand unter die Achselhöhle, hob ihn hinüber und setzte ihn vorsichtig auf dem Deck ab. Dann trat er selbst mit einem langen Schritt auf das kleinere Boot. Ein paar Möwen flatterten unter Protestgekreisch in der Finsternis auf. Auch Ben gab einen Schrei von sich und hielt eine Hand schützend vors Gesicht, als er sich rasch duckte.

»Das sind nur Möwen«, beruhigte ihn Larry.

»Ich mag keine Vögel«, sagte Ben. Seine Stimme klang zittrig.

Das verblüffte Larry. So etwas hatte er von Ben noch nie gehört.

»Na, jetzt sind sie jedenfalls weg«, sagte er.

Er nahm Ben wieder bei der Hand und geleitete ihn über die Lastkähne. Der schwierige Teil würde die Lücke zwischen dem letzten Kahn und dem Anleger sein. Larry hatte drei Bretter zusammengebunden, um damit eine richtige Gangway für den Jungen zu schaffen, aber als er sie an Ort und Stelle schob, erschien sie ihm schmaler, als ihm lieb war.

Unten in dem Kahn, auf dem sie standen, raschelte etwas.

»Was war das?«, fragte Ben.

»Bloß eine Ratte«, sagte Larry und war einmal mehr froh,

dass Ruth das nicht miterleben musste. Dann stellte er sich auf die Gangway, um zu schauen, ob sie hielt. Sie schien fest genug aufzuliegen. Er trat zurück auf den Lastkahn und sagte Ben, er solle vor ihm her gehen. Das erschien ihm sicherer, als wenn sie, sich bei den Händen haltend, zusammen seitwärts über die Bretter schlurften. Ben wirkte nun doch ängstlich.

»Da sind doch keine Vögel mehr, oder?«, fragte er.

»Ich schwöre zu Gott, keine Vögel«, sagte Larry. »Du hast doch selbst gesehen, wie sie alle weggeflogen sind.«

Aber er sollte sich irren. Sie hatten gerade den halben Weg über die Planken zurückgelegt, als Larrys Handy in seiner Manteltasche läutete. Er unternahm keinen Versuch, es hervorzuholen, aber das Läuten lenkte ihn für einen Augenblick ab. Und genau in diesem Moment schoss eine einzelne Möwe, die zu träge oder zu stur gewesen war, um sich mit den anderen aus dem Staube zu machen, mit einem heiseren Schrei aus dem Schatten in die Höhe. Ben japste vor Entsetzen und wollte sich umdrehen, um zurückzulaufen. Bei hellem Tageslicht am Strand wäre das alles sehr lustig gewesen. Nun aber rannte er in Larry hinein, stolperte und verschwand in der dunklen Spalte zwischen dem Boot und dem Anleger.

KAPITEL 7

Schlafende Schönheiten

Jo hinterließ ihren Namen auf Larrys Mobilbox und bat ihn, sie zurückzurufen. Sie wusste gar nicht, ob er sich noch an sie erinnerte. Sie waren sich nur einmal begegnet, bei der Hochzeit von Rob und Meg. So jedenfalls war es ihr erzählt worden. Jo selber hatte keinerlei Erinnerungen an dieses Zusammentreffen.

Du hast mit ihm geredet, hatte Meg beharrt. *Du hast ihm die Krawatte abgenommen. Du hast gesagt, sie würde ihm nicht stehen, und dann hast du seine Hosenbeine bis zu den Knien aufgerollt.*

Wenn das stimmte, musste es durch eine beachtliche Menge Alkohol ausgelöst worden sein. In nüchternem Zustand hätte Jo so etwas nie getan. Sie überlegte, ob Meg sie vielleicht mit Amy verwechselte. So etwas hörte sich eher nach ihr an – egal, ob nüchtern oder betrunken.

Du hast gesagt, er wäre hinreißend. Wir glaubten alle, du hättest dich in ihn verknallt.

Daran würde Jo sich aber schon erinnern. So besoffen hätte sie niemals sein können, auch nicht mit Anfang zwanzig.

Auf den Bildern, die sie von ihm gesehen hatte, trug er einen Bart. Mal so, mal so, hatte Meg gesagt, ein bisschen wie der Mann selber. Er war Kameramann beim Fernsehen und arbeitete viel mit Rob zusammen, meistens im Ausland. Nun aber hatte er scheinbar die Kamera aufgegeben und studierte

Kunst. Für einen Studenten kam er Jo ziemlich alt vor, aber Meg hatte auch angedeutet, dass er, ebenso wie sein Freund Rob, *niemals* erwachsen würde.

»Warum will sie nicht selber mit ihm sprechen?«, fragte Amy.

»Weil sie sauer auf ihn ist«, antwortete Jo. Es war besser, nicht zu sehr ins Detail zu gehen, denn Amy war berüchtigt für ihre Indiskretionen.

»Aber sie möchte, dass er zur Beerdigung kommt?«

»Sieht so aus.«

Wenn man es ohne Leiche als eine Beerdigung bezeichnen konnte. Vermutlich würde man es eine Würdigung seines Lebens nennen, dachte Jo.

»Ich schätze, wir müssen da auch hin«, sagte Amy nachdenklich.

»Ja«, sagte Jo mit Nachdruck. Sie wollte nicht zulassen, dass Amy einen Rückzieher machte. Nicht, dass sie viel an Trost und Stütze für die Hinterbliebenen abgeben würde, aber Jo sah einfach nicht ein, wieso *sie* sich so einfach aus der Affäre ziehen sollte, wenn alle anderen ihrer Pflicht nachkamen.

»Und was ist, wenn sie ihm eine Szene macht?«, gab Amy zu bedenken.

»Meg macht schon keine Szene«, sagte Jo mit einer Gewissheit, die sie selbst keineswegs empfand.

Für eine Schauspielerin hatte Amy eine ungewöhnliche Scheu vor »Szenen« im wirklichen Leben. Der einzige andere Mime, den Jo gut kannte – ihr Ehemann und baldiger Exmann Michael Geraghty – hatte Szenen stets aufs Höchste genossen.

Sie saßen im *Actors Centre* in Covent Garden – nicht gerade eines von Jos Stammlokalen, aber Amy war hier Mitglied, und außerdem befand es sich nur wenige Gehminuten vom Birkbeck College entfernt, wo Jo freitags Vorlesungen hielt.

»Ich *muss* einfach mit dir reden«, hatte Amy am Telefon gedrängt. Doch wie immer, wenn es etwas *Lebenswichtiges* zu besprechen gab, kam sie zunächst vom Hundertsten ins Tausendste, bevor endlich klar wurde, um was es eigentlich ging.

Obwohl sie sich recht häufig sahen, war Amy für Jo keine enge Freundin. Sie war sozusagen aus zweiter Hand mit dem Lesekreis für abgelegte Frauen über Liz, die ihrerseits eine Freundin von Meg war, in Jos Leben getreten.

Jo hatte ihre Zweifel an Amys oft zum Ausdruck gebrachter Leidenschaft für Literatur, doch als *abgelegte Frau* konnte sie von allen die besten Voraussetzungen für eine Mitgliedschaft vorweisen. Die Männer gingen mit Amy um wie Amy mit Büchern. Während der ersten Seiten konnten sie sie nicht aus der Hand legen, aber dann verloren sie das Interesse oder verwandelten sich in schonungslose Kritiker. Die Handlung wurde ihnen zu kompliziert oder zu albern. Sie vergaßen sie in Hotels oder an Flugplätzen oder in Bahnhöfen. Sie ließen sie mit tränenüberströmtem Gesicht auf dem Kopfkissen liegen, wenn sie sie nicht mehr haben wollten. Und manchmal schleuderten sie sie auch quer durchs Zimmer.

Jo war sich der gedankenlos dahingesagten Behauptung bewusst, dass Amy eine Frau war, die eine solche Behandlung geradezu anzog, aber auf jeden Fall schien sie Männer attraktiv zu finden, die ab und zu die Faust spielen ließen.

Und doch war Jo nicht ganz davon überzeugt, dass Amy lediglich die Rolle des Opfers innehatte. Sie mutmaßte – ohne allerdings Beweise dafür zu haben –, dass Amy ebenso gut auszuteilen wie einzustecken wusste. Und dass die Männer lädierter als *sie* aus der Beziehung hervorgingen – psychisch zumindest.

Amy war ebenso sehr von Beruf wie auch von Natur Schauspielerin. Man konnte sich nie ganz sicher sein, ob ihre Liebe – oder Freundschaft – auf wahrer Zuneigung beruhte oder zu der Nebenrolle (zuweilen war es auch nur ein Platz im Parkett) gehörte, die einem in dem aus dem wahren Leben gegriffenen Drama, das sie gerade für sich selber schrieb, zugewiesen worden war. Mitunter hörte man wochenlang nichts von Amy – zu den Treffen des Lesekreises erschien sie nur sehr unregelmäßig –, und wenn sie sich dann meldete, hatte es meistens mit einer besonderen Notsituation zu tun, in der sie sich gerade mal wieder befand, in der Regel emotionaler Art. Diesem Mitteilungsbedürfnis konnte Jo sich nur schwer entziehen – zumal Amy sich stets sehr dankbar für den Rat und die Hilfe zeigte, die ihr zuteil wurden, auch wenn sie häufig das genaue Gegenteil von dem tat, was man ihr empfohlen hatte.

Amy war impulsiv. Nur allzu oft stieg ihr etwas buchstäblich zu Kopf. Sie entwickelte plötzliche, intensive Leidenschaften – für Menschen, Orte, Modetrends, bestimmte Lebensmittel, die Liste war endlos – und ebenso intensive Abneigungen. Ständig befand sie sich in irgendeiner unerklärlichen, verwickelten Auseinandersetzung, meistens mit einem Kollegen oder einer Kollegin, einem Regisseur oder einem Intendanten.

Jo machte sich nicht viel Hoffnungen für Amy – sie war rettungslos unzuverlässig und vollkommen von sich selber eingenommen. Doch wenn jemand diese negativen Eigenschaften an Amy kritisierte, legte Jo sofort ein gutes Wort für sie ein, und sei es auch nur, indem sie auf Amys »Unsicherheit« hinwies. Geraghty, der Amy nach eigenem Bekennen nicht ausstehen konnte, erklärte das damit, das Amy Jo immer das sagte, was Jo am liebsten über sich hören wollte: dass sie ein Bündel an Tugenden in sich vereinte – Jo die Gute, Jo die Kluge, Jo die Schöne.

»Sie bestätigt dich in deiner guten Meinung von dir selbst«, hatte er verächtlich zu ihr gesagt.

Und das war vermutlich genau das, was eine Frau brauchte, die mit einem Mann zusammenlebte, der so sehr an ihrem Selbstwertgefühl rüttelte wie Michael Geraghty.

Aber Jo wurde sich auch nach und nach bewusst, dass sie zunehmend in die Rolle von Amys Orakel gedrängt wurde.

Da saß sie also an einem Tisch in der Ecke der Bar und nippte an ihrem Mineralwasser, bis Amy endlich damit herausrückte, worüber sie mit ihr sprechen wollte. Diesmal machte sie nicht so viele Umschweife wie sonst. Sie wollte über Meg reden.

»Wie kommt sie dir vor?«, wollte sie von Jo wissen.

»Beraubt«, sagte Jo, weil ihr nichts anderes einfiel.

»Nicht – wütend?«

»Ich glaube, das weiß sie im Augenblick selber nicht. *Ich* kann es dir jedenfalls nicht sagen.«

»Sie hat also nicht mit dir darüber gesprochen, was er an diesem Abend gemacht hat?«

»Nun, sie weiß, dass er sich mit einer anderen Frau getroffen hat. Oder zumindest, dass die Polizei denkt, er wäre mit einer anderen Frau zusammen gewesen.«

»Aber sie weiß nicht, mit wem?«

»Nein.«

»Und *wo*, meint sie, wäre er gewesen?«

»Wo er gesagt hat. In Darlington. Bei der Recherche für irgendeinen Film.«

»Ja, das glaubst auch nur du.«

»Wieso denn nicht?«

»Weil...«, Amy schüttelte ungeduldig den Kopf, »weil *kein Mensch* irgendwas in Darlington wollen könnte. Dann kann man ja auch gleich ehrlich sagen, dass man mit einer anderen ins Bett geht.«

Jo fehlte das nötige Hintergrundwissen, um dazu einen Kommentar abgeben zu wollen. Ihre Kenntnisse über den Norden Englands beschränkten sich auf das, was sie in Büchern darüber gelesen hatte, und waren somit – gelinde gesagt – *schwammig*.

Beide schwiegen einen Augenblick lang. Dann sagte Amy: »Ist es nicht komisch, wenn man bedenkt, dass wir alle zusammen waren, als es passierte?«

»Was soll daran komisch sein?«

»Na ja, wenn man sich das einfach mal vor Augen führt. Verstehst du denn nicht? Wir reden da über Bücher, während er… Ich meine, da hat sie echt Glück gehabt.«

»Glück gehabt?« *Komisch? Glück gehabt?*

»Ist doch wahr. Wenn wir nicht bei ihr gewesen wären… Ich meine, wenn Meg nicht bei uns gewesen wäre, könnte die Polizei doch auf den Gedanken kommen, dass *sie* es gewesen ist.«

Jo fragte sich, ob Liz etwas zu Meg gesagt hatte. Sie blickte eindringlich in Amys Augen, als gäbe es eine winzige Chance, dass sie ihr verrieten, was in ihrem Kopf vorging. Amy aber starrte nur unverwandt zurück. Veilchenblaue Augen, wie die von Elizabeth Taylor, mit langen, dunklen Wimpern.

So viel – oder so wenig – konnte man über diese Augen sagen.

»Aber wie sollten sie auf den Gedanken kommen, sie wäre es gewesen?«, fragte Jo.

»Nun, falls sie es *gewusst* hätte…«

»Aber ich habe dir doch gesagt, dass sie von nichts gewusst hat. Und außerdem…« Jo hatte die Fotos gesehen. Die Polizei hatte sie ihr gezeigt, zweifellos in der Hoffnung, dass der Schock ihr die Zunge lösen und sie mit ihnen kooperieren würde. Aber es war unvorstellbar, dass Meg, selbst in Wut, Rob – oder *überhaupt jemandem* – so etwas antun könnte. *Beinahe* unvorstellbar.

»Ich behaupte ja nicht, dass sie zu so etwas fähig ist«, sagte Amy. »Aber die Polizei muss doch alles in Erwägung ziehen, nicht wahr?«

»Na ja, wie du schon so richtig festgestellt hast. Sie hatte Glück, dass sie zu diesem Zeitpunkt mit uns zusammen war«, sagte Jo. Ihr Tonfall und ihr Gesichtsausdruck sollten Amy eine Warnung sein, aber es gab keinen Hinweis, dass diese bei ihr angekommen war oder dass sie sie sich zu Herzen nehmen würde.

»Sie war an diesem Abend ein bisschen seltsam, fandest du nicht?«

»Was meinst du mit *seltsam?*«

»Eben anders als sonst.«

»Anders?«

»Launisch. Reizbar. Sogar ein wenig ... *feindselig.*«

Jo schüttelte den Kopf. »Das ist mir nicht aufgefallen«, log sie. »*Dir* gegenüber ist sie möglicherweise ein wenig feindselig gewesen, weil du das Buch nicht gelesen hattest.«

»Ich habe das Buch sehr wohl gelesen.« Amy tat so, als würde sie die Entrüstete spielen, aber es wirkte wenig überzeugend. Als sie Jos Gesicht sah, zuckte sie die Schultern. »Gut, das meiste davon.«

»Du hast es ja nicht einmal mitgebracht.«

»Ehrlich, Jo, du willst doch hier nicht mit mir über Bücher reden. Mein Güte, du führst dich auf, als wärest du unsere Klassensprecherin.« Die Rolle der bockigen Schülerin hatte Amy besser drauf, und sie wusste, dass der Seitenhieb sitzen würde. Jo hasste es, mit einer Klassensprecherin verglichen zu werden, weil sie wusste, dass sie sich bisweilen wie eine benahm.

Amy sah auf ihre Uhr. »Ich muss jetzt los. Jud schickt mich wieder mal meine Runden machen.«

Jo verstand nicht gleich, was sie damit meinte. Dann fiel der Groschen. Amys Bruder Jud gehörte zu einer Gruppe arbeitsloser Schauspieler – obwohl sie selber es wohl anders umschreiben würden –, die Führungen bei historischen Stadtteilrundgängen übernahmen, und dann und wann schanzte Jud auch Amy eine solche Führung zu. Amys Spezialgebiet war die *Bloomsbury*-Tour. Ein Rundgang durch die Straßen und zu den Häusern, die mit Virginia Woolf und dem Bloomsbury-Kreis im Zusammenhang standen. Jo war einmal mit Meg und Liz auf einer solchen geführten Tour mitgegangen – sozusagen ein Betriebsausflug des Lesekreises für abgelegte Frauen. Es war nicht schlecht gewesen – oder vielmehr hatte Amy ihre Sache durchaus nicht schlecht gemacht. Sie war als Fremdenführerin besser denn als Schauspielerin. Amy hatte in einer privaten Theatergruppe einmal die Rolle der jungen Virginia Woolf gespielt, und sie hatten sich auch diese Aufführung treu und brav angeschaut, wie alle Stücke, in denen Amy mitwirkte. Die Aufführung hatte ihnen nicht gefallen – das Stück war so miserabel gewesen, dass es sogar Amy selbst aufgefallen war –, aber es hatte bei Amy ein bleibendes Interesse an Virginia Woolf erweckt und ihr somit auch noch einen recht einträglichen Nebenjob verschafft.

Sie hatte sich von Jo zwei Romane von Virginia Woolf ausgeborgt – und nie zurückgegeben – und sich dann in die verschiedenen Biografien über Virginia Woolf vertieft, weswegen sie sich nun für eine Expertin auf diesem Gebiet hielt. Jo allerdings war sich insgeheim nicht so sicher, ob Amy je mehr von Virginia Woolf als die beiden ausgeliehenen Romane gelesen hatte – wenn sie sie denn überhaupt *bis zum Ende* gelesen hatte. Einmal hatte Jo Amy jemandem gegenüber erwähnen hören, es wäre Virginia Woolfs *Leben*, das sie interessierte, und nicht das, was sie *geschrieben* hätte. Es hatte Jo einige Zurückhaltung abverlangt, nicht mit einer passenden Erwiderung zu kontern. Gelegentlich hatte sie das Gefühl, nachempfinden zu können, wie Amys Liebhaber sich vorkommen mussten.

Sie verabschiedeten sich vor der Tür des *Actors Centre* und gingen getrennter Wege – Amy zu ihrem Treffpunkt am Russell Square und Jo zu ihrer Wohnung über dem Fluss.

Jo wohnte in einem modernen Apartmentblock an einem Stück der Uferpromenade, das Jacob's Island hieß und ungefähr eine halbe Meile östlich von der Tower Bridge lag. Als Jo die Wohnung zusammen mit ihrem Ehemann gekauft hatte, war sie besonders davon angetan gewesen, dass der Neubau genau an der Stelle am Fluss stand, die Charles Dickens für die Ermordung Nancys in *Oliver Twist* gewählt hatte.

Damals hatte sie das noch nicht als schlechtes Omen betrachtet.

Nachdem sie nun von ihrer Verabredung mit Amy allein in diese Wohnung zurückkehrte, musste sie plötzlich an ihre eigene Rolle als Opfer männlicher Aggression denken.

Sie war zwar nicht körperlich angegriffen worden – wie es Amy mit einigen ihrer Liebhaber und Nancy mit Bill Sikes ergangen war. Michaels Spezialität waren verbale Attacken gewesen, mit immer perfider werdender seelischer Grausamkeit ausgeführt. Jo fühlte sich trotzdem als das Opfer. Und sie hasste sich dafür.

Manchmal musste sie daran denken, welche Ironie darin lag, dass sie Michael kurz nach dem Erfolg ihres Buches über Instrumentalisierung und Missbrauch von Frauen im Märchen kennen gelernt hatte.

Und sie hatte ihn nicht als das erkannt, was er in Wirklichkeit war: der böse Wolf. Ihr höchstpersönlicher böser Wolf.

Natürlich hatte auch *Rotkäppchen* zu den Märchen gehört, die Jo als Kind vorgelesen wurden – und zwar besonders gern, weil dieses Märchen angeblich aus den Wäldern Böhmens nahe der deutsch-tschechischen Grenze stammte, von wo die Familie ihrer Mutter kam. Aber es hatte zwei Versionen dieses Märchens gegeben. In der, die sie von ihrem Vater zu hören bekam – der Hollywood-Version, wie Jo sie später in ihrem Buch nannte –, kommt der Holzfäller just in dem Augenblick in die Hütte gestürmt, als der Wolf sich anschickt, das kleine Mädchen zu verschlingen, und tötet den Wolf mit seiner Axt. Dann schneidet er dem Wolf den Bauch auf, aus dem wohlgemut und unversehrt Rotkäppchens Großmutter gehüpft kommt, woraufhin Rotkäppchen den Holzfäller heiratet und sie alle noch heute glücklich miteinander leben würden, wenn sie nicht gestorben sind.

Doch in der Variante ihrer Mutter – der böhmischen Version – frisst der Wolf sowohl die Großmutter als auch das kleine Mädchen, womit es mit den beiden ein Ende hat. Kein Holzfäller mit seiner Axt, keine Hochzeit, nur ein blutbesudeltes Käppchen und ein satter Wolf. Jos Mutter, die in Marienbad geboren war, versicherte ihrer Tochter, *dies* sei die wahre Fassung und dass sie als mahnendes Beispiel dafür gemeint sei, dass hübsche kleine Mädchen wie Jo nicht stehen bleiben durften, wenn sie von fremden Männern angesprochen wurden.

Dabei ging Jo vermutlich zum ersten Mal auf, dass Märchen mehr waren als bloß spannende Geschichten. Und Jahre später, als sie schon studierte, kam sie dahinter, dass diesem Märchen sogar eine noch tiefere Bedeutung zugrunde lag: Der böse Wolf, las sie, repräsentierte nämlich die weibliche Sexualität, und indem es sich von ihr leiten ließ, verursachte das kleine Mädchen seinen eigenen Tod und den seiner Großmutter.

Wie die meisten Frauen ihrer Generation war sich auch Jo bewusst, dass Märchen dazu dienten, aus Frauen das zu machen, was Männer als richtige Frauen erachteten. Eine solche Frau hatte hübsch anzusehen, elegant, anmutig und auch ein wenig dumm zu sein, vor allem aber unterwürfig, und sie sollte in der Hoffnung leben, eines Tages den richtigen Mann zu heiraten. Jos eigener Beitrag zu dem Thema zeigte auf, wie die ursprünglichen Volksmärchen, die häufig die Macht der Frauen betonen, von ihren Chronisten so hingedreht wurden, dass die Frauen in die Opferrolle schlüpften – Opfer, deren einzige Überlebenschance darin bestand, das sie ihre Schönheit, ihre Anmut und ihre Unterwürfigkeit dazu benutzten, sich einen holden Prinzen oder den Nächstbesten zu angeln.

»Schlafende Schönheiten« nannte Jo ihre These.

Zu ihrer Überraschung wurde ihr Buch von der Kritik sehr gut aufgenommen. Sie konnte sich eine Zeit lang im Rampenlicht sonnen, wurde im Fernsehen und im Rundfunk interviewt und zu zahlreichen Lesungen in literarischen Zirkeln und bei Frauenvereinigungen eingeladen. An diesem Höhepunkt ihres Lebens – sie war Single, unabhängig, einigermaßen erfolgreich und hatte etwas mitzuteilen – war sie Michael Geraghty in die Arme gelaufen.

Es war, als hätte er sie schon die ganze Zeit verfolgt, hätte ein Auge auf sie geworfen, wäre vor ihr her durch den Wald gelaufen, wäre sich mit der roten Zunge über die furchtbaren Zähne gefahren, hätte darauf gewartet, bis sie am Ziel ihres Weges angekommen war: frohgemut, arglos und eine leichte Beute.

Es gab natürlich auch rationalere Erklärungen: dass sie, nachdem sie zehn Jahre lang nur die Bekanntschaft anderer Akademiker gesucht hatte, einmal jemand ganz anderen – was auf Michael Geraghty zweifelsfrei zutraf – kennen lernen wollte oder dass sie in der Euphorie ihres literarischen Erfolges nur allzu bereit war, sich spontan zu verlieben. Doch mittlerweile war ihr klar, dass sie in jedem Falle besonnener, wachsamer, weniger anfällig für eine selbstzerstörerische Tat hätte sein müssen. Was sie davor bewahrt hätte, sich in einen Mann wie Michael zu verlieben – ganz zu schweigen davon, ihn auch noch zu ehelichen.

Die Wohnung war das Einzige, was sie aus dem ganzen Schlamassel gerettet hatte. Aber sie hatte teuer dafür bezahlen müssen. Und sie bezahlte noch immer dafür.

Finanziell betrachtet, wäre es sinnvoll gewesen, sie zu verkaufen und sich eine weniger extravagante und weniger kostspielige Bleibe zu suchen. Aber Jo hing an ihrer Wohnung oder vielmehr an der Gegend, in der sie sich befand.

In Dickens' Tagen war Jacob's Island ein berüchtigtes Elendsquartier, begrenzt durch einen sich windenden Fluss, eine stinkende Kloake, der schließlich in die Themse mündete. Es war eine der schlimmsten, überbevölkertsten Wohngegenden Londons; ein Schachtelwerk erbärmlicher Behausungen, die sich hinter den Dockanlagen und den Hafenspeichern auftürmten; ein Dorado der Diebe, ein Seuchenherd, eine nur zu klägliche Zufluchtsstätte für die Ärmsten der Armen unter Londons Immigranten: Polen und Ungarn, russische Juden, Slawen und Litauer, Böhmen – diejenigen, die es nicht geschafft hatten und wohl auch niemals schaffen würden.

Doch nun war der bessere Teil dieses Gebietes – der, der auf den Fluss hinausging – mit Luxusapartments bebaut. Wo einst übelriechendes Abwasser der Nährboden für Cholera und Typhus gewesen war, befand sich heute ein gestalteter Landschaftsgarten mit stilvollen, bei Nacht in Flutlicht getauchten Springbrunnen und hölzernen Fußwegen, die sich zwischen Bambusstauden und Pampasgräsern hindurchwanden. Als Jo die hell erleuchtete Eingangshalle betrat, tauschte sie einen Gruß mit dem Nachtportier aus, der vor einer Batterie von Monitoren saß, mit deren Hilfe er per Überwachungskamera das gesamte Gelände überblickte. Vom Fenster ihrer Wohnung im zweiten Stock konnte Jo über den Garten hinweg die Themse und in der Ferne die Lichter von Wapping sehen. Sie war auf verschiedenen Luftwaffenstützpunkten der U.S. Airforce in Deutschland und in Ostengland groß geworden; dies war der erste Ort, den sie wirklich als ihr Zuhause betrachtete: der wichtigste Grund für sie, in London wohnen zu bleiben, mehr noch als ihre Arbeit und selbst mehr als ihre Freunde. In Jos privater, romantisch verklärter Version ihres Lebens war Jacob's Island der sichere Hafen, an dem ihr Flüchtlingsschiff angelandet war; der Ort, wo sie endlich Wurzeln geschlagen hatte.

Als sie die Tür hinter sich geschlossen hatte, streifte sie ihre Schuhe ab, schenkte sich ein Glas Wein ein, setzte sich im Dunkeln ans Fenster und versuchte, nicht darüber nachzudenken, wie viel Zeit ihr wohl noch bliebe, all dies zu genießen.

KAPITEL 8

Spiele in Duggan's Yard

Larry lag zu voller Länge ausgestreckt auf der Gangway. Sein Handy klingelte, aber er hatte keine Hand frei. Außerdem war das jetzt sowieso unwichtig. Mit der linken Hand hielt er sich an der Planke fest, und mit der rechten hielt er die Kapuze seines Sohnes umklammert. Dem Gewicht nach steckte Ben noch in dem Mantel. Mit ein wenig Hilfe des Allmächtigen und der Qualität, die L. L. Bean seinen Kleidungsstücken angedeihen ließ, würde er ihn wohl noch eine Weile anbehalten. Larry schätzte, dass Bens Füße knapp über der Wasseroberfläche baumeln mussten.

Langsam und äußerst vorsichtig begann Larry, ihn hochzuziehen.

Als er es so weit geschafft hatte, dass der Junge mit beiden Händen den Trageriemen von Larrys Rucksack greifen konnte, ließ Larry die Kapuze los und umfasste Ben mit dem Arm. Nachdem er ihn auf der Planke abgesetzt hatte, schärfte er ihm ein, vorsichtig auf den Steg zu kriechen. Larry folgte ihm. Er wagte nicht, sich aufzurichten und wollte auch nicht, dass Ben es tat.

Als sie endlich sicher auf dem Steg standen, ging Larry in die Knie und fasste den Jungen bei den Schultern.

»Alles klar?«

»Ja, aber ich habe Monks fallen lassen.«

»Mist.« Er postierte Ben so weit wie möglich vom Rand des Steges entfernt und ging zurück, um nach dem Affen zu schauen. Aber der Fluss strudelte wie ein rasender Mahlstrom zwischen dem Boot und dem Landungssteg hindurch. Von dem Plüschtier war keine Spur zu entdecken.

Larry ging zurück zu dem Jungen und kniete sich wieder vor ihm hin. »Tut mir Leid«, sagte er. »Ich fürchte, den müssen wir abschreiben.«

»Wird er es schaffen?«

Natürlich hätte Larry es gleich anders ausdrücken sollen. Nun nahm er zu einer Ausrede Zuflucht.

»Vermutlich. Affen können sehr gut schwimmen.«

Er war sich durchaus nicht sicher, ob das wirklich stimmte. Einmal war er mit Ben in einem Zoo gewesen, wo sich das Affengehege auf einer Insel inmitten eines Sees befand – ein ziemlich deutlicher Hinweis darauf, dass sie nicht schwimmend entfleuchen konnten.

Es dauerte einen Moment, bis Larry sich daran erinnerte, dass Monks kein *richtiger* Affe war.

»Wir werden morgen früh nach ihm suchen«, versicherte er Ben.

»Wo wird er dann sein?«

Beim Dead Man's Hole, dachte Larry, der brackigen Stelle unterhalb der Tower Bridge, wo die Selbstmörder angespült wurden. Am Fuße des Nordostturms hatte sich einst eine Leichenhalle befunden, in der man die Toten aufbewahrte, bis ihre Angehörigen erschienen, um sie abzuholen – falls ihnen nicht die Chirurgen von der medizinischen Fakultät der Universität zuvorkamen.

Trotzdem machte es Sinn, dort zu suchen, jedoch nicht vor dem Morgen.

Ben zitterte, entweder vor Kälte oder vor Schreck – oder beidem. Larry nahm ihn auf den Arm und trug ihn aufs Boot.

Wenigstens einmal hatte der Ofen sich seiner Aufgabe gewachsen gezeigt, es war mollig warm in der Kajüte. Larry setzte den Jungen auf die Couch, legte den Arm um ihn und drückte Ben fest an sich.

»Lieber Himmel, Ben, ich habe gedacht, ich hätte dich verloren.«

»Wie ich Monks verloren habe.« Das schien ihm am meisten zuzusetzen.

»Es war nicht deine Schuld.«

»Mum sagen wir lieber nichts davon.« Larry merkte, wie Ben mit den Tränen kämpfte.

»Nein«, sagte Larry und gab ihm einen Kuss auf die Wange. »Weißt du was? Ich mach dir jetzt einen heißen Kakao. Davon wird dir warm. Und wie wäre es mit einem Käsetoast?«

Die Tüte mit den Fish and Chips war im Fluss gelandet.

Ben nickte.

»Braver Junge«, sagte Larry. Er hätte am liebsten selber losgeheult.

Später, als Ben bereits schlief, setzte sich Larry alleine ins Ruderhaus. Er ließ das Licht ausgeschaltet, damit er auf den Fluss hinaussehen konnte. Er hörte das hohle, dröhnende Geräusch, das die Müllkähne machten, wenn sie aneinander stießen. In früheren Zeiten hatte er dieses Geräusch gemütlich gefunden – wie oft war er von ihm in den Schlaf gewiegt worden –, aber nun nicht mehr. Nun klang es wie das Klopfen verzweifelter Seeleute, die in einem sinkenden Schiff eingeschlossen waren.

Als Kinder waren Rob und er häufig hier gewesen. Nicht auf dem Schlepper – der war damals noch ein Arbeitsschiff gewesen –, aber in diesem Teil der Docklands. Das gesamte Gebiet östlich der Tower Bridge war durch die Luftangriffe der Deutschen dem Erdboden gleichgemacht worden und war in jenen Jahren noch immer ein ziemliches Trümmerfeld, was es zu einem idealen Spielplatz machte – jedenfalls für Rob und ihn. Aber sie nannten diese Gegend nicht The Hermitage, sondern Duggan's Yard, nach dem Namen einer alten Werft, die sich hier befand. Oft saßen sie am Ende eines langen Sommerabends an der Kaimauer und sahen zu, wie hinter der Tower Bridge die Sonne unterging. Es fiel Larry nicht leicht, zu beschreiben, was er an solchen Abenden empfunden hatte. Er wusste, dass ihm dieses Gefühl seitdem beinahe ganz abhanden gekommen war.

Es war natürlich verbotenes Terrain. Sie sollten eigentlich am südlichen Ufer bleiben, zwischen der Tower Bridge und Rotherhithe. Der Fluss war die Grenze. Seine Überquerung war wie eine Flucht ins Unbehauste, wo man sich wie Outlaws vor dem Zugriff des Gesetzes verstecken konnte. Einmal hatten sie Larrys Tante Ethel beobachtet, die in der Dunkelheit auf der anderen Seite nach ihnen suchte. Larry hatte Mitleid mit ihr gehabt, es aber nicht gesagt. Rob hätte sich doch nur über ihn lustig gemacht.

Ja, sie waren schon zwei freche Bengel gewesen. Das Einzige, was gar nicht zu ihnen passte, war allerdings ihre Aussprache. Sie sprachen beide zu vornehm – zumindest für Bermondsey. Das lag daran, dass Larry schon frühzeitig von seinen Tanten zum Sprecherziehungsunterricht geschickt worden war, und Rob – nun, der stammte eben aus *vornehmem* Hause: Sein Vater war der Vikar von Bermondsey. Rob hatte nur dieselbe staatliche Schule wie Larry besucht, weil sein Vater als erklärter Sozialist nichts von Privatschulen hielt.

Larrys Tanten hielten Rob für einen schlechten Einfluss. »Er mag zwar der Sohn eines Vikars sein«, pflegten sie zu sagen, »aber trotzdem steckt der Teufel in ihm.«

Was auch immer in Rob steckte – seinen Ausdruck fand es in Rebellion. Er rebellierte gegen sämtliche Autoritäten, ob es sich dabei nun um seine Eltern, seine Lehrer oder die Polizistin handelte, die den Verkehr anhielt, damit die Schulkinder die Straße überqueren konnten. Frauen in Autoritätspositionen schienen Rob besonders gegen den Strich zu gehen (selbst Schülerlotsinnen). Das Einzige, was er absolut nicht ausstehen könne, verriet er Larry schon in den frühen Tagen ihrer Freundschaft, wäre, von einer Frau herumkommandiert zu werden.

Sonderbarerweise war seine Mutter jedoch alles andere als autoritär. Sowohl als Gattin des Vikars wie auch als Mutter war sie hoffnungslos überfordert. *Sie* ließ sich von jedem herumkommandieren. Rob war ein Einzelkind, ein Spätgeborener, und es schien, als hätten die Anstrengungen seiner Geburt sie ihrer gesamten verbliebenen Energie beraubt.

Als Larry sie zum ersten Mal sah, hielt er sie für Robs Großmutter – so dünn und zerbrechlich und grämlich wirkte sie. Sie zog und zupfte ständig an ihren Kleidern herum wie ein Vogel, der sein Nest herrichtet, und sowie sie Rob in die Finger bekam, zupfte und zog sie auch an ihm herum. Sie nannte ihn Robin – und Larry merkte sofort, dass Rob das nicht passte.

Robs Vater wirkte wesentlich jünger und war zweifelsohne auch weit dynamischer als seine Frau – wozu allerdings auch nicht viel gehörte –, aber er war ein verschlossener Geistesmensch, der sich bei jungen Leuten anzubiedern versuchte, indem er flaue Witze riss und verkrampfte Gespräche über Fußball oder Kricket mit ihnen anfing. Wenn er – was ohnehin selten genug der Fall war – zu Hause war, verkroch er sich meistens in sein Arbeitszimmer, wo er seine nächste Predigt oder Denkschriften für die Sozialistenvereinigung verfasste. Die Haushaltsführung und alles, was mit Robs Erziehung zu tun hatte, überließ er Robs Mutter.

Und das war wohl der Grund, warum sie die Autoritätsperson im Hause wurde – obwohl man sich nur schwer vorstellen konnte, dass sie je mit der Faust auf den Tisch schlug.

Mit elf Jahren erschien Larry Robs Familienleben unendlich erstrebenswerter als sein eigenes. Das Pfarrhaus war ein altes viktorianisches Gebäude, das wie durch ein Wunder den Bombenhagel überstanden hatte. Als Larry zum ersten Mal davor stand, war es ihm irgendwie unheimlich vorgekommen – mit seinen kantigen Erkern, seinen Schornsteinen und hohen überdachten Mansardenfenstern sah es aus, als starrte es mit vorgerecktem Kinn und finster gesenktem Blick auf einen herab; als wäre man etwas Ekelerregendes, in das es beinahe hineingetreten wäre. Jahre später, als sie alt genug waren, um sich Hitchcocks *Psycho* anzusehen, tauften sie es in Anspielung auf die morbiden Illustrationen des Karikaturisten Chas Addams das *Addams-Motel.* Doch zu jener Zeit hatte Larry das Haus längst in sein Herz geschlossen. Hier gab es all den Platz und die Bewegungsfreiheit, die in seinem eigenen Elternhaus fehlte. Es strahlte eine Art heruntergekommener Noblesse aus, die er auf sonderbare Weise anheimelnd fand – wie die wulstigen alten Ledersessel und die Bücherregale mit Hunderten eingebundener Ausgaben des *National Geographical Magazine.*

Die beiden Jungen konnten in diesem Haus schalten und walten, wie sie wollten; die elterliche Einflussnahme beschränkte sich auf ein Minimum. In einem Punkt wenigstens erwies sich Robs Mutter als tüchtige Hausfrau: Sie machte ordentlichen Tee, was für Larry, dem der unmittelbare Vergleich fehlte und der sich ohnehin sehr an dem rigoroseren Erziehungsstil seiner Tanten störte, als Grundvoraussetzung für diese Aufgabe erschien. Später sollte er seine Meinung ändern.

Im ersten Jahr ihrer Freundschaft, als sie sich noch nicht weniger harmlosen Zerstreuungen zugewandt hatten, pflegten Rob und Larry nach der Schule um vier Uhr nachmittags hier aufzukreuzen, um sich mit Sandwiches, Rosinenbrötchen und Kuchen sowie einem Erfrischungsgetränk verwöhnen zu lassen, bevor sich Robs Mutter zu einem Nickerchen zurückzog – und zwar bevorzugt in den Schaukelstuhl, der im Souterrain stand. Dann konnten die Jungen eine gute Stunde lang allen möglichen Unfug anstellen, bis es Zeit für Larry wurde, nach Hause zurückzukehren – in die frugalere und disziplíniertere Welt seiner Tanten.

Larry wusste, dass sie sich im Unrecht befanden, wenn sie behaupteten, Rob würde ihn auf Abwege führen. Es ging zwischen ihnen nie darum, wer der Anführer war und wer der Gefolgsmann. Mit seinem resignierten Kommentar, der eine wäre so verdorben wie der andere, traf Larrys Vater wohl den Nagel auf den Kopf. Er ahnte, dass Larry keinen Nachhilfeunterricht in Arglist benötigte – schließlich war er ja der Sohn seiner Mutter.

Larry war bei seinem Vater und dessen beiden Schwestern aufgewachsen, weil seine Mutter kurz vor Larrys drittem Geburtstag ihrer Familie den Rücken gekehrt hatte. Larrys Mutter hieß Connie; sie war Anfang der Sechzigerjahre nach Bermondsey gekommen, um Fotos von den Schauerleuten zu machen. Sie wollte sich an der Kunsthochschule bewerben, erzählte sie, und brauchte die Aufnahmen für ihre »Mappe«. Weil sie jung und attraktiv war, zierten sich die Dockarbeiter auch nicht sonderlich.

Einige Jahre später entdeckte Larry ein paar der Aufnahmen, die sie von seinem Vater gemacht hatte. Sie waren körnig und vergilbt, und auch die Belichtungszeit hatte wohl nicht immer gestimmt, aber es war doch zu erkennen, was sie so anziehend an ihm gefunden hatte. Er sah ein wenig aus wie ein junger Albert Finney.

Larry schlug mehr nach seiner Mutter. Auch von ihr gab es ein Porträtfoto – das eine, einzige, das ungefähr ein Jahr nach der Hochzeit seiner Eltern aufgenommen worden war. Tante Ethel behauptete steif und fest, Connie wäre schön gewesen, doch anhand der Schwarzweißaufnahme, die Larry gesehen hatte, war das schwer zu beurteilen. In Farbe hätte sie besser ausgesehen, sagte Tante Ethel, sie hatte rotes Haar und blaue Augen und ein bezauberndes Lächeln. Aber auf dem Foto wirkte sie ein wenig verschlagen, fand Larry. Irgendwas an ihren Augen, an ihren Lippen – gerade weit genug geöffnet, dass man ihre Zähne sah, aber eben nicht weit genug, dass man von einem Lächeln hätte sprechen können – erinnerte ihn an eine in die Enge getriebene Füchsin. Doch das war gewiss seine ureigene Interpretation, geprägt von dem, was er mittlerweile über sie erfahren hatte.

Sie hatte ihn und seinen Vater im November 1963 verlassen – wenige Tage nach der Ermordung Präsident Kennedys.

»Das hat sie außerordentlich mitgenommen«, wusste Tante Ethel zu berichten. »Über alle Maßen.«

»Ich muss damals gerade meine ersten Zähne bekommen haben«, hatte Larry gesagt, der sich schwor, dass er niemals durch den Tod eines Präsidenten derart aus der Rolle fallen würde.

Also verlor Larry eine Mutter und gewann stattdessen zwei neue. In Fragen der gemeinsamen Elternschaft ergänzten die beiden Tanten sich aufs Vorzüglichste. Tante May kümmerte sich um die praktischen Dinge – sie sorgte für seine Mahlzeiten, seine Kleidung und verabreichte ihm seine Dosis Vitamin C, wenn er erkältet war. Tante Ethel lehrte ihn zu zeichnen und zu träumen. Und beide versicherten ihm ohne Unterlass, was für ein reizender Junge er sei. Worauf vermutlich zurückzuführen war, dass Larry trotz der gescheiterten Ehe seiner Eltern und des Einflusses seines besten Freundes schon früh große Hochachtung vor Frauen entwickelte. Vom weiblichen Standpunkt aus betrachtet lag das einzige Problem darin, dass er sie im Plural bevorzugte.

Eines konnte Larry sich nicht erklären: wenn er so unwiderstehlich war – wie hatte es seine Mutter dann über sich bringen können, ihn zu verlassen und nie wieder zu ihm zurückzukehren?

Larry war ungefähr neun oder zehn Jahre alt gewesen, als er sich zum ersten Mal fragte, ob sie nicht vielleicht ermordet wurde. Nicht unbedingt zum Zeitpunkt ihres Verschwindens und auch nicht unbedingt von seinem Vater, aber einige Zeit später, und zwar von unbekannter Hand. Schließlich war es doch seltsam, dass sie so ganz und gar unauffindbar blieb. Sooft er über Serienmorde las, bei deren Aufklärung man mehrere, zumeist weibliche, Leichen verscharrt gefunden hatte, fragte er sich, ob darunter nicht eventuell auch die Leiche seiner Mutter sein könnte. Und wenn es dann hieß, dass die Ermittlungsbehörden unter Umständen nie das volle Ausmaß der Gräueltaten des Mörders aufdecken würden, glaubte Larry, dass der Grund für das Verschwundenbleiben seiner Mutter möglicherweise darin zu suchen war, dass sie sich mit anderen namenlosen Toten in einem Massengrab in einem Keller oder in einem Feld oder in einem Garten hinter einem Haus befand.

Das Verschwinden seiner Mutter löste bei Larry keinen dauerhaften Frauenhass aus, nicht einmal tiefes Misstrauen wie bei seinem Vater, dafür aber das bleibende Gefühl, vom Schicksal verdammt zu sein. Er lebte in ständiger Erwartung des Unvorstellbaren. Als Larry in sein Haus in Spitalfields zurückkehrte und auf dem Küchenfußboden die verstümmelte Leiche seines Freundes Rob entdeckte, war er zwar schockiert und entsetzt, doch keineswegs *überrascht* gewesen.

Ein Schrei aus der Kajüte unter ihm brachte ihn mit einem Schlag auf die Beine. Schnell eilte er die Stufen hinab.

Ben hatte einen Albtraum. Larry strich ihm über die Stirn, bis er sich wieder beruhigt hatte. Dann kniete er noch eine Weile neben der Koje und beobachtete Bens Gesicht im Schein des Herdfeuers. Larry konnte sich nicht vorstellen, seinen Sohn eines Tages nicht mehr zu lieben, und schon gar nicht, sich von ihm abzuwenden. Und doch hatte er bisweilen große Angst, ihn zu verlieren... Diese Furcht fraß wie ein Krebsgeschwür an ihm. Suchten auch andere im Anblick eines schlafenden Kindes Trost? Hatte auch seine Mutter einmal so neben ihm gesessen, wenn er schlief? Vielleicht am Abend ihres Verschwindens? Ein letzter Blick...

Er ging zurück ins Ruderhaus, um abzuschließen, bevor er selber zu Bett ging. Dann fiel ihm ein, dass er die Gangway liegen gelassen hatte. Früher hätte er sich deswegen weiter keine Gedanken gemacht, aber der Mord hatte ihn vorsichtiger werden lassen – vor allem jetzt, wo Ben mit an Bord war. Er beschloss, hinauszugehen und die Planke an Deck zu ziehen.

Es war bitterkalt draußen, und die Vögel waren zurückgekommen. Larry sah ihre dunklen, zusammengekauerten Schatten auf den Kähnen. Sie rührten sich auch nicht, als Larry das Brett einholte. Aus der Ferne trug das Wasser Geräusche zu ihm herüber. Er hörte das Summen des Verkehrs auf der Tower Bridge und, in unmittelbarer Nähe, das pulsierende Dröhnen eines Autoradios sich nähern und wieder entfernen. Und dann, ganz dicht bei ihm, so nahe und so laut, dass er dabei zusammenzuckte, das Lachen einer Frau: ein hämisches, so verächtliches Lachen, dass es beinahe dämonisch klang. Larry warf einen Blick über die Boote hinweg zum Ufer, konnte aber nichts entdecken. Das Lachen war gleich wieder verstummt. Ihm lief eine Gänsehaut über den Rücken, als er sich wieder dem Ruderhaus zuwandte.

Rob glaubt immer, die Frauen wären der Feind.

Dieser Gedanke kam Larry so unvermittelt, dass er jäh herumfuhr, als hätte sich jemand von hinten an ihn herangeschlichen.

Aber es war nur seine Exfrau, die ihn in der Erinnerung heimsuchte.

Rob glaubt immer, die Frauen wären der Feind. Als Ruth ihm das sagte, hatte er es zunächst bestritten, später aber entschieden, dass es vermutlich doch stimmte.

Und warum?

Als Larry unlängst bei Rob und Meg zum Abendessen eingeladen war, hatte er ein aus einer Zeitung oder Zeitschrift ausgeschnittenes Zitat mit Leuchtstift markiert an dem Pinnbord in der Küche entdeckt.

»Ein Mann, der seine eigene Mutter hasst, wird früher oder später auch dich hassen.«

Es kam ihm komisch vor, dass jemand so etwas in seiner Küche aufhängte. Und es erschien ihm noch sonderbarer, als er erfuhr, dass Rob den Zettel angepinnt hatte.

Rob fand das Zitat sehr witzig. Er wollte Meg damit ärgern, erklärte er, und ihre Freundinnen, die Weiber vom Lesekreis, die ihn als Frauenhasser abstempelten.

Er hasse Frauen nicht, fuhr Rob fort, aber er würde den Teufel tun, sich von ihnen herumkommandieren zu lassen. Alle Frauen würden versuchen, einen an der kurzen Leine zu halten, sagte er, wenn man sie ließe. Jede Frau versucht doch bloß, ihren Haken in dein Fleisch zu bekommen.

Wenn Rob Larry wieder einmal anvertraute, dass er eine Affäre hatte, benutzte er dafür gelegentlich den Ausdruck »in Duggan's Yard spielen«.

Larry trat ins Ruderhaus, drehte den Schlüssel im Schloss und verriegelte die obere und untere Hälfte der Tür mit zwei Bolzen, ehe er sich zu seinem schlafenden Sohn in die Kajüte gesellte.

KAPITEL 9

Der Reigen

Während der Nacht schreckte Larry mehrfach hoch, weil aus der Koje neben der seinen Schreie zu ihm drangen. Wenn er dann die Augen aufschlug, sah er Ben im Schimmer des Nachtlichts flach auf dem Rücken liegen und wie ein verzweifelter Käfer mit den Armen in der Luft herumfuchteln. Das einzige Wort, das er ausmachen konnte, war ein immer wiederkehrendes »Nein!«. Jedes Mal kroch Larry aus seiner Koje und kniete sich neben Ben, um ihn zu beruhigen.

Auch Larry hatte Albträume. Sein ruheloser Schlaf war mit Leichen gepflastert. Sie kamen entweder plötzlich aus dem Fluss hervorgeschossen oder lagen ordentlich aufgereiht in der Leichenhalle beim Dead Man's Hole. Manchmal lag Larry zwischen ihnen, dann wieder blickte er auf sie nieder wie die Angehörigen – oder auch Chirurgen –, die sich genau wie er noch nicht schlüssig waren, welche davon wohl die *richtige* sei. Die Köpfe der Toten waren mit Tüchern bedeckt, was es noch schwieriger für ihn machte. Er wusste, dass einer von ihnen Monks sein könnte, den man hier aus Versehen mit aufgebahrt hatte, aber er wagte nicht, die Tücher beiseite zu ziehen, weil er befürchtete, dass Robs Gesicht darunter zum Vorschein kommen könnte und dass es immer noch so aussah wie auf Larrys Küchenfußboden – mit nur noch einem Auge, das ihm entgegengestarrt hatte, als er zur Tür hereingekommen war.

Am Morgen war es Larry hundeelend. Aber Ben wirkte recht munter.

»Wann gehen wir nach Monks suchen?«, wollte er wissen.

Es war ein herrlicher Dezembermorgen – heller als an den vorangegangenen Tagen, und die Luft war klar und frisch. Larry beschloss, mit dem Beiboot das Ufer abzusuchen, in Richtung Westen bis zur Tower Bridge und dann flussabwärts etwa eine Meile weit bis zum Limehouse Cut, dem Verbindungskanal zwischen der Themse und dem River Lee.

Er legte Ben eine Schwimmweste an und hob ihn in das Boot.

»Und wenn sie angreifen?«, fragte Ben.

»Wer soll uns angreifen?«, fragte Larry zurück. Litt Ben noch immer unter den Nachwirkungen seiner Albträume?

»Die Vögel«, sagte Ben.

Larry folgte seinem Blick und sah drei oder vier Möwen auf den Schmutzhaufen sitzen, die bei Ebbe an der Wasseroberfläche erschienen.

»Sie greifen uns nicht an«, sagte Larry. »Vögel tun Menschen nichts.«

Ben schaute drein, als wüsste er es besser, wollte aber keine Diskussion deswegen anfangen.

»Hast du etwa diesen Film gesehen?«, fragte Larry und dachte dabei an Hitchcocks »Vögel«.

»Was denn für einen Film?«

Wenn er ihn nicht kannte, war es wohl auch besser, ihm nichts davon zu erzählen, dachte Larry. Aber was hatte ihm dann solche Angst gemacht? Er musste auf jeden Fall mit Ruth darüber sprechen.

Es brauchte ein paar Züge an dem Starterseil, bis der Außenborder zum Leben erwachte, und dann fuhren sie auch schon stromaufwärts der Tower Bridge entgegen. Larry spürte den Wind im Gesicht und das Sprühen der Gischt, wenn der Bug die Wellen durchpflügte, und empfand ein plötzliches, angenehmes Losgelöstsein von der Stadt, die sich nun zu beiden Ufern des Flusses vor ihm auftat. Es war nicht unbedingt ein

Glücksgefühl, aber doch eine Erinnerung daran, wie es *gewesen war,* glücklich zu sein.

Am Dead Man's Hole gab es nichts, was einer Leiche ähnelte – weder der eines Menschen noch eines Affen –, nur einen Weihnachtsbaum.

Larry steuerte das Boot seitwärts heran und zog ihn an Bord. Er war kaum mehr als einen guten Meter hoch, trug aber noch ein dichtes Nadelkleid.

»Wie ist der in den Fluss gekommen?«, wollte Ben wissen.

Larry blickte zu dem viktorianischen Prunkbau empor, der über ihnen aufragte.

»Ist wohl von einem Lastwagen heruntergefallen«, sagte er. Wie die meisten Dinge, die sein Dad mit nach Hause brachte, als Larry noch ein Kind war.

»Oder er ist vielleicht gesprungen«, fügte er hinzu. »Wie der in dem Kinderbuch, der zurück in den Wald wollte.«

Ben sah ihn an, als wüsste er nicht so recht, ob er das glauben sollte. Ben besaß tatsächlich ein Buch über einen Weihnachtsbaum, der davongelaufen war; Larry selber hatte es ihm vorgelesen. Und er war nun in einem Alter, in dem er immer noch glauben *wollte,* was in seinen Büchern stand, obwohl ihm bereits erste Zweifel kamen: das Aufkeimen des Verdachts, jemand könnte sich das alles bloß *ausgedacht* haben.

»Wir binden ihn als Weihnachtsschmuck an den Mast«, schlug Larry vor. »Zur Weihnachtszeit *sollten* Schiffe Christbäume an ihren Masten haben.«

Sie fanden Monks zwar nicht, doch der Weihnachtsbaum bot eine recht passable Ablenkung. Ben wollte wissen, wie sie ihn am Mast befestigen wollten und ob sie ihn auch schmücken würden.

»Nein«, sagte Larry. »Weihnachtsbäume auf Schiffen werden nicht geschmückt.«

»Weil die Vögel drangehen würden?«

»Nein, nicht deswegen.« Was hatte Ben nur dauernd mit

den Vögeln? »Es könnte ja regnen, und dann geht der Schmuck kaputt.« In Wirklichkeit wollte Larry keine Aufmerksamkeit auf sein Schiff lenken. Ein Weihnachtsbaum mit blinkenden Lichterketten und buntem Schmuck wäre eine Einladung für jeden Trunkenbold am Fluss und für jede Truppe besoffener Typen, die sich nach der Weihnachtsfeier im Büro kaum noch auf den Beinen halten konnten. Sie würden sich mit ihren Papphüten an der Mole aufbauen, ihm mit Flaschen zuwinken und *Stille Nacht* grölen.

Larry war gerade oben am Mast und befestigte den Baum, als er sah, wie das Boot der Wasserschutzpolizei näher kam. Zunächst achtete er nicht weiter darauf – das Hauptquartier der Wasserschutzpolizei befand sich gleich ein Stück weiter den Fluss entlang am Pier von Wapping –, doch dann hörte er, wie sein Name gerufen wurde und sah, dass sich neben der üblichen Crew noch zwei Beamte in Zivil – ein Mann und eine Frau – in dem Boot befanden. Sie wollten an Bord kommen.

Larry bat sie, im Ruderhaus zu warten, während er mit Ben hinunter in die Kajüte ging und ihm Zeichenpapier und Wachsmalstifte gab.

»Was soll ich zeichnen?«, fragte Ben.

Larry fand das Vogelbestimmungsbuch in dem Regal, wo sein Vater einige Nachschlagewerke über den Fluss aufbewahrte. Er schlug das Kapitel mit Möwen auf. Larry hatte die leise Hoffnung, dass ihm das vielleicht helfen könnte, Bens Angstzustände in den Griff zu bekommen, die sich ganz offensichtlich zu einer Phobie entwickelten.

»Glaubst du, dass sie Monks gefunden haben?«, fragte Ben.

»Nein, ich denke nicht«, sagte Larry.

Als Larry zurück ins Ruderhaus kam, stellte der Beamte sich selber als Detective Inspector Stone und seine Kollegin als Detective Sergeant Harris vor. Er sei dem Fall erst kürzlich zugeteilt worden, erklärte er, und es gäbe ein paar Kleinigkeiten, die er mit Larry durchgehen wolle, um »vielleicht endlich mal einen Schritt weiter zu kommen«.

Aus diesem Diensteifer an einem Samstagmorgen schloss Larry, dass sie irgendwelche neuen Erkenntnisse haben mussten. Er fragte, ob sie einen Kaffee wollten, aber Stone lehnte für beide ab.

Stone war groß und hatte ein kantiges Gesicht mit einer langen Nase, die einen leichten Knick aufwies – als wäre sie mal gebrochen gewesen und nie wieder gerichtet worden – und stechenden, ungewöhnlich hellen Augen. Wie ein Kranich, dachte Larry, der mit den Gedanken immer noch bei dem Vogelbestimmungsbuch war, oder ein Fischreiher. In dem engen Ruderhäuschen kam er ihm vor wie ein Vogel im Käfig. Er hatte auffallende Geheimratsecken, und was in der Mitte seines Schädels noch an Haar übrig geblieben war, hatte er millimeterkurz abrasiert, so dass sich über seiner Stirn ein kleiner strubbeliger Fleck abzeichnete, der wie Schmutz aussah – als hätte er gerade einen erdverschmierten Fußball geköpft. Er schien etwa in Larrys Alter zu sein, Ende dreißig bis Anfang vierzig.

Sie kamen nicht gleich zur Sache, redeten über das Boot und wie es wäre, mitten im Winter darauf zu wohnen. Larry erklärte, dass es sich nur um ein vorübergehendes Ausweichquartier handelte, bis in seinem Haus alles wieder hergerichtet sei. Stone ließ seinen Blick durch das schlicht ausgestattete Ruderhaus wandern.

»Und hier sind Sie also am Abend des Mordes gewesen?«, sagte er betont unbeteiligt, als würde er nach der Uhrzeit fragen.

»So ist es.«

»Und haben ein wenig gewerkelt?«

Es gab an seinem Tonfall eigentlich nichts zu beanstanden, aber es klang doch eine Spur Skepsis durch.

»Ich habe Malerarbeiten erledigt, wenn Sie es genau wissen wollen.«

Stone schnaubte durch die Nasenlöcher.

»In der Vorderkajüte«, sagte Larry. »Möchten Sie es sich einmal ansehen?«

Stone wandte sich bedächtig seiner Kollegin zu und sah sie an. Sie stand auf.

»Wie finde ich dorthin?«, fragte sie.

Larry zeigte ihr den Weg. Er war erst halb fertig. Auf Zeitungspapier standen eine Dose mit Farbe und ein Einweckglas mit Pinseln. Larry wusste, dass er das innerhalb einer halben Stunde so hätte aufbauen können. Sergeant Harris schien den gleichen Eindruck zu haben. Sie war jünger als die beiden Männer, knabenhaft attraktiv mit blondem, kurz geschnittenem Haar.

Als sie wieder ins Ruderhaus kamen, nickte sie Stone zu, der sie aber kaum eines Blickes würdigte. Er las in einem Dokument, bei dem es sich wohl um eine Kopie von Larrys Aussage handelte.

»Sie haben die Schlüssel in einem Weinlokal hinterlassen«, sagte er, als würde er den Text zum ersten Mal zu Gesicht bekommen. Und so war die Bemerkung eigentlich auch nicht als Frage zu verstehen.

»Das stimmt«, bestätigte Larry.

Stone sah ihn an.

»War das die übliche Vorgehensweise?«

»Ich würde sie nicht als ›üblich‹ bezeichnen.«

»Und warum haben Sie ihm die Schlüssel dann nicht persönlich überreicht?«

»Ich hatte keine Lust, auf ihn zu warten.«

»Ja, Sie hatten es ja eilig, mit Ihrem Schiff anzufangen.«

Wieder dieser leichte Anflug von Ironie in seiner Stimme. Larry sagte nichts dazu.

»Und ich darf davon ausgehen, dass das ziemlich regelmäßig vorkommt? Dass Sie jemandem Ihr Haus für sexuelle Zwecke überlassen?«

Bei ihm hörte es sich so an, als wäre das ein Verbrechen.

Und auf eine gewisse Weise traf das vielleicht auch zu. Larry sah, dass Sergeant Harris sich Notizen machte.

»Ich würde nicht sagen, dass es *regelmäßig* vorkam«, korrigierte Larry den Inspector. »Aber wenn Rob mit jemandem verabredet war und aus bestimmten Gründen nicht mit zu ihr konnte, hat er mich hin und wieder gefragt, ob er mein Haus benutzen darf.«

»Hin und wieder also. *Wie oft* denn nun wirklich? Was schätzen Sie? Sagen wir, während des vergangenen halben Jahres?«

»Ich glaube, in meiner Aussage steht, dass es etwa acht- oder neunmal vorgekommen ist.«

»So, acht- oder neunmal? Nicht übel. Gar nicht übel.« Er schien über etwas nachzudenken und dann wieder von dem Gedanken abzurücken – als würde dabei zu viel über seine eigenen sexuellen Gewohnheiten ans Licht kommen. »Gut, aber nicht, wenn es sich jedes Mal um eine andere Frau gehandelt hat. *Hat* es sich jedes Mal um eine andere Frau gehandelt?«

»Das weiß ich nicht.«

»Sie haben nicht danach gefragt?«

»Er hätte es mir gesagt, wenn er gewollt hätte, dass ich es wüsste.«

»Es wundert mich, dass Sie ihm nicht gleich seinen eigenen Schlüssel gegeben haben.«

»Habe ich ja. Aber er hat ihn verloren. Ich musste die Schlösser auswechseln lassen.«

»Tatsächlich?«, Stone sah Sergeant Harris an, »und wann soll das gewesen sein?«

»Anfang dieses Sommers. Im Juli etwa. Danach haben wir entschieden, dass er den Schlüssel wohl doch besser nicht behält. Es gab ja auch immer das Risiko, dass Meg ihn finden und sich fragen könnte, wofür der war.«

»Seine Frau?«

»Ja.«

»Ich schätze, Sie kennen sie ziemlich gut.«

»Ziemlich gut. Ich war ein Freund der Familie.«

»Und doch hat es Ihnen nichts ausgemacht, ihm Ihre Wohnung zu überlassen, damit er dort mit einer anderen Frau vögeln konnte?«

»Rob war mein Freund«, sagte Larry. »Wir kannten uns seit der Schulzeit. Meg habe ich erst als seine Frau kennen gelernt.«

»Aber Sie *haben* Einwände erhoben?«

»Ich habe nichts gesagt, aber es wäre mir lieber gewesen, wenn es nicht passiert wäre.«

»Ich nehme an, sie hat nichts davon gewusst. Seine Frau.«

»Möglicherweise ahnte sie, dass er sich mit anderen Frauen traf. Aber sie hatte wohl keine Ahnung, *wo*. Nein, ich bin mir wirklich ziemlich sicher, dass sie es nicht gewusst hat.«

»Sind Sie sich wie ein Komplize vorgekommen?«

»Ich denke, so könnte man es nennen. Ich war nicht sehr glücklich darüber.«

»Und deswegen zogen Sie es vor, ihm die Schlüssel nicht persönlich zu übergeben?«

»Ja, so war es wohl.« Larry seufzte. »Sehen Sie, Rob hatte seine Probleme mit der Monogamie – da ist er ja nicht der Einzige –, aber er liebte seine Kinder, und er liebte Meg. Er hasste es aber, angebunden zu sein. Und so hat er … jede Gelegenheit beim Schopf gegriffen.«

Stone hatte ihn während dieser kurzen Rede mit offenem Mund angestarrt. »Gut, dann gehen wir mal zurück zu dem Abend des Mordes, okay?«, sagte er schließlich. »Sie hinterlassen um sechs die Schlüssel und kommen, wie es in Ihrer Aussage steht, gegen halb sieben hier an, nachdem Sie den Weg von Spitalfields zu Fuß zurückgelegt haben. Sie haben unterwegs nicht irgendwo angehalten? Haben niemanden getroffen, den Sie kannten? Sind nicht auf ein schnelles Pint in ein Pub eingekehrt?«

Er ließ Larry nicht aus den Augen, während der zu alldem den Kopf schüttelte.

»Und Sie sind sich da ganz sicher? Weil nämlich, verstehen

Sie, uns da etwas nicht ganz einleuchten will…« Jetzt kommt es, dachte Larry, deswegen arbeiten sie sogar samstags an dem Fall… »Eine der Bedienungen im *Town of Ramsgate* unten am Fluss erinnert sich zufällig ganz genau, dass Sie gegen neun dort aufgetaucht sind und was zu trinken bestellten. Sie kann sich noch exakt an die Uhrzeit erinnern, weil im Fernsehen gerade ein Spiel übertragen wurde und es kurz vor der zweiten Halbzeit war. Sie wären praktisch Stammgast dort, hat sie gesagt. Auf jeden Fall kannte sie Sie bei Ihrem Vornamen, und sie war sich ziemlich sicher, dass Sie sich auf dem Weg zum Boot befanden. Nachdem Sie ausgetrunken hatten, hätten Sie nämlich darum gebeten, sich die Taschenlampe auszuborgen, die dort unter dem Tresen liegt, damit Sie auf dem Weg den Pier hinunter ein wenig Licht hätten. Das ist offenbar schon bei früheren Gelegenheiten vorgekommen. Also hat sie sich das nun alles ausgedacht, oder was?«

Larry schüttelte wieder den Kopf. »Sie hat es sich nicht ausgedacht«, sagte er. »Ich bin an diesem Abend im Pub gewesen. Ich habe beim Streichen eine Pause eingelegt und bin rasch was trinken gegangen. Und es *war* Halbzeit. West Ham lag in Führung.«

»Verstehe.« Der Inspector verzog das Gesicht und rieb sich mit dem Fingerknöchel die Nase, als würde sie jucken. »Also fassen wir das noch einmal zusammen: Sie haben das Boot verlassen, um an Land und ins Pub zu gehen, haben aber keine Taschenlampe mitgenommen. Sie *benötigten* jedoch eine Lampe, um wieder an Bord zu gelangen. Lag das daran, dass Sie ein bisschen zu tief ins Glas geschaut hatten, oder war es etwa plötzlich dunkler geworden?«

»Nein. Ich komme gut ohne Lampe klar – es sind Lichter am Fluss, und auch der Pier ist beleuchtet –, aber wenn die Flut kommt und die Kähne ein wenig schaukeln, macht es das einfach etwas leichter.«

»Und wieso haben Sie dann keine Lampe mitgenommen, als Sie an Land gingen?«

»Hätte ich ja, aber die Batterien waren leer.«

»Die Batterien waren leer.« Er blickte Larry länger an, als ihm das angenehm war. »Das ist Ihnen nicht früher eingefallen? Etwa, als Sie Ihre Aussage machten?«

»Ich hielt es nicht für relevant.«

»Verstehe.« Stone rieb sich wieder die Nase. Vielleicht war sie deshalb so gebogen – er hatte sich wahrscheinlich sein ganzes Leben lang die Nase gegen die Oberlippe gedrückt, damit er nicht den üblen Geruch der Lügen riechen musste. »Warum, glauben Sie, war die Bedienung sich dann so sicher, dass Sie sich um neun auf dem Weg zu Ihrem Boot befunden haben? Sie haben sogar selber eine entsprechende Bemerkung gemacht. Als sie meinte, es müsste doch ziemlich kalt sein draußen auf dem Fluss, haben Sie geantwortet, es wäre nicht so schlimm, sowie Sie erst den Ofen angeworfen hätten.«

»Ich kann mich erinnern, dass ich mit ihr darüber gesprochen habe«, sagte Larry, »aber auf jeden Fall hatte ich zu diesem Zeitpunkt schon seit ein paar Stunden auf dem Schiff gearbeitet. Sie muss da etwas durcheinander bekommen haben.«

»Es würde Ihnen doch nichts ausmachen, wenn wir jetzt gleich dort hingehen und die Angelegenheit klären?«

»Nein, ehrlich gesagt möchte ich das nicht so gerne.«

Stone zog die Augenbrauen in die Höhe. »Und darf ich fragen, warum nicht?«

»Weil ich da nicht mit zwei Polizeibeamten aufkreuzen und das Mädchen an der Bar der Lüge bezichtigen möchte.«

»Na schön, aber es ist Ihnen doch wohl klar, warum wir in diesem Punkt unsere Zweifel hegen?«

Larry nickte. »Ja, das tut mir Leid für Sie. Aber ich kann es nun mal nicht ändern.«

Stone nahm seinen Faden wieder auf, als ob Larry gar nichts erwidert hätte. »Sie geben ja selber zu, dass Sie für die Zeit, auf die es ankommt – zwischen sechs und neun Uhr an diesem Abend – keinerlei Alibi vorweisen können.«

»Unglücklicherweise nicht.«

Der Beamte musterte ihn einen Augenblick lang, als erwäge er etwas. Dann sagte er: »Gut, Mr. Hunter, dann fürchte ich, dass wir Sie bitten müssen, noch einmal aufs Revier zu kommen, um dort eine neue Aussage zu machen.«

»Worüber?«

»Über Ihren Besuch im Pub.«

Das fand Larry nun doch etwas übertrieben. »Jetzt sofort?«, fragte er.

»Nein, Montag reicht.«

Sie verabredeten sich für zehn Uhr am Montagmorgen. Larry überlegte, ob er lieber einen Anwalt mitbringen sollte. Er begleitete die Beamten hinauf aufs Deck und sah dann zu, wie sie zu dem Polizeiboot hinüberkletterten und wieder den Fluss hinunter in Richtung Wapping davonfuhren.

Bis jetzt war die Polizei Larry mit Mitgefühl und Verständnis begegnet. Detective Inspector Dent, der Beamte, der die Untersuchungen leitete, war ihm gegenüber wohlwollend, beinahe väterlich gewesen. Er hatte Larry eher wie ein Opfer und nicht wie einen Verdächtigen behandelt. Stone schien da ganz anderer Ansicht zu sein.

Dent legte großen Wert auf die Feststellung, dass die Polizei der City of London nicht »die Met« war, jener weitaus umfassendere Polizeiapparat, der für die sieben Millionen Einwohner von Greater London zuständig ist. Es handele sich bei ihr vielmehr um eine eigenständige Abteilung, zu deren Verantwortungsbereich das altehrwürdige Gebiet der Londoner »City« gehöre, jener Bereich, der früher von der alten Stadtmauer umschlossen gewesen war und in dem sich jene einmalige Enklave von Reichtum und Macht befinde, die als die »Square Mile« bekannt ist. Dent war Larry mehr wie ein Mitarbeiter der Touristeninformation denn wie ein Polizeibeamter vorgekommen; etwa so wie ein *Beefeater* in Zivilkluft.

Die City war ein Ort, an dem Menschen ihrer Arbeit nachgingen. Sie wohnten nicht dort. Jedenfalls nicht viele von ihnen. Tagsüber war die City of London von mehreren hunderttausend Menschen bevölkert, die mittels Bus oder Bahn dorthin kamen, um in den Banken und Versicherungen zu arbeiten oder in den Gastronomiebetrieben, die sich um das leibliche Wohl der Angestellten kümmerten. In der Zeit zwischen vier Uhr nachmittags und sieben Uhr abends begann sich ein gewaltiger Menschenstrom die Rolltreppen zur U-Bahn hinunter und über die Brücken hinweg in Bewegung zu setzen; bis die City beinahe leer war, gerade eben die Einwohnerzahl eines Provinzstädtchens erreichte. Nachts lagen die Straßen still und verlassen da; der überwiegende Teil ihrer zehntausend Bewohner befand sich schlafend im Bett, und die vereinten Kräfte von zwei Polizeirevieren hielten Wache über ihre Schützlinge. In der City gab es relativ wenig Kriminalität, hatte Dent ihm versichert, und Morde waren eine Seltenheit. Als Larry die Polizei der City alarmiert und sie zu der Szene des Grauens auf seinem Küchenfußboden gerufen hatte, war es gewesen, als ob er ihnen ein unerwartetes Mitbringsel aus einem exotischen Land präsentierte.

Nicht zum ersten Mal dachte er darüber nach, welche Spuren die Polizei bei ihren Ermittlungen verfolgte. Es war beinahe sicher, dass man zunächst Meg ins Auge gefasst hatte. Wenn Ehebruch im Spiel war, wurden stets die Frau oder der Mann als Erstes überprüft, und sei es nur, um sie von der Liste der Verdächtigen streichen zu können. Und es war anzunehmen, dass man Meg von der Liste gestrichen *hatte*. Sie wäre zur Tatzeit bei Freundinnen gewesen, hatte Dent ihm gesagt, Mitgliedern irgendeines Lesezirkels. (Dabei dürfte es sich um den Lesekreis für abgelegte Frauen handeln, von dem Rob Larry erzählt hatte.) Also konzentrierte man sich jetzt auf die »Freundin« – jene mysteriöse Frau, mit der sich Rob an diesem Abend verabredet hatte. Larry vermutete, dass die Polizei, wie auch bereits Ruth, auf den Gedanken gekommen war, dass diese Frau einen Partner – einen Ehemann oder einen Freund – hatte, der hinter das Rendezvous gekommen und ihr möglicherweise zu Larrys Haus gefolgt war, wo er Rob dann in einem Anfall von rasender Eifersucht ermordet hatte. Natürlich kam auch diese Frau als Mörderin in Betracht, obwohl Dent sich nicht vorstellen konnte, dass eine Frau fähig wäre, jemandem solche Verletzungen zuzufügen. Aber auch hier konnte Stone wieder anderer Ansicht sein.

Doch von der Freundin gab es nicht die geringste Spur. Wer immer sie auch war, sie hatte keinen Anhaltspunkt hinterlassen, keinerlei Hinweis auf ihre Identität – weder in den schriftlichen noch in den elektronischen Aufzeichnungen von Robs Leben. Er war in dieser Angelegenheit ungewöhnlich diskret gewesen, hatte weder mit Larry, noch, wie es aussah, mit einem seiner anderen Freunde über sie gesprochen. Zweimal war Larry von der Polizei dazu vernommen worden – man hatte ihn gebeten, in seinem Gedächtnis nach irgendetwas zu kramen, was ihnen weiterhelfen könnte. Eventuell waren sie auch schon zu dem Schluss gekommen, dass diese Frau vielleicht gar nicht existierte. Es war doch denkbar, dass Stone glaubte, *Larry* hätte ein Verhältnis mit Rob gehabt. Die Schlüssel waren in der Bar hinterlegt worden, damit Rob in die Wohnung gelangen konnte, Larry war später dazugestoßen, und dann kam es zu einer handgreiflichen Auseinandersetzung.

Larry hatte die Gelegenheit gehabt und unter Umständen auch die Waffe – einen zufällig herumliegenden Haken. Blieb nur noch die Frage nach dem Motiv.

Noch einmal dachte Larry daran, sich einen Anwalt zu besorgen. Aber ein Anwalt konnte teuer werden, und er wusste nicht, ob ihm ein Rechtsbeistand bewilligt würde. Außerdem konnte ein Anwalt leicht auf Fragen kommen, die der Polizei bisher noch nicht eingefallen waren.

Er müsste Meg anrufen. Doch je länger er das hinausschob, umso komplizierter wurde es. Was konnte er ihr sagen? Wie konnte man das komplexe Zusammenspiel von Freundschaft, Loyalität und Untreue erklären, das zu so etwas führte?

Plötzlich fiel ihm der Anruf von gestern Abend wieder ein, als er gerade auf der Planke balancierte. Er ging hinunter in die Kajüte, um sein Handy zu holen.

Ben malte immer noch Vögel.

Larry betrachtete sich die Zeichnungen. Alle Vögel hatten Zähne und irre Glotzaugen. Von solchen Kreaturen konnte schon Larry Albträume bekommen – und Ben erst recht. Hier musste zu gegebener Zeit etwas unternommen werden – ein weiterer Punkt auf der Liste seiner Sorgen. Aber ziemlich weit unten.

Auf Larrys Mailbox waren drei Nachrichten: Seine Tante Ethel erkundigte sich nach seinem Befinden und lud ihn für Sonntag zum Mittagessen ein; eine weitere Nachricht war von Jud und die dritte von einer Frau namens Jo, die sagte, sie wäre eine Freundin von Meg, und um Rückruf bat.

Er rief zunächst Jo an.

Sie hatte einen amerikanischen Akzent. Dabei fiel ihm auch wieder ein, um wen es sich bei dieser Jo handelte. Sie waren sich auf Robs Hochzeitsfeier begegnet. Sie hatte ihm die Krawatte abgenommen und ihm die Hosenbeine bis zu den Knien hochgekrempelt, weil er so angeblich besser aussah. Larry hatte sie recht hübsch gefunden, wenn auch ein wenig überdreht.

Sie wollte mit ihm über die Trauerfeier für Rob sprechen.

»Aha?«, sagte Larry und war instinktiv auf der Hut.

Er erinnerte sich, mit ihr auf einem Karussell gefahren zu sein, das für die Feier angemietet worden war. Meg hatte darauf bestanden. Es war ein altmodisches Karussell gewesen, mit den üblichen vergoldeten Pferdchen und vielen anderen Tieren, Löwen, Tigern und übergroßen Vögeln. Während Jo auf ihn einredete, hatte Larry sich vorgestellt, wie sie mit Meg an ihrer Seite auf dem Karussell fuhr. Zwei schöne Frauen, die sich in einem Taumel von nur verwischt zu erkennenden Tiergesichtern immer und immer im Kreise drehen, gebleckte Zähne, glotzende Augen, tanzende Hufe, Krallen und Klauen.

Er musste dabei an einen Film denken, den er einmal gesehen hatte, einen französischen Film mit dem Titel *La Ronde*, bei dem Roger Vadim die Regie geführt hatte und in dem die Partner vom einen zum anderen wanderten wie bei einem Reigen.

Die Trauerfeier würde in der Kapelle des Friedhofs von Highgate stattfinden, sagte Jo. »Wir wollten dich fragen, ob du auch ein paar Worte sagen möchtest.«

Larry erklärte, dass er nicht besonders gut in so etwas sei – als wäre es eine selten verlangte Geste der Etikette, bei der er sich immer schwer tat, wie etwa der förmliche Dank für eine Einladung nach einem Essen.

»Na gut. Meg hatte mir schon gesagt, dass ich dich nicht unter Druck setzen soll, aber ich denke, sie würde sich freuen, wenn du auch dabei wärst.«

»Oh, ich werde dabei sein«, versicherte Larry ihr. »Ich bin nur noch nicht ganz so weit, dass ich etwas sagen möchte, das ist alles.«

Das Karussell drehte sich weiter im Kreise, die Augen der galoppierenden Tiere funkelten wild über ihren roten Mäulern, schwarz blähten sich ihre Nüstern. Er musste an Robs Auge in dem Blut auf seinem Küchenfußboden denken und verbannte den Gedanken in die hinterste Ecke seines Gehirns – so weit fort wie nur irgend möglich.

Er fragte Jo nach Meg und den Mädchen.

»Na ja, sie sind immer noch ziemlich am Boden zerstört«, antwortete sie, als ob er sich die Frage ebenso gut auch hätte sparen können – was ja auch stimmte.

»Grüßt du Meg bitte von mir, ja? Sag ihr, dass ich an sie denke.«

Sie versprach, es zu tun. Er hatte das Gefühl, dass sie noch etwas hinzufügen wollte, es sich dann aber anders überlegte oder nicht wusste, wie sie es ausdrücken sollte.

»Wir sehen uns also am Donnerstag«, beendete sie das Gespräch.

Ben hatte sich von den Vögeln abgewandt und zeichnete jetzt etwas, das wie ein Christbaum mit verschiedenfarbigen Kugeln aussah.

Larry dachte darüber nach, was in einem sechsjährigen Kind so vor sich ging.

Mit sechs hörte das Leben auf, vollkommen unbeschwert zu sein. Mit sechs bekam man zu hören: »Du bist zu alt, um noch getragen zu werden«; »Du bist alt genug, um jetzt alleine gehen zu können.« Mit sechs hörte man auch: »Du bist alt genug, um es besser zu wissen.«

Irgendetwas in Larry wollte wieder sechs Jahre alt sein. Als man ihm noch nicht beigebracht hatte, es besser zu wissen – und sich für etwas verantwortlich zu fühlen.

Rob hatte es geschafft, sich länger als die meisten anderen dagegen zur Wehr zu setzen.

»Rob hatte seine Probleme mit der Monogamie«, hatte Larry zu Stone gesagt. In Wirklichkeit hatte er keineswegs Probleme damit. Er scherte sich nicht im Geringsten darum. Wenn ihm das Wort überhaupt je in den Sinn kam, dann als etwas, womit sich andere Männer das Leben schwer machten – wie etwa erklärter Fan eines total beschissenen Fußballvereins zu sein. Das war *deren* Problem.

»Wieso hast du dann eigentlich geheiratet?«, hatte Larry ihn einmal gefragt, aber Rob hatte nur die Schultern gezuckt, gegrinst und gesagt, der Gedanke, verheiratet zu sein, hätte ihm damals gefallen. »Und *du* hast es ja gerade nötig«, hatte er noch hinzugefügt.

Auf eine sonderbare Weise war Rob trotz seiner vielen Seitensprünge ein häuslicherer Typ als Larry. Für Rob war die Ehe selbstverständlicher Bestandteil seines Lebens als Mann. Und mit scharfsinniger Weitsicht hatte er auch gleich erkannt, dass Meg die richtige Ehefrau für ihn abgeben würde: Sie war attraktiv, intelligent und klebte nicht an ihm wie eine Klette, obwohl sie, wenigstens in der ersten Zeit ihrer Ehe, über beide Ohren in ihn verliebt war. Eine Rolle mochte auch die – allerdings nie offen ausgesprochene – Erwartung gespielt haben, dass Megs Mutter Rob und Meg ein wenig großzügiger an ihrem Vermögen würde teilhaben lassen, als dies später dann der Fall war. Doch Larry hielt das nicht für den entscheidenden Faktor. Rob setzte sich einfach gerne ins gemachte Nest. Er war wie ein Kater, der einen warmen, sicheren Ort brauchte, an den er zurückkehren konnte, nachdem er sich auf den Dächern ausgetobt hatte.

Einmal hatte Larry unangekündigt bei Rob vor der Tür gestanden – das war kurz nach dem Scheitern seiner eigenen Ehe, er brauchte dringend Unterschlupf für die Nacht – und traf Rob und Meg um neun Uhr abends in ihren Schlafanzügen an. Im Kamin brannte ein Feuer, die Mädchen lagen schon im Bett, es lief klassische Musik und beide hatten in einem Roman gelesen. Larry entging nicht, dass sie die Bücher mit der Schrift nach unten aufgeschlagen auf den Tisch gelegt hatten, um nachher die Stelle wiederfinden zu können, an der sie in ihrer Lektüre unterbrochen worden waren – eine Szene perfekter Häuslichkeit. Larry war sehr überrascht gewesen, obwohl er auch nicht hätte sagen können, was er stattdessen erwartet hatte. Er hatte Rob schon diverse Male in seiner Rolle als Ehemann und Vater beobachtet. Aber die Harmonie dieser Szene, die *Symmetrie* dieses Paares – die Bücher, das Feuer – war ihm doch irgendwie bizarr erschienen, wenn er daran dachte, dass er erst wenige Abende vorher mit Rob und einer seiner Gespielinnen durch die Kneipen gezogen war. Es lag wohl daran, dass Rob sich in seiner Rolle als Ehemann und Vater sehr wohl fühlte, weil sie ihm auf den Leib geschneidert war. Er sah einfach nicht, was dagegen sprach, parallel dazu den Weiberhelden, ja selbst den Frauenhasser zu markieren. Es gab für ihn keinen Grund, seine angestammten Gewohnheiten zu ändern. Manchmal erschien er zum Abendessen, manchmal nicht. So einfach war das. Er setzte das Spiel der Kindheit einfach fort. Manchmal kam er pünktlich zum Essen nach Hause, manchmal spielte er lieber weiter in Duggan's Yard.

Frauen – besonders Frauen, die ihm etwas vorschreiben, ihm Schuldgefühle einreden, ihn dazu bringen wollten, endlich erwachsen zu werden – waren für ihn wie seine Mutter oder Larrys Tanten. Sie mussten ausgestrickst, ausgepunktet werden, sonst würden sie einen am Spielen hindern. So waren die Frauen. Sie wollten dich in *ihrem* Garten, wo sie dann ein Auge auf dich warfen.

Weder als Kind noch später als Erwachsener hatte Larry je versucht, Rob von dieser Einstellung abzubringen. Doch ganz und gar einverstanden war er damit nie gewesen. Er wusste nicht, woran das lag. Möglicherweise handelte es sich um eine Gewissensfrage – es behagte ihm nicht, anderen Kummer zu bereiten, vor allem nicht Frauen –, seine Tanten hatte es ihm nie an etwas fehlen lassen. Aber es hatte auch damit zu tun, dass er in mancher Hinsicht nicht so recht mit Rob mithalten konnte – jedenfalls nicht, wenn es um Frauen ging. Er neigte nicht zur Vielweiberei, war von Natur eher ein krankhafter Monogamist, der ab und zu auf Abwege geriet.

Doch eines hatten Rob und Larry gemeinsam: ihre Ängste, was Frauen betraf. Rob fürchtete, von ihnen erstickt, Larry, von ihnen verlassen zu werden. Und am Ende lief es aufs Gleiche hinaus: Man musste in Bewegung bleiben, auf dem Karussell auch mal die Plätze tauschen.

Larry beantwortete auch die anderen Anrufe, sprach mit seiner Tante Ethel und bestätigte, dass er und Ben am Sonntag zum Essen kämen. Das Gespräch zog sich etwa zehn Minuten lang hin, während derer er ihr versichern musste, dass es ihm gut ging, er alles unter Kontrolle hatte und sich dabei die ganze Zeit bemühte, nicht ungeduldig mit ihr zu werden. Dann tippte er die Nummer ein, die Jud ihm hinterlassen hatte.

Eine Frau war am Apparat. Jud sei nicht da, sagte sie.

Und dann: »Bist du's, Larry?«

Er erkannte die Stimme. Es war Amy.

Ihm war es genauso peinlich wie ihr. Er und Amy hatten

kurz nach seiner Trennung von Ruth »ein bisschen was miteinander gehabt«, wie er es nannte. Er hatte sie auf einer Party bei Rob und Meg kennen gelernt und sie dann sogar mit zu sich nach Hause genommen, doch obwohl sie die Nacht zusammen verbrachten, hatte er im Bett versagt. Er hatte ihr erklärt, dass das an Ruth läge – und es mochte durchaus auch so gewesen sein –, aber er vermutete eher, dass Amy einfach nicht sein Typ war. Sie hatte einen langgliedrigen, beinahe knabenhaften Körper, während er ein wenig rundlicher gebaute Frauen bevorzugte – »Dickärsche«, wie Ruth sie wenig schmeichelhaft nannte. Amy hatte seine Erklärung ohne spürbare Bitterkeit hingenommen und ihn einige Tage später angerufen, um ihn zu fragen, ob es ihm etwas ausmachen würde, ein paar Porträtfotos von ihr zu machen. Sie war mit dem Ergebnis zufrieden gewesen; einige Zeit darauf hatte er dann ein Theaterstück, in dem sie mitspielte, mit einer Videokamera aufgezeichnet. Sie hatten es nicht noch einmal miteinander versucht, aber Larry wurde das Gefühl nicht los, dass nach wie vor etwas Unausgesprochenes zwischen ihnen stand. In ihrer Gegenwart war er deswegen immer ein wenig unsicher.

»Ich habe eine Nachricht bekommen, dass ich Jud unter dieser Nummer anrufen soll«, sagte er verlegen.

»Das ist richtig, er ist für eine Weile bei mir eingezogen. Ist es wegen der Führungen?«

Amy hatte Larry den Job als anerkannter Touristenführer verschafft, als er nicht mehr hinter der Kamera stehen wollte. Sie erkundigte sich, wie es so liefe, und er sagte, er glaube nicht, dass er in dem Metier eine besondere Kanone wäre, obwohl das vielleicht mit dem Thema seiner Führungen zu tun hätte. »Mit Jack the Ripper, meine ich«, fügte er hinzu, falls sie nicht im Bilde war.

Es entstand eine kurze Pause. Dann sagte sie: »Und wie ist es dir ergangen?«

Er verstand es so, dass sie auf den Mord anspielte.

»Unter den Umständen ganz gut«, sagte er.

»Macht die Polizei Fortschritte?«

»Nicht, dass ich wüsste.«

Sie fragte, ob er seitdem schon wieder im Haus gewesen sei, und er antwortete, nein, er wohne jetzt auf dem Schiff seines Vaters in Wapping.

»Und wie kommst du damit zurecht?«

Larry schaute aus dem Fenster. Er war mit dem Handy ins Ruderhaus gegangen, damit Ben nicht allzu viel mitbekam.

»Manche Tage sind besser als andere«, sagte er.

Noch eine kurze Pause. »Falls du mal die Nase voll davon hast, kannst du eine Zeit lang auch hier wohnen«, sagte sie schließlich.

Larry bedankte sich, versicherte ihr aber, er käme schon zurecht.

Amy hatte eine Wohnung in der obersten Etage eines alten viktorianischen Hauses in Peckham, von der sie auf die Eisenbahnschienen hinunterblickte. Als Larry dort gewesen war, hatte er angenommen, dass es eine Mietwohnung war, aber Meg hatte ihm gesagt, dass Amy das ganze Haus gehörte. Sie hätte es vor einigen Jahren gekauft – oder zumindest den Eigengeldanteil bezahlt – und zwar von dem Geld, das ihr ihr einziges lukratives Engagement als Schauspielerin eingebracht hatte: eine Shampoowerbung. Die übrigen Wohnungen hatte sie vermietet. Meg bezeichnete sie als eine tyrannische Vermieterin, deren eine Hausregel besagte, dass es männlichen Mietern verboten war, im Stehen zu pinkeln, weil sie überall *hinsprühten* und davon die Dielenbretter verrotteten. Also mussten sie es im Sitzen machen. Bei seinem Besuch in der Wohnung hatte Larry auf der Toilette eine entsprechende Anweisung gesehen, sie aber für einen Scherz gehalten.

»Das ist durchaus kein Witz«, hatte Meg ihm versichert.

Einmal hatte er Amy gefragt, woher sie denn wissen wolle, ob ihre männlichen Mieter im Stehen oder im Sitzen pinkeln.

»Das merke ich«, war ihre vieldeutige Antwort gewesen.

»Ich wusste gar nicht, dass Jud bei dir wohnt«, sagte Larry jetzt.

»Es ist nur vorübergehend.«

Larry entging die Kühle in ihrer Stimme nicht. War Jud etwa mit dem Toilettenkodex in Konflikt geraten? Das schien ihm ähnlich zu sehen, und da er Amys Bruder war, konnte er es auf einen Streit mit ihr ankommen lassen. Seine Pinkelgewohnheiten als Kind hatten Amy vermutlich überhaupt erst auf die Idee gebracht, dass hier Maßnahmen ergriffen werden mussten.

»Ich werde ihm ausrichten, dass du zurückgerufen hast«, sagte sie. »Oder du rufst ihn auf seinem Handy an. Ich gebe dir die Nummer.«

Nachdem sie aufgelegt hatte, blieb er eine Weile stehen und sah auf den Fluss hinaus. Er dachte über Amy und Meg nach und darüber, wie gut sie einander wohl kannten. Er wunderte sich, dass sie überhaupt miteinander befreundet waren. Sie schienen nicht viel gemeinsam zu haben. Aber dann fiel ihm wieder ein, dass sie ja zusammen in dem Lesekreis waren, über den Rob sich immer mokiert hatte.

Larry hatte Rob erzählt, dass er bei Amy versagt hatte, und Rob hatte erwidert, dass ihn das nicht wunderte.

»Die ist doch nicht ganz dicht«, hatte er gesagt – als würde das alles erklären.

Ob Rob je Meg von Larrys Unzulänglichkeit in dieser Hinsicht erzählt hatte?

Das war ja alles schon beinahe inzestuös.

Der Reigen, dachte Larry. Lächerlich.

KAPITEL 10

Die Grüne Frau und die Wolfsmänner

Am Sonntagmorgen erhielt Jo einen Anruf von Liz, die wissen wollte, ob sie Lust hätte, auf einen Happen zum Mittag rüberzukommen. Das war eine ungewöhnliche Einladung. Abgesehen von den Treffen des Lesekreises bekam Jo noch weniger von Liz zu sehen als von Amy, doch durch die jüngsten Ereignisse war ein unausgesprochener Pakt zwischen den vier Frauen geschmiedet worden. Nun, vermutete Jo, wollte Liz mit ihr darüber sprechen.

Liz wohnte in Balham, neun Stationen auf der Northern Line von der London Bridge entfernt. Als Jo kurz vor ein Uhr ankam, stand Liz im Overall und mit einem Filzhut auf dem Kopf im Garten und schaufelte einen großen Haufen Pferdedung in Plastiksäcke. Es sah aus, als wäre der Haufen soeben erst dort abgeladen worden. Er dampfte noch.

»Ich habe gerade eine Lieferung bekommen«, klärte Liz sie auf. »Muss alles verteilen, ehe die Nachbarn sich beschweren.«

»Ist das von einem Pferd oder von zweien?«, fragte Jo in Anbetracht der beachtlichen Größe des Haufens. Sie war sich nicht sicher, ob sie Liz ihre Hilfe anbieten sollte. Sie hatte sich für die Einladung zwar nicht gerade schick gemacht, war aber auch nicht so schäbig angezogen, dass sie Pferdemist hätte schaufeln wollen.

Liz war Gartenarchitektin. Sie betrieb eine Firma namens *Die Grüne Frau* und beschäftigte drei Vollzeitkräfte. Einer von ihnen hatte den Dung gerade von einem Kipper abgeladen und war schon weiter zum nächsten Kunden, sagte Liz. Als sie Jos ratlosen Gesichtsausdruck sah, erzählte sie ihr von ihrer Vereinbarung mit den Reitställen in Wimbledon. Das wäre billiger, als das Zeug fertig abgepackt zu kaufen, aber man musste es so nehmen, wie es gerade kam.

Ein bisschen wie Liz selber, dachte Jo, und fühlte sich nun doch verpflichtet, ihr die Säcke aufzuhalten, während Liz schaufelte. Liz war eher zierlich, aber Jo fielen ihre kräftigen Unterarme und Handgelenke auf, was sie daran erinnerte, dass ihr Mann einmal bemerkt hatte, dass Liz Schultern wie ein irischer Bauarbeiter hätte – und das war durchaus nicht als Kompliment gemeint gewesen.

Liz, hatte Meg behauptet, wäre ein Vorbild für sie alle. (Eine interessante Einschätzung, die Jo immer noch durch den Kopf ging; nicht, weil sie ihr etwas über Liz sagte, sondern weil sie ihr allerhand über Meg verriet.) Sie hatte Jo erzählt, dass Liz vollkommen abgebrannt gewesen war, als sie sich kennen lernten, kein Zuhause hatte und mitten in einer hässlichen Scheidung steckte. Desmond, ihr Mann, hatte nach eigener Aussage eine Riesensumme mit einer Internetfirma verloren, und um seine Schulden abzutragen, war ihr Haus einschließlich ihres gesamten Besitzes unter den Hammer gekommen. Kurz nach der Scheidung hatte Liz jedoch erfahren, dass er ein Verhältnis mit einer seiner früheren Arbeitskolleginnen gehabt hatte und mittlerweile mit ihr verheiratet war. Die beiden lebten auf recht großem Fuße, was, wie sich Liz und die meisten ihrer Freundinnen sicher waren, bestimmt mindestens zum Teil mit dem Geld finanziert wurde, das er mit *ihr* hätte teilen sollen.

Was Liz aber wirklich verbitterte, sagte Meg, war die Tatsache, dass der »beschissene Des« keine Kinder mit ihr gewollt, sie sogar vor der Ehe zu einer Abtreibung überredet hatte. Mit seiner neuen Frau hatte er inzwischen zwei Kinder. *Und* zwei Häuser noch dazu – eines in Putney und eines in Kent –, beide mit sehr schönen Gärten.

Es hatte lange gedauert, bis Liz sich von alldem erholt hatte; aber sie schien darüber hinweg zu sein. Wenn man sie nun sah, sagte Meg – nicht ganz ohne Neid –, so clever, durchsetzungsstark und energisch, käme man nie darauf, was für ein armer Wurm sie zu der Zeit war, als sie mit Des Schluss machte. Heute pflegte Liz darüber zu scherzen, dass sie nun im Kreise anderer *abgelegter* Frauen ihre Zeit absitzen müsste, aber Jo ahnte, wie tief der Stachel gesteckt hatte und dass man selbst bei flüchtigem Hinsehen die Wunde noch erkennen würde. Liz konnte bisweilen recht gefühllos sein und hart mit anderen ins Gericht gehen, wenn diese Schwächen offenbarten. Hatte man ein paar Stunden mit Liz verbracht, kam man sich manchmal vor, als wäre man mit Schmirgelpapier abgerieben worden.

Zwölf Säcke lagen gefüllt da, als sie endlich fertig waren. Jo half Liz, sie am Zaun entlang aufzustellen. Innerlich bereitete sie sich schon darauf vor, dass gleich Liz' Angestellter mit der nächsten Ladung vorfahren würde, doch zu ihrer Erleichterung bat Liz sie danach ins Haus, wo sie sie mit einer gründlichen Handwäsche und einem Glas Wein verwöhnte.

Liz hieß Jo in dem kleinen Wintergarten hinter dem Haus Platz nehmen, während sie selber nach oben ging, um sich umzuziehen. Als sie wieder herunterkam, trug sie eine Tunika, weite Baumwollhosen und zierliche Goldsandalen. Liz kaufte ihre Sachen stets in Secondhandläden in nobleren Londoner Stadtteilen wie Barnes und Wimbledon, wo »die reichen Tussies« ihre überzähligen Designerklamotten abluden, wie sie sagte. Liz konnte anziehen, was sie wollte – sie sah immer fantastisch darin aus. Ihre Haut hatte die Farbe von dunkler Eiche, ihre Augen waren wie tiefbraune Weiher, und ihr Haar hatte sie mit Spangen hochgesteckt. Wenn Jo sie mit einer Märchengestalt verglich, dann war Liz eine Dryade, eine Nymphe des Waldes. Eine durchtrainierte Nymphe. Nach Amys Meinung sah Liz viel besser aus, seit sie sich von Männern fern hielt. Nach Desmonds Abgang hatte sie es eine

Weile lang mit wechselnden jüngeren Partnern versucht, bis sie sich schließlich ganz auf das eigene Geschlecht beschränkte. Aber auch diese Freundschaften hielten nie besonders lang, jedenfalls nicht lang genug für Jo, um sich an die Namen von Liz' Partnerinnen erinnern zu können. Nur den der letzten in der langen Reihe hatte sie behalten: »Schleiche«, ein Name, den man auch nicht so leicht vergisst. Sie hieß Schleiche, hatte Liz erzählt, weil die Lehrer an ihrer Gesamtschule im Süden Londons immer gesagt hätten, sie »schliche herum«, und dann war der Name an ihr hängen geblieben. Schleiche arbeitete in Kew Gardens im Gewächshaus für Farne. Amy hatte gedacht, aus ihr und Liz würde ein festes Paar werden, aber heute war nichts von ihr zu sehen, also war Liz vielleicht schon wieder auf der Suche.

Liz setzte sich Jo gegenüber in einen der Korbsessel, die um einen kleinen Tisch gruppiert waren, und füllte noch einmal die beiden Weingläser.

»Und was macht das Buch?«, fragte sie.

Jo hatte ihr vor einigen Monaten erzählt, dass sie an einem Nachfolgebuch zu *Schlafende Schönheiten* schrieb, und Liz war sehr interessiert an den Fortschritten, die sie machte. Das Projekt gefiel Liz, weil es in dem Buch um Frauen in der Literatur ging, die *dem Wolf* begegnet waren.

»Sind wir das nicht alle?«, hatte Liz voller Bitterkeit gefragt.

Aber die Frauen, über die Jo schrieb, waren solche, die den Wolf – oder das »böse Mädchen« – *in sich selber* von der Kette gelassen hatten: die neue Generation von Heldinnen, die sich ihren Weg zu Ruhm, Reichtum und Selbsterkenntnis erkämpften. Jo wollte herausfinden, ob sie besser zum Vorbild taugten als unaufgeklärte gute Mädchen wie Jane Eyre oder die Heldinnen in Louisa May Alcotts Klassiker *Kleine Frauen*. Oder auch Aschenbrödel.

Sie berichtete Liz von dem Kapitel, an dem sie gerade arbeitete und in dem es um Clarice Starling, die zähe, aber auch verletzliche FBI-Agentin in *Das Schweigen der Lämmer* ging.

Clarice Starling interessierte Jo, weil sie sich nichts gefallen ließ, besser schießen und besser Schlüsse ziehen konnte als sämtliche männlichen Kollegen während ihrer Ausbildung, in Hinblick auf väterliche Männerfiguren jedoch das gleiche Problem wie Jane Eyre hatte. In *Das Schweigen der Lämmer* ist Clarice das gute Mädchen, das glaubt, mit den Mächten des Guten im Kampf gegen das Böse im Bunde zu sein. Sie glaubt auch fest an die Rechtmäßigkeit von Autorität und somit an die des Patriarchats. Ihre Vaterfigur ist Crawford, der Abteilungsleiter des FBI, der ihre Karriere fördern will und sie auf den Wolf ansetzt – personifiziert in Dr. Hannibal Lecter –, sie aber ermahnt, nicht von dem Pfad abzuweichen, der durch den Wald führt, und unter keinen Umständen zuzulassen, dass er *sich in ihrem Kopf einnistet*. Im zweiten Buch – *Hannibal* – ist Clarice anfangs immer noch das gute Mädchen, verkehrt sich aber zum Bösen, als einflussreiche Vertreter des Patriarchats sich gegen sie stellen. Ihre wichtigste Vaterfigur lässt sie fallen und »errettet« wird sie durch den Wolf – Hannibal. Statt sie zu verschlingen, verführt er sie mit Hilfe von Drogen dazu, das Gehirn ihres einstigen Widersachers beim FBI zu verspeisen – gebraten in *beurre-noisette* mit Schalotten und gehackten Kapern und garniert mit einer einzigen Blüte Kapuzinerkresse auf Brunnenkresse, um der ganzen Angelegenheit ein wenig Stil zu verleihen. Dann nimmt er – wieder unter Zuhilfenahme von Drogen – eine Umerziehung bei ihr vor, die sie von der Sklaverei der Obrigkeit erlöst und das in ihr steckende »böse Mädchen« befreit. Die neue Clarice gibt sich dem Wolf ganz und gar hin, und beide leben glücklich und zufrieden in Buenos Aires, wo sie sich das Haar platinblond färbt, sie gemeinsam die Oper besuchen, Tango tanzen und jede Menge Sex haben.

Jo mochte das Ende zwar – sie hielt es für weitaus besser als den Schluss im Film (wo der Wolf sich eine Pfote abhackt, um Clarice nicht zu verletzen, sich dann in die Nacht davonschleicht und sie als weiterhin treue Dienerin der Obrigkeit zurücklässt) –, konnte sich aber nicht so recht damit abfinden, dass Clarice nur durch eine neue Vaterfigur in der Gestalt des Wolfes von ihren früheren Abhängigkeiten befreit wird. Das erschien Jo als eine typisch männliche Lösung, aber schließlich war der Roman ja auch von einem Mann geschrieben worden.

Liz pflichtete ihr bei. Sie fand, dass Hannibal Lecter eine Frau sein sollte.

»So weit würde ich nicht gehen«, sagte Jo beschwichtigend. Sie hegte einen gewissen Argwohn gegen Liz' literaturkritische Beiträge. Ihr Vorschlag für den Titel von Jos neuem Buch lautete *Fotzen mit Zähnen*. (Jo begnügte sich mit dem etwas weniger kontroversen Titel *Wolfsfrauen*.)

Nach Jos Meinung hatte die Erfahrung, von ihrem Ehemann Desmond benutzt und missbraucht worden zu sein, bei Liz einen Widerwillen gegen *alle* Männer ausgelöst, wohingegen ihre eigenen Erfahrungen als Ehefrau von Michael Geraghty sie lediglich allergisch gegen Michael hatten werden lassen – und noch gegen ein oder zwei andere Männer desselben Kalibers. Wenn Liz zu einem ihrer Rundumschläge gegen Männer im Allgemeinen ansetzte, war Jo oft amüsiert, oft auch mit ihr einer Meinung, zuweilen aber auch erschrocken. Etwa als Liz voll hämischer Begeisterung den Namen des Lesekreises für abgelegte Frauen aufgriff, um ihre gemeinsamen Erfahrungen mit dem Stand der Ehe auf einen Nenner zu bringen: Auch wenn man als Opfer die Zähne zeigte, war und blieb man doch ein Opfer.

»Also…«, Liz lehnte sich in ihrem Korbsessel zurück und gab Jo mit einem Blick zu verstehen, dass sie sich, nachdem sie genug Mist geschaufelt hatte, nun dem eigentlichen Zweck ihres Treffens zuwenden konnte, »…hast du schon etwas aus Meg herausbekommen?«

Jo presste die Lippen zusammen und schüttelte den Kopf. »Du hast sie ja gesehen.«

»Sie hat nichts zu dir gesagt?«

»Nur, dass sie es mit der Angst bekommen hat.«

»*Mit der Angst bekommen*? Na klasse. Hat sie denn gesagt, *warum*?«

»Nicht richtig. Sie konnte nicht mehr klar denken.«

»Also reißt sie uns alle mit rein.«

»Aber dafür hat man doch Freunde«, erwiderte Jo, bereute es aber sogleich, weil sie sich wieder einmal wie eine Klassensprecherin vorkam. Sie überlegte, ob sie Liz erzählen sollte, dass sie die Zeit nachgemessen hatte, die man zu Fuß von Spitalfields zu ihrer Wohnung benötigte, aber das hätte Liz nur noch mehr aufgeregt.

»Das geht zu weit«, sagte Liz. »Wir könnten alle für längere Zeit in den Knast wandern.«

Als ob sie das nicht selber wüsste, dachte Jo. »Tja, nun ist es mal passiert«, sagte sie. »Jetzt müssen wir zusammenhalten.«

Dann stellte sie die Frage, die ihr das ganze Wochenende über auf der Zunge gelegen hatte.

»Hast du es Amy gesagt?«

Liz schüttelte den Kopf, aber Jo hatte das Gefühl, dass sie sich um die Antwort drücken wollte.

»Mach dir keine Gedanken wegen Amy«, sagte Liz. »Wenn du dir um jemanden Sorgen machen musst, ist es Meg.«

Den ungeschriebenen Gesetzen des Lesekreises für abgelegte Frauen – oder vielmehr den Regeln, die Liz höchstpersönlich dafür aufgestellt hatte – zufolge war Liz für Amy verantwortlich und Jo für Meg.

Nun erschien es Jo, als hätte sie bei diesem Deal den Kürzeren gezogen.

Beide schwiegen einen Augenblick lang. Dann sagte Liz: »Warum ist sie bei ihm geblieben?«

Ein weiterer Seitenhieb gegen Jos Schützling.

»Sie war fest entschlossen, alles ins Lot zu bringen«, sagte Jo fast kleinlaut. »Sie wollte nicht wie ihre Mutter werden.«

»Ihre Mutter weiß genau, wo's langgeht, wenn du mich fragst.«

»Und dann waren da ja noch die Mädchen«, sagte Jo. »Außerdem hat er sie ja schließlich nicht geschlagen oder so etwas. Es war bloß wegen der Seitensprünge. Manche Ehefrauen nehmen sich das gar nicht so zu Herzen.«

»Meg schon.«

Jo sah sie scharf an.

»Woher willst du das wissen?«

»Weil sie es mir erzählt hat«, sagte Liz mit spürbarer Genugtuung.

»Wann?«

»Neulich. Vor ein paar Wochen. Als ihr zuletzt zu einem Treffen des Lesekreises hier wart. Irgendwas ist vorgefallen – ich weiß nicht, was –, aber sie war ganz aufgelöst. Es überrascht mich, dass du das nicht gemerkt hast.«

»Was hat sie denn gesagt?«

»Nur, dass er dieses Mal zu weit gegangen wäre.«

Jo wusste nicht, ob sie ihr das glauben sollte. Das klang gar nicht nach Meg. Und warum sollte sie sich Liz anvertrauen und nicht ihr?

»Hat sie gesagt, mit wem?«

Liz schüttelte den Kopf. Sie stand auf und nahm ihr Weinglas.

»Komm, lass uns essen.«

Sie aßen in der Küche. Eine Kasserolle. Als Liz den Deckel abnahm, sah es aus wie klumpiger Vanillepudding. Schließlich entpuppte sich der Topfinhalt als Mais und Kichererbsen mit klein geschnittenen Möhren und Rüben. Ein »herzhaftes« Stew nannte Liz das Ganze.

Als sie ihre Teller gefüllt hatten, sagte Liz: »Frauen bringen meistens Menschen um, die sie kennen.«

»Wie bitte?«, sagte Jo. Einen Moment war sie versucht, die Bemerkung auf das Essen zu beziehen.

»Das ist eine Tatsache. Nicht, dass Frauen so häufig morden wie Männer. Das ist klar. In den Staaten werden im Jahr nur ungefähr tausend Morde von Frauen begangen – ich weiß nicht, wie viele es in England sind –, aber wenn sie es tun, dann erwischt es ihre Männer oder ihre Liebhaber. Und manchmal ihre Kinder.«

»Ich weiß«, sagte Jo.

»Und die Polizei dürfte das auch wissen.«

Jo erwiderte nichts. Sie starrte auf ihr Stew und musste an die Klosterschule im Osten Englands denken, die sie und Meg besucht hatten.

»Früher waren es über fünfzehnhundert pro Jahr«, fuhr Liz fort, »aber die Einrichtung von Frauenhäusern und die veränderte Rechtsprechung in Hinblick auf geschlagene Frauen haben die Zahl schrumpfen lassen.« Sie beugte sich über den Tisch, um Jos Glas aufzufüllen. »Also könnte man sagen, dass die Frauenbewegung rund fünfhundert männlichen Ärschen pro Jahr das Leben rettet.«

Es war bereits dunkel, als Jo ging. An der London Bridge wollte sie ein Taxi nehmen, aber es waren keine da, und sie hatte keine Lust zu warten. Sie hatte es ja auch zu Fuß nicht weit bis nach Hause – ungefähr eine Viertelstunde den Fluss entlang –, und es waren noch jede Menge Menschen am Themseufer unterwegs. Den von Hay's Wharf dominierten Hafenbereich der Binnenthemse hatte man früher die »Speisekammer von London« genannt, weil in den Speichern am Fluss drei Viertel der Lebensmittelimporte der Stadt aufbewahrt wurden. Jo konnte sich auch heute noch gut vorstellen, wie es hier damals gerochen haben musste – wobei zweifelsohne die modernen Düfte aus den Restaurants und den Delikatessenläden in der *Hay's Galleria* das ihrige dazu beitrugen: Holz und Stroh, Tee, Käse, Kaffee und geräucherter Schinken. Und vieles mehr.

Jo las gerne Beschreibungen des Flussufers, wie es einst gewesen war. Besonders gefiel ihr die von Charles Graves, erschienen 1933 im Magazin *Sphere.* (Jo hatte den Artikel in einer späteren Sammlung entdeckt: *Londons Flusslandschaft – Gestern und Heute.)*

> *»Zunächst fällt unser Blick auf die Kisten mit Almeriatrauben aus Spanien. Bei einer Versteigerung in der Pudding Lane sind sie bereits vorab verkauft worden. Gleich daneben befindet sich die erste Ladung griechischer Korinthen in diesem Jahr: 1550 Tonnen davon sind gerade von der* Ariosto *gelöscht worden. Der säuerliche Geruch der Sultaninen, die rechtzeitig zum Weihnachtsgeschäft eingetroffen sind, dringt uns in die Nase. Sodann findet sich Dammarharz, das zur Herstellung von Glasurlack verwendet wird. Es stammt von den Malaiischen Inseln und wird in grün gefütterten Säcken angeliefert. Daneben lagern Sperrholz und Kisten mit Sennesschoten aus Mombasa. Kautschuk aus Neuseeland ist neben Säcken mit afrikanischem Ingwer aufgehäuft. Fässer mit Kapern (sie sehen aus wie Kapuzinerkressesamen) sind gleich daneben abgeladen worden. Körbe mit schwarzen Bohnen aus Madagaskar lagern auf Tuchfühlung mit Zündhölzern aus dem Baltikum, Dosenerbsen aus Italien und glasierten Kacheln aus Spanien. Ein paar Schritte weiter stoßen wir auf Aprikosenkompott in Dosen und weitere Bohnen … Und all dies nur in der untersten Etage eines einzigen Speichers.«*

Auf ihrem Spaziergang am Themseufer sah Jo die Kräne und die Frachtdampfer vor sich, in denen all dieser Reichtum verschifft worden war – die *SS Baltallin,* »unter Verlust von sieben Leben« 1941 von einem Torpedo versenkt; die *Hontestroom* aus Holland mit »Zwiebeln, Eiern, Geflügel und Christbäumen«; aus noch früheren Zeiten die Teeklipper der Reederei Jardin & Martheson: *Deerhound, Flying Spur* und *Deerfoot.* Sie sah die Männer, die noch bis Ende der Sechzigerjahre hier gearbeitet hatten: Schauerleute mit flachen Mützen und ihre Aufseher mit Melone; Schiffsoffiziere mit goldenen Tressen an den Ärmelaufschlägen und ihre Mannschaften in blauen Jerseypullovern, Bobbies in Uniform…

Dann sah sie die Kinder. Zumindest *hielt* sie sie zunächst für Kinder, vier an der Zahl, ungefähr im Teenageralter. Sie nahm überhaupt nur Notiz von ihnen, weil sie herumalberten, störend auffielen, indem sie sich gegenseitig in den Springbrunnen am Hay's Wharf zu schubsen versuchten, und die Passanten einen Bogen um sie machen mussten. Jo ging einfach weiter, passierte die *HMS Belfast*, ging unter der Tower Bridge durch und an den Restaurants von Shad Thames vorbei. Hier waren weniger Leute unterwegs und alles war nicht mehr so hell beleuchtet. Sie hielt einen Moment lang inne und blickte zurück auf den Weg, den sie gekommen war. Da entdeckte sie wieder die vier Jugendlichen. Sie bummelten scheinbar ohne besonderes Ziel ungefähr dreißig oder vierzig Meter hinter ihr her. Jetzt wirkten sie allerdings gar nicht mehr wie Kinder. Sie schlichen in ihre Sweatshirts gehüllt mit gekrümmten Rücken daher; zwei von ihnen hatten die Kapuzen über den Kopf gezogen. Jo musste plötzlich an Wölfe denken, an ein Wolfsrudel, das ihr auf den Fersen war. Sie verwarf den Gedanken zwar gleich wieder, doch sie wusste, dass nun ein dunkleres, weniger belebtes Stück Uferweg vor ihr lag. Dies war die Verlängerung zu Butler's Wharf, wo noch fleißig gebaut wurde. Am St. Saviour's Dock endete die Uferpromenade; über eine schmale Fußgängerbrücke ging es weiter zu den alten Speicherhäusern. Hier würde es dann wirklich dunkel sein, bis sie ihren Apartmentblock erreichte.

Jo beschloss, ein wenig vor dem Design-Museum umherzuschlendern, bis die Bande ihrer Wege gezogen war. Sie lehnte sich auf die Mauerbrüstung und schaute auf den Fluss hinaus. Die vier gingen ziemlich nahe an ihr vorbei. Jo blickte ihnen aus dem Augenwinkel nach, bis sie aus ihrem Sichtfeld verschwunden waren. Sie kam sich ein wenig albern vor, aber man hörte in der letzten Zeit so manche Schauergeschichte und konnte nicht vorsichtig genug sein. Sie hatte sich in London noch nie ernsthaft gefürchtet, aber etwas sagte ihr, dass sich das möglicherweise ändern könnte.

Sie ließ etwa fünf Minuten verstreichen, ehe sie sich wieder auf den Weg machte. Doch zuvor legte sie sich den Riemen ihrer Handtasche um den Nacken und knöpfte ihre Lederjacke zu, damit die Tasche nicht zu sehen war. Nun sah sie aus, als wäre sie schwanger, aber das würde sie nicht daran hindern, ihre Beine in die Hand zu nehmen, wenn es sein musste. Sie war froh, dass sie ihre Timberland-Stiefel trug.

Sie hatte gerade die Brücke am St. Saviour's Dock überquert, als sie die vier wieder erblickte. Nun kamen sie auf sie zu. Der Weg war hier sehr schmal und führte an einem eingerüsteten Speicherhaus vorbei. Sie hielt sich dicht an der Mauer, marschierte weiter, sah sie nicht an. Als sie auf gleicher Höhe waren, schubste einer von ihnen seinen Kameraden, so dass er gegen sie stieß und sie mit dem Rücken an die Wand gedrückt wurde. Gelächter brach aus.

»Himmelherrgott«, schimpfte sie, mehr wütend als erschrocken. »Werdet doch mal erwachsen.«

Dann ging sie weiter und dachte, dass es vielleicht besser gewesen wäre, nichts zu sagen. Sie war immer noch wütend, aber nun hatte die Angst sie gepackt. Sie hörte sie nicht hinter sich herkommen, merkte es erst, als sich der Arm um ihren Hals schlang. Ihr blieb keine Zeit zum Nachdenken. Sie hob den rechten Fuß und trat mit aller Kraft auf seinen Spann. Es war ein reiner Reflex, wie sie ihn im Kurs in der Sportschule gelernt hatte. Eins, sagte sie sich und zählte in Gedanken die Kampfschritte mit. Sie hörte ihn aufschreien, und der Griff um ihren Hals lockerte sich. Sie fuhr herum, drückte ihren Absatz noch fester auf seinen Fuß und rammte ihren rechten Ellenbogen in seine Magengrube. Das war Punkt zwei. Bei Punkt drei trat man einen Schritt beiseite und schlug ihm mit der Handkante auf den Nacken, aber Jo entschied, es bei Punkt eins und zwei zu belassen. Er hielt sie ja nicht mehr fest, und der Weg war frei.

Jo konnte rennen. In der Klosterschule war sie die beste Läuferin über Kurzstrecken gewesen. Die Strecken über hundert und zweihundert Meter und der Hürdenlauf waren ihre Spezialität. Bei Schulsportfesten warteten die Nonnen wie schwarze Krähen auf dem Ast eines Baumes an der Ziellinie und feuerten sie mit Rufen an. Auf Langstrecken war sie allerdings nicht so gut; ihr fehlte die Ausdauer. Wenn sie heute zum Laufen ging und am Wasser entlangjoggte, beendete sie ihre Übung stets mit einem Sprint. Bei diesem Tempo jetzt waren hundert Meter ihr Limit.

Bis zum Apartmentblock waren es etwa zweihundert.

Vor ihr knickte der Weg scharf nach rechts ab, entfernte sich vom Fluss und führte zwischen Häuserreihen hindurch. Jo nahm die Kurve zu schnell, streifte eine Mauer und schürfte sich die Schläfe auf, aber das merkte sie nicht einmal. Zunächst hatte sie nur ihre Rufe gehört, jetzt vernahm sie das Klatschen ihrer Gummisohlen auf dem betonierten Fußweg hinter sich. Sie glaubte sogar, ihren keuchenden Atem hören zu können.

Der Weg beschrieb eine weitere Biegung, diesmal nach links, und führte dann an der Rückfront der Häuser vorbei. Hier war er wieder besser ausgeleuchtet, es gab Überwachungskameras und ein eisernes Gatter mit einer Pforte zu den Gärten. Aber das Tor war verschlossen, und die Codekarte steckte in ihrer Handtasche. Manchmal brauchte sie eine halbe Minute, bis sie sie hervorgekramt hatte – und das ohne eine Meute Verfolger im Nacken. Sie erreichte das Tor, hielt sich daran fest, drehte sich um, damit sie ihnen ins Gesicht sehen konnte, war bereit, um sich zu treten und um Hilfe zu schreien.

Aber es war niemand da.

Da lag der Weg, den sie gerannt war, vor ihr – dunkel, friedlich und verlassen. Entweder hatte sie sich die Verfolger nur eingebildet, oder sie hatten die Verfolgung abgebrochen, als sie die Kameras entdeckten. Aber das war ihr jetzt egal. Sie zitterte so sehr, dass sie kaum die Karte in den Schlitz bekam. Als sie die Eingangshalle betrat, wartete der Portier schon auf sie. Er hatte sie auf einem der Monitore gesehen. Sie war schon bei früheren Gelegenheiten angehetzt gekommen, dann aber in einem Trainingsanzug, nicht in Jeans und Lederjacke, so dass er gleich wusste, dass etwas nicht stimmte. Sie berichtete ihm, was passiert war, und wartete dann in der Lobby, während er mit der Polizei telefonierte.

Ihr war jetzt speiübel; das Zittern hörte nicht auf. Der Portier brachte ihr heißen, süßen Tee aus seiner Thermosflasche und fragte, ob er jemanden benachrichtigen sollte. Sie sagte, das sei nicht nötig, und bedankte sich für den Tee. Normalerweise nahm sie nie Zucker, aber nun hatte sie das Gefühl, dass er ihr gut tun würde.

Der Streifenwagen traf binnen weniger Minuten ein. Zwei Polizisten betraten die Eingangshalle und ließen sich den Vorfall schildern. Ständig bekamen sie über ihre Funkgeräte Meldungen und antworteten darauf. Ihre Kollegen würden die Uferpromenade absuchen, sagten sie, aber Jo merkte schon, dass sie nicht erwarteten, jemanden zu finden. Sie sagte aus, dass sie gefühlt hatte, wie etwas nachgab, als sie ihrem Angreifer auf den Fuß trat – wie zerbrechende Hähnchenknochen. Die Polizisten versprachen ihr, sich in den Krankenhäusern zu erkundigen, ob sich jemand mit einem gebrochenen Fuß gemeldet hätte, aber wieder spürte Jo, dass sie nicht glaubten, dass etwas dabei herauskommen würde. So, wie sie es sagten, klang es nach einem Witz – ganz offensichtlich konnten sie sich nicht vorstellen, dass jemand wie Jo einem Mann den Fuß brechen könnte. Ihr selber rieten sie allerdings auch, in die Notaufnahme zu gehen – nur zur Sicherheit. Jo schüttelte den Kopf. Es ginge ihr schon besser, sie sei nur ein bisschen durcheinander. Sie wollte einfach in ihre Wohnung, unter die Dusche und danach was trinken.

Die Polizisten sagten, ein Beamter würde sich mit ihr in Verbindung setzen, wahrscheinlich gleich morgen früh. Sie bedankte sich bei ihnen und auch bei dem Portier und nahm dann den Fahrstuhl hinauf zu ihrem Apartment. Es ging ihr wieder gut. Sie war sogar recht zufrieden mit sich und ihrer Reaktion. Zehn Wochen lang war sie jeden Samstagvormittag zum Selbstverteidigungskurs gegangen. Sie nahm sich vor, ihrem Ausbilder zu schreiben, dass seine Instruktionen ihre Wirkung nicht verfehlt hatten.

Als sie die Wohnungstür hinter sich geschlossen hatte, brach sie plötzlich in Tränen aus. Sie wusste, dass es nur die Nachwirkung des Schocks war, doch es war auch keine allzu verheißungsvolle Aussicht, die Nacht ganz alleine in ihrer Wohnung verbringen zu müssen.

KAPITEL 11

Der Ganeff

Am frühen Sonntagmorgen übergab Larry Ben am Bahnhof von Clapham Junction.

»Hattest du es schön auf dem Boot?«, fragte Ruth und lächelte Ben an, während ihre Augen ihn nach Verletzungen absuchten. »Alles klar gegangen?«

»Ja«, antworteten beide und tauschten dabei einen Blick aus, den ein argwöhnischer Beobachter als schuldbewusst hätte deuten können. Larry sagte nichts von den Vögeln, und Ben erzählte nichts von seinem Ausrutscher auf der Planke.

Er berichtete Ruth allerdings gleich von dem Weihnachtsbaum.

»Wie schön«, sagte sie. »Hat er auch Lichter?«

»Nein«, sagte Ben. »Man macht keine Lichter dran, wenn er am Mast ist«, fügte er mit einer gewissen Überlegenheit hinzu. Es folgte ein etwas hilfloses Schweigen. Sie standen im Portal der Einkaufspassage, die in den Bahnhof führte, und um sie herum drängten Leute hinein und hinaus.

»Na, dann wollen wir mal lieber – ich stehe im absoluten Halteverbot«, sagte Ruth. Larry gab ihr den Rucksack mit Bens Nachtsachen. Er hoffte, dass Ruth das Fehlen von Monks nicht bemerken würde.

»Ruf mich an, wenn es … du weißt schon … neue *Entwicklungen* gibt«, sagte Ruth und gab Larry einen Kuss auf die Wange. Larry fragte sich, ob Oscar im Wagen saß und ihnen zusah.

Er nahm den Zug zurück zur Victoria Station und dann die U-Bahn nach Aldgate. Jud hatte ihn angerufen, um ihn zu einem Weihnachtsempfang für die Tourenleiter im *Ten Bells* einzuladen. Larry hatte sich bedankt und ihm gesagt, dass er sich bemühen würde zu kommen. Eigentlich hatte er keine Lust gehabt. Doch nun, nach der Trennung von Ben, erschien ihm alles erstrebenswerter als ein Abend ganz allein auf dem Boot. Er sagte sich, dass es an der Zeit wäre, mal ein wenig die Fühler auszustrecken. Er brauchte das Geld.

Larry bereute seinen Entschluss, sowie er zur Tür hereinkam. Das Pub war gerammelt voll, überwiegend mit Männern, die sich über die laute Musik hinweg etwas ins Ohr brüllten. Larry hatte das Gefühl, in einem Teil der Unterwelt gelandet zu sein, in dem Hunderte von Fremdenführern dazu verdammt waren, für alle Ewigkeit in einer Art Schreiwettbewerb ihren Sermon zu wiederholen. Durch die Menge hindurch schob er sich in Richtung Bar. Auf halbem Wege überlegte er es sich anders und startete seinen Rückzug zur Tür. Da rief jemand nach ihm. Eine Frau tauchte auf, mit leuchtenden Augen und sich bewegenden Lippen. Larry verstand kein Wort. Wer war das? Die Gastgeberin? Waren sie sich schon einmal begegnet? Er lächelte gezwungen. Er war kein Partytyp. Wie *wurde* man ein Partytyp? Gab es da einen Trick oder eine bestimmte Taktik? Partys waren für ihn wie ein Schlachtfeld, in das er geworfen wurde, ohne zu wissen, auf welcher Seite er stand. Larrys Versuche, Konversation zu machen, kamen ihm vor wie Scharmützel mit ihm fremden Gegnern, die sich nur durch ein hervorstechendes Merkmal oder ihre Betätigungsfelder voneinander unterschieden: Der Kahlkopf mit dem Pferdeschwanz machte die Geistertour durch die alte City, der bärtige Rotschopf führte durch das London von Charles Dickens, der mit der Fliege und den buschigen Augenbrauen begleitete die Leute bei »Ein Spaziergang mit Dr. Johnson«.

Dann entdeckte er Jud, der sich in eine Ecke am Tresen gequetscht hatte. Er war der Ganeff aus *Oliver Twist*, der anderen die Taschen ausräumte.

Diese Assoziation – die ihm ganz unversehens in den Sinn kam – verblüffte Larry. Warum sollte er das von Jud denken? Er wusste nur wenig über ihn. Vielleicht lag es an seinem Aussehen. Er hatte das Gesicht eines Gassenjungen, strähniges blondes Haar, eine Stupsnase, als hätte er sie an unzähligen Schaufensterscheiben platt gedrückt, und trotz seiner jungen Jahre alt wirkende Augen, die ihren Teil von der Schlechtigkeit der Welt gesehen zu haben schienen.

Er merkte, dass Larry zu ihm herüberschaute, grinste und machte eine scherzhafte Verbeugung.

Larry löste sich aus der Menschentraube, in deren Mitte er eingequetscht war, und drängte sich zur Bar durch. Jud schien einen kleinen Ruhepol entdeckt zu haben, an dem die Schallwellen weniger aufdringlich waren.

»Suchste etwa nach mir, Kumpel?«, sagte er. Vielleicht war er für diesen Abend wirklich in die Rolle des Ganeff geschlüpft.

»'N Abend«, begrüßte Larry ihn matt. Es hatte bisher keinerlei Anzeichen dafür gegeben, dass Jud ihn als seinen Kumpel betrachtete, und Larry war sich auch keineswegs sicher, ob er dieser Kategorie zugeordnet werden mochte. Er hatte mitunter das Gefühl, dass Jud ihn, sich selber und überhaupt die ganze Welt auf die Schippe nahm.

»Überrascht mich, *dich* hier zu sehen«, sagte Jud, als hätte er ihn nicht höchstpersönlich vor gerade vierundzwanzig Stunden eingeladen.

»Ich wollte kein Spielverderber sein«, sagte Larry.

»Du kennst doch Stan und Trevor?« Jud drehte den Kopf in Richtung der beiden Männer, die neben ihm an der Bar standen und dem Gewimmel im Pub ostentativ den Rücken zugekehrt hielten. Sie warfen Larry einen kurzen Blick zu und nickten zur Begrüßung. Soweit sich Larry erinnern konnte, war er keinem von beiden je über den Weg gelaufen.

»Ich glaube nicht, dass ich hier irgendjemanden kenne«, sagte er.

»Aber Amy kennst du«, antwortete Jud. Larry folgte seinem Blick und entdeckte sie in der Menge. Oder wenigstens ihre Haare. Sie trug ein Haarband mit einer Schleife und einer Pfauenfeder daran.

»Nach Neujahr hätte ich unter Umständen was für dich«, sagte Jud. »Aber dazu musst du dich als Pirat verkleiden.«

Larry hielt das für einen Scherz.

»Ho, ho«, lachte er.

»Nein. *Jo ho*«, sagte Jud, beugte sich näher zu ihm heran und hob die Stimme. »Wie in *Jo ho ho und die Buddel mit Rum. Ho Ho* macht der Weihnachtsmann.«

»Wie bitte?«

»Das alte Wapping und die Piraten am Execution Dock«, sagte Jud. »Da haben sie sie doch an Ketten aufgehängt und drei Gezeiten über sie hinwegspülen lassen…«

»Ich weiß«, unterbrach Larry ihn. »Aber was hat das mit…«

»Die Führer ziehen sich immer dementsprechend an«, sagte Jud. »So wie Patsy da drüben.«

Er machte mit dem Kinn eine Bewegung in Richtung einer Frau am anderen Ende des Raumes.

»Sie sieht aber nicht aus wie eine Piratin«, wandte Larry ein.

»Nein, sie ist ja auch Jane Austen.«

Larry kam langsam nicht mehr mit. »Ich verstehe überhaupt nichts mehr«, sagte er.

»Patsy macht die Führungen durch Jane Austens London«, erklärte Jud. »Aber wenn du die Führung durch das alte Wapping und zum Execution Dock machst, musst du dich eben wie ein Pirat kleiden. Das sollte dir doch sehr entgegenkommen.«

Warum glaubte Jud, dass er sich gerne als Pirat verkleiden würde?

»Warum?«, fragte Larry.

»Ich habe gehört, dass du zurzeit gleich dort um die Ecke haust – auf dem Schlepper deines alten Herrn am Old Hermitage Pier.«

»Wer hat dir das erzählt?«

»Amy. Wieso? Stimmt das etwa nicht?«

»Doch, das stimmt schon. Aber wirklich nur zurzeit.« Trotzdem fragte er sich, wieso Amy nichts Eiligeres zu tun hatte, als Jud davon zu erzählen. Dann sah er, dass Amy zu ihnen herüberschaute, ein wenig besorgt, fand er, doch als ihre Blicke sich trafen, hauchte sie ihm einen Kuss zu.

»Also wie wär's damit?«, fragte Jud.

»Ich werde es mir überlegen und sage dir dann Bescheid.«

KAPITEL 12

Der Ort des Verbrechens

Am Montagmorgen hatte Larry zwei Termine. Keinem von beiden blickte er besonders freudig entgegen. Um zehn Uhr sollte er auf dem Polizeirevier in der Bishopsgate erscheinen, um sich dort mit Inspector Stone zu treffen, und um halb zwölf Uhr war er mit Muriel Hoffman vor seinem Haus in Spitalfields verabredet. Larry hatte seine Sportsachen dabei. Falls er das Haus betreten musste, wollte er hinterher sofort ins Fitnessstudio, um sich dort zu duschen, seine Übungen zu machen, in die Sauna zu gehen und anschließend noch einmal zu duschen.

Stone ließ ihn eine halbe Stunde warten, ehe er Zeit für ihn fand.

»Tut mir Leid, dass es so lange gedauert hat«, entschuldigte er sich. »Sergeant Harris hat Ihre erneute Aussage getippt und hatte Schwierigkeiten mit dem Computer.«

Er lächelte sein eigentümliches Lächeln. Sergeant Harris sagte nichts. Sie gab Larry die Aussage, damit er sie las und unterschrieb.

Larry ahnte, dass er nicht so leicht davonkommen würde, und er sollte Recht behalten.

»Ich nehme an, Sie haben Vorkehrungen getroffen, um das Haus reinigen zu lassen«, bemerkte Stone.

Larry antwortete, er hätte noch gar keine Vorkehrungen getroffen, sondern lediglich einen Besichtigungstermin mit der Reinigungsfirma vereinbart.

Stone sah auf die Uhr.

»Heute Vormittag um halb zwölf, nicht wahr?«

Er musste also mit Muriel Hoffman gesprochen haben. Aber hatte er sie angerufen oder sie ihn? Larry fragte, ob es dagegen Einwände gäbe.

»Keine Einwände«, sagte Stone. »Aber ich würde gerne noch einen abschließenden Blick auf die Wohnung werfen, wenn Sie nichts dagegen haben.«

»Sie meinen, bevor die Firma mit der Arbeit anfängt?«

»Ich meinte jetzt sofort – falls Sie jetzt Zeit haben.«

Larry hatte das Gefühl, in eine Falle getappt zu sein.

»Sie wollen, dass ich dabei bin?«

»Es wäre hilfreich. Wenn es Sie nicht stört.«

Stone hatte bereits alles vorbereitet. An der Ecke von Larrys Straße stand ein Mannschaftswagen, und sowie Stone und er eintrafen, stiegen Männer in gelben Plastikjacken aus und begannen die Straße an beiden Enden abzuriegeln.

»Nehmen wir an, dies wäre der Moment, in dem Sie die Leiche gefunden haben«, sagte Stone, als sie zur Haustür gingen. »Sie kommen also um … wie spät war das noch?«

»Zwanzig nach zwei«, sagte Sergeant Harris. Sie hatte ihre Notizen auf einem Klemmbrett vor sich, brauchte aber keinen Blick darauf zu werfen.

»Zwanzig nach zwei. Sie sind in der Kunsthochschule gewesen. Sie sind nach Hause gegangen, um aufzuräumen, bevor Sie Ihren Sohn von der Schule abholen. Also, was denken Sie gerade?«

»Was ich *denke*?«

»Versuchen Sie, sich zu erinnern. Was ist Ihnen durch den Kopf gegangen, als Sie sich der Tür näherten?«

Larry versuchte, sich zu erinnern. Er hatte einen Termin mit seinem Tutor gehabt, um über sein Projekt zu sprechen. Er war ein wenig damit in Verzug geraten und wollte die verlorene Zeit über die Weihnachtsferien aufholen. Daran konnte er gedacht haben, oder daran, was er am Wochenende mit Ben unternehmen würde. Doch am allerwahrscheinlichsten hatte er überlegt, ob er auch genug zu essen im Hause hatte. War noch genügend Orangensaft da? Würden die Bananen reichen? Ben aß gerne Bananen. Vermutlich hatte er gedacht: Ich lege meine Mappe ab, schaue in den Kühlschrank und gehe dann Bananen und noch ein paar andere Sachen aus dem Laden an der Ecke holen. Das erzählte er auch Stone – in Kurzform. Nur die wichtigsten Punkte.

»Okay, nun schließen Sie bitte die Tür auf«, sagte Stone.

Larry zog die Schlüssel hervor. Unmittelbar hinter ihm wartete Stone mit dem Polizeifotografen. Larry hatte keine Ahnung, wozu der Fotograf dabei war. Die Polizei hatte doch schon Dutzende Aufnahmen vom Tatort. Sogar einen Videofilm.

Larry drehte den einen Schlüssel im Schloss herum und öffnete dann die Tür mit dem anderen.

Irgendwer – es musste die Polizei gewesen sein – hatte Plastikfolie auf dem Fußboden verlegt, vermutlich, damit man nicht in das Blut trat. Wegen des Blutes an den Wänden hatten sie nichts unternommen, aber wenigstens war es jetzt getrocknet.

»Sie entdecken also das Blut«, sagte Stone. Larry konnte seinen Atem an seinem Ohr spüren. »Was geht Ihnen durch den Kopf?«

Larry antwortete nicht.

»Sie wissen, dass es schlimm ist. Sie können es ganz deutlich erkennen, an den Wänden und auf dem Fußboden. Sie wissen, dass sich hier nicht einfach jemand beim Öffnen einer Konservendose in den Finger geschnitten hat. Also, was denken Sie?«

»Ich kann mich nicht erinnern. Ich war vermutlich zu erschrocken, um überhaupt viel denken zu können.«

»Aber Sie gehen trotzdem hinein.«

»Ja.« Es klang wie ein Seufzer.

»Sie haben keine *Angst*, da hineinzugehen?«

»Ich *musste* doch hineingehen«, sagte Larry. »Ich musste doch herausfinden, was passiert war. Er hätte doch Hilfe benötigen können.«

»Der Mörder hätte aber auch noch da sein können. Haben Sie daran nicht gedacht?«

»Möglicherweise … ich weiß es nicht mehr.«

»Also gehen Sie rein. Nun mal los.« Er gab Larry einen leichten Schubs in den Rücken. Larry machte einen Schritt in den Flur und blieb dann stehen. Stone stolperte gegen ihn.

»Warum sind Sie stehen geblieben?«, wollte er wissen.

»Ich bin in das Blut getreten.«

Es war Blut an einer von Larrys Schuhsohlen gewesen. Er hatte einen Fußabdruck hinterlassen.

»Und da haben Sie dann das Auge gesehen«, sagte Stone.

Da hatte er dann das Auge gesehen.

»Ja. Gleich da…« Er zeigte auf den Treppenabsatz am Ende des Korridors.

»Und Sie wussten, um was es sich dabei handelte? Ein menschliches Auge?«

»Ja.« Larry hatte gewusst, was es war, aber er hatte es nicht glauben können.

Er war das alles doch schon mit Dent durchgegangen. Es gab nur einen Grund, warum er es vor Stone noch einmal wiederholen sollte: weil Stone ihm nicht glaubte. Er wollte überprüfen, wie *überzeugend* Larry war.

»Aber Sie konnten noch nicht in die Küche schauen?«

»Nein.«

»Gut, dann gehen Sie mal hinein.«

Wieder spürte Larry die Hand im Kreuz, die ihn langsam vorwärts schob. Er machte zwei weitere Schritte in den Flur, bis er durch die offene Tür in die Küche sehen konnte. Dann machte er Halt. Stone hielt sich dicht hinter ihm. Im Korridor konnten keine zwei Personen nebeneinander stehen, oder nur sehr beengt, so dass sie mit den Schultern an den Wänden rieben. Aber das hätte wohl jeder zu vermeiden gesucht.

»Dann erblicken Sie also die Leiche«, fuhr Stone fort. »Sie sehen das Auge und dann die Leiche. Was tun Sie *jetzt*?«

»Ich mache einen Schritt nach hinten. Ich weiche zurück.«

Irgendetwas stimmte nicht mit seiner Stimme. Er räusperte sich.

»Auf der Stelle? Sie betreten gar nicht die Küche?«

»Nein, nein.« Larry schüttelte mit Nachdruck den Kopf. Er hatte unter keinen Umständen die Küche betreten wollen.

»Ich sah doch, dass er tot war. Da brauchte man nicht zweimal hinzusehen.«

Auch hier war das Blut getrocknet, aber nicht so gründlich wie im Flur. Es sah aus, als hätte sich über der Wand eine Haut gebildet, wie getrocknete Farbe, und als würde die Wunde wieder zu bluten beginnen, wenn man daran herumkratzte. Der mit Kreide markierte Umriss der Leiche erinnerte an einen großen Fötus, der sich mit an die Brust gezogenen Knien, das Gesicht von den Armen bedeckt, im Mutterleib krümmt. Am Rande der Lache, nahe beim Kopf, war etwas Schwarzes. Einen Augenblick lang dachte Larry, es wäre ein Fetzen Fleisch oder Gewebe, den die Polizei übersehen hatte, aber dann erkannte er, dass es sich um eine Fliege handelte, eine dicke Schmeißfliege. Sie flog auf und kreiste im Raum umher.

Es war nicht die richtige Jahreszeit für Fliegen, aber manchmal überwinterten sie in warmen Räumen. Die Gerichtsmediziner hatten mehrere Tage hier gearbeitet und wahrscheinlich die Zentralheizung angelassen. Larry wusste, dass er absichtlich auf solche Nebensächlichkeiten achtete, um nicht an andere Dinge denken zu müssen. Er sah sich die Wände an. Überall schien Blut zu sein – als wäre es mit einer Spraydose versprüht worden.

»Gemütlich«, hatte Rob bei seinem ersten Besuch hier bemerkt. »Sehr intim.«

Und er hatte die Küche vermutlich schon als den perfekten Ort für eine Verführung gesehen, für diese *intimen* kleinen Abendessen, die Knabbereien nach dem Koitus. Gewiss war seine Bemerkung auch ironisch gemeint gewesen, denn er sah ja, wie schäbig die Kücheneinrichtung und der Tisch waren, das Linoleum an den Wänden an Stelle von Kacheln und die Leuchtröhren … Larry besaß nicht das Geld, um aus der Küche etwas zu machen, aber er hatte mit ein paar Dosen Farbe sein Bestes getan, die Regale blau angestrichen und den terrakottafarbenen Fußboden mit einer großen gelben Sonne in der Mitte verziert. Rob meinte, es sähe aus wie eine Scheibe Schinken mit einem Spiegelei darauf.

»Als du mir erzählt hast, dass du gerne Maler geworden wärst«, hatte Rob gesagt, »dachte ich nicht, dass du damit Fußböden gemeint hast.«

Larry stellte sich vor, wie Rob neben dem Tisch stand und eine Weinflasche entkorkte. Zum Einschenken hatte es nicht mehr gereicht. Unter den Scherben auf dem Küchenboden hatte man kein Weinglas gefunden, also musste es an der Tür geläutet haben, bevor Rob ein Glas aus dem Schrank geholt hatte.

Larry trat ein paar Schritte zurück in den Flur und wandte sich dann ab. Stones Gesicht war nur wenige Zentimeter von dem seinen entfernt. Harris und der Fotograf standen immer noch hinter ihm.

Auch Stone drehte sich um, und sie gingen alle im Gänsemarsch auf die Straße hinaus.

Larry zog die Tür hinter sich ins Schloss.

»Warum haben Sie das gemacht?«, fragte Stone.

»Warum ich die Tür zugemacht habe?«

»Genau.«

»Ich denke, damit keiner da reinschaut.«

»Wie wäre es mit *verschwinden*?«

Larry runzelte verständnislos die Stirn.

»Der Mörder«, sagte Stone. »Falls er noch da drin war.«

»Ich glaube nicht, dass ich *daran* gedacht habe.«

»Wenn Sie daran gedacht hätten, hätten Sie die Tür verriegelt. Mit dem oberen Schloss.«

»Vermutlich.«

»Aber Sie haben es nicht getan.«

»Nein.«

»Und dann haben Sie die Polizei angerufen. Mit Ihrem Handy.«

»Ja.«

»Und Sie sind hier vor der Tür stehen geblieben, bis die Beamten eintrafen.«

»Korrekt.«

Stone schien in einer Sackgasse zu stecken. Er kratzte sich am Kinn.

»Ihnen ist nicht eingefallen, die Nachbarn um Hilfe zu bitten. Oder Passanten.« Er blickte die schmale Straße hinunter, die nun menschenleer war, weil die Polizei alles abgeriegelt hatte. Einer der Ladenbesitzer steckte den Kopf aus der Tür, zog ihn aber sofort wieder zurück, als er sah, dass Stone in seine Richtung schaute.

Larry schüttelte den Kopf. »Es war niemand da. Und die Nachbarn kenne ich nicht.«

»Das ist ja sonderbar«, sagte Stone. Zuerst glaubte Larry, er fände es sonderbar, dass ihm die Nachbarn unbekannt waren. »Sie haben in Ihrer Aussage erklärt, Sie sind nicht weiter ins Haus gegangen, weil Sie glaubten, der oder die Mörder wären noch da. Und trotzdem bleiben Sie mehrere Minuten lang vor dem Haus stehen, bis die Polizei kommt, und schließen nicht die Tür ab oder versuchen, Hilfe zu holen.«

»Ich kann nicht sagen, ob ich überhaupt logisch gedacht habe«, erklärte Larry geduldig. »Ich weiß noch nicht einmal, ob ich überhaupt an den Mörder gedacht habe. Ich wollte nur so schnell wie möglich aus dem Haus raus. Ich schätze, dass ich eine Art Schock hatte.«

Das hatte sarkastisch klingen sollen.

»Aber Sie müssen so etwas doch schon früher gesehen haben. In Bosnien, im Kosovo. Da sind Sie doch gewesen, oder? Und noch an vielen anderen Orten. Sie müssen doch Schlimmeres als das hier gefilmt haben.«

»Das war etwas anderes«, sagte Larry. »Das waren nicht meine Freunde.«

»Schon gut, schon gut.« Stone sah wieder auf die Uhr. »Ich möchte Sie jetzt bitten, mir bei einem kleinen Experiment behilflich zu sein. Ich möchte, dass Sie noch einmal mit mir ins Haus gehen. Sergeant Harris, haben Sie den Löffel dabei?«

Sergeant Harris wühlte in ihrer Umhängetasche und zog einen Holzlöffel hervor, wie man ihn in der Küche verwendet. Verwirrt ging Larry ins Haus zurück. Stone folgte ihm, zog die Tür hinter sich zu und knipste das Licht an.

»Das stimmt doch, nicht wahr?«, fragte er. »Als Sie am Morgen zurückkamen, brannte das Licht immer noch.«

Larry bestätigte dies. Bei geschlossener Tür war ihm im Haus noch unwohler zumute.

»Es gab kein Licht draußen?«

»Nein. Die Birne war kaputt. Schon seit einiger Zeit. Ich war noch nicht dazu gekommen, sie auszuwechseln.«

Stone zeigte auf den Spion in der Tür.

»Aber Sie konnten sehen, wenn jemand vor der Tür stand? Auch im Dunkeln?«

»Weiß ich nicht«, sagte Larry. »Ich hab nie durch den Spion geschaut.«

»Tatsächlich?« Das schien Stone zu überraschen. »Wenn Sie also spätnachts die Türglocke läuten hörten, hätten Sie die Tür aufgemacht, ohne sich zu vergewissern, wer davor stand?«

Larry dachte kurz darüber nach. »Wahrscheinlich«, sagte er. »Allerdings würde ich das jetzt wohl nicht mehr tun.«

»Wohl nicht. Also – was, meinen Sie, hätte Ihr Freund wohl getan?«

Darüber brauchte Larry nicht nachzudenken.

»Er hätte die Tür genauso aufgemacht wie ich.«

»Ohne nachzuschauen?«

»Ohne nachzuschauen. Vor allem nicht, weil er doch sowieso jemanden erwartete.«

»Na gut. Wir haben ja auch keine Fingerabdrücke an dem Spion gefunden«, räumte Stone ein. »Aber nehmen wir einmal an, er hätte doch nachgeschaut.«

Er schob die Messingabdeckung beiseite und legte das Auge an den Spion.

»Schau an.« Er rückte ein Stückchen ab. »Sehen Sie doch mal selber.«

Durch das Fischauge der Linse konnte Larry verschwommen Sergeant Harris erkennen, die mit gleichgültigem Gesichtsausdruck, dem Klemmbrett in der Hand und dem Fotografen hinter sich vor der Tür stand.

»Man kann gerade eben erkennen, ob es sich um einen Mann oder eine Frau handelt«, sagte Stone. »Und im Fall von Sergeant Harris nicht einmal das.«

Larry sah ihn an.

»Sergeant Harris?«, sagte Stone eine Spur lauter.

»Jawohl, Sir?« Durch die Tür hindurch konnten sie deutlich ihre Stimme hören.

»Sind Sie soweit mit dem Löffel?«

»Jawohl, Sir.«

Stone nahm Larrys Platz an der Tür ein.

»Gut. Dann läuten Sie jetzt.«

Er nahm grinsend die Haltung eines Karatekämpfers ein. Die Türglocke ertönte.

»Die *Avon-Dame*«, sagte Stone. Er stellte sich wieder aufrecht hin und öffnete die Tür. Sergeant Harris schlug ihm den Löffel gegen den Hals. Der Fotograf hielt die Szene fest.

»Danke, Sergeant«, sagte Stone. »Nun, wie ist es gegangen?«

»Ein wenig unbeholfen, Sir. Ich konnte nicht richtig ausholen.«

»Eben. Aber das würden Sie ja auch gar nicht. Nicht mit der Vorhand. Außerdem ist er an der *rechten* Halsseite getroffen worden, nicht an der linken. Versuchen Sie es mal mit der Rückhand. Und stellen Sie sich mit dem Rücken zur Tür. Als würden Sie auf die Straße hinausschauen, ob auch niemand kommt.«

Er machte die Tür wieder zu.

Diesmal traf Sergeant Harris ihn mit der Rückhand und an die *rechte* Halsseite.

»Herrgott noch mal, Sergeant«, sagte Stone. Er rieb sich den Hals.

»Tut mir Leid, Sir.«

»Ich nehme an, so ist es leichter gegangen?«

»Viel besser, Sir. Ein viel besserer Schwung, vor allem mit dem abgewandten Rücken.«

Stone betrachtete die Tür.

»Es gibt nur ein Problem: Warum klebt an der Tür kein Blut?« Er sah Larry an. »Wenn es ein Fremder war«, erklärte er, »hätte der erste Hieb doch schon an der Tür erfolgen müssen – aber wieso ist dann kein Blut an der Tür? Aber sagen wir mal, dass er den Mörder *gekannt* hat. Sagen wir, dass er ihn ins Haus gelassen hat. Oder sie. Zeigen Sie mir, wie er es dann gemacht hätte. Geben Sie mal Ihre Tasche her.«

Larry nahm seine Sporttasche von der Schulter, reichte sie Stone und tauschte widerwillig mit ihm den Platz an der Tür.

»Nicht so *stark*, Sergeant«, ermahnte er seine Kollegin. »Nicht so stark, wie Sie *mich* geschlagen haben, wenn's recht ist.« Dann sagte er Larry, er möge die Tür schließen.

»Sie sind allein im Haus. Sie haben gerade eine Flasche Wein entkorkt. Sie hören die Türglocke…« Die Glocke läutete. »Sie wissen, wer es ist. Sie brauchen nicht nachzusehen. Sie öffnen die Tür…«

Für einen Augenblick war Larry Rob. Er brauchte es sich nicht einmal vorzustellen. Mit der rechten Hand zog er die Tür auf, trat einen Schritt seitwärts nach hinten, machte eine ironische Verbeugung und vollführte eine einladende Geste mit dem linken Arm. Sergeant Harris schob sich an ihm vorbei. Er machte die Tür wieder zu und drehte sich um. Sergeant Harris stand viel dichter bei ihm, als er erwartet hatte. Sie holte mit dem Arm aus, und Larry spürte den Löffel an seinem Hals. Obwohl er gewusst hatte, was passieren würde, war er doch zutiefst erschrocken.

»So bleiben.« Stone ging um die beiden herum und öffnete die Tür, damit der Fotograf noch eine Aufnahme machen konnte. »Ausgezeichnet.« Er stellte sich hinter Larry, legte ihm den Finger an den Hals und zog dann damit eine Linie bis zu dem Blutfleck an der Wand.

»Kommt genau hin. Wie war's, Sergeant?«

»Einfacher«, sagte seine Kollegin.

»Er erwartet sie also. Er sieht sie in der Tür. Er bittet sie herein, drückt die Tür zu, und sie steht hinter ihm. Und dann eine Rückhand an den Hals.«

»Sie?«, fragte Larry.

»Oder *er*. Falls er eine männliche Person erwartete.« Wieder sah er Larry scharf an. »Glauben Sie, dass er einen Mann erwartet hat?«

»Nein«, sagte Larry.

»Eben. Aber es hätte natürlich auch ein Mann sein können, den er *nicht* erwartet hat. Doch dann hätte er ihn wohl gekannt, sonst hätte er ihn ja nicht hereingelassen, oder?«

»Wenn er *so* mit einem scharfen Metallgegenstand am Hals getroffen worden wäre«, sagte Larry, »wäre der Schlag tödlich gewesen.«

»Exakt.«

Stone hatte es nicht begriffen.

»Aber die Leiche war doch in der Küche.«

»Ja. Und?«

»Also, ich stehe hier, mit dem Rücken zur Tür, und Sergeant Harris steht mit dem Rücken zur Küche. Ich kann mir nicht vorstellen, warum ich mich just in diesem Augenblick an ihr vorbei in die Küche hätte drängen wollen.«

An Stones Gesichtsausdruck war abzulesen, dass ihm dieser Einwand nicht behagte.

»Sie wissen ja nicht, dass der Hieb tödlich ist«, sagte er. »Sie wissen bloß, dass jemand Sie an den Hals geschlagen hat. Sie wissen noch nicht, wie schlimm es ist. Und da steht der andere und kann jeden Moment wieder zuschlagen. Was tun Sie dann wohl?«

»Nun… ich denke, ich versuche, mich zu wehren.«

»Dann tun Sie's. Setzen Sie sich gegen sie zur Wehr. Er will Sie angreifen, Sergeant. Was machen Sie?«

Larry trat einen Schritt auf sie zu. Sergeant Harris machte einen Schritt in Richtung Treppe und traf ihn dann noch einmal kurz über dem linken Auge, diesmal mit der Vorhand. Larry stand in der Tür zur Küche.

»Stop«, sagte Stone. *»Action.«*

Der Fotograf machte eine Aufnahme.

»Gut gemacht, Sergeant, gut gemacht«, sagte Stone. »Zwei Verletzungen im Gesichtsbereich, eine an der rechten Halsseite, die die Halsschlagader durchschnitten hat, eine in der linken Gesichtshälfte, durch die das linke Auge abgetrennt wurde. Und er kippt nach hinten in die Küche, wo… nun, wo das Übrige sich abspielt. Sind wir nun überzeugt?«

Sergeant Harris blickte hinunter auf ihre Füße und sagte nichts.

»Das Blut, Sergeant, sehen Sie sich doch mal das Blut an.« Stone zeigte auf die Wand. Er wurde langsam ungeduldig. »Rechte Halsseite, rechte Wand. Wie soll es da hingekommen sein, wenn er den Mörder nicht hereingelassen hat?«

Sie wirkte betreten, als sei ihr das alles peinlich.

»Es könnte auch jemand gewesen sein, der etwas verkaufen wollte«, schlug Larry vor. Aber er konnte sich nicht erklären, warum er das gesagt hatte. Auf diese Idee war er noch gar nicht gekommen. Es lag wohl daran, dass Stone zu glauben schien, auf alle Fragen schon die Antwort zu kennen.

Stone sah ihn an. *»Jemand, der etwas verkaufen wollte.*

Verstehe. Ein Hausierer, meinen Sie? Sachen aus der Behindertenwerkstatt? Bürsten, Staubwedel, Küchenhandtücher und dergleichen?«

»Etwas in der Art. Solche Leute laufen hier oft herum.«

»Und dann?«

»Nun, wenn man den Advocatus Diaboli spielt …«

»Ich bitte darum.«

»Nun, so etwas könnte zum Beispiel mir passieren: Man lässt die Tür offen und geht in die Wohnung, um Geld zu holen. Dann folgt einem derjenige und schlägt einen von hinten nieder.«

»Das ist Ihnen also schon einmal widerfahren?«

»Nein, aber …«

»Mit was sind Sie denn niedergeschlagen worden? Mit einer Geschirrbürste?«

Larry schwieg.

»So also, meinen Sie, könnte es sich zugetragen haben? Und das halten Sie für plausibel?«

Larry zuckte nur die Schultern.

»Kommen Sie, er war doch Ihr Freund. War er der Typ, der einem Hausierer etwas abkauft? Vielleicht, weil Sie zu wenig Staubwedel und Küchentücher haben? Oder keinen Schwamm zum Autowaschen? Wäre Ihr Freund auf diese Idee gekommen? Wenn man bedenkt, dass er den Burschen doch eigentlich möglichst rasch wieder loswerden will, weil seine Mieze jeden Moment aufkreuzen könnte. Oder schon oben im Schlafzimmer auf ihn wartet.«

»Ich weiß es wirklich nicht«, sagte Larry kühl. »Es ist wohl doch nicht so wahrscheinlich.«

»In der Tat nicht. Aber ich will Ihnen zuliebe gerne einräumen, dass es nicht ausgeschlossen ist. Schließlich ist es ja für Behinderte. ›Ja, ich nehme ein paar von den Tüchern. Und einen Bezug für das Bügelbrett können Sie auch gleich noch dalassen‹, sagt er. Nun denken Sie mal sorgfältig darüber nach: Wie *wahrscheinlich* ist es denn, dass er den Kerl bei weit offener Tür stehen lässt und in die Küche geht, um etwas Geld zu holen, von dem wir *annehmen*, dass er es in seiner Manteltasche hat? Und in diesem Moment zieht der Kerl einen Enterhaken aus seiner Zauberkiste, rennt ihm hinterher und rammt ihm den Haken in den Hals.«

Larry sah Sergeant Harris an, als erhoffte er sich von ihr moralische Unterstützung, aber sie wirkte nun eher, als wäre es ihr *seinetwegen* peinlich. Stone schien darauf zu warten, dass Larry etwas sagte.

»Es ist nicht sehr wahrscheinlich«, gestand Larry ein.

»Na bitte«, sagte Stone. »Aber den Versuch war es wert.«

KAPITEL 13

Der Schaden

»Was war denn hier los?«, fragte Muriel Hoffman.

Sie waren alle fort. Stone, Sergeant Harris, der Fotograf, der Holzlöffel, die ganze Bagage. Larry blieb allein mit seiner Sporttasche vor der geschlossenen Tür seines Hauses zurück. Und jetzt war Muriel Hoffman gekommen. Mit einem Klemmbrett. Genau wie Sergeant Harris.

»Weiß ich auch nicht«, sagte Larry.

Einen Augenblick lang wusste er auch nicht mehr, was sie eigentlich von ihm wollte. Er starrte sie an, während die Rädchen in seinem Gehirn sich drehten. Sie trug einen Regenmantel aus glänzendem blauem PVC mit einer dazu passenden Schirmmütze und eine große Tasche über der Schulter. Dann dämmerte es Larry, dass er um halb zwölf Uhr mit ihr verabredet war. Sie wirkte zierlicher, als er sie in Erinnerung hatte.

»Bizarr«, sagte er.

»Wie meinen Sie bitte?«

»Haben Sie davon gewusst?«, fragte er, aber nicht zu vorwurfsvoll.

»Wovon?«

Larry machte eine vage Handbewegung in die Richtung, in die der Mannschaftswagen davongefahren war.

»Das ganze Theater. Die Rekonstruktion des Tathergangs.«

Ihre Augen schossen von rechts nach links, als blicke sie sich nach Hilfe um, falls er gewalttätig würde.

»Bitte? Wovon reden wir hier?«

»Die Polizei. Haben Sie nicht mit ihnen gesprochen und ihnen gesagt, dass wir uns hier treffen wollen?«

»Ach, die Polizei. Ja, man hat mir gesagt, dass sie sich noch einmal umschauen möchten, bevor ich an die Arbeit gehe. Wieso? Ist irgendwas nicht in Ordnung?«

»Ich weiß es nicht.« Larry sah an der Hauswand hoch und auf sie hinunter. Sie lächelte ihm aufmunternd zu. »Kennen Sie einen Typen namens Stone?«, fragte er. »Detective Inspector Stone?«

»Nicht persönlich oder so. Nur durch Kontakte. Er ist vom Yard.«

»Vom Yard?«

»Ja, von Scotland Yard. Man hat ihn zur Unterstützung angefordert.«

Larry fragte sich, wer Muriel Hoffmans Kontakte waren. Sergeant Harris? Er konnte sich vorstellen, dass sie eine Menge mehr über die Polizei von London und über diesen speziellen Fall wusste, als sie durchblicken ließ.

»Man nennt ihn No-Stone, also Kein-Stein«, sagte sie.

»Keinstein?«

»Wie in der Redensart. Er lässt keinen Stein auf dem anderen, wenn es sein muss.«

Beim zweiten Mal war es nicht mehr ganz so schlimm. Larry stand am Fuß der Treppe, während sie in die Küche schaute, Aufnahmen mit einer Sofortbildkamera machte und sich das eine oder andere aufschrieb. Sie achtete darauf, nicht mit ihrem Mantel an der Wand entlangzustreichen, ansonsten wirkte sie gänzlich unbeeindruckt. Vermutlich hatte sie so etwas schon öfter gesehen. Als sie im Erdgeschoss fertig war, führte er sie hinauf in das Badezimmer.

»Wieso geht die Polizei davon aus, dass er hier oben gewesen ist?«, wollte sie wissen.

»Sie haben ein paar Blutflecken gefunden – auf dem Fußboden und am Duschvorhang.«

Nun war kein Blut mehr auf dem Boden und auch kein Duschvorhang mehr da – die Spurensicherung hatte alles mitgenommen.

»Also glauben sie, dass er geduscht hat?«, fragte sie.

»Es muss ziemlich viel Blut gewesen sein.«

»Fehlen Ihnen denn Kleidungsstücke?« Das war ja, als wäre Stone zurückgekommen. Wie oft musste er das noch über sich ergehen lassen? Er seufzte. Kein Wunder, dass er seinen Freunden zurzeit lieber aus dem Weg ging.

»Nein, höchstens ein Handtuch. Aber genau weiß ich das nicht.«

»Was sollen wir hier also machen?«

»Ich möchte, dass der ganze Raum gründlich gereinigt wird ... der Boden, die Kacheln, die Dusche ... gründlich gereinigt *und* desinfiziert.«

»Selbstverständlich. Wir desinfizieren immer alles.« Sie machte sich eine Notiz.

»Und die Abflüsse. Sagten Sie nicht, Sie würden auch größere Arbeiten übernehmen?«

»Zum Beispiel?«

»Eine neue Duschkabine?« Über die Bezahlung würde er sich später Gedanken machen. Er hatte immer noch nicht mit seiner Versicherung gesprochen.

»Das ist kein Problem. Sie müssen sich nur eine aussuchen.«

Als sie gerade gehen wollten, blieb sie noch einmal auf dem Treppenabsatz stehen und blickte hinauf zum Dachgeschoss.

»Ist das Ihr Atelier?«

Hatte er ihr von seinem Atelier erzählt? Jemand musste es getan haben. Er nickte.

»Darf ich mal sehen?«

»Nur zu.«

Er folgte ihr die Treppe hinauf.

»Das ist ja wundervoll«, sagte sie.

Das fand Larry selber auch. Für ihn war dies der schönste Teil des Hauses. Die anderen Räume waren alle eine Spur zu klein. Hier auf dem Dachboden wirkte alles luftiger, lichter. Er hatte ein großes Mansardenfenster in das Dach einsetzen lassen, die Dielen abgeschliffen und sie in einem hellen Ockerton gestrichen. An der einzigen nicht abgeschrägten Wand stand ein großer Zeichentisch und daneben seine im Augenblick leere Staffelei. In einer Ecke befand sich ein wuchtiges, weißes Porzellanwaschbecken mit einem Holzrost darüber. Im Atelier herrschte ein gemütliches Durcheinander, und Larry mochte den Geruch nach Leinöl und Terpentin.

»Haben Sie die gemacht?« Sie inspizierte gerade die Kohlezeichnungen, die an den schrägen Wänden aufgereiht waren.

»Ja.«

»Dämonen?«, fragte sie und sah ihn neckisch an. »Ist das Ihr Thema? Sind Dämonen Ihr Ding?«

Im hellen Licht des Ateliers sah er, dass sie ein paar Sommersprossen hatte und dass die Haarsträhnen, die unter ihrer Mütze hervorschauten, rötlich schimmerten. Mit einem Mal sah er sie als Kind vor sich – eine der Gören, die in den Dockanlagen spielten: sommersprossig, rothaarig und keck. Es gab damals Banden, die nur aus Mädchen bestanden, und vor denen er und Rob sich fürchteten, obwohl sie das nie offen zugegeben hätten. Und immer wieder dunkle Gerüchte davon, was sie mit einem anstellten, wenn sie ihn in die Finger bekamen.

»Zurzeit«, sagte Larry.

Sie wandte sich wieder den Zeichnungen zu.

»Das sind Schimären, nicht wahr?«

»Schimären oder schemenhafte Trugbilder.«

»Aber das läuft doch aufs Gleiche hinaus?«

»Schimären findet man oft ganz real als Wasserspeier an Brunnen.«

»Sie müssen viele Kathedralen besucht haben.«

»Sie sind nicht *in*, sondern *an* Kathedralen. Das ist der springende Punkt.«

»Was für ein springender Punkt?«

»Die Dämonen bleiben draußen. Sie können nicht herein.«

»Oh.«

Sie ging in die Knie, um eine der Zeichnungen näher in Augenschein zu nehmen. Eine Fliege mit einem menschlichen Gesicht und winzigen Totenköpfen auf ihren Flügeln.

»Wer ist das – falls es einen Namen hat?«

»Das ist Beelzebub, der Fürst der Lügner.«

Sie sah ihn an. »Sie wissen ziemlich viel über Dämonen, was?«

»Die Polizei hält mich für einen Satanisten.«

»Haben die das gesagt?«

»Nicht so direkt, aber ich habe gemerkt, dass sie es denken. Einige von ihnen.«

»Aber Sie sind keiner?«

»Natürlich nicht.«

»Sie zeichnen nur gerne Dämonen?«

»Es ist etwas, das ich loswerden muss … bevor ich zu etwas anderem übergehe.«

»Und sind Sie dazu übergegangen?«

»Ich wollte gerade damit anfangen«, sagte er.

Als sie wieder draußen auf der Straße standen, zog er die Tür ein weiteres Mal ins Schloss und verriegelte sie.

Sie fragte ihn, ob er einen Kaffee mit ihr trinken würde.

»Ich wollte eigentlich ins Fitnessstudio«, sagte er und zeigte auf seine Tasche.

»Komisch, ich auch. Ich habe meinen Badeanzug dabei.« Sie hob die Schulter, um ihm *ihre* Tasche zu zeigen. Nein, dachte er, das darf nicht sein.

So nett sie auch war – Muriel Hoffman gehörte in jene Ecke von Larrys Gehirn, die dem Tod vorbehalten war. Er war sich nicht sicher, ob er ihr Eindringen in die Ecke, in die das Fitnessstudio und der Swimmingpool gehörten, gutheißen konnte. Wenn sich diese Abteilungen erst einmal zu vermischen begannen, wusste man nie so recht, wo man war. Andererseits war er neugierig darauf, wie sie im Badeanzug aussah.

»Schön«, sagte er. »Es ist nicht weit.«

Wenn das nur kein Fehler ist, dachte er.

Sie trug einen braunen Bikini, der etwas dunkler war als ihre gebräunte Haut. Ruth hatte es immer als ungehörig empfunden, wenn Frauen in Schwimmhallen Bikinis trugen. Larry hingegen fand es erotisch. Muriel Hoffman sah in ihrem Bikini zum Anbeißen aus.

Zu dieser Tageszeit hatten sie das Bassin ganz für sich alleine. Larry hielt Abstand von ihr, und eine Weile lang zogen sie still ihre Bahnen, ohne aufeinander zu achten. Aber als Larry genug hatte und aus dem Wasser kletterte, kam sie zu ihm an den Beckenrand geschwommen, setzte sich neben ihn und ließ die Beine ins Wasser baumeln. Larry vermied es, zu ihr hinzuschauen. Stoisch blickte er über den Pool hinweg – wie ein Entdeckungsreisender, dachte er, der sich nicht sicher war, wohin seine Reise ihn führte.

Sie zog die Badekappe vom Kopf, so dass ihr Haar über ihre nassen Schultern fiel, und blickte im gleichen Augenblick zu ihm hoch.

»Sie sehen aus, als hätten Sie keine Lust mehr«, bemerkte sie.

»Ich bin bloß in Gedanken«, sagte er. »Es war ein anstrengender Vormittag.«

Sie streckte ihm die Hand hin, damit er ihr aufhalf.

»Kommen Sie«, sagte sie, »ich lade Sie zum Mittagessen ein.«

So, das war's dann. Er hing am Angelhaken. Er war schon immer leicht zu überreden gewesen.

Sie aßen in einem Restaurant namens *The Grapeshot* an der Straße, die auf die Tower Bridge führte, nur ein kurzes Stück vom Dead Man's Hole entfernt. Es war Larrys Entscheidung gewesen. Obwohl er sich sagte, dass es Muriel Hoffman gewesen war, die *ihn* mitgeschleppt hatte – und nicht umgekehrt –, so war er sich doch bewusst, dass er ebenso gut ein Restaurant hätte wählen können, das nicht in so unmittelbarer Nähe zur *Lady Jane* lag.

Während des Essens sprach er von seiner früheren Tätigkeit als Kameramann, erzählte von den Dokumentarfilmen, die er und Rob gedreht, und von den Ländern, die sie bereist hatten, dem Irak, Afghanistan, den Balkanländern und dem Kongo.

»Haben Sie nur Kriegsberichte gemacht?«, erkundigte sie sich. So, wie sie ihn gefragt hatte, ob er immer nur Dämonen zeichnete, und er die Frage zwar verneint, aber doch eingeräumt hatte, dass bei seiner Arbeit immer wieder Dämonen herauskamen.

»Und Sie haben immer mit Rob zusammengearbeitet?«

»Nein. Nicht immer.« Er dachte darüber nach und war sich nicht sicher, ob er näher darauf eingehen wollte.

»Er war der Produzent«, sagte er schließlich. »Und ich war der Kameramann. Er hat den Job beschafft, und ich habe ihn gemacht.«

Es war eine Fortsetzung der Spiele ihrer Kindheit gewesen. Zynisch – oder selbstkritisch – betrachtet, erschien es Larry, als hätten sie bloß neue, verbotene Bereiche gesucht, sich neue Scherereien eingehandelt. Aber so wollte er es nicht vor Muriel darstellen.

»Und sind Sie damit zufrieden gewesen?«

»Mehr oder weniger. Möglicherweise hätte ich auch gerne etwas anderes gefilmt, aber...« Er zuckte die Achseln, als hätte es doch keine große Rolle gespielt. »Es hat sich einfach nicht ergeben.«

Er wechselte das Thema. Er erzählte ihr von seinem Kunststudium und wie seltsam es war, zwanzig Jahre älter zu sein als die meisten seiner Kommilitonen.

»Ich wette, die betrachten Sie als alten Knacker«, sagte sie.

Er tat so, als würde er darüber nachdenken, war aber nicht geneigt, das Thema zu vertiefen. »Mir ist nichts dergleichen aufgefallen«, sagte er.

»Und die Nacktmodelle? Zeichnen Sie auch Akte? Ich habe mir immer gewünscht, einem Aktmaler Modell zu stehen.«

Er hätte später nicht mehr zu sagen gewusst, wie sie schließlich auf die *Lady Jane* zu sprechen gekommen waren, aber in jenem Augenblick schien sich das Thema ganz von selber anzubieten.

»Ich würde sie zu gerne sehen«, sagte sie.

Es war Flut, und sie konnten ganz leicht vom Pier auf die Schleppkähne hinuntersteigen. Larry nahm sie bei der Hand. Die Vögel schienen Muriel Hoffman nicht zu stören, und die Ratten erwähnte Larry lieber gar nicht erst. Er ließ sie vor sich her über die Gangway gehen, wobei er ihr die Hand stützend an die Hüfte legte.

Eine Weile später sagte sie: »Ich habe es noch nie auf einem Boot gemacht.«

Zum Essen hatten sie zwei Flaschen Rotwein getrunken, und Larry hatte einen Schwips, fühlte sich, als hätte er alle Leinen losgemacht und sämtliche Gedanken über die Konsequenzen seines Tuns über Bord geworfen. In einer vernebelten Ecke seines Gehirns ahnte er, wie leichtsinnig das alles war und dass er früher oder später auf felsigen Grund laufen würde. In der Ferne hörte er warnend die Sturmglocke läuten.

Frauen behaupteten immer, Männer ließen sich von ihrem Penis leiten, aber ganz so einfach war es auch wieder nicht. Da war der erotisierende Genuss, eine Frau nackt und entblößt zu sehen. Es lief ebenso über das Gehirn wie über den

Unterleib ab. Das Schönste an seiner Zeit mit Muriel Hoffman, würde er sich später sagen, war die Vorfreude auf dem Weg vom Restaurant zum Boot gewesen, als er wusste, dass nur noch ein plötzlicher Hurrikan oder eine Springflut verhindern konnten, dass er sie gleich nackt vor sich sehen würde.

»Ich vermische normalerweise nicht das Geschäftliche mit dem Vergnügen«, sagte sie später, als sie nebeneinander in seiner Koje lagen. Er hatte schon geahnt, dass das gleich kommen würde.

Er selber sagte eine Weile lang gar nichts. Er lag neben ihr auf der Seite, den Rücken an die Bordwand gedrückt, und spürte durch die Holzverkleidung hindurch die Kälte des Flusses. Er hielt die Augen geschlossen, und sein halb geöffneter Mund berührte ihr Haar.

Dann machte er die Augen auf und fragte sie: »Ist dir jemals in den Sinn gekommen, dass *ich* ihn umgebracht haben könnte?«

Sie hob den Kopf, um ihm ins Gesicht zu sehen, und zog die Stirn kraus, als hätte er ihr einen unsittlichen Antrag gemacht. Aber dann ließ sie den Kopf wieder sinken. »Kurz«, sagte sie. »Aber ich weiß, dass du es nicht gewesen bist.«

»Woher?«

»Du bist nicht der Typ dafür.«

»Weißt du denn, wie *der Typ dafür* ist?«

Sie antwortete nicht, sondern sah ihn wieder an, diesmal ein wenig nachdenklich. »Körperlich schon, glaube ich…«

»Und geistig?«

»Nein«, sagte sie mit Nachdruck. »Deine Augen sind viel zu nett.«

»Also kann ich ihn nicht umgebracht haben, weil ich nette Augen habe.« Sein Tonfall klang leicht sarkastisch, aber er war mit der Antwort zufrieden.

»Nicht nur das. Du hast auch einen netten Mund.«

Sie hob das Kinn, um seinen Mund zu küssen. Er fragte sich, wie es weitergehen würde. Wenn er dabei überhaupt ein

Wörtchen mitzureden hatte. In der Regel überließ er es den Frauen, die Führung zu übernehmen.

Er war so müde. Er hatte das Wochenende über kaum geschlafen.

»Möchtest du eine Tasse Tee?«, fragte er.

»Ich mach das schon.« Sie ließ sich aus der Koje rollen und stand auf.

»Du findest doch nichts«, protestierte er.

»Hier ist kaum genug Platz, um etwas zu verstecken – und ich bin es gewohnt, an fremden Orten zu sein.« Sie überließ es ihm, diesen Satz zu deuten. Er sah ihr zu, wie sie zur Kombüse ging. Ihn überkam das vertraute, etwas lähmende Gefühl, vereinnahmt zu werden.

Als er aufwachte, war alles dunkel. Er war allein.

Er tastete nach der Kordel an der Lampe.

Muriel hatte auf der Kommode neben dem Bett eine Nachricht hinterlassen.

»Du bist eingeschlafen. Ich lasse dich wissen, auf was der Schaden sich beläuft! In Liebe, M.«

Der Schaden? Einen Moment lang war er höchst beunruhigt, aber dann ging ihm auf, dass sie den Kostenvoranschlag für die Reinigung meinte.

O mein Gott, dachte er, was habe ich bloß angestellt? Ihm war bewusst, dass er eine Art moralische Grenzlinie übertreten hatte. Das war schlimmer, viel schlimmer, als in Duggan's Yard zu spielen.

Und zu wissen, dass Rob ihn mit ziemlicher Sicherheit für sein Handeln gepriesen hätte, spendete keinerlei Trost.

KAPITEL 14

Totengebete

Am Tag der Trauerfeier trafen sich die vier Mitglieder des Lesekreises für abgelegte Frauen bei Meg und fuhren gemeinsam in Megs Wagen zu der Kirche von Highgate, wo die Feier abgehalten werden sollte. Sie waren alle in Schwarz gekleidet. Schwarze Kostüme, schwarze Schuhe und Strümpfe, schwarze Mäntel und schwarze Hüte. Amy trug sogar einen schwarzen Schleier. Jo fand den Schleier übertrieben: außerdem trug Amy die höchsten Absätze. Jo sagte nichts dazu, aber sie merkte, dass auch Liz sich auf die Zunge biss.

Die beiden Mädchen waren noch bei Megs Mutter, die mit ihnen direkt zur Kirche fahren würde. Robs Eltern kamen aus Sussex angereist. Es war hauptsächlich ihrem Bestreben zu verdanken, dass die Feier einen religiösen Charakter haben würde. Meg hätte sich einen weltlicheren Anstrich gewünscht, aber sie wollte Robs Eltern nicht unnötig aufregen. Rob, sagte sie, wäre es ohnehin schnurzegal gewesen.

Mehrere seiner Freunde und Arbeitskollegen würden auch zugegen sein, und manche von ihnen wollten ein paar Abschiedsworte sprechen. Jo hatte Meg bereits mitgeteilt, dass Larry das abgelehnt hatte. Meg hatte keinen Kommentar dazu abgegeben.

Auf der Fahrt zur Kirche kamen sie am Friedhof von Highgate vorbei, wo Rob, wie Meg erklärte, gerne beerdigt worden wäre. Er sei dort öfters spazieren gegangen und hätte die Inschriften auf den Grabsteinen gelesen. Das entsprach so gar nicht Jos Vorstellung von Rob, dass sie sich fragte, ob Meg bereits damit begonnen hatte, die Geschichte ihrer Ehe neu zu schreiben. Andererseits wusste Jo auch, dass Ehepaare sich unter vier Augen bisweilen die ungewöhnlichsten Dinge anvertrauten. Michael Geraghty hatte Jo einmal mit Tränen in den Augen gestanden, dass er an jedem Muttertag in die Kirche ging, um eine Kerze für seine verstorbene Mutter anzuzünden. Das war natürlich blanker Unsinn gewesen – sie hatte ihn weder am Muttertag noch an irgendeinem anderen Tag des Jahres jemals auch nur in der Nähe eines Gotteshauses gesehen. Aber Michael wollte nicht bloß, dass *Jo* das glaubte, er wollte es auch *von sich selbst* glauben. Und sie musste auch einräumen, dass es durchaus im Bereich des Möglichen lag, dass er es tatsächlich einmal getan hatte – wahrscheinlich in ihrem Todesjahr – und dass er es wieder tun könnte, falls er je früh genug aufstand, um zur Kirche zu gehen, ehe die Pubs aufmachten.

Jo erschien es sehr unwahrscheinlich, dass Rob seine letzte Ruhestätte auf dem Friedhof von Highgate finden würde. Falls die Polizei sich je entschloss, seine Leiche freizugeben, würde er vermutlich am Rande des Dorfes in Sussex beerdigt, in dem sein Vater und seine Mutter nun lebten. Oder auf dem Friedhof der Kirche von Bermondsey, wo sein Vater während Robs Kindheit und Jugend Vikar gewesen war. Und dann würden sie die ganzen Feierlichkeiten noch einmal über sich ergehen lassen müssen, diesmal mit einer Leiche.

In so einer Stimmung befand sich Jo – wie ein Vogel in einem Käfig. Sie wusste, dass es eine Form der Selbstverteidigung war, ein Schutzschild für ihre widersprüchlichen Gefühle.

Ob die Polizei auch jemanden schicken würde?

Als sie auf der Fahrt zur Kirche ihre Freundinnen musterte, wünschte Jo sich, sie alle hätten ein etwas weniger auffälliges Outfit gewählt, sich ein bisschen schlichter angezogen. Schwarz war keine schlichte Farbe. Schwarz war eine festliche Farbe. Sie sollten nicht so festlich wirken, dachte sie. Sie sahen aus, als würden sie eine Show abziehen.

Schon einmal hatten sie sich zu einem gemeinsamen Ausflug des Lesekreises ganz in Schwarz gekleidet getroffen. Und das war als Show gemeint gewesen. Liz hatte sie arrangiert. In der förmlichen Einladung zu dem Ausflug hatte sie auf Trauerkleidung bestanden. Sie wollten die Gräber einiger Schriftsteller besuchen, die in Highgate beerdigt waren. An jedem Grab hatten sie eine Passage aus einem der Bücher des jeweiligen Autors verlesen – und sich dabei zugegebenermaßen kaum das Kichern verkneifen können. Jo hatte am Grabe von Mrs. Henry Wood gelesen, von der das viktorianische Melodram *East Lynne* stammte, das für die Zeile »Tod! – und nie hat sie mich Mutter genannt« berühmt war. Es war erst ein wenig Ernst in das Vorhaben eingekehrt, als Liz sie zu der Ruhestätte von Lizzie Siddall führte, die zunächst die Muse und dann die Ehefrau des präraffaelitischen Malers Dante Gabriel Rossetti gewesen und später selbst Malerin und Dichterin geworden war. Von Melancholie heimgesucht und dem Opiumverschnitt Laudanum verfallen, hatte sie eine Überdosis von Letzterem genommen und war im Alter von zweiunddreißig Jahren gestorben. Lizzie Siddall war eine von Liz' Göttinnen und ihrer Meinung nach das perfekte Beispiel für eine abgelegte Frau. Das fand Jo ein wenig ungerecht Dante Gabriel Rossetti gegenüber, der Lizzie zum Malen und zum Schreiben ermuntert hatte, als es für eine Frau noch als unziemlich galt, sich künstlerisch zu betätigen. Doch Liz war davon überzeugt, dass ihr viel mehr Erfolg beschieden gewesen wäre, wenn er die Finger aus dem Spiel gelassen hätte.

»Er wollte ihr nicht einmal ihren Frieden gönnen, als sie schon tot war«, hatte Liz erklärt.

Als Lizzie Siddall starb – »unter höchst mysteriösen Umständen«, wie Liz es düster umschrieb –, hatte Dante Gabriel Rossetti, augenscheinlich gebrochenen Herzens, eine Gedichtsammlung genommen, die er eigens für sie geschrieben hatte, und sie zu ihr in den Sarg gelegt. Sieben Jahre später begann er dann diese impulsive und romantische Geste zu bereuen. Sein Freund Swinburne hatte Anerkennung als Dichter erlangt, und obwohl Rossetti eigentlich Maler war, wollte er der Welt zeigen, dass er alles, was Swinburne konnte, besser zu tun vermochte. Doch seine gelungensten Gedichte lagen unglücklicherweise mit Lizzie Siddall zusammen unter der Erde. Mit Hilfe hoch gestellter Freunde erlangte Rossetti die Genehmigung, die Leiche zu exhumieren und die Gedichte sicherzustellen.

So machte man sich also an einem feuchtkalten Oktoberabend des Jahres 1869 beim Lichte mehrerer Laternen und eines Feuers an das »schauderhafte Geschäft«, wie Rossetti es nannte. Er selber war nicht anwesend – dazu war er viel zu sensibel. Der Sarg wurde geöffnet und das Manuskript von den Überresten des Gesichts der bedauernswerten Lizzie abgelöst, desinfiziert und an den ungeduldigen Malerpoeten weitergeleitet, der es, nachdem er ein paar männliche Tränen vergossen hatte, umgehend seinem Verleger zukommen ließ. Das Aufsehen um diese makabre Rettungsaktion half, den Band spontan zu einem Bestseller zu machen.

Im Vergleich zu sonstigen Auswüchsen männlichen Denkens und Handelns übertraf dieser Akt wirklich alles – da war sich der Lesekreis einig. Hätte Dante Gabriel Rossetti mit in dem Familiengrab gelegen, hätten sie in ihren hochhackigen schwarzen Pumps auf seiner Leiche getanzt, doch der hatte es vorgezogen, sich irgendwo in Kent bestatten zu lassen, so dass sie sich damit begnügen mussten, eines von Lizzie Siddalls Gedichten an *ihrem* Grab laut zu verlesen.

Hohes Gras, ich streck die Hand nach dir.
Ein Schweigen senkt sich auf mein Herz
und betäubt all seinen Zorn.
Im Schlaf vergess ich meinen Schmerz

Und lieg bar aller Liebe hier
Ganz wie gedroschnes Korn.

Liz hatte ihren bewegenden Vortrag mit den Worten beendet: »Ich weiß, dass er ein Schweinepriester war, aber manchmal möchte man ihr einen kräftigen Tritt geben und ihr sagen, dass sie sich nicht so von ihm hätte unterbuttern lassen dürfen.«

Liz war nicht gebeten worden, bei Robs Trauerfeier etwas zu sagen. Ebenso wenig Jo oder Amy. Und sie hatten sich darauf geeinigt, dass es vermutlich besser war, wenn Meg das seinen Kollegen vom Fernsehen überließ, die so etwas schließlich gewohnt waren. Die Musik allerdings hatte Meg ausgesucht. Ein paar von Robs Lieblingsliedern.

Als sie ankamen, wartete bereits eine größere Menschenmenge vor der Kirche. Rob war zwar in keiner Weise prominent gewesen, hatte aber doch ein gewisses Ansehen als Filmemacher genossen. In einem Nachruf im *Guardian* hatte gestanden, in der Blüte seiner Jahre hätte ihn der letzte Schnitt ereilt, was Liz für eine ziemlich unglückliche Anspielung auf seinen Beruf hielt, wenn man die Art seiner Verletzungen betrachtete. Die meisten dieser Leute mussten also mit ihm zusammengearbeitet haben, schloss Jo, denn außerhalb seines beruflichen Umfeldes hatte er nur wenige Freunde. Sie meinte, ein oder zwei Gesichter zu erkennen, die sie aus dem Fernsehen erinnerte. Als sie aus dem Wagen stieg, fühlte sie, wie alle sie anstarrten, doch die Blicke wandten sich rasch wieder ab. Sie glaubte auch, ein kollektives männliches Seufzen zu vernehmen, schrieb es aber ihrer Einbildung zu. Noch einmal wünschte sie, dass sie alle sich nicht so zurechtgemacht hätten. Sie wirkten viel zu herausgeputzt, fand sie, geradezu aufdringlich.

Es beschlich sie das unangenehme Gefühl, der Aufführung einer avantgardistischen Theatergruppe beizuwohnen, für die Geraghty das Stück geschrieben hatte, und dass sie hinterher das Blaue vom Himmel herunterlügen müsste, um keinen Anstoß zu erregen. *Wir sind um Megs willen hier,* ermahnte Jo sich streng. Aber es wäre leichter gewesen, wenn sie Rob ein wenig mehr gemocht hätte.

Drinnen setzte sich Meg zu den Mädchen und den übrigen Angehörigen in die vorderste Reihe, während Jo mit Liz und Amy auf der Bank dahinter Platz nahm. Als sie sah, wie Meg die Arme um ihre beiden Töchter legte, merkte sie, wie ihr die Tränen kamen.

Als sie aus der Kirche traten, fand Jo sich plötzlich für einen Augenblick mutterseelenallein auf dem Friedhof. Ein kalter Wind war aufgekommen, der nun das Laub umherwirbelte und Regen- oder Graupelschauer ankündigte. Jo musste ihren Hut festhalten. Sie wollte nichts wie fort von hier, aber Meg machte noch ihre Runde und bedankte sich bei den Trauergästen für ihr Kommen. Ein paar von ihnen würden sich noch in Megs Haus einfinden; nicht zu viele, hoffte Jo. Sie nahm sich vor, in der Küche zu bleiben und Brote zu schmieren.

Sie spürte eine Hand auf ihrem Arm. Als sie sich umblickte, sah sie Larry. Sie wusste, dass es Larry war, ehe er sich ihr auch nur vorgestellt hatte – vermutlich wegen der Fotos, die sie von ihm kannte, obwohl er jetzt keinen Bart mehr trug. Er wirkte jünger, als sie erwartet hatte, obwohl sie wusste, dass er ungefähr in Robs Alter sein dürfte. Er war nicht so förmlich gekleidet wie die meisten anderen Männer bei der Trauerfeier, trug eine wattierte Jacke, die man um ein Haar als Anorak hätte bezeichnen können – aber zumindest war sie schwarz. Aus irgendeinem Grunde war es ihr peinlich. Vielleicht, weil er sie so herausgeputzt sah. Sie kam sich albern vor, weil sie sich wie eine Lady auf einer Gartenparty an ihrem Hut festhielt, aber sie konnte ihn auch nicht loslassen, weil er ihr sonst vom Kopf geweht würde. Dann wäre sie sich noch alberner vorgekommen.

Wie begann man nach einer Trauerfeier ein Gespräch?

»Wir sind uns bei der Hochzeit begegnet«, sagte sie.

So jedenfalls nicht.

»Du warst ganz in Rot gekleidet«, sagte er. »Rotes Kleid und roter Hut.«

»Ist das wahr? O Gott, das muss ja fünfzehn Jahre her sein.«

Es erstaunte sie, dass er sich noch erinnern konnte, was sie damals angehabt hatte – es machte sie verlegen, und zugleich war sie angenehm berührt. Er, das spürte sie, war nur verlegen.

Einen Moment lang schwiegen sie beide und setzten dann gleichzeitig zu einem neuen Satz an.

»Du zuerst«, sagte er.

Doch da sahen sie Robs Eltern auf sich zukommen. Sie wirkten so alt und gebrechlich. Wie konnte Rob von so alten Leuten gezeugt worden sein? Wie hatte er vor ihnen sterben können? Über die Jahre, in denen sie seine Eltern kannte und während derer sie ihnen höchstens einmal im Jahr begegnete, war Robs Vater schneller gealtert als seine Frau. Am Anfang hatte sie älter gewirkt, aber mit siebzig war ihr Alterungsprozess irgendwie zum Stillstand gekommen. Nun ging er am Stock und ließ sich von ihr stützen. Aber Jo wusste nicht, ob sie *ihm* damit einen Gefallen tat oder fürchtete, sonst selber hinzufallen. Jo wollte gerade etwas sagen, als zu ihrer Verblüffung Larry vortrat und die beiden in den Arm nahm. Erst drückte er *sie* an sich, dann *ihn*. Auch Robs Vater wirkte sehr überrascht. Meg hatte Jo erzählt, dass Rob seinen Vater während all der Jahre, in denen sie mit Rob zusammen war, nicht ein einziges Mal umarmt oder geküsst hatte. Er pflegte nur die Wange seiner Mutter mit der seinen zu berühren, wenn seine Eltern zu Besuch kamen, und dann noch einmal, wenn sie sich wieder verabschiedeten. Aber Meg wusste, dass er selbst das nur widerwillig tat. Und sie ging davon aus, dass auch Robs Mutter sich dessen bewusst war.

Jetzt hielt sie Larrys Hand und beugte den Kopf vor, um etwas zu sagen. Jo konnte mit ihren Worten nichts anfangen –

irgendeine Reminiszenz an vergangene Zeiten. Aber sie sah deutlich die wie Pergament durchschimmernde Haut ihrer Hand mit den dunkelbraunen Flecken und den blauen Adern, und wie diese Hand in der von Larry zitterte, als hinge ihr ganzes Leben an seinem Händedruck – wie eine Hand, die sich an eine Felskante klammert. Jo murmelte eine Entschuldigung und zog sich zurück.

Jetzt erschien ein anderer Mann neben ihr, groß, dunkel und mit beginnender Glatze. Er trug einen schwarzen Mantel. Zuerst dachte Jo, es wäre jemand von dem Beerdigungsunternehmen, bis ihr einfiel, dass es ja keine Leiche gab. »Miss Connor?«, sagte der Mann. »Detective Inspector Stone von der Londoner Polizei.«

Jo konnte sich nicht erinnern, ihn zuvor schon einmal gesehen zu haben, weder in Megs Haus noch auf dem Revier in der Bishopsgate, wo sie ihre Aussage unterschrieben hatte. Er sagte, dass er den Fall übernommen hätte und gerne mit ihr ein paar Kleinigkeiten durchgehen würde. Sie fragte sich, woran er sie erkannt hatte.

»Was? *Jetzt?*«, fragte sie.

Er lächelte ein wenig herablassend. »Jetzt passt es Ihnen vermutlich gerade nicht so gut«, sagte er. »Dürften wir eventuell morgen irgendwann auf Sie zukommen?«

»Worum geht es denn genau?«

»Ach, nur ein oder zwei Dinge, die uns etwas Kopfzerbrechen bereiten.«

Sie merkte, dass ihn etwas ablenkte, und als sie seinem Blick folgte, sah sie Larry ein wenig abseits von Robs Eltern mit Meg zusammenstehen. Meg führte das Wort, und sie schien wütend zu sein. Larry hielt den Kopf gesenkt, als wäre er zerknirscht. Sie wäscht ihm gerade tüchtig den Kopf, dachte Jo, aber weswegen wohl?

»Ich muss jetzt los«, sagte sie zu Stone und wollte den Streit zwischen den beiden schlichten, aber Meg steuerte bereits auf ihren Wagen zu.

»Also dann um zehn«, rief Stone ihr hinterher. »Wir wissen, wo Sie wohnen.«

Nicht gerade der geeignetste Augenblick für einen Scherz.

»Worüber hast du mit Larry geredet?«, fragte Jo auf dem Weg zurück zu Meg scheinbar beiläufig.

»Nichts«, sagte Meg und wandte den Blick nicht von der Straße. »Nichts, worüber es sich zu reden lohnt.«

Aber es schwang Verbitterung in ihrer Stimme mit. Diesmal würde Jo es nicht dulden, dass sie so einfach den Vorhang herunterließ.

»Es ging darum, dass er Rob sein Haus überlassen hat«, sagte sie. »Das stimmt doch, nicht wahr?«

Meg antwortete nicht. Jo spürte, wie unangenehm Liz und Amy das Gespräch war, die auf dem Rücksitz saßen, aber sie wollte es jetzt nicht einfach auf sich beruhen lassen.

»Es ist doch für ihn bestimmt auch nicht leicht gewesen. Was hätte er denn sagen sollen?«

»Zieh Leine und fick deine Schlampe woanders«, knurrte Meg mehr zu sich selber.

Jo wandte sich nach hinten um. »Himmeldonnerwetter«, sagte sie, »die beiden waren schließlich alte Freunde.«

»Sie sind *Männer*«, sagte Liz. Jo erschrak zutiefst über den Ausdruck in ihrem Gesicht.

»Aber wir würden das doch auch füreinander tun, oder?«, fragte sie.

Doch niemand antwortete ihr.

Jo war überrascht, Larry im Haus anzutreffen. Er stand ganz allein in der Küche und studierte unbeirrt weiter die Zettelchen und Bilder an der Pinnwand, als sie hereinkam.

»Möchtest du was trinken?«, fragte sie. »Oder sonst etwas?«

Er wollte nichts.

»Robs Eltern haben mich gebeten mitzukommen«, erklärte

er, als müsse er sich für seine Anwesenheit entschuldigen. »Aber ich weiß nicht, was ich zu ihnen sagen soll.«

Sie wusste nicht, was sie zu *ihm* sagen sollte.

»Tut mir Leid, dass Meg dich so zusammengestaucht hat.« Ein dummer Anfang, dachte sie. Gleich mit der Tür ins Haus. »Sie ist nicht wütend auf dich«, fügte sie eilig hinzu, »sondern auf ihn.«

»Aha?« Er nickte ein paarmal mit dem Kopf, sah sie aber immer noch nicht an.

Dann entdeckte auch sie die Bilder an der Pinnwand: er und Rob lachend in der Sonne.

»Ich hoffe…«, begann sie, wusste aber nicht weiter.

»Was denn?« Nun wandte er sich ihr zu, aber sie schüttelte nur den Kopf. Sie hatte sagen wollen, dass sie alle Freunde bleiben sollten, er und Meg, er und sie … aber sie brachte es beim besten Willen nicht über die Lippen.

Weil ihr sonst nichts anderes einfiel, fragte sie ihn, wo er jetzt wohnte. »Doch wohl nicht…«

»Nein«, erwiderte er kopfschüttelnd. »Noch nicht. Ich wohne auf einem Boot. Auf dem Fluss.«

»Wunderbar«, sagte sie, und als sie keine Antwort bekam, fügte sie hinzu: »Wohl ein bisschen kalt um diese Jahreszeit.«

Sie fing jetzt ernsthaft an, sich selber zu hassen. Was musste er bloß von ihr denken?

»Ist alles kein Problem«, sagte er. »Wenn da nicht die Möwen wären.«

Das war immerhin ein Stichwort. Aber was sollte man dazu sagen? »Sind sie laut?«, fragte Jo.

»Mein Sohn fürchtet sich vor ihnen.«

Larry hatte einen *Sohn*? Ihr war so, als hätte Meg mal etwas in der Richtung erwähnt, aber sie konnte sich nicht mehr an die Einzelheiten erinnern. Nur, dass er jetzt wieder allein lebte.

»Er ist nur an den Wochenenden da«, erklärte Larry, »aber

ich muss mir eine andere Bleibe suchen, wenn ich ihn über Weihnachten bei mir haben will.«

»Ist es so schlimm?«

»Es scheint sich um eine Art Phobie zu handeln. Wenn er älter wird, gibt sich das wahrscheinlich.«

Bis jetzt hatte Jo nie daran gedacht, dass auch *er* ein Opfer war. Er hatte nicht nur seinen besten Freund verloren, sondern praktisch auch sein Zuhause. Sie zögerte eine Sekunde und sagte dann: »Ich fahre über Weihnachten weg. Willst du nicht solange bei mir wohnen?«

»Oh, das ist sehr freundlich«, sagte er. »Aber das kann ich ja wohl kaum annehmen.«

»Wieso nicht? Vom neunzehnten Dezember bis zum dritten Januar steht meine Wohnung vollkommen leer.« Jetzt, wo sie näher darüber nachdachte, schien es ihr wirklich eine gute Lösung zu sein. »Mir wäre viel wohler, wenn jemand da ist. Du wärst so etwas wie ein Hausmeister.«

Sie merkte, dass er es ernsthaft in Erwägung zog.

»Du würdest mir wirklich einen großen Gefallen tun«, setzte sie nach. »Warum kommst du nicht mal vorbei und siehst es dir an? Ich wohne am Fluss. Wo liegt dein Boot?«

»Wapping«, antwortete er zögernd.

»Wapping. Das ist ja praktisch genau gegenüber.« Ein erstaunlicher Zufall. »Du könntest wahrscheinlich vom Fenster aus das Boot sehen.«

»Ich weiß nicht, was ich sagen soll.«

Er schien durchaus angetan von der Idee.

»Komm doch morgen Abend vorbei«, schlug sie vor. »Sagen wir um sechs Uhr? Dann zeige ich dir alles.«

»Okay«, sagte er und grinste plötzlich wie ein kleiner Junge, der gerade ein Geschenk bekommen hatte. »Das ist wirklich toll. Vielen Dank.« Aber dann blickte er über ihre Schulter hinweg, und sein Lächeln verflog. Jo drehte sich um und sah, dass Meg sie beobachtet hatte. Doch ehe Jo in ihrem Gesicht lesen konnte, hatte Meg ihnen schon wieder den Rücken zugekehrt.

»Ich gehe dann wohl besser«, sagte Larry.

»Okay.« Sie schenkte ihm ein freundliches Lächeln, aber er vermied es, ihr in die Augen zu sehen. »Also bis morgen um sechs.«

Er nickte, aber sie fragte sich, ob er tatsächlich kommen würde.

Nachdem Larry fort war, sprach Jo Meg an.

»Ich wusste gar nicht, dass Larry einen Jungen hat«, sagte sie.

»So, das wusstest du nicht?« Meg klang abweisend.

»Wie ist er denn?«

»Ach … ganz niedlich. Wie zu erwarten.«

Wie zu erwarten. Jo verstand nicht gleich, was sie damit meinte.

»Wieso?«, fragte sie. »Ist seine Mutter so schön?«

Aber Meg hatte gerade gemerkt, dass einer der Gäste sich verabschieden wollte, und ging zur anderen Seite des Zimmers, um sich für den Besuch zu bedanken.

KAPITEL 15

Hundstage

Jo stand am Fenster ihres Apartments und sah auf den Fluss hinaus. Sie suchte nach Larrys Boot, konnte im Wasser aber nur die Polizeiboote am Pier von Wapping entdecken. Sie erinnerten sie an das unmittelbar bevorstehende Eintreffen von Inspector Stone – als ob es dessen bedurft hätte! Ein Besuch wie dieser konnte einem jeden Tag verderben, dachte Jo, selbst einen Tag, an dem es kaum noch etwas zu verderben gab.

Eine dichte Wolkendecke kauerte wie ein Golem über der Stadt und vermieste selbst die wenigen Stunden Tageslicht, die die Jahreszeit zu bieten hatte. Jo musste bei dem Wetter an das London vergangener Zeiten denken, an das London, wie sie es sich aufgrund der in Leder gebundenen Ausgabe der Werke von Charles Dickens in ihrer Schulbibliothek und der darin enthaltenen Illustrationen von Slums und langen Schornsteinen und Eisenbahnbrücken, unter denen der Fluss sich entlangwand, ausgemalt hatte. Ein mit Ruß bedecktes und in eine schmutzige Brühe aus Rauch und Nebel getauchtes Häusermeer.

Normalerweise wusste Jo sich an solchen Tagen zu helfen: Sie würzte sie mit Kräuteressenzen und befreite ihre Atemwege mit ätherischen Ölen. Wenn sie zu Hause arbeitete, machte sie es sich in einem Trainingsanzug bequem und schlurfte in dicken Wollsocken durch die Wohnung. Sie hörte Musik, verteilte ihre Unterlagen auf dem Fußboden und genehmigte sich einen oder auch zwei trockene Sherry. Wenn sie an einem Tag wie diesem ins College musste, kleidete sie sich besonders farbenfroh, kaufte Blumen für ihr Büro und zündete Räucherstäbchen an. Und machte ihre Yogaübungen. Sie umgab sich mit schönen Dingen und ließ sich nicht unterkriegen. Und wenn das alles nichts nützte, schlenderte sie in der Mittagspause hinüber in die Weinbar und säuselte sich einen wohltuenden Schwips an.

So musste man mit Tagen wie diesem umgehen – man verbannte sie aus seinem Kopf.

Stone schleppte das Wetter mit in die Wohnung hinein: bedrückende Wolken, ein kalter Wind, der Regen mit sich brachte. Jo hatte den Eindruck, dass er genau wusste, wie er auf die Menschen wirkte, und sich in seiner Rolle gefiel.

Er kam ein paar Minuten nach zehn Uhr in Begleitung einer Kollegin, die er als Sergeant Harris vorstellte und die an einer üblen Erkältung zu leiden schien. Wäre sie eine von Jos Studentinnen, hätte Jo sie nach Hause geschickt und ihr gesagt, sie solle ein Aspirin nehmen. Stattdessen aber schenkte sie beiden einen Kaffee ein und hielt sich in sicherem Abstand.

»Sie sind amerikanische Staatsangehörige, wenn ich recht verstanden habe«, sagte Stone und sah sich im Zimmer um, als könnte man das schon an der Einrichtung erkennen.

Jo setzte ihn darüber ins Bild, dass sie einen britischen Staatsbürger geheiratet hatte und einen britischen Pass besaß. Dass Michael Geraghty ein Republikaner aus Nordirland war und dass ihre Scheidung unmittelbar bevorstand, ließ sie unerwähnt, fragte sich aber, ob er das nicht sowieso schon längst wusste.

»Und Sie leben gerne hier in London?«

Es hörte sich so an, als wollte er ihr mit Abschiebung drohen.

»Es gibt gute und schlechte Tage«, antwortete Jo.

Stone fragte, ob er die Unterredung auf Band mitschneiden

dürfe. Jo fiel kein triftiger Grund ein, um das abzulehnen, aber angenehm war es ihr nicht. In ihrer Einstellung staatlichen Autoritäten gegenüber hatte sie einen Hang zur Schizophrenie. Sie war Amerikanerin genug, um auf ihren Rechten zu bestehen und dafür notfalls auch mal mit der Faust auf den Tisch zu schlagen; aber auch genug *Mitteleuropäerin*, um gehorsamst von einem Zimmer ins andere zu schleichen, um verlangte Dokumente beizubringen, artig den Kopf zu senken und idiotische Fragen zu beantworten … Mütterlicherseits stammte sie von Generationen böhmischer Kleinbauern ab, die sich stets vor den Herrschenden geduckt hatten, stets taten, was man ihnen befahl, sich von den Habsburgern, den Nazis und den Kommunisten hatten knechten lassen … Kafkaeske Opfergestalten, immer in Angst, der Aktenordner mit ihrem Namen darauf könnte auftauchen, selbst wenn er unter Millionen anderer Ordner vergraben lag: Eines Tages würde er zum Vorschein kommen, eines Tages wäre man selber an der Reihe …

»So, jetzt erzählen Sie mir bitte, wie gut Sie Lawrence Hunter kennen«, begann Stone die Befragung.

Auf eine solche Frage war Jo nicht gefasst; einen Augenblick lang blieb sie die Antwort schuldig.

»Ach, Sie sprechen von *Larry*«, sagte sie, als der Groschen endlich fiel. »Fast überhaupt nicht. Ich meine, ich kannte ihn natürlich durch Meg, aber begegnet bin ich ihm nur ein oder zwei Mal.«

»Und was wissen Sie über ihn?«

»Nur, dass er ein Freund von Rob war – sogar sein bester Freund, glaube ich. Er war Kameramann beim Fernsehen, hat den Job aber kürzlich an den Nagel gehängt, um an der Kunsthochschule zu studieren … Ja, das wär's dann auch schon .«

Er ist geschieden, hat ein Kind – einen Sohn –, von dem Meg sagt, er wäre »ganz niedlich«. Ich schätze, dass Meg Larry auch ganz niedlich findet. Vermutlich beginne ich dasselbe zu empfinden. Warum sonst habe ich ihn eingeladen, in meinem Apartment zu wohnen – oder war das wirklich nur eine reine Gefälligkeit?

»Also sind Sie nie in seinem Haus in Spitalfields gewesen?«

»Nein, selbstverständlich nicht. Ich habe überhaupt erst vor kurzem erfahren, dass er ein Haus in Spitalfields hat.«

»Also kann ich davon ausgehen, dass Sie nicht gewusst haben, dass das Opfer es zu… privaten Zwecken zu nutzen pflegte?«

Er hatte es vorsichtig umschreiben wollen, aber er hätte besser ohne Umschweife »Seitensprünge« sagen sollen. Bei »privaten Zwecken« musste man an finstere Sachen denken, etwas mit Peitschen und Ketten.

»Selbstverständlich nicht«, sagte Jo noch einmal. »Woher denn?«

»Es könnte sein, dass die Witwe des Opfers es Ihnen gegenüber erwähnt hat.«

»Hat sie aber nicht. Außerdem bin ich mir ziemlich sicher, dass sie selber nichts davon ahnte – bis Ihre Leute es ihr gesagt haben.«

»Ach?« Er tat so, als läge dieser Gedanke gerade noch im Bereich des Möglichen. »Na schön, dann gehen wir mal zurück zum Abend des Mordes, okay?«

»Wenn es sein muss. Ich habe das alles schon einmal durchexerziert.«

Gehörte das zu ihrer Befragungstechnik? Dass sie die Leute alles zwei oder drei Mal erzählen ließen, um zu schauen, ob sich an ihrer Geschichte etwas veränderte oder sie sich bei Detailfragen in Widersprüche verwickelten. Ihr entging nicht, dass das rote Lämpchen an dem Kassettenrekorder leuchtete. Sie malte sich aus, wie sie das Band auf dem Revier noch einmal von vorne abspielen ließen, ihre Worte analysierten, Notizen verglichen.

»Es muss sein. An diesem Abend hatten Sie ja wohl ein Treffen, um über Bücher zu reden?«

Er sagte das so, wie ein Ungläubiger sagen würde: um in der Bibel zu lesen. Oder auch, um sich mit dem Teufel zu verbünden.

»Wir treffen uns reihum bei einer von uns«, sagte Jo. »Ich war an der Reihe.«

»Der Lesekreis für abgelegte Frauen.« Er ließ sich den Namen auf der Zunge zergehen, als würde er darüber staunen, wie man sich einen so weit hergeholten – oder auch absurden – Namen einfallen lassen konnte.

»Es ist scherzhaft gemeint«, erklärte Jo. »*Abgelegt* im Sinne von schon einmal gebraucht.«

»Entschuldigung, das habe ich jetzt nicht verstanden. Was soll daran lustig sein?« Er sah Sergeant Harris an, als könnte sie seine Frage vielleicht beantworten, aber sie schnäuzte sich gerade in ein Papiertaschentuch.

»Wahrscheinlich gar nichts«, sagte Jo.

Aber sie hätte doch gerne gewusst, von wem er den Namen erfahren hatte. Es war nichts Beunruhigendes daran, wenn die Polizei den Namen kannte, aber es gab Jo doch zu denken.

»In welcher Reihenfolge sind Ihre Freundinnen eingetroffen?«

»Zuerst Liz, dann Meg und dann Amy.« War die Antwort zu sehr wie aus der Pistole geschossen gekommen? Aber sie war ja bereits von Stones Kollegen danach gefragt worden, dürfte sich also jetzt noch an die Reihenfolge erinnern.

»Und alle binnen ein paar Minuten nach halb sieben Uhr?«

»Richtig.«

»Und wie haben Sie sie hereingelassen?«

Jo vermied es gerade noch, die Augen zu verdrehen.

»Wie ich sie hereingelassen habe? Sie haben an der Tür geklingelt, und ich habe aufgemacht.«

»Also von hier oben in der Wohnung?«

»Ja-ah.«

»Also sind sie durch die Eingangshalle gegangen und haben

dann ohne Umwege den Fahrstuhl in den zweiten Stock genommen, so wie wir das eben gerade gemacht haben?«

»Anzunehmen.« Sie zuckte die Achseln und wusste nicht, worauf er hinauswollte. »Außer, sie haben lieber die Treppe benutzt.«

»Aber durch die Eingangshalle mussten sie auf jeden Fall.«

»Ja, gewiss doch.« Der Portier, dachte sie. Die Polizei dürfte ja wohl mit dem Portier gesprochen haben. Aber was hat er ihnen erzählt?

Sie spürte, wie ihr das Blut ins Gesicht stieg. Das passierte ihr öfter; nicht nur, wenn sie ein schlechtes Gewissen hatte, sondern auch schon, wenn sie *glaubte*, dass jemand annahm, dass sie ein schlechtes Gewissen haben *könnte*. Dieses Rotwerden hatte ihr in der Vergangenheit schon allerhand Scherereien eingebracht.

»Und sie sind dann bis ungefähr elf Uhr abends geblieben und alle zusammen gegangen?«

»Ja. Liz war mit dem Wagen da und hat die beiden zur nächsten U-Bahn-Station mitgenommen.«

Er schien sich das durch den Kopf gehen zu lassen.

»Also, mich wundert Folgendes: Sie sagen, alle drei Frauen wären etwa um halb sieben Uhr an diesem Abend hier angekommen und gegen elf Uhr wieder gegangen. Der Nachtportier kann sich jedoch nicht erinnern, dass er auch nur eine Einzige hat kommen oder gehen sehen.«

Jo war erleichtert, bemühte sich aber, es nicht zu zeigen. Einen Augenblick lang hatte sie befürchtet, der Portier hätte sich an noch etwas anderes erinnert.

»Kann doch sein, dass er sie einfach nur nicht bemerkt hat.«

»Höchst unwahrscheinlich, meinen Sie nicht auch? Drei so gut aussehende Frauen.«

»Vielleicht hat er in einem Buch gelesen.« Sie merkte, dass Stone das nicht witzig fand.

»Auf jeden Fall«, fügte sie rasch hinzu, »müssen sie doch

beim Betreten oder Verlassen des Gebäudes von der Sicherheitskamera aufgenommen worden sein?«

Er sah sie an, wie sie es aus der Schule von manchen Lehrern erinnerte, wenn sie wieder einmal die Neunmalkluge hervorgekehrt hatte.

»Die Bänder vom Eingangsbereich werden alle drei Stunden ausgewechselt und danach wieder neu überspielt. Haben Sie das nicht gewusst?«

»Nein«, sagte Jo. »Ich habe keine Ahnung, wie das funktioniert.«

»Gut, lassen wir das mal einen Moment beiseite. Nun erzählen Sie mir doch mal, warum Mr. Reynolds Sie zwei Tage vor seinem Tod angerufen hat.«

Sie starrte ihn an. »Rob mich angerufen…?«

»Wir haben die Liste der Anrufe, die von seinem Mobiltelefon aus geführt worden sind. Und einer davon ging zu dieser Nummer.«

»Sind Sie sicher? Zwei Tage vorher…« Sie tastete sich durch das Gewirr von Wahrheit und Lügen in ihrem Kopf und klammerte sich an ein Erinnerungspartikel. »Aber natürlich…« Dieses Mal verhehlte sie ihre Erleichterung nicht. »Das war Meg.«

»Meg?« Er sah Sergeant Harris an.

»Die Frau«, half sie ihm.

»Ich weiß, dass das die Frau ist, Sergeant. Aber warum sollte sie…« Er wandte sich wieder Jo zu, seufzte und schüttelte den Kopf. »Sie behaupten also, sie hätte *Sie* mit dem Mobiltelefon ihres Mannes angerufen?«

»Nein. Sie war *hier*. Sie ist in der Tate Modern ein Stückchen weiter unten am Fluss gewesen und schaute kurz vorbei. Sie musste Rob anrufen, aber der Akku in ihrem Handy war leer. Also hat sie ihn angerufen, ihm eine Nachricht hinterlassen, und er hat sie dann hier zurückgerufen.«

»Sie ist in der Tate Modern gewesen? Zwei Tage vor dem Mord?«

»Ja … warum denn nicht? Ist das so ungewöhnlich?«

»Das ist es in der Tat. Wenn man bedenkt, dass sie an dem bewussten Abend, bevor sie zu Ihnen kam, dort gewesen ist, wie sie uns erzählt hat, und zwar zu einer Vernissage zwischen sechs und sieben Uhr. Haben Sie das auch nicht gewusst?« Er sah sie an, als suchte er nach ersten Rissen in der Fassade, Jo spürte sie bereits. Sie schüttelte den Kopf.

»Und jetzt wollen Sie uns weismachen, dass sie erst zwei Tage vorher auch dort gewesen ist?«

»Nun, das hat sie jedenfalls zu *mir* gesagt. Spricht denn etwas dagegen?«

»Nicht, wenn man alle Zeit der Welt hat…«

»Sie hat eine Halbtagsstelle als Logopädin in einer Klinik…« Jos Stimme wurde schneidend. »Und sie hat zwei Kinder, aber ich glaube schon, dass sie ab und zu die Zeit findet, eine Galerie zu besuchen, vielleicht sogar zweimal innerhalb einer Woche. *Und* gelegentlich noch ein Buch zu lesen.«

Wieder dieses süffisante Grinsen. Sie musste bei seinem Anblick an einen boshaften Clown denken. Wenn man ihn mit Wasser bespritzte, konnte das übel für einen ausgehen. Also besser keine spitzen Bemerkungen mehr.

»Also hat Mr. Reynolds hier angerufen, um mit seiner Frau zu sprechen. Sie selber haben ihn aber nicht am Apparat gehabt?«

Jetzt greift er nach jedem Strohhalm, dachte Jo zutiefst befriedigt. »Nein. Ich habe eventuell den Hörer abgenommen, ihn dann aber gleich an Meg weitergereicht.«

»Demnach standen Sie und das Opfer sich nicht gerade sehr nahe, oder? Sie waren nicht gerade, was man ›befreundet‹ nennt?«

Jo schüttelte den Kopf, versuchte, sich zusammenzunehmen, ermahnte sich, dass er sie vermutlich aufs Glatteis führen wollte – und sei es nur, weil ihm das Vergnügen bereitete.

»Und was ist mit Ihren anderen Freundinnen, Miss Roper

und Miss Gerard, den restlichen ›abgelegten‹ Frauen? Waren sie mit Mr. Reynolds befreundet?«

»Nein.« Wieder zuckte sie die Achseln. Wollte er sie nur provozieren, oder hoffte er, sie bei einer Lüge zu erwischen?

»Ihnen fällt also kein Grund ein, warum er die beiden in der Woche vor dem Mord angerufen haben könnte?«

Das war ein Schock, aber sie versuchte, sich nichts anmerken zu lassen.

»Nein. Kein einziger. Warum? *Hat* er sie angerufen?«

»O ja, das hat er. Beide.«

»Ja, dann tut es mir Leid. Ich habe keinen blassen Schimmer. Da müssen Sie sie schon selber fragen.«

»Wir *haben* sie bereits gefragt. In einem Fall, so wurde uns gesagt, ging es darum, etwas zu besprechen, was mit seinem Garten zu tun hatte, in dem anderen ging es um irgendeine Arbeit für die BBC, einen Kommentar zu schreiben, glaube ich.« Stone tat so, als wären beide Erklärungen gleichermaßen unglaubwürdig.

»Nun, dann…«, sagte Jo. »Warum fragen Sie dann mich?«

»Ich dachte bloß, dass Sie möglicherweise auch so Ihre Theorien haben.«

»Ich kann Ihnen nicht ganz folgen.«

»Nun, sagen wir es einmal so: Das Opfer genoss einen gewissen Ruf als Frauenheld. Und die Freundinnen seiner Ehefrau – zumindest die, die ich bisher gesehen habe – scheinen mir die Art Frauen zu sein, zu denen er sich hingezogen fühlte.«

»Das ist nicht Ihr Ernst!«

»Sie sind anderer Meinung?«

»Wir *alle vier*?«

»Der Lesekreis für abgelegte Frauen«, wiederholte er, noch einmal mit bewusster Betonung, als hätte er den Witz endlich verstanden.

»Nein…« Sie schüttelte wieder den Kopf. »Das ist nicht… das ist kompletter Schwachsinn.«

»Wirklich? Sie könnten es natürlich bis vor kurzem gar nicht geahnt haben…«

»Und als wir dann dahinter kamen – dass er mit uns allen vier ins Bett ging –, sind wir zu Larrys Haus marschiert, nachdem wir irgendwie herausgefunden haben, dass er dort war, und haben ihn eine nach der anderen mit dem Fleischerhaken oder was das war, bearbeitet? Ist es das, was Sie glauben? Sie müssen sonderbare Frauen kennen.«

Stone legte wie zum Zeichen der Anerkennung den Kopf auf die Seite.

»Das bringt mein Beruf so mit sich«, sagte er.

Nachdem sie gegangen waren, verbrachte Jo den Rest des Vormittages damit, das Gespräch noch einmal im Kopf durchzugehen. Sie versuchte, sich genau zu erinnern, was sie gesagt hatte, und dachte darüber nach, wie sie das alles besser hätte formulieren können. Nur zu gerne hätte sie jetzt mit Meg oder Liz oder sogar Amy telefoniert, aber sie war paranoid genug, um zu befürchten, dass ihre Telefone abgehört wurden. Das hatte sie Stone zu verdanken.

Am Nachmittag musste sie für ein paar Stunden die Wohnung verlassen. Das Semester war bereits zu Ende, aber einmal die Woche gab sie Leseförderunterricht an einer der Schulen in Southwark. Ihre Schüler waren überwiegend Kinder von Eltern, für die Englisch eine Fremdsprache war, Immigranten oder Asylbewerber, deren Sprösslinge Hilfe gebrauchen konnten. Jo verbrachte dann mit jedem einzelnen Schüler eine Viertelstunde, hörte zu, wie sie aus Kinderbüchern vorlasen. Diese Kinder stammten aus Bosnien, dem Kosovo, aus Afghanistan und Somalia und waren vor Krieg und Verfolgung geflohen; die Geschichten, die sie lasen, erzählten von englischen Kindern mit Namen wie Biss und Chip und davon, welche Schwierigkeiten zu bestehen waren, wenn bei einem Familienausflug das Auto seinen Geist aufgab. Die Kinder lasen langsam, mit vor Konzentration zusammengezogenen Augenbrauen, und blieben oft an einzelnen Wörtern hängen. Jos Aufgabe bestand darin, ihnen zuzuhören und ihnen bei den Wörtern zu helfen, die ihnen besondere Probleme bereiteten. Obwohl sie die Geschichten praktisch auswendig kannte – und sie allesamt fürchterlich langweilig fand –, erschien ihr ihre Arbeit nie als Last. Manchmal fand sie es sogar befriedigender, als zu versuchen, einige ihrer älteren Studenten für die englische Literatur zu begeistern. Heute jedoch hatte sie das Gefühl, nicht so richtig bei der Sache zu sein, die Fehler der Kinder automatisch zu korrigieren, während sie in Gedanken ihre eigenen Probleme wälzte.

Kurz nach vier Uhr war sie wieder zu Hause und ließ sich ein Bad ein. Sie schüttete eine ordentliche Portion Schaumbad in die Wanne und gab dann aus ihrer Sammlung von Aromaölen ein paar Tropfen Geranie und Orangenblüte hinzu. Puristen würden ihr wahrscheinlich vorhalten, dass die Inhaltsstoffe des Schaumbades jedwede heilende Wirkung, die die Aromastoffe besaßen, zunichte machten, aber Jo liebte die Bläschen. Zu oft in ihrem Leben hatte sie gute Miene zum bösen Spiel gemacht und auf ihre Seifenblasen verzichtet, und sie wollte verdammt sein, wenn sie das auch noch in der Badewanne mit sich geschehen ließ. Sie zündete zwei Kerzen mit Jasminduft an und stellte sie an das Ende der Badewanne. Jo gehörte zu der Generation, die eigentlich der Dusche gegenüber der Wanne den Vorzug gab, aber sie hatte auch ein Faible für Rituale, und aus einem Gang unter die Dusche ließ sich nur schwerlich ein Ritual machen. Auf jeden Fall konnte man dabei keine Kerzen brennen lassen.

Als sämtliche Vorbereitungen zu ihrer Zufriedenheit abgeschlossen waren, streifte sie ihre Kleider ab, knipste das Licht aus und ließ sich ins Wasser gleiten. Das Gemisch der Düfte entfaltete seine Wirkung und begann ihren Geist auf wunderbare Weise zu beruhigen. Sie merkte, wie Stone sich immer wieder in ihre Gedanken drängte, aber sie wies ihm resolut die Tür.

Eine der Geschichten, die man Jo als Kind vorgelesen hatte, handelte von dem Dybuk, einer Art Geist, der in den Wäldern der Heimat ihrer Mutter lebte. Der Dybuk wurde von einem Hass auf alles Menschliche verzehrt; vor allem hasste er die Liebe, die die Menschen füreinander empfanden: Er hasste Familien, Freundschaften und jegliche Eintracht und lebte nur für das Ziel, diese zu zerstören. Wenn man das Pech hatte, dem Dybuk zu begegnen, pflanzte er einem einen schrecklichen Gedanken über einen Angehörigen, einen Kameraden oder einen Nachbarn in den Kopf, und dieser Gedanke wurde immer stärker, bis man vollkommen von ihm besessen war und den Schaden anrichtete, den der Dybuk beabsichtigt hatte.

Stone war wie der Dybuk, und sie musste dafür sorgen, dass er sich nicht in ihrem Kopf einnistete.

Um sechs Uhr kam Larry, um sich die Wohnung anzusehen. Jo hatte den Trainingsanzug gegen einen teuren, pfauenblauen Pulli und eine beigefarbene Baumwollhose ausgetauscht. Sowie sie Larry sah, kam sie sich übertrieben schick vor. Er trug dieselbe schwarze Regenjacke, mit der er auch schon auf dem Friedhof in Highgate gewesen war, und dazu Jeans und einen Wollpullover. Sie kam sich wie eine Gastgeberin, oder, noch schlimmer, wie eine Maklerin vor, die auf einen Abschluss aus war. Um dieses Gefühl zu kompensieren, gab sie sich forsch bis an den Rand der Ungezogenheit. Als sie merkte, wie sie sich benahm und *das* wiederum zu kompensieren versuchte, erklärte sie ihm mit übertriebener Genauigkeit, wie alles funktionierte – die Zentralheizung, der Herd, selbst der Teekessel.

Sie war überzeugt, dass er nach Beendigung des Rundgangs durch ihre Wohnung wieder gehen würde und es das dann gewesen wäre – das Ende eines ganz beschissenen Tages.

Doch sie bekam sich nach der Vorführung des Kessels wieder einigermaßen in den Griff und bot ihm ein Glas Wein an.

Als die Flasche schon zur Neige ging, fragte sie ihn, ob er zum Abendessen bleiben wolle.

»Ich hatte vor, Pasta zu kochen«, sagte sie und wusste nicht einmal, ob überhaupt Nudeln im Hause waren.

Doch stattdessen führte er sie zum Essen aus. Um sich für das Überlassen der Wohnung zu bedanken, wie er sagte.

Er ging mit ihr zu einem kleinen Italiener in einer der Seitenstraßen in der Nähe der Tower Bridge. Die Kellner schienen ihn zu kennen.

»Wir kommen oft her«, sagte er. »Uns gefallen die Papiertischtücher.«

»Ja«, sagte sie und befühlte das Tischtuch mit den Fingern. »Sehr hübsch.«

»Man kann seine Wachsstifte mitbringen«, sagte er, »und sie bemalen.«

»Macht bestimmt Spaß. Aber wer ist *wir*?«

»Ich und Ben. Mein Sohn.«

»Natürlich«, sagte sie.

Sie sprachen eine Weile über Ben, und dann sprachen sie über Larry und warum er seinen Beruf als Kameramann aufgegeben und sich an der Kunsthochschule eingeschrieben hatte. Doch worüber sie sich auch unterhalten mochten – Jo wurde das Gefühl nicht los, dass sie bewusst ein ganz bestimmtes Thema mieden: den Mord. Es war, als schlichen sie ängstlich darum herum, umkreisten ein dunkles Loch. Wohin sie das Gespräch auch führte, es war immer da und wartete darauf, sie zu verschlucken.

Selbst, als er sie fragte, wo in Amerika sie aufgewachsen sei.

»Ich habe nie richtig in Amerika gelebt«, sagte sie. »Ich fliege nur von Zeit zu Zeit dorthin, nur zu Besuch sozusagen.«

»Aber du *bist* doch Amerikanerin.«

»Das schon, aber mein Vater war bei der US Air Force, und wir sind häufig umgezogen, von einem Luftwaffenstützpunkt zum nächsten. Geboren wurde ich in Deutschland, und von dort sind wir dann nach England gezogen, nach East Anglia.«

»Und da hast du dann Meg getroffen?«

»Ja. Wir gingen auf dieselbe Schule. Eine Klosterschule in der Nähe von Cambridge. Meg ist meine älteste Freundin.«

»Rob hat dich ihren Schutzengel genannt.«

»Und noch das eine oder andere mehr, nehme ich an.«

»Schwester Jo« zum Beispiel.

»Er hat sich vermutlich bedroht gefühlt«, sagte Larry. »Er hatte immer das Gefühl, dass die Menschen entweder für ihn oder gegen ihn waren. Ein Mittelding gab es nicht.«

»Und ich war *für* Meg.«

»Scheint so.« Er sah sie an und erinnerte sie plötzlich an einen der verlorenen Jungen in *Peter Pan.* Machte sie das zu *Wendy*? Nein, sagte sie sich. Sie hatte Wendy noch nie gemocht.

»Ich weiß, dass sie denkt, ich hätte mit ihm… unter einer Decke gesteckt«, sagte er.

Und? Hast du das nicht?, dachte sie, sagte aber stattdessen: »Du meinst, indem du ihm dein Haus zur Verfügung gestellt hast?«

Zu seinen privaten Zwecken, wie Stone es ausgedrückt hatte.

»Ich fand es sehr schwierig, Nein zu sagen.« Ihm ging auf, was er gerade gesagt hatte, und er lächelte kopfschüttelnd. »Das haben meine Tanten immer gesagt, als wir Kinder waren, wenn wir uns in irgendeinen Schlamassel hineingeritten hatten. Sie meinten immer, es wäre Robs Schuld gewesen. Dass er mich angestiftet hätte. ›Larry findet es sehr schwierig, Nein zu sagen‹, hieß es dann immer. Und das stimmte ja auch. Wenn ich Nein gesagt hätte, auch nur die Spur einer… Missbilligung angedeutet hätte, hätte er es als Zurückweisung empfunden – als moralische Verurteilung. Er hätte geglaubt, ich wäre zur anderen Seite hinübergewechselt. Zum Feind.«

»Womit du Meg meinst.«

»Nein, ich habe dabei nicht an Meg gedacht.« Er schien sich verteidigen zu wollen. »Ich habe eher an seinen Vater gedacht – in diesem Fall.«

»Seinen *Vater?*« Das ist ja etwas ganz Neues, dachte sie. Normalerweise bekommt doch die Mutter die Schuld.

»Er war derjenige, der bestimmte, was gut und was böse war – damals jedenfalls.«

Jo erinnerte sich an Robs Vater bei der Trauerfeier. »Es schien ihn sehr zu überraschen, als du ihn umarmt hast«, sagte sie.

»Ich weiß. Es hat mich selber verblüfft. Aber ich hatte das Gefühl … Ich weiß nicht … Vielleicht habe ich es für Rob getan.«

Sie verstand nicht. Er hatte ihn *für Rob* in den Arm genommen?

»Um ehrlich zu sein – ich weiß nicht, was ich mir dabei gedacht habe. Es sollte einfach eine Geste der Zuneigung sein, eine Zuneigung, die Rob ihm nie hat zeigen können, weil sein Vater es nie zugelassen hat. Er war ein verbissener alter Sack, sein Vater – der Vik, wie wir ihn nannten. Du weißt ja, ein Mann Gottes, Sozialist, hat eine Menge für die Gemeinde getan … Die Leute sagten immer, er sei ein guter Mensch. Aber er war ein verdammt mieser Vater. Und ein noch mieserer Ehemann, nehme ich an. Die Sorte Mensch, die nicht mit Gefühlen umgehen kann und jede Gefühlsbekundung verabscheut.«

Sie musste an ihren eigenen Vater denken. Und an ihren Mann. Aber Michael hatte keine Scheu, Emotionen zu zeigen. Er schwelgte darin. Sie waren für ihn wie eine Flasche, mit der er sich besaufen konnte.

»Mein eigener Vater war auch nicht viel besser«, fuhr Larry fort, »aber Robs war irgendwie … ich weiß nicht. Mein Vater ließ sich auch mal auf eine handfeste Auseinandersetzung ein, er hat mit mir geboxt und gerungen, das war seine Art, mich in den Arm zu nehmen – und dann hat er sich wieder zurückgezogen, man merkte, wie er sich zurückzog, aber Robs Dad – er war so … so *unberührbar.*« Er hob die Arme, als wolle er sich ergeben, oder wie ein Priester beim Abendmahlgottesdienst. »Er war, als trüge er seine Kanzel vor sich her, er schleppte sie mit sich herum wie eine Barrikade. Und er war ein Tyrann, wollte bei allem und jedem gefragt werden. Aber seine Mutter hat Rob *geliebt*. Ich weiß, dass Meg immer glaubte, er hasste sie, aber in Wirklichkeit hat er sie geliebt. Er durfte es nur nicht zeigen. Sie suchte seine Nähe, wollte doch bloß ab und zu mal von Rob umarmt, geküsst werden, von ihm hören, dass er sie liebte. Aber dann hätte er vor seinem Vater das Gesicht verloren. Da siehst du mal, in was für einer Zwickmühle Rob gesteckt hat. Letzten Endes hat er sich dann für seinen Vater entschieden. Und das hat er sich selbst nie verziehen.«

Das erinnerte Jo so sehr an ihre eigene Kindheit, dass sie fast eine Gänsehaut bekam.

»Also hat er sich damit getröstet, dass er mit all diesen Frauen ins Bett gegangen ist?«

»Kann sein…«

»Oder würdest du sagen, dass er jedes Mal, wenn er mit einer geschlafen hat, dachte: Hab ich's dir gezeigt, Dad?«

»Na, ich denke, er wird wohl schon seinen Spaß dabei gehabt haben. Aber er mochte es, Grenzen zu überschreiten. Und *damit* hat er es seinem Vater heimgezahlt. Beziehungsweise *jedem*, der ihm vorschreiben wollte, was gut und was böse war.«

»Er hat die Frauen *benutzt*«, sagte Jo. Es erstaunte sie selbst, mit welcher Heftigkeit ihr das Wort entfahren war. Larry schaute erschrocken drein.

»Er hat Meg benutzt«, wiederholte sie. »Und die anderen. Wer auch immer sie gewesen sein mögen, aus welchem Grund auch immer er sie gevögelt hat. Er hat sie als ein Ventil für sein Ego benutzt, nicht mehr und nicht weniger. Es tut mir Leid. Er war dein Freund. Aber…«, sie zuckte die Schultern, »…das musste mal gesagt werden.«

Er starrte auf die Tischdecke. Nun hol schon deine Malstifte raus, dachte sie. Sie hatte nicht gewollt, dass der Abend so einen Verlauf nahm.

»Lass uns über etwas anderes reden«, schlug sie vor.

»Okay.« Er nickte ein paarmal vor sich hin, aber es war offensichtlich, dass ihm kein anderes Thema einfiel.

»Erzähl mir doch, wie ist es, Kunst zu studieren«, sagte Jo. Also erzählte er ihr, wie es war, Kunst zu studieren, und sie erzählte ihm über ihre Märchenstudien, und alles in allem hätte der Abend auch viel unerquicklicher ausgehen können.

Es war schon nach elf Uhr, als sie das Restaurant verließen. Am sternenklaren Himmel prangte ein Vollmond. Sie spürte die Kälte der Nachtluft und zog sich den Mantel etwas enger um die Schultern.

»Ich begleite dich nach Hause«, sagte Larry.

Sie freute sich über dieses Angebot, wurde aber ein wenig unruhig, als er seine Schritte in Richtung Fluss lenkte. Sie erzählte ihm, dass sie beim letzten Mal, als sie auf diesem Weg nach Hause gegangen war, beinahe überfallen worden wäre. Sie erwähnte es ganz beiläufig, als mache sie eine Bemerkung über das Wetter, aber er blieb stehen und sah sie besorgt an.

»Was ist da passiert?«

»Ich bin weggerannt.«

»Wir könnten auch ein Taxi nehmen…« Aber beide wussten, dass die Strecke viel zu kurz für eine Taxifahrt war.

»Wird schon werden«, sagte sie. »Aber wenn es wieder geschieht, warte nicht auf mich. Ich werde dir einen Häuserblock weit voraus sein.«

Sie merkte, dass er einen Blick nach unten warf, um zu sehen, was sie für Schuhe trug – Laufschuhe –, und als sie dann weitergingen, nahm er sie bei der Hand. Wenn er sich so wohler fühlte, sollte es ihr nur recht sein.

Als sie den Fluss erreichten, zeigte er auf den Anleger, an dem das Boot vertäut war. Es lag viel näher an der Tower Bridge als am Pier von Wapping, also hätte sie es von ihrem Fenster aus doch nicht sehen können. Alles wirkte ziemlich heruntergekommen, mehr wie ein Schrottplatz, denn wie ein

Landungssteg. Sie musste an *Peter Grimes* denken, der einsam und allein vor seiner schäbigen Fischerhütte hockte, eine Figur aus einem Versepus, das sie nicht besonders mochte, aus dem sich zwei Zeilen jedoch rätselhafterweise fest in ihr Gedächtnis eingeprägt hatten.

So muss er fortan leben nun in Einsamkeit
Mit Warten auf die Flut verstreicht die öde Zeit.

Es war gerade Flut; das Mondlicht wanderte wie an einer Kette gezogen über den Strom. Sie fragte Larry, ob er vorhätte, in sein Haus zurückzuziehen, und er antwortete, er wolle erst alles reinigen lassen und sich dann entscheiden.

»Es gibt da eine Firma, die darauf spezialisiert ist, hinter Leichen aufzuräumen«, erklärte er.

Was sollte sie dazu sagen?

»Sind die teuer?«, fragte sie.

Er sagte ihr, dass er noch auf den Kostenvoranschlag warten würde. Jo konnte kaum glauben, dass sie sich über solche Dinge unterhielten, während sie Hand in Hand im Mondschein am Fluss entlangspazierten.

»Hast du keine Freunde, die dir helfen könnten?«

Er schüttelte den Kopf.

»Das kann man von niemand verlangen.«

»Ist es so furchtbar?«

»Leider ja.«

Als sie vor ihrem Apartmenthaus standen, wurde er unerwartet förmlich, gab ihr einen Kuss auf die Wange und suchte rasch das Weite. Nach dem Händchenhalten und allem anderen hatte sie sich mehr erhofft. Sie hatte schon überlegt, ob sie ihn mit nach oben bitten sollte. Als sie auf den Fahrstuhl wartete, ahnte sie bereits, dass sie den größten Teil des Wochenendes damit zubringen würde, sich Mittel und Wege einfallen zu lassen, um ihn vor ihrer Abreise noch einmal zu sehen.

KAPITEL 16

Angst vor Vögeln

Vor einiger Zeit, als Larry von seiner Arbeit als Kameramann bereits desillusioniert war, sich jedoch noch nicht entschieden hatte, Maler zu werden, hatte er in Erwägung gezogen, ein kleines Hotel auf Kuba zu führen. Dies war zwar nie ein ernsthafter Plan gewesen – er hätte sich zum Beispiel niemals endgültig von Ben trennen können –, aber die Vorstellung, ein kleines Hotel auf Kuba zu haben, war für ihn zu einer Art heimlicher Chiffre dafür geworden, auszusteigen, sein Leben umzukrempeln, einen neuen Start zu wagen.

Er hatte sogar eine Liste der Punkte aufgestellt, die dafür oder dagegen sprachen. In die Spalte »pro« hatte er *Sonnenschein* und *Tourismuszuwachs* eingetragen. In der Spalte »kontra« standen: *Chaos nach Castro? Rückkehr der Mafia? Schutzgelder. Keine Kontakte. Kein Spanisch.* Und schließlich: *Wirbelstürme.*

Hin und wieder war es ihm, als könne er auch zum Thema »Verlieben« eine entsprechende Liste aufstellen. Es würden zwar nicht dieselben Argumente sein, aber das Verhältnis zwischen »pro« und »kontra« dürfte zahlenmäßig ähnlich ausfallen. Und dennoch konnte man im Zweifelsfall über das Überwiegen der »kontra«-Punkte einfach hinwegsehen. Ganze Tage voller Sonnenschein waren bisweilen unwiderstehlich.

Wenn es darum ging, ob er sich in Jo verlieben sollte oder nicht, brauchte Larry keine solche Liste. Er wusste ganz genau, warum das kein so guter Einfall war – warum es, genau genommen, ein sehr schlechter Einfall war. Doch auf dem kurzen Heimweg zu seinem Refugium am Heritage Wharf konnte er an nichts anderes denken als daran, was für ein wohliges Gefühl er dabei empfand.

Larry verliebte sich gerne. Er tat es so gerne, pflegte Rob zu sagen, dass er keine Gelegenheit dazu ausließ. Larry hatte bestritten, so wenig wählerisch zu sein – oder ein solcher Schürzenjäger –, sich aber eingestehen müssen, dass der Vorgang des Sich-Verliebens ihm angenehmer – und auf jeden Fall weniger problematisch – erschien, als tatsächlich verliebt zu sein.

Er hatte irgendwo gelesen, dass es in Japan ein alljährliches Ritual gab, bei dem man zusah, wie sich die Kirschblüten öffneten. Er stellte sich vor, dass man in seinem Garten oder auf der Dachterrasse oder wo immer man seinen Kirschbaum hatte mit einer Flasche *Sake* in Griffnähe saß und auf den Moment wartete, in dem die Blüten aufgingen. Dann zog man sich zurück. Man verharrte nicht an Ort und Stelle, um sie wieder verblühen zu sehen. Das wäre gar zu traurig. Das Problem beim Verlieben bestand darin, dass hinterher von einem erwartet wurde, dass man an Ort und Stelle verharrte, dass eine Art Reifeprozess einsetzte. Und Reifung führte nach Larrys Ansicht bedenklich rasch zum Verfall.

Aber darüber wollte er jetzt nicht nachdenken. Das würde dem Augenblick seinen Reiz nehmen. Stattdessen dachte er über ihren gemeinsamen Abend nach – oder zumindest die letzte Stunde dieses Abends, als es ihnen beiden gelungen war, zumindest bei ihrer Unterhaltung das Thema zu verdrängen, das sowohl ihm als auch ihr so zu schaffen machte. Auf halbem Wege über die Tower Bridge ging ihm auf, dass er sich besser fühlte, als er sich je seit dem Mord gefühlt hatte; dass es ihm möglicherweise auch schon lange vor dem Mord nicht mehr gut gegangen war. Es grenzte fast an Euphorie. Aus keinem bestimmten Grund – und ganz bestimmt nicht, weil er es eilig hatte – begann er zu laufen. Er joggte fast den gesamten Weg zum Steg.

Als er sich dann dem Anleger näherte, veränderte sich seine Stimmung, und er verlangsamte seine Schritte. Er wollte nicht auf das Boot zurück. Schon bei früheren Gelegenheiten hatte er eine gewisse Abneigung verspürt, doch heute Abend kam noch eine ungute Vorahnung hinzu. Er blieb bei den Stufen stehen, die zum Wasser hinunterführten, und versuchte, sich über seine Empfindung klar zu werden. Wie oft war er schon spätabends hierher zurückgekehrt und hatte sich keinerlei Gedanken darüber gemacht? Doch nun wurde er geradezu erdrückt von dem Gefühl, dass hier eine Gefahr lauerte, ja mehr noch – dass ihm jemand etwas sehr, sehr Böses wollte. Er blickte sich um, konnte aber nichts Besorgniserregendes ausmachen. Dann schaute er über die Kähne hinweg zu dem Boot hinüber. Alles sah aus wie sonst. Die *Lady Jane* war teilweise verdeckt von den Kabäuschen auf den kleineren Kähnen, aber er konnte deutlich den Weihnachtsbaum sehen, den er am Mast befestigt hatte. Bei seinem Anblick wurde ihm ein wenig wohler zumute – aber eben nur ein wenig. Vorsichtig ging er die Treppe hinunter und stieg auf das erste der Boote. Von irgendwo tief unten im Rumpf ertönte das Quieken einer Ratte. Das war nichts Ungewöhnliches. Doch dann fiel ihm auf, dass keine Vögel da waren. Vielleicht hatte ihn das so beunruhigt? Aber wieso waren alle Vögel verschwunden?

Die Planke lag in ihrem üblichen Versteck. Trotzdem schlich er wie ein Einbrecher über das Deck des Kahns, setzte behutsam einen Fuß vor den anderen, lauschte angestrengt auf unbekannte Geräusche. Mit Hilfe des kleinen Leuchtstabs, den er an seinem Schlüsselbund bei sich trug, überprüfte er das Schloss am Ruderhaus, fand aber keinen Hinweis darauf, dass sich jemand daran zu schaffen gemacht hatte. Nachdem er das Ruderhaus betreten hatte, blieb er zunächst im Dunkeln stehen und sah zurück zum Ufer. Nichts Besorgniserregendes; alles war beinahe grotesk normal: die moderne Uferbeleuchtung entlang der Free Trade Wharf, die Neubauten mit Luxusapartments. Sogar ein beleuchteter Christbaum hing oben an dem höchsten Baukran.

Er konnte sich seine Nervosität nicht erklären. Nun zitterte er sogar schon und schwitzte, als hätte er Fieber. Aber das kannte er schon. Er wusste, dass es ein mit großer Verzögerung einsetzender Schock war. Er wartete, bis er sich etwas beruhigt hatte, und begann zu trauern. Er saß in dem dunklen Ruderhaus, schaute hinaus auf das Wasser und trauerte um seinen toten Freund mit einem Schmerz, der heftiger war als in jenem Moment, als er seine Leiche gefunden hatte, heftiger als je seitdem, heftiger noch als bei einem Totengebet.

Am darauf folgenden Morgen rief er Ruth an. Er berichtete ihr, dass er ein Angebot hatte, die Feiertage bei jemand in der Wohnung zu verbringen, dass diese Person sich aber sorge, dass Ben dort etwas anstellen könnte. Daher wäre es vielleicht gut, wenn sie sich persönlich kennen lernen würden.

»Davon würde ich dir abraten«, sagte Ruth. »Ben ist im Augenblick ein bisschen hyperaktiv.«

»Die Sache ist nur – es muss noch an diesem Wochenende geschehen«, sagte Larry. »Der Wohnungsinhaber fliegt am Montag in die Staaten.«

Der anonyme »Wohnungsinhaber«, dieser vieldeutige, aus der Luft gegriffene, geschlechtslose »Jemand«. Larry kam sich wie ein Ehebrecher vor.

»Wann willst du Ben also abholen?«, fragte Ruth.

»Ich rufe dich wieder an.«

Dann wählte er Jos Nummer.

»Ich habe mir gedacht, dass du Ben kennen lernen solltest, bevor wir bei dir einziehen«, sagte er. »Damit du dir sicher sein kannst, dass er nicht die ganze Wohnung auf den Kopf stellt.«

»Ach, das wird er bestimmt nicht tun. Aber ich möchte ihn gerne kennen lernen. Wie wäre es Sonntag zum Mittagessen?«

»Hast du denn Zeit? Musst du nicht noch packen?«

»Nein, es ist wirklich kein Problem. Ich habe genug Zeit.«

Larry rief noch einmal Ruth an und sagte, Sonntag würde ihm gut passen. Erst, als er aufgelegt hatte, fiel ihm ein, dass sie ja gar keinen Ort für die Übergabe vereinbart hatten. Also würde er sich zu ihrem Haus begeben müssen, dem Haus von Ruth und Oscar. Der Gedanke wollte ihm nicht gefallen. Er überlegte gerade, ob er noch ein drittes Mal anrufen sollte, als das Telefon läutete. Er drückte auf die Taste, um das Gespräch entgegenzunehmen, und dachte, es wäre Ruth, die gerade denselben Gedanken gehabt hatte, doch es war nicht Ruth, sondern Muriel Hoffman.

»Oh, hallo«, begrüßte er sie.

Sie kam ohne Umschweife zur Sache.

»Ich wollte fragen, ob du heute Abend schon was vorhast.«

Larry hatte an diesem Abend nichts vor, aber er sah plötzlich ganz plastisch vor sich, was er mit Muriel Hoffman vorhaben *könnte*.

»Ich muss meinen Sohn abholen«, sagte er, als ob das eine große Last wäre.

»Ach.« Ein kurzes Schweigen. »Und Sonntag?«

»Ich habe ihn bis Montag bei mir.« Um ein erneutes Schweigen vorwegzunehmen, fügte er rasch hinzu: »Aber warum treffen wir uns nicht nächste Woche…?«

Sie verabredeten, dass er sie am Montag anrufen würde. Dann blieb er ein paar Minuten lang mit dem Telefon in der Hand sitzen und dachte darüber nach.

Jo hatte ein schwarzes Kleid an. Nicht gerade das kleine Schwarze aus Larrys Träumen, aber nahe genug daran, um seine Fantasie anzuregen. Sie hatte ihr langes, leicht kräuseliges Haar hochgebunden und trug Pumps mit hohen Absätzen und einem Riemchen um die Knöchel. Ben bekam kaum ein Wort heraus, was Larry ihm sehr gut nachfühlen konnte. Auch er war beeindruckt davon, wie sehr Jo darum bemüht war, dass das Kind sich bei ihr wie zu Hause fühlte. Ben war auf dem Weg zu Jos Wohnung auffällig still gewesen, und Larry hatte sich schon gefragt, ob ihm unter Umständen etwas mulmig bei der Sache zumute war. Deswegen hatte er Ben die Situation erklärt.

»Sie ist eine amerikanische Lady, und wir passen auf ihre Wohnung auf, während sie über Weihnachten nach Hause fliegt.«

»Aber doch nicht am Weihnachtstag?«

»Nein, am Weihnachtstag bist du bei deiner Mutter.«

»Also weiß der Weihnachtsmann, wo ich bin.«

»Genau.« Wenn das der einzige Grund war…

»Aber wie soll der Weihnachtsmann denn wissen, wo *du* bist?«

»Ich werde es seinen Helfern mitteilen«, sagte Larry. »Übers Internet.« Das hielt er für einen brillanten Geistesblitz.

Ben schien ein wenig beruhigt zu sein, aber er war immer noch nicht ganz er selber. Ganz gewiss war er nicht hyperaktiv. Sicherlich hatte Ruth ihm eingeschärft, sich von seiner besten Seite zu zeigen. Vielleicht hatte sie ihm auch gesagt, dass Daddy über Weihnachten ja irgendwo bleiben musste. Larry hatte das Gefühl, die Achillesferse der Familie geworden zu sein, auf die man ständig Acht geben musste, weil er selber nicht gut genug auf sich aufpasste. Er konnte sich ja nicht einmal selber um eine Unterkunft kümmern. Bald würde er der »arme Daddy« sein – falls er das nicht schon längst war.

Jo ließ die beiden im Wohnzimmer sitzen, während sie sich in der Küche um das Essen kümmerte. Sie hatte Ben ein Buch hingelegt, in dem er lesen konnte – eine illustrierte Ausgabe der Grimm'schen Märchen. Er saß auf dem Sofa und blätterte darin, während Larry sich mit einem Glas Wein in der Hand im Zimmer umschaute. Von seinem ersten Besuch hier war ihm nicht viel im Gedächtnis geblieben, bloß Kleinigkeiten: wie man die Heizung bediente, wo der Mülleimer stand – und eine vage Erinnerung an die Farbe der Tapeten. Blass gelbgrau schattiert. Kräftigere Farben bei den Vorhängen. Modern eingerichtet. Viele Bücher. Jetzt fielen ihm Details auf. Eine Glasvase mit weißen Lilien. Jede Menge Kerzenständer mit cremefarbenen Kerzen. Ein Bild an der einzigen Wand, die nicht mit Bücherregalen zugestellt war – eine Stadt im Schnee. Das konnte Prag sein, dachte Larry. Es war etwas an dem Raum, das er nicht so recht zu definieren wusste, bis ihm zu seiner eigenen Überraschung das passende Wort einfiel – *religiös*. Nicht auf altmodische, überladene Weise. Keine Ikonen, keine Kruzifixe, keine brennenden Weihrauchstäbchen. Aber in dem Raum herrschte eine Art Harmonie, die er mit einem Wallfahrtsort oder einem Altarraum assoziierte. Es war wie ein Zimmer, in dem man wartete, bis man vorgelassen wurde, um seine Weihen zu empfangen.

Er schritt die Bücherregale ab und las den einen oder anderen Titel – aber es waren zu viele und zu verschiedene Bücher, als dass sie etwas über ihre Besitzerin verraten hätten. Eine Wand schien ganz Romanen vorbehalten zu sein, eine andere Sachbüchern und Nachschlagewerken. Ein Buch aus diesem Regal fiel ihm besonders ins Auge: *Wenn Frauen töten*. Er zog es heraus, drehte es um und las den Umschlagtext:

»...Frauen, die durch ihre Lebensumstände zum Äußersten getrieben wurden«

»...bahnbrechend in seinem Denkansatz über Frauen und Macht, Frauen und Gewalt...«

»...dass jede Frau, der der Kragen platzt, zur Mörderin werden kann...«

Larry suchte nach weiteren Büchern zu diesem Thema, fand aber stattdessen eine ganze Abteilung über Jack the Ripper – vier, nein, sogar fünf Bände. Was interessierte Jo so an Jack the Ripper? Doch dann sagte er sich, dass die Bücher ja nicht unbedingt ihr gehören mussten; ihr Mann konnte sie hier zurückgelassen haben. Jo und ihr Ehemann – eine sonderbare, verstörende Vorstellung. Dass er hier gewohnt, mit ihr die Räume, auch das Bett geteilt hatte. Er malte sich aus, wie die beiden sich auf dem Sofa zusammenkuschelten oder lesend dagesessen hatten, so wie er damals Rob und Meg hatte zusammensitzen sehen, jeder in seiner eigenen Welt versunken, aber doch irgendwie zusammen.

Ein weiterer Titel fiel ihm ins Auge: *Freche Frauen* – eine Geschichte literarischer Heldinnen. Er schlug es an einer beliebigen Stelle auf, und ein Zettel fiel heraus. Er wollte ihn gerade wieder ungelesen in das Buch zurückstecken, als er sah, dass es sich um ein Gedicht handelte. Es war mit der Hand geschrieben und an mehreren Stellen verbessert. Der Titel weckte seine Aufmerksamkeit: »Das Warten könnte eine Frau umbringen«. Also las er es:

Es ist nun eine ganze Zeit vergangen
Und sie schläft immer noch.
Kein Prinz ist durch das Dickicht vorgedrungen
Mit seinem treuen, scharfen Schwert.
Nur Mahnungen für unbezahlte Rechnungen
Und Handzettel eines neuen Pizzadienstes –
Zu jeder Pizza gibt's ein kostenloses Bud dazu.
Und ein Brief vom Ordnungsamt –
Unbeschnittene Hecken seien
Eine Belästigung der Nachbarn.
Das Warten könnte eine Frau umbringen.

Er fragte sich, ob das Jos Schrift war. Die Worte schienen irgendwie zu *taumeln*; manche schienen nach der einen Seite zu kippen, manche nach der anderen. Einige wiederum standen ganz aufrecht. Bei einigen waren die einzelnen Buchstaben miteinander verbunden, bei anderen nicht. Eigentümlicherweise musste er dabei an uralte Grabsteine denken, die unterschiedlich tief und schräg in die Erde eingesunken waren. Dann fiel ihm die Biersorte auf: *Bud*. Ein amerikanisches Bier. Also hatte es wohl doch Jo geschrieben. Er drehte den Zettel um und fand noch ein Gedicht. Dieses nannte sich »Ode an die Enthaltsamkeit«.

Enthaltsamkeit ist nicht so schlecht,
Murmelte sie
In ihrem hundertsten verschlafenen Jahr,
Während ein Prinz nach dem anderen
Den Wildwuchs in dem Dickicht inspiziert
Und sich entschließt
Es lieber bleiben zu lassen.

Larry hörte aus der Küche ein Geräusch und ließ den Zettel rasch wieder in dem Buch verschwinden. Er kam sich wie ein Eindringling vor.

»Essen ist fertig!«, rief Jo.

Larry hatte eine Flasche Wein mitgebracht; Jo stellte eine weitere auf den Tisch. Das meiste davon trank Larry. Als sie gegessen hatten und Ben sich im Nebenzimmer ein Video ansah, fühlte sich Larry entspannt genug, um Jo von seiner unerwarteten Begegnung mit Oscar zu berichten.

»Normalerweise hole ich Ben nicht bei ihm zu Hause ab«, sagte er, »aber diesmal habe ich es getan.«

Sie nickte verständnisvoll, aber er merkte, dass sie nicht wusste, worauf er hinauswollte.

»Ich habe ihn zum ersten Mal gesehen, seit wir uns getrennt haben«, erklärte er. »Und das war vor fünf Jahren.«

Sie ließ theatralisch die Kinnlade herunterklappen. Aber er sah ihr an, dass sie ernsthaft betroffen war. Also schien eine vertiefende Erläuterung vonnöten.

»Ich wollte mich nicht anbiedern«, sagte er.

»Nun, das scheint dir ja gelungen zu sein.«

»Okay, es ist vielleicht etwas irrational, aber während ich akzeptiere, was zwischen mir und Ruth gewesen ist – dass wir unsere Probleme hatten und die wohl mehr auf mich als auf sie zurückzuführen waren und dass es mit uns wahrscheinlich sowieso nicht geklappt hätte...« Sie hörte ihm geduldig zu. »...fand ich doch, dass ich seinen Part in dem Ganzen nicht akzeptieren musste. Ich wollte ihn damals nicht in meinem Leben haben, und ich will es auch heute noch nicht.«

»Und wie ist es dann heute Morgen gelaufen mit euch beiden?«

»Ach, wir waren beide ein Ausbund an Freundlichkeit. Wie man halt so ist. Das, denke ich, ist der Hauptgrund, warum ich ihm die ganzen Jahre aus dem Weg gegangen bin. Ich wollte nicht freundlich zu ihm sein. Ich wäre mir… heuchlerisch vorgekommen. Abgesehen von allem, was passiert ist, wollte ich einen wie ihn nie zum Freund haben.«

»Aber er ist jetzt Bens Stiefvater.«

»Ich weiß, ich weiß.«

»Und worüber habt ihr euch unterhalten?«

»Über Vögel. Über Angst vor Vögeln.«

Sie sah ihn kurz verwundert an; dann sagte sie: »Ach ja, Ben.«

»Es sieht so aus, dass Oscar wohl an einem Wochenende mit ihm einen Ausflug aufs Land gemacht hat – sie haben seine Eltern besucht – und Ben dabei auf einem Spaziergang von einem Raubvogel angegriffen worden ist, einer Rohrweihe.«

»Im Ernst?«

»Ja. Er rannte voraus, und dieser Vogel ist plötzlich auf ihn niedergeschossen. Kann sein, dass Ben seinem Nest zu nahe gekommen ist oder so was. Jedenfalls hat sich Ben auf dem Boden zusammengekauert, und der Vogel ist immer wieder auf ihn hinuntergestoßen.«

»Und was hat Oscar gemacht?«

»Er ist natürlich hingerannt und hat ihn verscheucht.«

»Und du gibst jetzt Oscar die Schuld an Bens Angst?«

»Nein. Im Gegenteil. Ich suche die Schuld bei mir selber. Ich glaube, Ben hat immer schon Angst vor Vögeln gehabt, schon seit er ganz klein war. Es ist mir nur nie so richtig aufgefallen. Ich glaube, er fürchtet sich auch vor Schmetterlingen. Und vor Motten und Fledermäusen. Vor allem, was flattert. Ich glaube, das liegt an einem Spielzeug, das ich ihm gekauft habe, als er sechs Monate alt war – einem Vogel aus Plastik, den man am Schwanz aufziehen konnte, damit er mit den Flügeln flattert. Eines Tages ist der in sein Bettchen gefallen und hat ihm einen Höllenschrecken eingejagt.«

»Also darf Oscar nicht einmal an Bens Ängsten schuld sein. Es muss sich alles um dich drehen.«

»Darüber muss ich erst nachdenken«, erwiderte er. »Warum haben sich dein Mann und du getrennt?«, fragte er dann.

Sie hob kaum merklich die Augenbrauen. »Du weißt von ihm?«

»Nichts Näheres. Ich glaube, Rob hat mal was erwähnt, oder Meg, als ich bei ihnen war…«

»Und was haben sie gesagt?«

»Gott, das weiß ich wirklich nicht mehr. Nicht viel. Er ist Schauspieler, nicht wahr?«

»Er hält sich eher für einen Bühnenautor. War das alles, was sie über ihn erzählt haben?«

»Vielleicht noch, dass er ein Hallodri war. Gern mal was getrunken hat.«

»Und gerne mal eine Frau vernascht.«

»Das haben sie nicht gesagt. Ich erinnere jedenfalls nichts dergleichen.«

»In der Hinsicht waren er und Rob sich wohl ziemlich ähnlich.«

Ihre Stimme klang hart, und Larry wollte gerade das Thema wechseln, als sie, immer noch voller Bitterkeit, aber ein wenig nachdenklicher, fortfuhr: »Die erste Zeit habe ich es nicht wahrhaben wollen. Deswegen ist es mir wohl auch so schwer gefallen, mir selbst zu verzeihen, als ich mich unversehens in der gleichen Situation wiederfand wie Meg. Nur, dass wir keine Kinder hatten, so dass mir wenigstens das erspart geblieben ist.«

Larry wollte etwas sagen, doch er wusste nicht, wie er es vorbringen sollte, ohne altklug oder einschmeichlerisch zu klingen. Also nahm er Zuflucht zu einem Beispiel.

»Hast du mal den Film *Zu schön für dich* gesehen?« Jo schüttelte den Kopf. »Gérard Depardieu spielt darin einen Autohändler aus der Provinz, der eine sehr schöne Frau hat. Und ein schickes Haus, Geld, alles. Aber dann verliebt er sich in seine Sekretärin. Sie ist schlicht und pummelig und läuft immer in so einem schrecklichen Anorak herum. Aber er hat eine heiße Affäre mit ihr, für die es eigentlich gar keine Erklärung gibt – außer, dass seine Frau einfach zu schön für ihn war.«

»Danke für die Blumen, aber soweit mir bekannt ist, stand Michael nicht auf schlichte Frauen oder Frauen in Anoraks …« Sie dachte einen Moment lang nach. »Obwohl er bei den Anoraks ein Auge zugedrückt haben dürfte – nein, bei ihm waren es Schauspielerinnen. Junge Schauspielerinnen. Je jünger, desto besser.«

»Wie alt war er selber?«

»Er war vierzig, als wir uns begegnet sind. Dreiundvierzig bei unserer Trennung.«

»Und das war bereits eine ganze Weile so gegangen?«

»Ich denke schon. Ich glaube auch nicht, dass unsere Heirat den Reigen unterbrochen hat. Zumindest nicht für lange. Bei einem Schauspieler kann man das nie so recht wissen. Und das ist er im Grunde genommen – ein Schauspieler, der Stücke schreibt. Er war die ganze Zeit mit andern Schauspielern – und Schauspielerinnen – zusammen. Wie sollte ich wissen, was zwischen denen abläuft? Es ist wie mit einem Mann, der Wellensittiche züchtet. Er ist da draußen im Gehege und macht schnalzende Geräusche, bringt ihnen bei, ›wer ist der Schönste im ganzen Land?‹ zu sagen. Woher soll man wissen, wann er dazu übergeht, auch mit ihnen zu vögeln?«

Larry vermied es, einen Kommentar abzugeben. Stattdessen fragte er: »Und wie *hast* du es nun erfahren?«

»Ach … wie das so läuft. Er kommt spät nach Hause und verschwindet gleich unter der Dusche, oder er ruft an und sagt, er wäre ganz auf der anderen Seite der Stadt und würde bei jemandem auf der Couch übernachten. Oder wir gehen auf eine Party oder ins Theater, und ich spüre die Blicke – missbilligend oder herablassend. Oder auch mitleidig, wenn man es gut mit mir meint. Es gibt nichts Schlimmeres als eine Schauspielerin, die es gut mit einem meint, das kannst du dir hinter die Ohren schreiben. Oder es wird angerufen, und eine weibliche Stimme fragt ganz geziert nach ›Michael‹. Ich bin mir wie seine Mutter vorgekommen – als ob ich sagen müsste, dass er draußen zum Spielen ist. Zugegeben hat er es natürlich nie. Will es auch heute noch nicht.«

In einem der anderen Zimmer läutete das Telefon, und Jo ging, um den Hörer abzuheben. Das Gespräch dauerte nicht lange, aber als sie zurückkam, wirkte sie noch nachdenklicher.

»Sie haben den Kerl erwischt«, sagte sie.

Er wusste nicht gleich, was sie meinte.

»Einen der Typen, die mich neulich abends überfallen wollten. Ich bin ihm auf den Fuß getreten. Deswegen haben sie alle Krankenhäuser benachrichtigt, und jetzt scheinen sie auf jemanden gestoßen zu sein. Er ist mit einem Bruch in die Notaufnahme gekommen und hat sich röntgen lassen. Es soll eine Gegenüberstellung stattfinden. Aber ich habe gesagt, dass das warten muss, bis ich aus Boston zurück bin.«

Es dauerte etwas, bis Larry das alles verdaut hatte.

»Du hast ihm wirklich den Fuß gebrochen?«

»Er hatte mich schließlich am Hals gepackt«, sagte sie, als hätte er ihr übertriebene Gewalttätigkeit vorgeworfen. Er sah sie so merkwürdig an. »Was ist denn los?«

Aber das konnte er ihr nicht sagen. Er wusste es selber nicht.

KAPITEL 17

Geheimnisse und Lügen

Am Montag schaute Jo bei Meg vorbei, um sich vor ihrem Abflug nach Boston von ihr zu verabschieden. Sie saßen in Megs Küche und tranken Kaffee. Jo lag einiges auf der Zunge, was sie Meg gerne sagen würde, doch sie hatte keine Ahnung, wie sie es anfangen sollte. Also plauderten sie eine Weile über Jos Familie. Meg kannte Jos Eltern aus ihrer gemeinsamen Zeit im Osten Englands, und sie war während ihrer Studienzeit auch einen Sommer über in Boston gewesen und hatte dort Jos übrige Familie kennen gelernt – Jos irische Onkel und Tanten, wie Meg sie nannte.

»Ich wünschte, du würdest mitkommen«, sagte Jo.

»Ich auch«, sagte Meg. Sie griff über den Tisch hinweg nach Jos Hand und hielt sie fest.

Das war eine nette Geste. Damit hätte sie es bewenden lassen und gehen sollen, dachte Jo später.

Doch stattdessen sagte sie: »Ich muss dir etwas erzählen.«

»Lass hören«, sagte Meg, aber sie ließ ihre Hand los, und Jo merkte, wie der Vorhang fiel.

Jo berichtete Meg von Stones Besuch und den Fragen, die man ihr gestellt hatte. »Warum hast du der Polizei gesagt, dass du in der Tate Modern gewesen bist?«, fragte sie.

Meg antwortete nicht sogleich. *Nimm dir Zeit,* dachte Jo, *denk darüber nach.* Sie fragte sich, ob Meg endlich mit der Wahrheit herausrücken würde. Aber schließlich sagte Meg: »Sie wussten, dass ich vor fünf Uhr hier aufgebrochen bin. Sie hatten auch mit den anderen geredet, und ich wollte nicht, dass Amy und Liz für mich lügen. Also musste ich ja irgendetwas angeben, wo ich gewesen bin, bevor ich zu dir kam.«

»Aber wieso ausgerechnet die Tate Modern?«, hakte Jo nach.

»Weil ich gerade dort gewesen war, um mir die Andy-Warhol-Ausstellung anzusehen. Hätten sie mich näher befragt, hätte ich etwas dazu sagen können.«

»Und du bist nicht darauf gekommen, dass sie herausfinden könnten, dass du zwei Tage vorher schon dort gewesen warst?«

Meg sah sie erschrocken an. »Wie sollten sie das denn herausfinden?«

»Weil ich es ihnen gesagt habe.«

Meg starrte sie an, als hätte sie sich verhört.

Jo hatte es langsam satt. »Meg, wie soll ich denn wissen, was du ihnen erzählt hast, wenn du es mir nicht sagst?«

»Aber wieso hast du ihnen überhaupt etwas über mich sagen müssen?«

Jo erzählte ihr, dass die Polizei über Robs Telefonate Bescheid wusste.

»Großer Gott.« Meg vergrub ihr Gesicht in den Händen.

Jo bekam Mitleid mit ihr. »Es hätte auch schlimmer kommen können«, tröstete sie Meg. »Ich habe Stone gesagt, du bist eine Kunstnärrin. Dass du häufig zweimal in der Woche in die Tate Modern gehst.«

Meg nahm die Hände vom Gesicht, und Jo sah, dass nun sämtliche Farbe daraus gewichen war.

»Sergeant Harris hat mich heute Morgen angerufen«, flüsterte Meg. »Sie wollte wissen, wann ich zuletzt in der Tate Modern gewesen bin, und ich sagte, ich könnte mich nicht mehr erinnern. Dass es wohl über ein Jahr her sein muss.«

»O nein.«

»Ich hatte mich gewundert, wieso sie das wissen wollte.«

Jo fiel etwas ein, was Larry über Stones Verhörtechnik gesagt hatte. Dass er mit einem Holzlöffel um sich fuchtelte, um zu sehen, ob er etwas treffen würde. Tja, nun *hatte* er etwas getroffen.

»Entschuldige bitte, Meg, aber wenn wir einen Haufen Lügen verbreiten, dann sollten es wenigstens *dieselben* Lügen sein. Du hättest es mir sagen müssen.«

»Wie hätte ich denn ahnen sollen, dass sie von meinem ersten Besuch dort erfahren könnten?«

»Du hättest dir doch denken müssen, dass sie die Anrufliste seines Handys überprüfen.«

»Ja, aber… ich hatte glatt vergessen, dass er mich in deiner Wohnung angerufen hatte. Es tut mir so Leid. Ich hätte sagen sollen, ich wäre einkaufen gewesen, oder so was.«

Jetzt, drängte Jo sie im Geiste. *Erzähl's mir.* Aber Meg saß nur schweigend da und kaute auf ihrem Daumen.

»Du kannst dir wohl nicht zufällig erklären, warum er Liz und Amy angerufen hat?«, fragte Jo schließlich.

»Wann denn?«

»Am selben Tag. Oder zumindest in derselben Woche.« Sie erzählte Meg, was sie von Stone erfahren hatte.

»Das ist durchaus möglich«, räumte Meg ein. »Er hat Amy schon mal als Kommentatorin engagiert.«

»Und das mit der Gartenarbeit?«

»Wir haben mal darüber gesprochen, dass im Garten etwas getan werden müsste. Aus welchem Grund sollte er denn sonst bei Liz anrufen?«

»Keine Ahnung«, sagte Jo. Stones Theorie ließ sie besser unerwähnt.

»Was für ein Kuddelmuddel«, jammerte Meg.

»Kann man wohl sagen.«

Jo wartete, aber es war klar, dass Meg nicht mit der Sprache herausrücken würde. Es hatte mal eine Zeit gegeben, in der Geheimnisse zwischen ihnen undenkbar gewesen wären. So hatte Jo es jedenfalls eingeschätzt. Doch nun war sie sich dessen nicht mehr so sicher. Über Meg wurde oft gesagt, dass sie ganz schön durchtrieben sein konnte. So harmlos, wie sie schien, war sie wohl doch nicht.

Sie beschloss, Meg zu erzählen, dass sie Larry über Weihnachten ihre Wohnung überlassen wolle.

»Wieso das?« Megs Stimme wurde plötzlich scharf, so scharf wie der Blick, der ihre Frage begleitete.

»Er tut mir Leid«, sagte Jo. »Weil er doch auf diesem Boot wohnen muss.«

Meg schüttelte nur den Kopf. Ihre schmalen Lippen bildeten eine vorwurfsvolle Linie.

»Du solltest nicht so hart mit ihm sein«, sagte Jo, »auch er hat doch jemanden verloren.«

Meg sagte immer noch nichts.

»Es ist doch nur, weil du nicht böse auf Rob sein kannst«, sagte Jo.

»Vielen Dank, Frau Doktor.«

»Aber das stimmt doch, oder?«

»Wie kommst du darauf, dass ich böse auf Rob sein soll?«

»Aber Meg.«

»Nein.« Meg schüttelte heftig den Kopf. »Du hast immer geglaubt, es würde mir mehr ausmachen, als es tatsächlich der Fall war.«

»Du willst mir weismachen, dass es dir *nichts* ausgemacht hat?«

»Lad nicht deinen Frust auf mir ab. Du bist es doch gewesen, die sich immer darüber aufgeregt hat.«

Das stimmte. Jo hatte sich in der Tat darüber aufgeregt. Es gab Zeiten, in denen sie Rob beinahe dafür hasste, was er Meg antat. Nicht nur, weil er sie betrog, sondern auch, weil er sie zu seiner Marionette, seiner Dienstmagd, seiner Geisha machte. Ein dekoratives Accessoire, das ihn mit der Bequemlichkeit und den Lorbeeren versorgte, die er für sich und sein Leben angemessen hielt. Eine Köchin, eine Innendekorateurin, eine *Puppe*, die sich hübsch für ihn an- und auszog, die sich ihm hingab, sooft ihm danach war und devot wegschaute, wenn ihm der Sinn nach einer anderen stand.

Jo wusste, dass es ihr nicht leicht gefallen war, Meg dafür zu vergeben, dass sie sich damit abfand. Es ging Jo immer an die Nieren, wenn sie eine Frau in der Rolle des Opfers sah. Wenn es keine rechtlichen oder finanziellen Gründe dafür gab, sagte sie sich, brauchte eine Frau nicht in die Opferrolle zu schlüpfen. Sie konnte sich *weigern*. Sie wusste aber auch, dass diese Ansicht von gewissen Leuten als naiv betrachtet wurde – besonders Liz hatte sich vehement zu dem Thema ausgelassen –, und gestand ein, dass es auch den selbstständigen Frauen bisweilen schwer fiel, diesem Dogma zu gehorchen. Sie wusste, dass Meg sich in der Falle wähnte – durch ihr mangelndes Selbstbewusstsein, die Sorge um die Töchter, ihr Bestreben, ihnen die wohlbehütete Kindheit zu verschaffen, die ihr selber vorenthalten geblieben war. »Wenn sie älter sind…«, pflegte Meg oft zu sagen. »Wenn sie mit der Schule fertig sind… Wenn sie ihren Collegeabschluss haben…« Aber bis dahin fügte sie sich in ihr Schicksal.

Jo hatte sich oft gewünscht, dass Meg Rob einfach sitzen ließ. Einmal war es fast soweit gewesen. Sie hatten damals eine gemeinsame Ferienreise unternommen, nur Meg und Jo, damit Meg Muße fand, alles zu überdenken. Sie hatten eine kleine Villa in den Bergen oberhalb von Amalfi gemietet. Anfang April, außerhalb der Hochsaison. Jo hatte diesen Urlaub genossen, sich lange nicht mehr so entspannt gefühlt. Den Tag über sprachen sie kaum ein Wort miteinander, lasen in ihren Büchern. Während der vierzehn Tage hatte Jo acht Bücher geschafft – die sechs, die sie mitgenommen hatte, und zwei von Meg. Manchmal ging Jo am Nachmittag in die Küche, um sich eine Scheibe Brot mit Käse zu belegen oder Oliven in eine Schale zu füllen. Dann schenkte sie sich ein Glas Wein aus einer der offenen Flaschen ein und trug es in die Ecke des Gartens, die sie für diesen Tag in Beschlag genommen hatte. Wenn sie nachts aufwachte, las sie in dem

Buch weiter, das sie bereits am Tage gelesen hatte, manchmal ein paar Stunden oder länger. Es war das Paradies. Sie empfand einen Frieden, den sie mit einem Mann zusammen nie empfunden hatte.

Sie versammelten sich jeweils zu den Mahlzeiten, die sie abwechselnd zubereiteten, und am Abend zogen sie sich manchmal fein an und fuhren nach Amalfi oder Ravello zum Essen. Die Kellner bedienten sie von vorne bis hinten, aber sie ließen ihnen auch mal ihre Ruhe, was ungewöhnlich war bei zwei Frauen ohne Begleitung, die eine blond, die andere brünett, und beide attraktiv – jedenfalls in den Augen eines Kellners. Bei diesen gemeinsamen Essen unterhielten sie sich für gewöhnlich über die Bücher, die sie gerade lasen, bisweilen aber auch über Menschen aus Fleisch und Blut. Manchmal über Rob. Damals kannte Jo Michael Geraghty noch nicht. Damals wusste sie noch nicht, wie leicht man in eine Rolle schlüpfen konnte, in der man sich selber hasste, und wie schwierig es war, diese Rolle wieder abzulegen. Sie fand es tapfer von Meg, einfach aus dem Alltag auszubrechen, die Seifenblase der Geborgenheit, von der sie wusste, wie wichtig sie für Meg war, einfach zerplatzen zu lassen, begriff aber nicht ganz, warum sie es nicht schon längst getan hatte.

Binnen einer Woche nach ihrer Rückkehr nach England waren Meg und Rob wieder vereint. Robs Verhältnis zu Jo war danach deutlich gespannter; aus passiver war aktive Ablehnung geworden. Meg selbst hatte sich Jo gegenüber eine Zeit lang sehr reserviert verhalten, weil sie sich wohl an ein paar der Dinge erinnerte, die sie während der gemeinsamen Ferien geäußert hatte und die sie nun bereute – oder weil sie sich schämte, sich nicht an die gefassten Vorsätze gehalten zu haben.

»Es hat noch nicht einmal was mit mir und Rob zu tun«, sagte Meg gerade. »Es geht um dich und Michael.«

Jo überlegte kurz, ob das wirklich so war. Aber sie hatte schon so empfunden, bevor sie Michael kennen gelernt hatte.

Wenn sie überhaupt etwas aus der Ehe mit ihm mitgenommen hatte, dann war das ein besseres Verständnis für Megs missliche Lage.

»Du kannst es nicht verkraften, dich in einer Position der… *Abhängigkeit* zu befinden«, beharrte Meg. »Und zwar in keiner Weise, weder emotional noch sonstwie. Es ist, als glaubtest du, dadurch etwas zu verlieren. Aber es ist nicht jeder so wie du. Manche Menschen lassen sich *gern* benutzen.«

Jo dachte daran, Meg an gewisse Dinge zu erinnern, die sie nicht so gerne über sich ergehen ließ, oder von denen sie in der Vergangenheit behauptet hatte, dass sie sie nicht mochte, hütete aber ihre Zunge.

»Es ist nicht alles so einfach, wie du dir das vorstellst«, fuhr Meg in ihrer Tirade fort. »Du glaubst, dass Rob *mich* benutzt hat. Dabei war *er* derjenige, der benutzt worden ist. Ich habe ihn benutzt, damit er mir all die Dinge gab, die meine Mutter mir nicht geben konnte oder nicht wollte und die sie auch keinem anderen zu geben vermochte. Das hat er gemerkt und musste sich von Zeit zu Zeit etwas Freiraum verschaffen. Er hat all das, was ich mir gewünscht habe, eigentlich gar nicht haben wollen – das Haus, die Kinder, die Reisen, und schon gar nicht die Elternratstreffen, zu denen ich ihn immer mitgeschleift habe. Er wollte frei und ungebunden sein. Ich wollte Sicherheit, und er hat sie verabscheut.«

Darin befand sich wahrscheinlich ein Körnchen Wahrheit, dachte Jo. Gewiss hatte Rob die Gefahr gesucht – in seinem Beruf und bei den Frauen. Doch das entschuldigte sein Verhalten nicht. Und das wiederum wusste Meg. Sie konnte doch nicht einfach verdrängen, wie wütend sie darüber gewesen war. Wieso war sie so versessen darauf, alles verzerrt darzustellen? Jo schämte sich ebenso sehr dieser Frage, wie sie sich vor der Antwort fürchtete.

KAPITEL 18

Puppen und Dämonen

Larry verabredete sich mit Muriel für fünf Uhr am Montagnachmittag in einer Weinbar hinter dem St. James's Square. Hier hatten Rob und er sich ab und zu getroffen, wenn sie ungestört über etwas reden wollten – meistens über berufliche Dinge, dann und wann auch über Frauen. Larry war zehn Minuten zu früh dran und vertrieb sich die Wartezeit, indem er in dem kleinen Schreibblock, den er öfters mit sich trug, herumkritzelte und in Gedanken dabei die groben Umrisse des Gesprächs skizzierte, das er mit Muriel zu führen gedachte. In seiner Vorstellung verlief alles zufrieden stellend.

Muriel erschien um so viel später, wie er zu früh gekommen war. Sie trug einen schwarzen Ledermantel mit Pelzbesatz am Kragen, schwarze Lederstiefel und eine Fellmütze. Er kam nicht umhin, sie sich nur in den Stiefeln und mit der Mütze vorzustellen. Und die Überzeugung, dass diese Fantasievorstellung wahrscheinlich nicht einmal in unerreichbarer Ferne lag, falls die Umstände mitspielten, ließ eine innere Debatte wieder aufflackern, die während der vergangenen vierundzwanzig Stunden in ihm getobt und ihren Höhepunkt heute früh um drei Uhr gehabt hatte.

Der Fürsprecher des Antrags, *weiterhin mit Muriel Hoffman zu schlafen,* brachte folgende Argumente vor:

Es wird dir Spaß machen.

Es wird dir keinen Spaß machen, ihr zu sagen, dass ihr damit aufhören müsst.

Es gibt auch keinen Grund, damit aufzuhören, außer einem albernen jüdisch-katholischen Schuldkomplex.

Du bist weder jüdisch noch katholisch. Und es gibt auch keinen Grund für dich, dir ein schlechtes Gewissen zu machen.

Denk, was du willst, aber es gibt kein ungeschriebenes Universalgesetz, demzufolge du mit Josephine O'Connor schlafen kannst, wenn du aufhörst, es mit Muriel Hoffman zu tun.

Und als letzten, doch verlockendsten Punkt: Wenn du schon damit aufhören musst, kannst du das ebenso gut auch bis nach Weihnachten verschieben.

Aber nun, als er sie in schwarzem Leder und Pelz vor sich sah, kam ihm ein weiterer Gedanke: Warum es nicht bis nach heute Abend verschieben?

Der Gegner des Antrags hatte nur ein einziges Argument vorzubringen. Er wiederholte es immerfort:

Es wird dir morgen früh Leid tun.

Larry bestellte für sie ein Glas Weißwein und für sich selber noch ein Bier.

Cheers, sagte er.

Cheers, wiederholte sie. Sie kam ihm ein bisschen angespannt vor, ihre Augen leuchteten ein wenig zu hell, als sie ihn anschaute – als hätte sie sie auf Hochglanz poliert, um die Schatten zu vertuschen, die sie ihn nicht sehen lassen wollte. Auch ihr Gesicht glänzte. Sie erinnerte ihn an eine Porzellanpuppe.

»Ich habe den Kostenvoranschlag mitgebracht«, sagte sie. Sie nahm einen länglichen weißen Umschlag aus ihrer Handtasche und legte ihn in die Mitte des Tisches.

»Ach«, sagte Larry. Er sah den Umschlag an, nahm ihn aber nicht an sich. Nach einer kurzen Pause sagte er: »Muriel, ich habe über alles nachgedacht und bin zu einer Entscheidung gekommen.«

Das war nicht der Einstieg, den er geplant hatte. Er hörte sich an wie ein Aufsichtsratsvorsitzender bei einer Aktionärsversammlung.

»Wegen des Hauses?«

»Nicht nur deswegen.« Warum tat er ihnen beiden das an? Ein Brief, eine Nachricht auf dem Anrufbeantworter, selbst eine durch Boten überbrachte Nachricht – *alles* wäre besser gewesen als das hier. Feigheit im Kampf der Geschlechter war nicht unbedingt verachtenswert.

»Ich bin nicht sehr gut in zwanglosem Sex«, sagte er.

»Oh«, sagte sie. Bevor sie den Kopf senkte, sah er gerade noch, wie der wächserne Glanz aus ihren Augen wich. »Und du glaubst, ich wäre gut darin?«

»Nein, überhaupt nicht. Keineswegs.« Ganz im Gegenteil hatte ihn die Befürchtung beunruhigt, sie könne – trotz allem, was gegen diese Vermutung sprach – *nicht* sehr gut im zwanglosen Sex sein, zumindest, was den emotionalen Aspekt betraf.

»Deswegen denke ich, dass wir damit aufhören sollten«, sagte er so sanft wie möglich.

Sie sah ihn nicht an, blickte zur Bar hinüber, sagte kein Wort.

»Der Zeitpunkt ist ganz und gar ungünstig.« Er behielt den freundlichen Klang seiner Stimme bei. »Ich bin noch nicht richtig über meine Scheidung hinweg, und jetzt, nachdem auch noch das im Haus passiert ist…«

Mit eiskalter Überlegung und einem kräftigen Schwung schüttete sie ihm den Wein ins Gesicht. Dann erhob sie sich.

»Was für ein elender Wichser du doch bist.«

Larry wischte sich den Wein aus den Augen, machte aber keine Anstalten, sich das Gesicht abzutrocknen. »Es tut mir Leid«, sagte er.

Sie stand vor ihm. Einen Augenblick lang sorgte er sich, sie könne etwas mit dem Glas anstellen. Dann sagte sie: »Nicht so sehr, wie es dir noch Leid tun *wird*.«

Als sie gegangen war, kam der Barkeeper mit einem Handtuch. »Wenigstens war's kein Roter«, sagte er.

»Ich muss mich entschuldigen«, sagte Larry.

»Das passiert hier dauernd«, sagte der Barkeeper. »Muss an unserem Lokal liegen.«

Der Umschlag lag immer noch auf dem Tisch. Larry nahm ihn und steckte ihn in die Tasche. Dann blieb er noch einige Minuten lang sitzen. Er wollte die Bar erst verlassen, wenn er sich sicher sein konnte, ihr nicht auf der Straße in die Arme zu laufen.

Am nächsten Morgen ging er als Erstes in den *Army & Navy*-Laden an der Victoria Station und kaufte einen Overall aus festem Stoff, Gummihandschuhe und -stiefel und einen weißen Kunststoffhelm mit Visier, wie man ihn in Filmen nach einer nuklearen Katastrophe oder nach der Landung Außerirdischer trug. In der Drogerie besorgte er sich alles, was er zum Saubermachen brauchte, und eine Dose strahlend weißer Emulsionsfarbe. Auch beim Einkauf von Desinfektionsmitteln ließ er sich nicht lumpen.

Schlimm wurde es erst, als er die Wohnungstür aufschloss. Er ging schnurstracks ins Badezimmer und musste sich einen Moment lang auf den Rand der Wanne setzen, bis sein Magen sich beruhigt hatte. Am meisten machte es ihm zu schaffen, ganz allein in der Wohnung zu sein. Selbst Stones Gegenwart wäre ihm angenehm gewesen. Er versuchte, nicht an Muriel Hoffman zu denken, aber einen lächerlichen Augenblick lang hatte er die Vision, dass sie in dem verdunkelten Haus auf ihn lauerte. Er fühlte Schweißtropfen auf seiner Stirn.

Nach ein paar Minuten schaltete er den Boiler ein. Während er auf das heiße Wasser wartete, schlüpfte er in seinen Schutzanzug. Dann schlich er von Zimmer zu Zimmer, um sicherzugehen, dass auch wirklich niemand da war. Von der Küchendecke beobachtete ihn die Fliege. Er ließ alle Vorhänge zugezogen und machte das Licht an.

Er begann in der Küche und arbeitete sich über den Flur bis zur Haustür vor. Nachdem er erst einmal angefangen hatte, war es nicht mehr ganz so unerträglich. Er empfand sogar ein Gefühl der Befriedigung, als würde er sich selber von etwas reinwaschen. Zunächst schrubbte er die Wände und alle glatten Flächen ab. Dann kratzte er mit einem Spachtel das getrocknete Blut vom Fußboden, bevor er sich mit der Scheuerbürste darüber hermachte. Schließlich beendete er sein Werk mit einem in Desinfektionsmittel getauchten Mopp. Er verbrauchte insgesamt zwanzig Eimer Wasser, die er über dem Gully hinten im Garten auskippte. Alles, was in der Küche herumstand oder herumlag – Teller, Töpfe, Besteck, selbst den Kessel und den Toaster –, warf er in einen großen Müllbeutel, den er später an die Straße stellen wollte. Im Flur schabte er die blutverschmierten Tapeten von den Wänden, glättete sie mit Spachtelmasse und übertünchte alles mit zwei Schichten Emulsionsfarbe.

Am meisten graute ihm vor der Dusche. Die Polizei glaubte ja, der Mörder hätte sie benutzt, um sich das Blut vom Körper zu spülen. Larry drehte das Wasser an und brauste alles mit dem Duschkopf ab. Er stellte das Wasser auf die höchste Temperatur ein, so dass es heiß wie in einem Dampfbad war. Dann behandelte er alles mit Desinfektionslösung. Als der Inhalt seines Boilers beinahe verbraucht war und fast nur noch kaltes Wasser kam, stellte er sich selber unter die Dusche. Ohne seine Schutzbekleidung kam er sich besonders verwundbar vor. In seiner Fantasie sah er das Blut wieder aus dem Ablauf hochblubbern. Wenn es ihm auch vorher noch nicht so klar gewesen war – jetzt wusste er: Er würde nie wieder in diesem Haus leben können.

Als er mit der Dusche fertig war, packte Larry einige Kleidungsstücke und ein paar andere Sachen zusammen, die er in seiner Eile, nach dem Mord das Haus zu verlassen, versäumt hatte mitzunehmen. Er überlegte, ob er auch seine Farben und seine Staffelei einpacken sollte, aber er konnte ja nicht alles tragen und hätte sich dann ein Taxi nehmen müssen.

Außerdem könnte Jo sich an Farb- und Terpentingeruch in ihrer Wohnung stören. Mehr als alles andere an dem Haus würde er sein Atelier vermissen. Eine Zeit lang stand er nur da, schaute sich in dem fast leeren Raum um, sah aus dem Fenster auf die Dächer und den Himmel hinaus.

Als er sich gerade abwenden wollte, nahm er noch kurz entschlossen zwei der Dämonen mit: Farfarello das Schandmaul, weil er seinen Gesichtsausdruck mochte – oder vielmehr, die Art und Weise, wie er seinen Gesichtsausdruck *eingefangen* hatte –, und Asmodeus, den Dämonen der ehelichen Tristesse, der Saras sieben Ehemänner allesamt in ihrer Hochzeitsnacht dahingerafft hatte. Larry wusste nicht, warum er sich ausgerechnet Asmodeus ausgesucht hatte, wollte aber auch nicht zu viel darüber nachdenken.

Als er sich mit einem voll gestopften Rucksack, einem Koffer und den zwei Bildern auf den Weg zu Jos Apartment machte, überlegte er stattdessen, wo er in Zukunft wohnen und wie er die Miete bezahlen sollte.

Einer der Polizeibeamten – der, der ihm Muriel Hoffmans Karte überreicht hatte – hatte gemeint, dass es Jahre dauern könnte, bis ein Haus, in dem ein Mord geschehen war, einen Käufer fand. Es sei denn, man ist bereit, es weit unter Marktwert anzubieten. Er brauchte keine Addiermaschine, um sich auszurechnen, was das für ihn bedeuten würde.

Er hatte das Haus mit dem Geld bezahlt, das er von Ruth als Abfindung für ihr gemeinsames Haus bekommen hatte, und außerdem noch seinen Wagen und seine Ausrüstung mitsamt Betakamera, Linsen, Beleuchtung und allem drum und dran verkauft – insgesamt etwas über 40 000 Pfund. Diese Summe würde gerade reichen, um die Kunsthochschule zu finanzieren, schätzte er – nicht jedoch, wenn er gleichzeitig noch die Miete für eine Wohnung und die Raten für die Hypothek aufbringen musste. Also würde er auf Dauer auf dem Boot wohnen oder seine Lebenshaltungskosten drastisch reduzieren müssen – oder sich einen Job besorgen. Dann konnte er nebenher sein Studium fortsetzen.

Eine Möglichkeit wäre, sich als freier Mitarbeiter bei einer Nachrichtenagentur zu verdingen, doch dazu musste er bereit sein, immer dann zu arbeiten, wenn man ihn brauchte. Lehnte man ein paarmal einen Auftrag ab, würde die Agentur nichts mehr von sich hören lassen. Die Woche jedoch war seinem Studium vorbehalten und jedes zweite Wochenende Ben.

Er beschloss, Jud anzurufen und ihn an sein Angebot wegen des Piratenjobs zu erinnern. An das Kostüm würde er sich schon gewöhnen. Aber vielleicht war alles sowieso nur ein Jux gewesen. Jud hielt sich für einen kleinen Witzbold.

An Juds Stimme hörte er sogleich, dass er einen unpassenden Moment für seinen Anruf gewählt hatte. Aber Jud passte es nie in den Kram, wenn man ihn anrief. Er meldete sich am Telefon immer so, als wäre der Anrufer sein Agent oder ein Besetzungsleiter, der ihm eine Rolle anbieten wollte. Und wenn man es dann nicht war, nahm Jud das als persönliche Kränkung. Larry musste ihn erst an ihr letztes Gespräch erinnern.

»Wir machen Wapping nicht mehr«, sagte Jud so, als hätte Larry das längst wissen müssen. »Das Komitee hat beschlossen, das Angebot zu streichen. Nicht genügend Nachfrage.«

»Gut, aber was ist mit Guy Fawkes?«, hakte Larry nach. Er hatte schon eine ganze Weile darauf gedrängt, den Guy-Fawkes-Rundgang übernehmen zu dürfen. Er hatte mit Rob einen Film über ihn und die Pulververschwörung gedreht und sagte sich, dass er genug darüber wusste, um sich sein Garn für die Tour rund um Westminster zurechtspinnen zu können.

»Hör mal, Larry, ich muss dir sagen, dass du Guy Fawkes vergessen kannst. Guy Fawkes steht nicht auf unserer Liste. Er steht nicht einmal ganz hinten auf unserer Liste. Glaub mir, wir haben mehr Leute, die Guy Fawkes machen wollen, als Teilnehmer bei den verdammten Rundgängen.«

Jud konnte wirklich treffend Personen imitieren. Das war sein Hollywoodproduzent gewesen. Larry wollte ihm sagen, dass er damit auf die Bühne gehen sollte, ließ es aber sein.

»Gut, falls du irgendwas hörst…« In seinen fünfzehn Jahren als Kameramann hatte Larry nie nach Arbeit suchen müssen. Jetzt bettelte er einen arbeitslosen Schauspieler um Brotkrumen an. Dann aber sagte Jud, er solle einen Moment in der Leitung bleiben. Im Hintergrund hörte Larry Musik. Kurz darauf kam Jud wieder an den Apparat. »Amy möchte dich sprechen«, sagte er. »Sie hat einen Kleinen sitzen.«

Amys Stimme klang ein wenig belegt, vermutlich vom Alkohol. »Lass dich nicht stören, Schatz, wir sind erst bei der zweiten Flasche. Weißt du, ich habe gerade einen Rückruf wegen des Jobs im Gate Theatre bekommen…«

»So weit ist es schon gekommen…« Larry hörte wieder Juds Stimme. »Wir feiern schon, wenn uns nur jemand zurückruft.«

»Wo seid ihr?«, fragte Larry. Er konnte die beiden kaum verstehen. Er stellte sich vor, dass sie in einem Weinlokal saßen.

Nun war Amy wieder dran. »Die Sache ist die: Falls ich die Rolle bekomme, muss ich die Rundgänge ein paar Monate lang sein lassen. Hättest du nicht Lust, für mich einzuspringen?«

Amys Runde führte durch den Stadtteil Bloomsbury. Virginia Woolf und ihre Truppe. Nicht gerade Larrys Spezialität.

»Binnen einer Woche hast du alles drauf«, versicherte ihm Amy. »Hol dir ein paar Bücher aus der Bibliothek. Ich gehe die Runde mit dir ab. Das reinste Kinderspiel, Schätzchen.«

Und das von einer Frau, die für gewöhnlich so daherredete, als sei das Studium Virginia Woolfs ihre Lebensaufgabe. Im Hintergrund war wieder Jud zu hören. »Und ich weiß, dass es da auch noch eine interessante Querverbindung zu Jack the Ripper gibt.«

»Ich melde mich, wenn ich die Rolle kriege«, sagte Amy. »Und wie geht's sonst? Bist du immer noch auf dem Kahn?«

»Ja, vorerst«, sagte Larry. Er hielt es für besser, nichts von Jos Wohnung zu erzählen. Amy könnte auf falsche Gedanken kommen.

Die folgenden Tage verbrachte Larry mit Weihnachtseinkäufen. Am ersten Weihnachtstag war er bei seinem Vater und seiner Tante Ethel in Bermondsey eingeladen. Am zweiten Weihnachtstag würde er Ben abholen und ihn bis zum dritten Januar bei sich behalten, während Ruth und Oscar einen kurzen Skiurlaub machten. Das bedeutete, dass Larry über die Feiertage mehr von Ben haben würde als Ruth, aber er bedauerte dennoch, die Vorfreude auf Weihnachten nicht mit Ben teilen zu können. Ben war jetzt genau im richtigen Alter für Weihnachten. Er war ganz aus dem Häuschen. Vor allem aber konnte er es kaum erwarten, bis der Weihnachtsmann kam. War der dann gekommen und wieder gegangen, war auch aus Weihnachten irgendwie die Luft raus. Der Rest plätscherte nur vor sich hin. Er war bei *Selfridges* in der Grotte gewesen, hatte er Larry am Telefon berichtet. Ruth und Oscar wären mit ihm dorthin gegangen.

Auf seiner Einkaufsrunde kam Larry auch selber an dem Kaufhaus vorbei. Er besuchte zwar nicht die Grotte, blieb aber eine Weile davor stehen und beobachtete, wie die Kinder mit ihren Eltern hineingingen. Er kaufte einen Plüschlöwen, mit dem er Ben einigermaßen für das Verschwinden von Monks zu entschädigen hoffte, und allerhand Weihnachtsschmuck für Jos Apartment, um es für Bens Besuch festlich herauszuputzen. Auch ein Christbaum durfte nicht fehlen. Den kaufte er an einem Stand in Bermondsey. Norwegische Fichte, nadelt garantiert nicht, Chef. Für einen Zehner gehört er Ihnen. Larry bekam beinahe Lust, selber Weihnachtsbäume zu verkaufen. Das läge ihm mehr als Spaziergänge durch Virginia Woolfs Bloomsbury.

Larry hatte natürlich von Virginia Woolf gehört, aber keinen ihrer Romane gelesen und wusste auch sonst nur sehr wenig über die Autorin. Ihm war bekannt, dass es sich bei ihr um eine

Art Galionsfigur der Frauenbewegung handelte, weniger jedoch, warum sie diesen Status errungen hatte. Er wusste, dass sie irgendetwas repräsentierte, aber nicht so recht, was.

Als er wieder in Jos Wohnung war, suchte er ihre Bücherregale ab. Sie besaß fünf Romane von Virginia Woolf und zwei Biografien über sie. Larry zog die schmalere von den beiden heraus und blätterte darin herum. Er verspürte wenig Neigung, sich in etwas zu vertiefen, was ihn beträchtliche Anstrengung kosten würde und sich am Ende gar als vergebliche Mühe herausstellen konnte. Eine schlichte weiße Postkarte lag in dem Buch – als Lesezeichen, wie er annahm. Aber es war etwas darauf geschrieben. Eine Liste von Namen und Daten.

Tabard 6. Aug.
Nichols 30. Aug.
Chapman 8. Sept.
Stride 30. Sept.
Eddowes 30. Sept.
Kelly 9. Nov.

Die Namen kamen ihm seltsam bekannt vor. Das waren die sechs angeblichen Opfer des Rippers und ihre Todesdaten. Aber wozu diese Liste? Und was hatte sie in einem Buch über Virginia Woolf in Jos Bücherregal verloren?

Larry wollte gerade die Seite überfliegen, die durch das Lesezeichen markiert war, als er von dem Läuten seines Handys unterbrochen wurde. Es war Sergeant Harris. Es gäbe eine neue Entwicklung, sagte sie, und wollte wissen, ob es ihm etwas ausmachen würde, am kommenden Vormittag auf dem Revier vorbeizuschauen.

»Und der Detective Inspector möchte wissen, ob Sie einen Kalender führen«, fügte sie hinzu.

Larry bestätigte dies. Nur würde er sich nicht viel darin notieren: Bens Schulferien, die Wochenenden, an denen er ihn zu sich holen konnte, ein paar Geburtstage…

»Würden Sie ihn mitbringen?«, fragte Sergeant Harris.

KAPITEL 19

Die Frau mit dem Haken

Auf dem Bildschirm war die Wandelhalle der Liverpool Street Station zu sehen: Im Weitwinkel blickte man auf die Bahnsteige. Larry hatte die Gestalt bereits entdeckt, ehe Stone ihn auf sie aufmerksam machen konnte – dunkler Mantel, dunkler Hut und Stiefel. Sie kam inmitten der Menschenmenge auf die Kamera zu. Die Hutkrempe verdeckte die Stirn, und die Kinnpartie war hinter einem Tuch oder einem Schal verborgen. Als die Gestalt den unteren Rand des Bildschirms erreicht hatte, drückte ein Beamter einen Knopf, um das Bild einzufrieren. Larry beugte sich vor, um die Gestalt genauer in Augenschein zu nehmen.

»Haben Sie mal versucht, das zu vergrößern?«, fragte er die anwesenden Polizeibeamten.

Der Mann, der den Fernseher bediente, warf ihm einen Blick zu, aus dem so etwas wie »sehr lustig, du Schlaumeier« sprach.

»Erstens war die Linse voller Taubendreck«, sagte er. »Zweitens ist das Band schon eine Million Mal überspielt worden, und drittens kann man sowieso nicht viel mehr als ihre Gurke erkennen.«

In seiner Stimme schwang eine grimmige Befriedigung mit – als hätte er das alles schon tausendmal gesehen, immer das Gleiche gesagt und hätte nun ein weiteres Mal Recht damit behalten.

»Aber erinnert sie Sie nicht an jemanden?«, bedrängte

Stone Larry. »Kommt Ihnen dabei jemand in den Sinn? Jemand, der sich so anzieht?«

Larry bat darum, das Band zurücklaufen zu lassen und noch einmal von vorne abzuspielen, damit er die Gestalt ein weiteres Mal vom Bahnsteig in die Wandelhalle kommen sehen konnte. Ihm entging nicht, dass Stone *ihn* im Auge behielt und nicht den Bildschirm.

»Nein«, sagte Larry. »Tut mir Leid.«

»Legen Sie das andere Band ein«, sagte Stone zu dem Beamten, aber seine Stimme klang müde.

Das zweite Band war noch unergiebiger. Es zeigte den Blick die Bishopsgate hinunter zum Fluss. Es war dunkel, es regnete, und die Linse war noch schmutziger als die im Bahnhof. Man konnte gerade eben erkennen, wie die in Schwarz gekleidete Gestalt zusammen mit anderen Passanten an der Ampel die Straße von rechts nach links überquerte.

Der eingeblendeten Uhrzeit nach war die Aufnahme sechs Minuten nach sieben entstanden.

»Keine Aufnahmen, auf der die Person in die andere Richtung geht?«, wollte Larry von Stone wissen.

»Nein. Sie muss einen anderen Weg genommen haben.«

»Und was macht Sie so sicher, dass sie es gewesen ist?«

Stone antwortete nicht sogleich. »Ich möchte Sie bitten, sich noch einmal an den Freitagabend des dritten November zu erinnern«, sagte er schließlich, »drei Wochen vor dem Mord, und mir zu sagen, was Sie an diesem Abend gemacht haben.«

»Gott, das ist aber ganz schön viel verlangt«, protestierte Larry.

»Deswegen bat ich Sie ja, Ihren Kalender mitzubringen. Haben Sie ihn dabei?«

Larry zog ihn aus der Tasche und blätterte darin. Er machte sich wenig Hoffnung, dass er die gewünschte Erkenntnis liefern würde. Es war schließlich ein Kalender und kein Tagebuch. Die meisten Seiten waren leer.

»Denken Sie nach«, drängte Stone weiter. »Könnten Sie an

diesem Wochenende verreist gewesen sein? Könnte es einer der Abende gewesen sein, an dem Sie Ihr Haus Ihrem Freund überlassen haben?«

Was war an diesem Wochenende geschehen? Und warum interessierte Stone sich so außerordentlich dafür? Das Wochenende vom dritten auf den fünften. Am fünften November war *Guy Fawkes Day. Remember, remember the fifth of November*... Aber Larry konnte sich nur soweit erinnern, dass dies keines der Wochenenden war, an denen er Ben bei sich hatte. Er hatte sich damals sehr geärgert, weil... weil? Der Nebel lüftete sich.

»Ich habe mich nach der Arbeit mit Rob auf einen Drink getroffen.« In der gleichen Bar, in der er sich mit Muriel Hoffman verabredet hatte. »Rob hat mich und Ben – meinen Sohn – zu einem Freudenfeuer anlässlich des Feiertags eingeladen, aber Ben... ging schon mit seiner Mutter zu einem anderen Feuer.«

Und selbstverständlich mit Oscar.

Aber Stone wollte nichts vom Samstagabend oder über Larrys Familienleben hören – zumindest nicht, wer mit wem zu welchem Feuer gegangen war. »Wie lange waren Sie mit Rob zusammen?«, fragte er.

»Ungefähr eine Stunde, schätze ich. So lang man halt für ein paar Bierchen braucht.«

»Und danach?«

»Danach ist er nach Hause gegangen und ich ins Kino.«

»Sie haben ihm nicht Ihre Hausschlüssel gegeben?«

»Nein.«

»Und Sie sind sich da auch absolut sicher?«

»Absolut.«

»Okay. Wann sind Sie aus dem Kino zurückgekommen?«

»Gegen elf, möglicherweise auch etwas später.«

»Und als Sie nach Hause kamen – war da etwas Ungewöhnliches mit Ihrer Wohnung? Ein Hinweis darauf, dass jemand sie während Ihrer Abwesenheit betreten hatte?«

»Nein.« Larry war irritiert. »Warum sagen Sie mir nicht einfach, worauf Sie hinauswollen? Dann kann ich Ihnen vielleicht sogar helfen.«

Stone warf Sergeant Harris, die sich wie üblich Notizen machte, einen Blick zu. Dann rieb er sich wieder mit dem Knöchel seines Zeigefingers die Nase. »Am Freitag, dem dritten November«, sagte er, »wurde in der Plumber's Street in Whitechapel kurz nach acht Uhr abends ein Mann von einer Frau mit einem Messer angefallen. Zumindest sagte er das bei der ersten Vernehmung. Inzwischen behauptet er, es wäre eher ein Haken gewesen.«

Larry starrte Stone mit offenem Mund an.

»Mist«, sagte er.

»Ich denke mal, das dürfte er in dem Augenblick auch gedacht haben.«

»Wer ist der Mann?«

»Tut nichts zur Sache. Ein *kräftiger* Mann.«

»Und sie ist einfach so mir nichts, dir nichts mitten auf der Straße auf ihn losgegangen?«

»Ganz unprovoziert dürfte es nicht gewesen sein. Der Bursche ist kein ganz unbeschriebenes Blatt. Meiner Ansicht nach wollte er sie überfallen. Er stellt es natürlich so dar, dass er nur versucht hat, sie anzuquatschen.«

»Wie lange haben Sie das schon gewusst?«

Zur Abwechslung stellte jetzt Larry mal die Fragen. Stone war deutlich anzumerken, dass ihm das nicht gefiel.

»Ich habe erst gestern davon erfahren«, sagte er. Dem Ton seiner Stimme nach war das ein Umstand, der ihm nicht so recht schmeckte. »Es ist ein anderer Bezirk und die Metropolitan Police hat sich mit der Weitergabe von Informationen ein bisschen Zeit gelassen. Auf jeden Fall ist unser Knabe kein sehr zuverlässiger Zeuge. Erst bei der zweiten Vernehmung hat er den Haken erwähnt. Und beschreiben konnte er die Frau auch kaum. Nur, dass sie einen dunklen Mantel und einen Hut trug und ungefähr einsfünfundsechzig groß war.

Aber er misst selber gut einsfünfundachtzig, also kann man sich auch darauf nicht unbedingt verlassen.«

»Und er hat ihr Gesicht nicht gesehen?«

»Er sagt, nein. Ich nehme an, dass er von hinten auf sie zugerannt ist und sie sich umgedreht und ihm eine verpasst hat. Wonach er sich garantiert keine Notizen mehr gemacht haben dürfte.«

»Aber er ist davongekommen.«

»Ist gewetzt wie eine Wildsau. Mit einem halben Ohr und ohne einen seiner kleinen Finger.«

»Aber wieso läuft diese Frau mit einem Haken in der Gegend herum?«

»Da gibt es eine Reihe von Theorien. Sergeant Harris meint, sie könnte Kapitän Hook in *Peter Pan* gespielt haben und wollte für die Kampfszene üben.«

Larry warf Sergeant Harris einen Blick zu, aber ihr Gesicht war so ausdruckslos wie immer. Wie eine Mauer. Die Frau im Hintergrund.

»Es kann natürlich auch sein, dass sie ihn für etwaige Notfälle mit sich herumschleppt«, fuhr Stone fort, »oder als Prothese für eine fehlende Hand. Aber soweit ich gehört habe, gibt es da heutzutage ausgefeiltere und vor allem nicht so scharfkantige Möglichkeiten. Das Opfer behauptet, sie hätte den Haken unter ihrem Mantel verborgen gehabt, aber wie ich schon sagte, bei den Einzelheiten seiner Begegnung mit ihr klingt alles ein bisschen verschwommen. Ein Haken ist ja auch nicht die einfachste Waffe, um sie mit sich herumzutragen. Und auch nicht, wenn es darum geht, jemanden aufzuschlitzen. Aber vielleicht treiben sie sentimentale Beweggründe – ihr Vater könnte ja Dockarbeiter gewesen sein wie Ihrer. Oder sie geht auf den Strich und hält so einen Haken für das angemessene Mittel zur Selbstverteidigung. Oder sie war unterwegs zu Ihrem Haus, und der andere ist ihr dazwischengekommen.«

Larry fragte sich, ob das ernst gemeint war.

»Was um alles in der Welt sollte sie bei meinem Haus gewollt haben?«, fragte er.

»Nun, es sind ja nur fünf Minuten zu gehen, und sie war auch in der entsprechenden Richtung unterwegs. Und drei Wochen später ist sie mit ihrem hässlichen kleinen Spielzeug wieder aufgetaucht. Und war nach dem, was wir gerade gesehen haben, gekleidet wie beim ersten Mal. Außer es gibt zwei solche Frauen. Oder sogar mehr als zwei. Sagen wir, eine ganze Bande, alle in Schwarz. Eventuell eine Sekte. Wie die Ninja. Die Ninja-Piratinnen des East End. Was halten Sie davon?«

Stone sah Larry an, als erwarte er tatsächlich eine Antwort.

»Ich finde, das sind ziemlich wilde Spekulationen«, sagte Larry.

»Tja, im Moment bleibt uns aber auch nicht allzu viel anderes«, erwiderte Stone. Er warf einen Blick auf seine Uhr, was Larry als Hinweis darauf verstand, dass die Unterredung beendet war, doch dann fragte Stone wie aus heiterem Himmel: »Wie wäre es mit einem Pint?«

In seine private Liste peinlicher öffentlicher Auftritte einen Pubbesuch mit Detective Inspector Stone mit aufzunehmen, wäre Larry nicht im Entferntesten in den Sinn gekommen. Hätte er ihn aber auf diese Liste gesetzt, dann wohl nicht ganz so hoch oben wie mit Oscar ein Bier trinken zu gehen oder Muriel Hoffman auf einer Party zu begegnen, doch unter den ersten zwanzig hätte sich diese Situation wohl schon befunden. Dankbar wertete Larry Stones plötzliche Sympathie als Hinweis darauf, dass er nicht länger unter Verdacht stand, doch er ahnte, dass es dafür ein tiefer liegendes Motiv geben musste: etwas, worüber Stone mit ihm außerhalb der gezwungenen Atmosphäre eines Polizeireviers sprechen wollte. Und so war es auch. Stone wollte sich mit Larry über Frauen unterhalten.

Er begann damit, indem er Larry fragte, ob er irgendwelche Theorien hätte.

»Ich habe immer geglaubt, dass es irgendein Ehemann gewesen ist«, sagte Larry. »Bis jetzt.«

»Und jetzt?«

»Es will mir immer noch nicht so recht in den Kopf, dass es eine Frau gewesen sein soll.«

»Und wieso nicht?«

»Na ja, so etwas tun Frauen doch für gewöhnlich nicht, oder? Wenn man sich die Verbrechensstatistiken ansieht.«

»Sie beschäftigen sich also mit Kriminalstatistiken?«, erkundigte sich Stone.

Das verneinte Larry, wies aber darauf hin, dass es doch allgemein bekannt war, dass Frauen weit weniger Gewaltverbrechen begingen als Männer. Stone stellte sein Bier beiseite und beugte sich über den Tisch.

»Sind Sie je auf den Gedanken gekommen, dass das daran liegen könnte, dass solche Verbrechen nicht gemeldet werden?«

Larry musste zugeben, dass er darüber noch nicht nachgedacht hatte. Er wollte gerade eine scherzhafte Bemerkung von sich geben, als ein Blick auf Stones Gesicht ihm verriet, dass er das besser bleiben lassen sollte. Stone hatte einen fanatischen Glanz in den Augen.

»Könnten Sie sich vorstellen, dass es Männern *peinlich* ist, solche Vorfälle zu Protokoll zu geben?«

»Doch, ich könnte mir vorstellen, dass es solche Fälle gibt.«

Stone lehnte sich zurück und musterte Larry nachdenklich.

»Haben Sie je Angst vor einer Frau gehabt?«

Larry überlegte. »Nein, das kann ich nicht behaupten.«

»Dann sind Sie entweder ein Lügner oder ein Dummkopf. Ich weiß nicht, was schlimmer ist. Sie waren doch mal verheiratet, oder?«

»Äh – schon.«

»Schön. Ich weiß ja nicht, wie Sie jetzt zu ihr stehen, aber es könnte doch sein, dass Sie sie eines Tages mal fragen möchten, ob ihr je danach gewesen ist, Ihnen ein Messer zwischen die Rippen zu jagen.«

Larry hätte gerne gewusst, ob Stone verheiratet oder vielleicht geschieden war. Er wollte ihn gerade fragen, ob er eventuell aus eigener Erfahrung sprach, aber Stone war bereits in voller Fahrt. »Ein Mann schlägt zu, wenn es ihm zuviel wird. Bei einer Frau braut sich das über die Jahre zusammen. Hilflose Wut staut sich auf. Die Frauen fühlen sich benutzt, missbraucht. Sie wissen sich keinen Rat. So baut es sich immer weiter auf, bis eines Tages… Peng. Erzählen Sie mir nicht, dass Sie sich noch nie von einer Frau getrennt und sich danach nicht Sorgen gemacht haben, was zu tun sie imstande wäre, wenn sie auch nur die geringste Chance hätte, mit heiler Haut davonzukommen. Erzählen Sie mir nicht, dass Sie nicht schon mal nachts die Wohnungstür aufgemacht haben und nicht wussten, ob sie nicht auf der anderen Seite mit einer Machete auf Sie wartet. Wieso wohnen Sie eigentlich auf einem Boot?«

Larry konnte nicht mehr ganz folgen.

»Wieso wohnen Sie auf einem Boot mit fast zwei Metern Wasser zwischen Ihnen und der Uferbefestigung und einem Brett als Gangway, das Sie nachts einziehen?«

»Jedenfalls nicht, weil ich mich davor fürchte, die Tür aufzumachen und einen Haken in den Hals gerammt zu bekommen«, sagte Larry. Woher wusste Stone, dass er nachts das Brett einholte?

»Ach? Wirklich nicht deswegen? Na, dann sind Sie der erste Mann, den ich getroffen habe, dem es tief im Inneren nicht so geht.«

Larry schüttelte den Kopf. »Sie müssen ganz schön verdrehte Typen kennen«, bemerkte er.

»Durchaus, durchaus. Und auch ein paar ganz schön verdrehte Frauen. Was ich mir auch bei Ihnen vorstellen kann, wenn Sie mal ehrlich zu sich selber sind.«

»Nun, eines kann ich Ihnen versichern. Ich kenne keine Frau, die zu so etwas fähig wäre.«

Zumindest hoffte Larry, dass er keine solche Frau kannte.

»Tatsächlich? Na, das beruhigt mich aber. Was für ein Glück für Sie.«

»Worauf wollen Sie denn nun hinaus?«

»Worauf ich hinaus will? Ich will auf gar nichts hinaus. Ich halte mich an die Tatsachen.«

Wer ist jetzt nicht ehrlich zu sich selber?, dachte Larry. Stone schien zu überlegen. Dann sagte er: »Eine Möglichkeit ist bisher noch nicht in Betracht gezogen worden. Dass es sich um eine Zufallstäterin handeln könnte.«

»Eine *was*?«

»Eine Zufallstäterin. Eine Mörderin, der es völlig schnuppe ist, wer ihr Opfer wird, solange es sich dabei um einen Mann handelt.«

»Aber es war doch gar kein Zufall.«

»War es nicht?«

»Sie wollen sagen, dass sie wahllos an Türen geklopft hat, bis ihr ein Mann öffnete, und dass dieser Mann zufällig Rob gewesen ist?«

»Ich behaupte nicht, dass die beiden sich nicht schon einmal irgendwo begegnet sein könnten. Ich sage nur, dass sie ihn wahrscheinlich nicht allzu gut gekannt hat. Eine Zufallsbekanntschaft. Er hat sie mitgeschleppt. Eine zufällige Begegnung in einer Bar – so wird es jedenfalls für ihn ausgesehen haben. Sie haben sich verabredet – in Ihrer Wohnung –, und sie ist gut vorbereitet erschienen.«

»Aber warum? Aus welchem Motiv sollte sie das getan haben?«

»Rache. Vergeltung. Sagen wir für etwas, was man ihr angetan hat, entweder ihr persönlich oder für etwas, wovon sie meint, dass Männer das Frauen schon seit eh und je antun. Ein weiblicher Jack the Ripper. Jill, die Ripperin. Jill mit dem Haken. Hübsche Schlagzeile für die Boulevardpresse, finden Sie nicht?«

Larry musste zugeben, dass an dieser Schnapsidee unter

Umständen doch etwas dran war. Ein weiblicher Ripper, der auf den Straßen von Whitechapel und Spitalfields sein Unwesen treibt. Das würde mehr als nur eine hübsche Schlagzeile abgeben. Allein schon die Hypothese könnte Stone einen Karriereschub bringen.

»Also schließen Sie ein eher persönlich gelagertes Motiv aus?«

»Noch schließe ich überhaupt nichts aus.« Er dreht jeden Stein um, dachte Larry. »Allerdings haben wir jede Frau vernommen, die Ihr Freund während der letzten zwei Jahre gekannt hat – oder von der man sagt, dass er sie gekannt hat, einschließlich seiner eigenen Frau. Aber alle waren zum bewussten Zeitpunkt entweder mit jemand anderem zusammen oder außerhalb von London. Ich sage nicht, dass mich das gänzlich überzeugt hat, aber ich bin jetzt an einem Punkt angelangt, an dem ich bereit bin, auch andere Möglichkeiten in Erwägung zu ziehen.«

»Wie viele weibliche Zufallsmörder hat es in diesem Land bisher gegeben?«, fragte Larry.

»Keine«, sagte Stone. »Jedenfalls keine, die mir spontan einfallen. Aus den Staaten sind allerdings ein paar solcher Fälle bekannt.«

»Also wäre sie die Erste.«

»Die Erste, die *gefasst* wird.«

Stone trank sein Bier aus, machte aber keine Anstalten zu gehen. Also war Larry an der Reihe.

»Ich möchte Sie etwas fragen«, sagte er, als er mit einem Pint für Stone und einem halben für sich selber vom Tresen zurückkam.

»Sie wissen ja wohl, dass Sie einen Polizeibeamten nicht betrunken machen können«, scherzte Stone. »Es gibt ein Gesetz.«

Larry lächelte höflich. »Robs Uhr – die bei dem Überfall kaputtgegangen ist. Ich hätte gerne gewusst, ob man die Zeiger noch bewegen konnte.«

»Sie meinen, der Mörder hat sie verstellt?«

»Ich habe mich nur gefragt, ob es möglich sein könnte.«

Stone schien darüber nachzudenken. Schließlich sagte er: »Man konnte den Minutenzeiger drehen. Aber der Stundenzeiger war ins Zifferblatt hineingedrückt.«

»Und so sind Sie zu dem Schluss gekommen, dass es um Viertel nach sieben passiert sein muss.«

»In etwa. Aber der Zeiger könnte sich nach dem Schlag noch bewegt haben. Wir verlassen uns nie auf die Uhr allein.«

»Aber der Gerichtsarzt könnte sich nicht auf die Minute festlegen?«

»Nein, nicht auf die Minute.«

Larry nahm einen kleinen Schluck Bier. Stone sah ihn erwartungsvoll an.

»Wo ist das Problem?«

»Kein Problem. Ich habe nur gedacht, dass das einige der Alibis erschüttern könnte, die Sie gesammelt haben. Aber wenn Sie das schon in Erwägung gezogen haben…«

»Sie halten es für einen gezielten Mord, nicht wahr?«

»Natürlich glaube ich, dass es gezielt war. Zumindest bis Sie mit diesem ganzen Zufallskram gekommen sind.«

»Es gibt noch eine andere Theorie«, sagte Stone, als hätte er laut gedacht. »*Falls* es ein gezielter Anschlag war.«

»Und die wäre?«

»Sie hätte es auf *Sie* abgesehen haben können.«

Nachdem Stone gegangen war, hielt sich Larry noch ein paar Minuten vor dem Pub auf und ließ sich das Gespräch durch den Kopf gehen. Aus den Büros an der Bishopsgate kamen die Angestellten auf dem Weg zum Mittagessen, und ihm fiel ein, dass Ruth nur wenige Minuten zu Fuß von der Liverpool Street Station arbeitete.

Auf die vage Möglichkeit hin, dass sie Zeit hatte, rief er sie über sein Handy an. Nicht zum ersten Mal seit dem Ende ihrer Ehe schlug er vor, dass sie gemeinsam zu Mittag aßen, aber es passierte doch so selten, dass Ruth sehr überrascht über seinen Anruf war. »Es ließe sich einrichten«, erklärte sie. Wahrscheinlich dachte sie, dass er mit ihr über Ben reden wollte.

Ruth arbeitete nicht mehr mit Oscar zusammen – nach ihrer Eheschließung hielten beide das für unangebracht –, ihre Aufgabe bestand jetzt darin, Gelder für die Hilfsorganisation *Shelter* zu akquirieren. Sie verabredeten sich in einer Weinstube am Hoxton Square, wo es für Larrys Geschmack zwar etwas zu laut war, andererseits aber doch wieder geschäftig genug, dass sie sich ungestört unterhalten konnten.

Larry erzählte Ruth von der Frau mit dem Haken und was Stone über sie gesagt hatte.

»Er meint, sie könne es auf mich abgesehen und es dann am Einundzwanzigsten noch einmal versucht und stattdessen Rob vorgefunden haben.«

»Aber was bringt ihn auf den Gedanken, sie könne zu *dir* gewollt haben?»

»Keine Ahnung. Vermutlich wollte er bloß meine Reaktion testen.«

»Und er glaubt, sie könnte möglicherweise Rob mit dir verwechselt haben?«

»So lautet die Theorie. Er sagt, es wäre nicht das erste Mal, dass ein Mörder den Falschen zu fassen kriegt.«

»Aber du ähnelst Rob doch überhaupt nicht.«

»Das weiß ich nicht so recht«, wandte Larry ein. »Wir sind ungefähr gleich groß und haben die gleiche Haarfarbe. Die Verwechslung könnte ihr erst nach dem ersten Schlag aufgegangen sein.«

»Aber sie muss doch einen Grund dafür gehabt haben – eine Frau, die du kennst, meine ich…«

Larry schüttelte bereits den Kopf. »Nein. Ich kann dir ehrlich versichern, dass es keine Frau gibt, die mir etwas hätte antun wollen. Damals jedenfalls noch nicht.«

»Damals noch nicht? Wie viele gibt es denn inzwischen?«

»Keine. Ich weiß auch nicht, warum ich das gesagt habe.« Er hatte an Muriel Hoffman denken müssen, aber das wollte er Ruth gegenüber nicht erwähnen; er wollte ihr überhaupt nichts von Muriel erzählen. *Nicht so sehr, wie es dir noch Leid tun wird,* dachte er. Aber das bedeutete ja nicht gleich, dass sie ihn umbringen wollte.

Ruth beäugte ihn misstrauisch. »Aber du bist doch offensichtlich besorgt deswegen.«

»Nein, nicht richtig. Stone hat mich bloß ganz kopfscheu gemacht. Du hast mir doch nie ein Messer zwischen die Rippen rammen wollen, oder?«

»Ein Messer gerade nicht.«

»Nein, ehrlich – bist du je richtig wütend auf mich gewesen? Mehr als nur wütend?« Wie hatte Stone es noch ausgedrückt ... hilflose Wut, die sich innerlich zusammenbraut?

»Ich wünschte, du hättest mich das gefragt, als wir noch verheiratet waren«, sagte Ruth.

»Also lautet die Anwort ›Ja‹?«

»Nein, Larry, das sollte ein Witz sein. Ich könnte mir nur dann vorstellen, jemanden mit einem Messer oder sonst was zu stechen, wenn dieser Jemand mich geschlagen hätte. Und selbst in dem Fall hätte ich meine Zweifel. Ich wäre wahrscheinlich zu zart besaitet. Ich würde wohl eher warten, bis derjenige schläft, und ihm dann eine Tube Superkleber über dem Sack ausdrücken.«

»Superkleber?«, wiederholte er. Das wollte er jetzt genau wissen. »Hast du je ...«

»Bloß einmal. Der Gedanke, dass du mit einer an deinen Eiern festgeklebten Steppdecke auf den Notarzt wartest, war sehr verlockend, aber ich habe der Versuchung widerstanden.«

»Was hatte ich denn gemacht?«

»Das spielt doch jetzt keine Rolle mehr. Ich glaube auch, es war wegen etwas, was du *nicht* gemacht hattest. Aber ich habe nie auch nur im Entferntesten geglaubt, dass du mich schlagen könntest. Ich schätze, du hast noch nie eine Frau geschlagen, oder?«

Er schüttelte den Kopf. »Aber ich habe Frauen wehgetan«, sagte er. »Ich habe mir ihren Hass zugezogen.«

Sie sah ihn stirnrunzelnd an. »Du verschweigst mir doch etwas, nicht wahr? Irgendwas hast du angestellt.«

»Ich habe gar nichts angestellt.«

Das war ja wie mit Stone. Oder wie früher als Kind, wenn er von den Tanten ins Gebet genommen worden war.

»Also dann weiß ich nicht, weswegen du dir Sorgen machst. Du hast doch sonst keine Angst, dass dir etwas zustoßen könnte. Körperlich jedenfalls. Bei deiner Arbeit hast du alle möglichen Risiken auf dich genommen, nur um ein paar Aufnahmen zu machen. Und das hat dich nie gekratzt.«

»Das war etwas anderes. Da war man im Freien – meistens jedenfalls. Man sieht, was auf einen zukommt. Und man ist wie aufgeputscht vom Adrenalin. Man ist nicht glücklich und zufrieden in seiner Wohnung, öffnet einer Frau die Tür, die man zum Abendessen eingeladen hat, hat nichts auf dem Herd stehen und keine Flasche Wein im Kühlschrank. Man steht auch nicht mit dem Rücken zur Tür, während man den Korken herauszieht. Man schläft nicht neben jemandem, der neben einem im Bett liegt. Man ist nicht auf die gleiche Weise *verletzlich*.«

»Verstehe. Das mit dem Verletzlich-sein habe ich schon einmal von dir gehört. Aber egal, was man dir erzählt hat, Frauen bringen nicht gleich jemanden um, so sehr man sie auch provozieren mag.«

»Und warum ist das so?«

»Oh, Larry, darüber sind ganze Bücher geschrieben worden. Ich weiß es auch nicht. Weil sie von Natur aus nicht so aggressiv sind, weil sie anderen Menschen nicht wehtun *wollen*, weil sie Angst davor haben, dass die Männer es ihnen heimzahlen werden…«

»Und du meinst nicht, dass sich daran etwas geändert haben könnte?«

»Ich glaube, die Männer *fürchten*, dass sich daran etwas ändern könnte. Aber das ist eine andere Geschichte. Das ist das Problem von euch Männern, nicht unseres.«

»Du meinst, wir fürchten uns vor den Frauen?«

»Manche Männer schon. Sie haben die Frauen so lange benutzt, dass sie Angst haben, die Frauen könnten den Spieß umdrehen – jetzt, wo sie in der Position dazu sind. Das ist einer der Gründe, warum Männer es hassen, mit einer Frau als Boss zu arbeiten.«

»Rob hat es gehasst, für Frauen zu arbeiten«, sinnierte Larry.

»Was du nicht sagst. Na dann…« Ruth seufzte resigniert. »Ich weiß noch, wie ich dich und Rob mal über eine Frau habe reden hören – ich glaube, es war jemand von der BBC. Diese Frau war dir übergeordnet, und Rob hat nach Strich und Faden über sie hergezogen. Ihr habt mich an zwei kleine Jungen erinnert, die ich mal am Strand beobachtet habe. Sie piekten mit Stöcken auf eine Qualle ein. Rob war der mit dem Stock, und du hast ihn angegrinst, wie du es immer tust. Du hast ihn nicht gerade angefeuert, aber du wolltest auch nichts sagen, was ihn glauben lassen könnte, dass du nicht voll und ganz auf seiner Seite warst.«

»Wieso eine Qualle?«, unterbrach Larry sie.

»Bitte was?«

»Wieso hast du dabei an eine Qualle gedacht?«

»Ich habe an die beiden Jungs gedacht und nicht so sehr an die Qualle. Die Qualle… die lag da zufällig herum.«

»Aber es hätte doch auch eine Feuerqualle sein können, oder?«

»Ja, wenn sie blöd genug gewesen wären, auf sie draufzutreten.«

»Genau«, sagte er.

»Halten wir das mal kurz fest. Du meinst, du hättest es *verdient*, dich zu verbrennen, nicht wahr? Du glaubst, dein Verhalten würde Frauen das Recht geben, dir wehzutun. Oder dir mit einem Haken den Hals aufzuschlitzen.«

»Und? Haben sie das nicht?«

»Kann sein. Aber da Frauen eine höhere Lebensform darstellen und keine Quallen sind, finden sie für gewöhnlich andere Wege und Möglichkeiten, als auf Gewalt zurückzugreifen.«

»Bis jetzt«, warf Larry ein.

»Bitte?«

»Als ich die Ripper-Tour machte, habe ich über Vergeltung gesprochen«, erklärte Larry. Er versuchte, sich genau zu erinnern, wie er es ausgedrückt hatte.

Die Kehlen durchtrennt, die Körper vom Unterleib bis zu den Brüsten aufgeschlitzt und ihrer Weiblichkeit beraubt, die wie bei einem Ritual öffentlich zur Schau gestellt wurde. Die vollendete Versinnbildlichung vom Mann als Jäger und dem Weib als Opfer. Und er kommt damit durch. Das ist die allergrößte Obszönität daran. Er wird nie gefasst. Seine Identität wird niemals zufriedenstellend geklärt. Es gibt keine Vergeltung, keinen Racheengel. Bis jetzt.

»Du glaubst, diese Frau wäre der Racheengel?«, sagte Ruth. »Und Rob wäre zufällig der erste Mann gewesen, den sie sich vorgeknöpft hat – mit Erfolg vorgeknöpft –, und du selber könntest der nächste sein?«

»Es könnte mir in den Sinn gekommen sein.«

»Moment mal – du denkst, dass *du* ihr das in den Kopf gesetzt haben könntest? Du meinst, sie könnte bei einem deiner Rundgänge dabei gewesen sein und gedacht haben, das wäre doch mal eine gute Idee. Am besten fange ich gleich mit dem Fremdenführer an.«

Er dachte darüber nach. »Verrückt, nicht wahr?«

»Ja«, sagte sie. »Ein bisschen.«

Als Ruth wieder in ihr Büro zurückgekehrt war, spazierte Larry langsam in Richtung Spitalfields. Er blieb vor seinem

Haus stehen und sah auf die Uhr; dann wandte er sich ab und ging zurück zur Bishopsgate. Er musste sechs Minuten lang auf ein Taxi warten. Die Fahrt zu Jos Apartment dauerte weitere zwölf. Also etwas über zwanzig Minuten von Tür zu Tür. Mit einem Auto wäre es noch schneller gegangen.

In der Wohnung zog er die Virginia-Woolf-Biografie aus dem Bücherregal und schlug sie auf der Seite auf, die durch das Lesezeichen markiert war. Er las:

Virginias Mutter glaubte fest an die viktorianische Sozialordnung einschließlich der völligen Unterwerfung des Dieners unter den Herrn, der Ehefrau unter den Mann, des Kindes unter seine Eltern. Allein der dominante Mann konnte die Nation und die Familie vor den unbeschreiblichen Schrecknissen, die sie sich in ihrer Fantasie ausmalte, beschützen. Im Gegenzug zu diesem feudalistischen »Schutz« war die hilflose Frau verpflichtet, den Erwartungen des Mannes zu entsprechen, männliche Launen und Stimmungen und auch ein gewisses Maß an männlicher Aggressivität auf sich zu nehmen. Dazu kam die völlige Verkennung der Exzesse, zu denen diese Aggression bereits in ihrem eigenen Haus geführt hatte. Von der Kindheit bis zum Reifealter waren Virginia und ihre Schwestern Opfer der sexuellen Nachstellungen der jungen und auch der nicht mehr so jungen männlichen Familienmitglieder gewesen.

George und Gerald, Virginias zwei Halbbrüder, ließen sich dabei zweifelsohne von ihrem älteren Vetter Jem inspirieren, der bereits Anfang zwanzig war, als er das Haus der Familie Stephen mit einer Reihe von Heimsuchungen – anders kann man es nicht nennen – überzog. Das unmittelbare Objekt seiner Übergriffe war Stella, Virginias ältere Schwester, aber auch die jüngeren Mädchen mussten die Schreckensherrschaft des Mannes erdulden, den

Virginia später als einen »gepeinigten Stier« bezeichnen sollte.

J. K. »Jem« Stephen war der dunkle Schatten über Virginias Kindheit. Er hatte Eton und Cambridge besucht und war zum Hauslehrer von Königin Victorias Enkelsohn, dem Duke of Clarence, berufen worden. Im Jahre 1886 jedoch wurde er von dem Kolben einer Dampfmaschine, wie sie in jenen Zeiten zum Pumpen von Wasser verwendet wurde, am Kopf getroffen, woraufhin sein Geisteszustand sich zunehmend verwirrte. Er wechselte zwischen depressiven und euphorischen Stimmungszuständen, die bisweilen in Gewalttätigkeiten gipfelten. Nach seinen Gedichten zu schließen, hatte er außerdem einen bedenklichen Hass auf Frauen entwickelt, der mit Vergewaltigungs- und Mordfantasien einherging.

Eines dieser Gedichte war in voller Länge abgedruckt. Es war mit »Ein Gedanke« betitelt.

Würd man aus allen Schandtaten der Frauen
Einen riesig hohen Stapel bauen,
Könnt ihn die Erde nicht mehr tragen,
Würd er weit in den Himmel ragen,
Könnt keine Macht ihn je zersprengen,
Kein Sonnenstrahl ihn je versengen;
Der Teufel allein könnt so viel Böses gebrauchen
Sein Höllenfeuer würd davon ewiglich rauchen.
Doch nähm man alle Lumpereien vom Mann
Und würd sie verdoppeln und vervierfachen dann,
Ließe durch Verdichten daraus eine Masse entstehn
Und nähme diese Masse dann wieder mal zehn,
Ergäb sich ein Ausmaß an Bosheit, das leicht
Einem Mädchen von zehn schon zur Schande gereicht.

Als Ausdruck von Frauenhass kam Larry das Gedicht eher erbarmungswürdig als bedenklich vor, doch er empfand es aus mehreren Gründen als verstörend. Nicht zuletzt, weil ähnliche Gedanken auch in seinem eigenen Hirn schlummerten.

KAPITEL 20

Väter und Söhne

Am Morgen des ersten Weihnachtstages weckte ihn das Läuten des Telefons. Er wusste gleich, wer anrief.

»Frohe Weihnachten, Daddy, vielen Dank für den Löwen.«

Larry hatte Ruth das Plüschtier schon vorab gegeben, damit sie es in Bens Weihnachtsstrumpf stecken konnte. Die übrigen Geschenke hielt er für den zweiten Weihnachtstag zurück, wenn Ben zu ihm kam. Larry und Ruth hatten sich darauf verständigt, dass Bens Geschenke zwar vom Weihnachtsmann mit seinem von Rentieren gezogenen Schlitten *gebracht* wurden, Bens Familie sie aber für ihn *gekauft* hatte. So weit verfolgten Larry und Ruth eine gemeinsame Linie, was diesen und die meisten anderen Aspekte der Legende vom Weihnachtsmann betraf. Ob sie auch in Hinblick auf das Jesuskind an einem Strang zogen, wusste Larry nicht so recht zu sagen. Ruth war religiöser orientiert als Larry. Etwa ein Jahr nach ihrer Trennung hatte sie Ben taufen lassen, und obwohl sie nicht jeden Sonntag mit ihm in die Kirche ging, sprach sie doch gewiss mit ihm über Glaubensfragen. Larry war bisweilen verblüfft über Bens Wissensschatz, obwohl sich darin einige Missverständnisse tummelten, die Larry durchaus zu denken gaben. Mit drei oder vier Jahren hatte Ben ihm eine Kinderzeichnung geschenkt, die seiner Aussage nach das Jesuskind am Kreuz darstellen sollte. Larry hoffte, dass es kein Vorbote seiner eigenen düsteren künstlerischen Visionen war.

Ben ratterte eine beachtliche Liste an Geschenken herunter, die er bereits ausgepackt hatte. Larry tastete nach seiner Uhr, die auf dem Nachttisch neben dem Bett lag. Gerade acht Uhr durch. Er hörte im Hintergrund eine Stimme und dann Bens höfliche Frage: »Was hat der Weihnachtsmann *dir* denn gebracht, Daddy?«

»Ich weiß es noch nicht«, sagte Larry. Er hatte unter dem Weihnachtsbaum ein paar Geschenke aufgebaut. »Ich warte mit dem Auspacken, bis du kommst.«

»Ich komme doch morgen, nicht?«

»So ist es«, bestätigte Larry.

»Mommy möchte dich sprechen.«

Dann Ruths schläfrige Stimme: »Er wollte dich noch früher anrufen, aber ich habe ihn bis eben zurückhalten können.«

»Dafür kann ich mich wirklich nur bedanken. Frohe Weihnachten.«

»Dir auch. Frohe Weihnachten.«

»Und richte bitte Oscar meine besten Wünsche aus«, sagte Larry verlegen, weil ihm keine weniger steife Formulierung einfiel. Er spürte beinahe, wie Ruth am anderen Ende der Leitung zusammenzuckte.

»Mache ich. Vielen Dank.«

Als Nächstes werde ich mich dort noch zum Weihnachtsessen einladen, dachte Larry, wie der alte Scrooge bei seinem Neffen Fred. Nein, vielleicht war er weniger Scrooge als ein gezähmter *Banquo*, dessen Wunden nicht länger bluteten und diskret unter seinem Papphut verborgen waren.

Seit der Scheidung hatte Larry Weihnachten an verschiedenen Orten verbracht, doch nie bei seiner eigenen Familie. Zweimal war er bei der Familie einer Freundin gewesen, einmal in einer Skihütte in den Bergen. Einmal anlässlich eines Auftrags in Afrika. Und letztes Jahr mit Rob und Meg.

Es war das erste Mal gewesen, dass sie Weihnachten in ihrem eigenen Haus feierten – sonst waren sie immer zu Robs Eltern gefahren –, und sie hatten ein paar Freunde eingeladen. Es hatte etwas in der Luft gelegen – schwer zu sagen, was genau, aber doch deutlich spürbar –, als hätten die beiden sich kurz vor dem Eintreffen der Gäste gestritten. Und die Stimmung hatte sich keineswegs gebessert. Während des Essens ließ Rob eine Reihe von bissigen Bemerkungen Meg gegenüber fallen und redete den ganzen Abend nur von ihr als »meine Frau«, als wollte er sich einen Spaß machen. »Das musst du meine Frau fragen… Meine Frau denkt so und so darüber…« Später dann hatte Rob betrunkener getan, als er wirklich war, Larry den Arm um den Hals geworfen und darauf bestanden, dass die beiden zusammenhalten müssten. Larry, der Rob ja schon ewig kannte, entging der dringliche Appell hinter der Fassade nicht. Möglicherweise hatte Rob die Glocken läuten hören, hatte die Blicke bemerkt, die ausgetauscht wurden, gefühlt, wie sich nach und nach die Sympathien von ihm abwandten.

Noch später am Abend hatte er sich bei Larry entschuldigt und ihm anvertraut, dass er in so mieser Stimmung wäre, weil er seine derzeitige Freundin am Abend zuvor auf einer Weihnachtsfeier mit einem anderen Mann gesehen hatte, und zwar in einem Kleid, in dem sie praktisch wie nackt aussah. Obwohl Rob gerne seine Spielchen mit den Frauen trieb, mochte er es nicht, wenn andere Männer mitmischten. Solange er die Frauen besaß, sollten sie ausschließlich ihm gehören.

Larry musste an Meg denken. Was tat sie in diesem Augenblick gerade? Wie ging es den Mädchen? Er fand es angebracht, sie anzurufen, wusste aber genau, dass er es nicht tun würde.

Um Punkt elf Uhr brach Larry zum Weihnachtsmahl nach Bermondsey auf. Dieses Essen wurde abwechselnd von den beiden Tanten ausgerichtet; in diesem Jahr war Tante Ethel an der Reihe. Larry wusste, dass sie sich über etwas Hilfe freuen würde und dass von seinem Vater nicht viel Unterstützung zu erwarten war. Larrys Vater gab sich zu Weihnachten immer ein wenig aufgeräumter als sonst – oder eben weniger miesepetrig als üblich –, aber seine Festtagsstimmung reichte nicht so weit, dass er Tante Ethel in der Küche half.

Larry sah zu, wie sein Vater das Geschenk auspackte, das er ihm mitgebracht hatte – eine Flasche Malt Whisky und einen Schal –, und sich dann zwang, in seiner Stimme und in seinen Zügen ein gewisses Maß an Anerkennung mitschwingen zu lassen. Larry ahnte, dass das einzige Geschenk, das ein echtes Lächeln auf sein Gesicht zu zaubern vermocht hätte, Ben gewesen wäre – aber dazu hätte Larry Ben mitbringen müssen. Es war nicht zu übersehen, dass sein Vater Ben liebte. Man brauchte die beiden nur zusammen zu beobachten. Larry war nicht eifersüchtig – im Gegenteil, er freute sich über die Zuneigung seines Vaters zu seinem Enkel. Aber er fragte sich, ob sein Dad auch so verschossen in ihn gewesen war, als er noch klein war – oder ob er immer schon so distanziert, so sparsam im Austeilen von Herzlichkeiten gewesen war.

Als er seinen Vater ansah, ging Larry auf, wie alt er wirkte. Dabei war er doch erst, nun ... dreiundsechzig. Aber er sah mindestens wie siebzig aus. In den letzten paar Jahren, seit er nicht mehr auf dem Schlepper arbeitete, war er rapide gealtert. Er hatte das Gesicht eines Mannes, der überzeugt davon war, dass das Leben nicht fair mit ihm umgesprungen ist.

Manche glaubten, Larrys Vater hätte einiges an Ersparnissen beiseite gelegt, aber Larry tat das nicht. Die *Lady Jane* hatte sich als Investition nie recht bezahlt gemacht. Sie war öfter an ihrem Liegeplatz festgetäut gewesen als draußen auf dem Fluss unterwegs, und ihre einzige Aufgabe hatte seit jeher darin bestanden, Lastkähne mit Abfall zu ziehen. Höchstwahrscheinlich hatte das Schiff Larrys Vater mehr Geld gekostet, als es ihm je eingebracht hatte.

Andererseits klagte sein Vater nie über Geldsorgen – und das war so ziemlich das Einzige, worüber er sich *niemals* beschwerte. Er schien auch nicht viel zu brauchen, musste nur die Miete für die Sozialwohnung und die Kosten für den Unterhalt seines alten Volvo aufbringen. Ab und an versuchte er sein Glück mit Pferdewetten, doch ansonsten kam er selten unter Leute – nur, wenn er den Hund ausführte und sich dabei das eine oder andere Bier im *Old Justice* genehmigte. Er interessierte sich für Fußball – wie für die meisten Männer aus der Gegend war *West Ham* seine Lieblingsmannschaft –, aber seine Anfeuerungsrufe kamen aus dem Sessel im Wohnzimmer, wo er die Spiele im Sportkanal verfolgte. Über die Jahre hatte es mal die eine oder andere »Freundin« gegeben, aber auch das war jetzt schon lange vorbei. Larry wusste nicht, ob er überhaupt ein Sexualleben hatte, seit er von Larrys Mutter verlassen worden war. Er wollte es auch gar nicht wissen. Larrys Vater hielt seine Gefühle streng unter Kontrolle. Er war kein Mensch, der gerne gab, wie die Tanten immer sagten. Selbst in Bens Gegenwart, bei dem er freigebiger war als sonst, merkte man, wie er sich immer wieder in sich zurückzog. Es war beinahe, als scheute er sich, das Schicksal herauszufordern. Offenbarte er dem Schicksal eine verwundbare Stelle in seiner Rüstung, würde das Verderben sogleich an Ort und Stelle sein, um ihm einen tödlichen Hieb zu versetzen.

Natürlich führte Larry dies auf den Umstand zurück, dass seine Frau ihn sitzen gelassen hatte, aber diese Tendenz war vermutlich schon von vornherein in ihm angelegt gewesen. Das war vermutlich sogar der Grund dafür gewesen, dass sie ihn verlassen hatte – oder einer der Gründe. Die Angst, zuviel zu geben und sich dadurch verwundbar zu machen. Larry wusste nur zu gut, dass diese Neigung auch in ihm selber steckte, und das bereitete ihm Sorgen. Er kämpfte so sehr dagegen an, dass er Kränkungen bisweilen geradezu anzog. Doch indem er den schützenden Panzer von sich warf, sagte er der Welt vielleicht gerade: »Hier bin ich, wehrlos ausgeliefert, komm her und schlage mich. Aber du wirst mir nicht wehtun. Mir *kann* man nicht wehtun.«

»Nichts Neues über den Mord, nehme ich an«, bemerkte Tante Ethel, als er sich zum Kartoffelschälen neben sie an die Küchenspüle stellte.

»Eigentlich nicht«, sagte Larry, der keine Lust hatte, darüber zu sprechen.

»Ich wünschte, die würden sich mal ins Zeug legen und die Kerle endlich schnappen.«

Sie benutzte die Pluralform; nicht, wie Larry argwöhnte, weil sie davon überzeugt war, dass mehr als eine Person an dem Mord beteiligt war, sondern weil sie es sich mit dieser vagen Angabe bequemer einrichten konnte. So war sie nicht gezwungen, sich ein Gesicht oder eine Gestalt oder das Geschlecht des Täters vorzustellen. Manchmal fragte sich Larry, ob sie eventuell glaubte, dass er es getan hatte. Woraus sie ihm natürlich auch keinen Vorwurf machen würde. Es wäre wie gewöhnlich Robs Schuld.

Sie hatte sich schon immer Sorgen um Larry gemacht – auch schon vor dem Mord. Sie behielt ihn im Auge, wollte nicht, dass er so wurde wie sein Vater. Aber noch mehr fürchtete sie, dass er nach seiner Mutter schlagen könnte.

Tante Ethel war ein Mensch, der gerne gab. Sie war einmal verlobt gewesen – mit einem Vorarbeiter von den Docks –, aber dann hatte es einen Unfall gegeben. Er hatte sich hinten auf einer Lokomotive der Hafenbahn mitnehmen lassen, war heruntergefallen und unter die Räder des Kohlewaggons geraten. An anderen Männern schien sie danach nicht mehr interessiert zu sein. Es erstaunte Larry, dass sie bei seinem Vater geblieben war. Das mochte zum Teil an ihrem Naturell liegen – ihr war es wichtig, dass man sie brauchte; jemanden zu haben, um den sie sich kümmern konnte. Und doch musste es andere Männer gegeben haben, Männer, die ihr weniger abverlangt, ihr noch weniger Anerkennung gezollt hatten als sein Dad.

Seine Tante May hatte Larry einmal gesagt, dass sie es *seinetwegen* getan hatte. Sie hätte es weder ertragen können, ihn allein bei seinem Vater zu lassen, noch, ihn von ihm fortzunehmen. Larry wollte das nicht glauben. Er fand, dass in Tante Ethels Leben gar kein Mann passte – jedenfalls nicht als geschlechtlicher Partner. Dafür schätzte sie ihre Unabhängigkeit viel zu sehr. Sie hatte eine gute Stellung – sie war Verkaufsleiterin der *John Lewis*-Filiale in der Oxford Street. Wie alle übrigen Angestellten galt auch sie hier als Betriebsangehörige, nicht als bloße Angestellte, und darauf war sie stolz. Die Firma war jetzt ihre weit verzweigte Familie. Aber in ein paar Jahren würde sie aus dem Berufsleben ausscheiden, und keiner wusste, was dann aus ihr werden sollte. Larry gefiel der Gedanke gar nicht, dass sie dann den ganzen Tag lang mit seinem Vater in der Wohnung herumsitzen würde. Er wusste, dass er mit ihr darüber würde sprechen müssen, aber er wusste nicht, wie er das Gespräch anfangen sollte.

Larry liebte seine Tante Ethel, aber er empfand keine *Verbundenheit* mit ihr. Er konnte sich über nichts mit ihr unterhalten – zumindest nicht ernsthaft. Wenn er es versuchte, kam es ihm vor, als würde er in einem Sumpf versinken. Ernste Themen beunruhigten sie, ob sie nun persönlich davon betroffen war oder nicht. Sie mochte sich nicht mit ihnen beschäftigen. Sie las keine Bücher, nicht einmal Zeitungen. Sie sah nur ungern die Nachrichten im Fernsehen – zu viel Gewalt. Sie hatte auch nicht gewollt, dass er Kameramann wurde; doch ebenso wenig wollte sie, dass er den Beruf wieder aufgab – jedenfalls nicht, um Maler zu werden. Der Schatten seiner Mutter, musste sie gedacht haben, die Saat des Bösen. Sie war eine vorsichtige Person, hatte Angst vor Veränderungen und Umständen, die sie nicht begriff. Larrys Vater bezeichnete sie als Spatzenhirn. Larry hätte nie so von ihr gedacht, aber er haderte doch mit seinem Schicksal, weil er nicht nur von seiner eigenen Mutter verlassen worden war, sondern auch noch mit einer Ersatzmutter vorlieb nehmen musste, die er zwar liebte, aber nicht so recht ernst nehmen konnte.

Sein ganzes Leben lang hatte sein Vater mit ihm Witze über Tante Ethel gemacht. Sie hatten sich über ihr Unvermögen amüsiert, komplizierte Vorgänge zu begreifen – von der Politik bis zur Steckdose. Darin bestand eine Art männlicher Bund zwischen ihnen, wie die gemeinsame Vorliebe für eine Fußballmannschaft. Das war nichts Ungewöhnliches bei Vätern und Söhnen. Rob und sein Vater pflegten Robs Mutter als »Dummchen« zu bezeichnen. Larry aber fühlte sich doch unbehaglich dabei. Auch Ruth hatte Bemerkungen gemacht, als ihr diese Sticheleien auffielen. »Ihr haltet alle Frauen für dämlich, nicht wahr?«, hatte sie ihn gefragt. »Tief in eurem Inneren denkt ihr, wir wären ein wenig beschränkt.«

In Wahrheit fand Larry die Frauen weder dämlich noch beschränkt. Aber sie gaben ihm Rätsel auf. Was trieb Tante Ethel dazu, sich all die Jahre um seinen Vater zu kümmern? War es Gewohnheit? Empfand sie es je als der Mühe wert, hatte sie je das Gefühl, im Gegenzug auch etwas dafür zu erhalten? Und wieso ließ sich eine schöne, intelligente Frau wie Meg so viel von Rob gefallen?

Liebe – das steckte natürlich dahinter. Es war stets dieselbe Leier – plus ein wenig Kompromissbereitschaft.

Larry war mit den Kartoffeln fertig und machte sich an die Mohrrüben.

»Das erledige ich«, sagte Tante Ethel und nahm ihm das Schälmesser aus der Hand. »Du gehst und unterhältst dich mit deinem Dad.«

Das blieb ihm durch das Läuten an der Tür erspart. Tante May und Onkel Ron waren gekommen. Larry machte sich nützlich, indem er Mäntel entgegennahm und Drinks einschenkte. Er kam sich vor, als wäre er wieder der sommersprossige Schuljunge, der sein bestes Benehmen hervorkehrte und auf seine Manieren achtete. Tante May behandelte ihn tatsächlich, als wäre er dreizehn Jahre alt. Sie war eine große, lebhafte Frau mit einem lauten Lachen und einer umgänglichen Art, von der sich allerdings niemand täuschen ließ. Sie hatte einen scharfen Blick für Unzulänglichkeiten. Larry bemerkte, wie sie sich in der Wohnung umschaute – auch Tante Ethel dürfte es nicht entgangen sein –, um sich einen raschen Überblick zu verschaffen. Tante May begutachtete alles und konstatierte, wie es mit den Jahren älter und abgenutzter geworden war – einschließlich der Bewohner. Sie fürchteten sich nicht gerade vor einem Besuch von Tante May – so viel Angst und Schrecken verbreitete sie nun doch nicht –, aber sie bereiteten sich stets gut darauf vor. Jeder Besuch von Tante May war wie eine Prüfung, der man sich unterzog und bei der man schon im Voraus wusste, dass man unweigerlich scheitern würde. Alle drei hatten das Gefühl, dass sie sich schon vor langer Zeit ein eigenes Bild von ihnen, den Umständen und dem Inhalt ihres Lebens gemacht hatte und zu einem unbefriedigenden Ergebnis gekommen war.

Als er noch zur Schule ging, war Tante May immer für Larry da gewesen, aber seinen Weg als Erwachsener betrachtete sie wenig zuversichtlich. Es war, als rechnete sie ständig damit, dass er wieder ins Pubertätsalter zurückrutschen würde. Das Scheitern seiner Ehe, gefolgt von der Entscheidung, Kunst zu studieren, bestätigten sie nur darin. Und jetzt noch der Mord. Genau wie Tante Ethel neigte sie dazu, die Schuld an allem bei Rob zu suchen – aber auch auf Larry lastete in ihren Augen ein Teil der Verantwortung. Mitgefangen, mitgehangen.

Fast während Larrys gesamter Schulzeit hatte Tante May bei ihnen gewohnt, auf der Suche nach einem Mann, der willens war, sich zu bessern. Erst mit einunddreißig Jahren fand sie ihn – ihren Mann, Larrys Onkel Ron. Als er und Tante May sich kennen lernten, war Ron Reisender in Auslegeware gewesen. Nun gehörte ihm ein Teppichfachgeschäft, das größte in Deptford.

Onkel Ron war und blieb Larry ein Rätsel. Er war zwei Jahre jünger als Tante May, still und zurückhaltend – beinahe so sehr, dass man ihn gar nicht wahrnahm. Sein hervorstechendstes äußeres Merkmal war sein penibel gepflegter Spitzbart. Neben Teppichen waren Kricket, dunkles Bier und eine umfangreiche Sammlung von Büchern über Reisen mit berühmten Eisenbahnen seine Hobbys. Larry wurde das Gefühl nicht los, dass es ihm keineswegs darum gegangen war, sich zu *verbessern*, dass er ganz zufrieden damit gewesen wäre, für den Rest seines Lebens für seinen Arbeitgeber Teppiche zu verkaufen und auf die große Bahnreise zu sparen, die er eines Tages unternehmen wollte – bis ihm dann Tante May begegnet war.

Tante May war die treibende Kraft sowohl innerhalb der Ehe als auch in allen geschäftlichen Belangen. Es schien, als hätte sie – mangels des Selbstvertrauens, des Geschicks oder der Mittel, sich *selbst* zu verbessern – mit Ron den Weg gefunden, um zu höheren Weihen zu gelangen, zu einem besseren Leben, dem Leben, das sie sich wünschte. Sie hatte keine Kinder und schien es auch nicht zu bereuen. Onkel Ron und das Geschäft waren ihre Kinder – und bis zu einem gewissen Maße auch Larry. Sie waren alles, was sie sich je vom Leben erhofft hatte.

Aber Larry fragte sich manchmal, was Onkel Ron sich eigentlich wünschte. Teppiche zu verkaufen hält einen auf den Beinen, hatte er einmal zu Larry gesagt – mit ein wenig Wehmut, als sehnte er sich nach den guten alten Zeiten, als er noch als Vertreter unterwegs war. Larry stellte sich vor, dass in Onkel Ron noch ein *ganz anderer* Teppichhändler steckte – ein Araber möglicherweise, oder ein Armenier –, der exotische Kostbarkeiten verhökerte: Brücken aus Kabul und Samarkand, aus Kaschmir und Persien; Teppiche, die Hunderte von Meilen auf einem Kamelrücken transportiert worden waren. Manchmal malte Larry sich aus, wie Onkel Ron in einem Zug quer durch Patagonien oder über den Hindukusch reiste, gekleidet in einen weiten Baumwollanzug und mit einem Panamahut auf dem Kopf – der Peter Ustinov der Teppichhändler.

Aber er war Ron Bullen aus Bermondsey und mit Tante May verheiratet. Larry freute sich, dass Tante May bekommen hatte, was sie sich wünschte, aber es bedrückte ihn gleichzeitig auch ein wenig.

Robs Theorie lautete natürlich, dass Frauen durch das Tier im Mann angezogen wurden, gleichzeitig aber darauf versessen waren, es ihm wieder auszutreiben. Es sei atavistisch, hatte Rob erklärt. Die Frauen wollten ihre Höhle nicht mit dem menschlichen Äquivalent eines Höhlenbären teilen, doch sie wollten ihn bei sich haben, um beschützt zu werden und gleichzeitig vor ihm sicher zu sein. Also musste der Mann gefügig gemacht werden wie alle anderen Tiere: die Hunde, die Pferde, die Arbeitstiere. Sie mussten dressiert werden. Undressiert waren sie gefährlich.

Larry teilte Robs Ansichten nicht. Aber es wurmte ihn, dass die einzigen männlichen Rollenbilder in seiner Familie Onkel Ron und sein Vater waren – ein williger Sklave und ein mürrischer alter Knacker.

Nach einem Pint fühlte er sich besser. Nein, es waren sogar zwei Pints von dem selbst gebrauten Dunklen gewesen, das Onkel Ron mitgebracht hatte, und auf die Larry dann noch den Löwenanteil der Flasche Bordeaux, die er selber beigesteuert hatte, draufkippte. Tante Ethel trank überhaupt nicht, Tante May nie mehr als ein Glas, weil sie sonst »kindisch« wurde, und die beiden älteren Männer hielten sich sowieso ans Bier. Sie trugen Pappmützen, ließen Knallbonbons zerplatzen, und zu essen gab es Truthahn mit Röstkartoffeln, Rosenkohl und gestampfte Möhren, dazu eine dicke, dunkle Sauce aus den Geflügelinnereien und als Nachtisch Plumpudding.

Niemand sprach über den Mord. Larry mutmaßte, dass sie sich abgesprochen hatten. Die Tanten hatten sicher miteinander telefoniert. Und doch schien Robs gewaltsamer Tod, das Gefühl von Unlust und Trauer, ständig im Raum zu stehen. Onkel Ron war noch taktvoller, Tante May fasste Larry mit noch weicheren Samthandschuhen an als üblich. Sie teilte ihm mehr von dem Braten und dem Plumpudding zu als allen anderen. Er war immer noch der kleine Junge, der von seiner Mutter verlassen worden war.

Gegen Ende des Essens machte sich Larrys Allergie bemerkbar; seine Nase juckte, und er musste sich schnäuzen. Kam das von den Hundehaaren oder von seiner Familie? Er bestand darauf, den Tanten beim Abwasch zu helfen, während die beiden anderen Männer es sich vor dem Fernseher bequem machten. Er wusste nicht, wie er die nächsten Stunden überstehen sollte, bis er sich diskret ins Bett zurückziehen konnte, und war froh, als Tante Ethel vorschlug, er solle sie doch auf ihrer Runde mit dem Hund begleiten. Die frische Luft würde seine Nebenhöhlen freipusten, sagte sie. Draußen würden ihm die Hundehaare auch nicht mehr zu schaffen machen.

Sie spazierten am Bermondsey Wall entlang auf Rotherhithe zu und verweilten ein wenig in der kleinen Parkanlage neben dem Mayflower Inn, von wo man auf den Fluss hinausschauen konnte. Von Westen her blies ein scharfer Wind, das Wasser kräuselte sich in Schaumkronen, Wolkenfetzen trieben stromaufwärts auf die Stadt zu. Unten am Flussufer bemühten sich ein Mann und ein kleiner Junge, einen Drachen – wahrscheinlich ein Weihnachtsgeschenk – steigen zu lassen, aber es war zu windig. Larry sah, wie der Drachen plötzlich in die Höhe schoss, und glaubte schon, sie hätten es geschafft, aber dann wurde er im Kreis herumgewirbelt und klatschte gleich darauf in den Fluss. Er beobachtete, wie die beiden ihn an Land zerrten und mit dem triefend nassen Spielzeug von dannen zogen. Er stellte sich vor, dass sie nach Hause gingen, wo das Feuer im Kamin brannte und ein heißes Getränk und die Mutter des Jungen auf sie warteten.

»Als meine Mutter uns verlassen hat«, sagte Larry, »war da ein Mann im Spiel?«

Er setzte dabei ein Lächeln auf, um die Frage ein wenig harmloser klingen zu lassen, aber seine Tante sah ihn so bestürzt an, als hätte er sie geschlagen.

»Was für eine merkwürdige Frage«, erwiderte sie.

»Und? War es so?«

»Wie kommst du jetzt darauf? Nach all den Jahren?«

»Ich habe schon oft darüber nachgedacht, aber niemand scheint über die Sache reden zu wollen.«

»Es ist nicht so, dass wir nicht …« Sie wirkte sehr betreten, aber er wollte keine Milde walten lassen.

»Also: ja oder nein?«

»Ich glaube nicht. Dein Vater hat nie etwas davon gesagt.«

An Larrys Gesicht konnte sie ablesen, was er von dieser Antwort hielt.

»Und es gab keine Vorzeichen? Nichts, was darauf hingedeutet hätte? Sie ist einfach so mir nichts, dir nichts gegangen? Hat niemandem anvertraut, dass sie unglücklich war?«

»Sie hat mit mir nie über so etwas gesprochen. Auch nicht mit deiner Tante May. Sie war nicht so wie wir. Sie hat immer alles für sich behalten.«

»Neigte sie denn zu Temperamentsausbrüchen?«

»Was soll ich denn darauf antworten?«

»Das ist doch nicht so schwer. Ist sie je wütend geworden? Hatten sie und Dad Krach miteinander? Hat er sie vielleicht geschlagen?«

»Dein Vater hätte nie auch nur einen Finger gegen sie erhoben. Keiner der Männer in unserer Familie war je gewalttätig.«

»Und wie steht's mit den Frauen?«

Sie sah ihn an, als wäre er verrückt geworden.

»Wirklich, Larry, dass du jetzt mit alldem anfangen musst …«

»Hat sie ihn geschlagen?«

»Selbstverständlich nicht. Jedenfalls nicht, dass ich wüsste.

Und wie sollte gerade *ich* das denn wissen? Wer weiß schon, was zwischen zwei Eheleuten wirklich vorgeht? Temperamentvoll war sie schon, würde ich sagen. Sie nahm kein Blatt vor den Mund.«

»Außer, als sie sich mit dem Gedanken trug, fortzugehen.« Er grinste, aber es war wie das Grinsen im Gesicht von Detective Inspector Stone. Es hatte nichts Fröhliches.

»Nun, sie war ziemlich verschlossen. Wie dein Vater. Und wie du.«

Hilflose Wut braut sich zusammen…

»Ich verstehe nicht, warum du dir jetzt noch über all das den Kopf zerbrichst«, sagte sie. Beiden Tanten war alles unangenehm, was sich als »Familienproblem« bezeichnen ließ. Sie bevorzugten es, so zu tun, als gäbe es keine. Als wäre ihre goldene, von keiner Wolke am Horizont getrübte Kindheit nie zu Ende gegangen – die magischen Vierziger- und frühen Fünfzigerjahre, die sie immer noch durch die rosarote Brille der Verklärung sahen. Die Männer sind aus dem Krieg zurückgekehrt, die Läden wieder voller schöner Dinge. Auf dem Fluss fahren noch Schiffe, und es fallen keine Bomben vom Himmel. Ferien in Southend, eine normale, glückliche Familie – Papa, Mama und die Kinder. So gehörte es sich. Alles, was davon abwich, musste erbarmungslos wieder zur Räson gebracht werden – wie Larry, wenn er unartig war. Und wenn das nicht möglich war, vergaß man es am besten. Oder noch besser: Man tat, als wäre nie etwas gewesen. »Wie zwei Straußenvögel«, hatte sein Vater über die Tanten gesagt. »Immer stecken sie den Kopf in den Sand.« Als hätte er selber das nicht auch getan.

»Und ihr habt nie versucht, euch mit ihrer Familie in Verbindung zu setzen?«, bohrte Larry weiter.

»Ihre Familie hat sich von ihr losgesagt, oder sie sich von ihrer Familie – wie auch immer.«

»Also hat sie sich einfach in Luft aufgelöst?«

Tante Ethel seufzte. Er sah, wie der Wind Tränenspuren

auf ihrem Gesicht hinterließ, führte dies aber auf die beißende Kälte zurück.

»Ich habe es dir doch schon gesagt – das Letzte, was wir von ihr gehört haben, war, dass sie ins Ausland gegangen ist.«

»Ausland« konnte für Tante Ethel alles bedeuten – Calais ebenso wie Buenos Aires. Aber wo immer es auch war, es hatte etwas Endgültiges. Auf seinen eigenen Reisen in ferne Länder hatte Larry sich ab und zu gefragt, ob er ihr wohl eines Tages in die Arme laufen würde – aber wie sollten sie einander je erkennen?

»Ich muss zugeben, dass ich deine Mutter nie gemocht habe. Deine Tante May war ihr zugetaner als ich. Aber eines will ich deiner Mutter lassen: Wenn sie sich einmal etwas in den Kopf gesetzt hatte, ist sie auch dabei geblieben. Sie war auf und davon und hat nie zurückgeschaut. Sie hat es so für besser gehalten. Besser für alle Beteiligten. Für sich selbst, für deinen Dad – und für dich.«

»Also sollte ich ihr wohl noch dankbar sein.«

»Ja, das solltest du.«

Um zehn Uhr war er wieder in der Wohnung. Es tat ihm gut, endlich allein zu sein.

Weder auf seinem Handy noch auf Jos Anrufbeantworter waren Nachrichten eingegangen. Letzteres war auch nicht weiter überraschend, denn Jos Freunde wussten ja, dass sie verreist war, und Larrys Freunde wussten nicht, dass er sich in ihrer Wohnung aufhielt, aber enttäuscht war er trotzdem. Im Stillen hatte er gehofft, dass Jo anrufen würde. Es gab keinen Grund, warum sie das tun sollte, aber er hatte so ein Gefühl – um nicht zu sagen, die Hoffnung – gehabt, dass sie es tun *könnte*. Nur um zu hören, wie es ihm ging.

Seine Gefühle für Jo verwirrten ihn. Er war in seinen gewohnten Bahnen unterwegs gewesen, hatte zugesehen, wie die Kirschblüten sich öffneten, den Augenblick genossen, und dann war etwas anderes geschehen. Es hatte mit der Geschichte von dem Beinaheüberfall begonnen. Er hatte angefangen, über sie nachzudenken und darüber, wer sie war; und nicht über sich selber oder das, was sie für ihn empfand. Er hatte sich in eine Frau verliebt, weil sie einem Mann den Fuß gebrochen hatte.

Er knipste die Lichterkette am Weihnachtsbaum an, um der Wohnung ein wenig mehr Glanz zu verleihen. Er hatte den Baum nur sehr schlicht geschmückt, aber oben auf die Spitze hatte er einen Glasengel gesteckt. Der Engel war für Ben, sagte er sich, und vielleicht auch für Jo. Larry selber glaubte nicht an Engel, außer, wenn er sich um Ben Sorgen machte und das Gefühl genoss, dass etwas über ihn wachen könnte, das beherzter zuzupacken vermochte als sein chronisch abwesender Vater.

Er griff nach der Fernsehzeitung, um zu schauen, ob es einen einigermaßen erträglichen Film gab, den er sich ansehen konnte. Ein alter Italowestern, den er zwar schon einmal gesehen hatte, den er aber durchaus noch ein zweites Mal über sich ergehen lassen würde, hatte gerade erst vor zehn Minuten angefangen. Er schaltete den Fernseher ein und ging in die Küche, um sich ein Bier und ein Sandwich zu holen.

Die Virginia-Woolf-Bücher lagen noch immer auf dem Küchentisch. Er hatte noch ein wenig in der Biografie geblättert und ein paar ihrer Romane angefangen, allerdings ohne über die ersten zwanzig Seiten hinauszukommen. Er war von sich selber enttäuscht. Er fand, dass das auf eine Unzulänglichkeit seinerseits hindeutete, die Unfähigkeit, die feinen Nuancen der weiblichen Psyche zu begreifen, die ihm doch nun schon seit einiger Zeit kein Geheimnis mehr waren – und den meisten Frauen, die er kannte, erst recht nicht. Aus dem, was er in der Biografie über sie gelesen hatte, wusste er, dass Virginia Woolfs Bücher eine Kampfansage an die spezifisch männliche Sicht der Dinge waren – eine Sichtweise, die sich mehr auf das Äußerliche als auf innere Vorgänge konzentrierte, mehr auf das Handeln als auf das ihm zugrunde liegende Denken. Diese Sichtweise fand er auch bei seinen eigenen literarischen Vorlieben wieder. Für ihn musste in einem Buch etwas *passieren*, und es reichte nicht, wenn sich die Handlung nur im Geiste abspielte.

Larrys Schwerpunkt an der Universität waren Filmstudien gewesen. Seit damals tendierte er dazu, sich den Film anzusehen, bevor er das Buch las – und das Buch, alles in allem, ein wenig zu langatmig zu finden. Es dauerte zu lange, bis das Buch auf den Punkt kam. Meistens las er Romane, wenn er sich auf dem Weg irgendwohin befand, oder spätabends, wenn er in sein Hotelzimmer zurückgekehrt war. Er bevorzugte Kriegs- oder Spionageromane – Bücher, in denen etwas passierte. Und er mochte es auch, wenn die Handlung mit vielen Details ausgeschmückt war – Typbezeichnungen von Flugzeugen, Panzern und Waffen, zum Beispiel, und einer genauen Beschreibung ihrer Wirkungsweisen.

Larry wusste um die Angreifbarkeit dieses Ansatzes, aber er fand für sich selber eine Erklärung in seiner früheren beruflichen Tätigkeit. Wenn man einen Film drehte, immer auf Achse war, blieb einem nicht viel Zeit für introspektive Betrachtungen.

Larry hatte geglaubt, dass sich das ändern würde, als er zu malen begann, aber seine Unfähigkeit, beim Lesen von Virginia Woolfs Büchern auch nur ein geringes Maß an Genuss zu empfinden – und ebenso an Seelenpein –, machte ihm erschreckend deutlich, dass er noch einen weiten Weg vor sich hatte. Möglicherweise, tröstete er sich jedoch, lag das auch an Virginia Woolf.

Sie war, wie selbst ihr Biograf zugeben musste, keine leichte Lektüre. »*Obwohl Beharrlichkeit belohnt wird*«, hatte er hinzugefügt – was Larry nur umso mehr entmutigte, denn es klang, als würde hier eine Frau beschrieben, die erst nach stundenlangem, verzweifeltem Bemühen ihrer Fantasie zum Orgasmus gelangt. Er entschloss sich, nicht ins Wohnzimmer zurückzugehen und sich den Rest des Clint-Eastwood-Films anzusehen, sondern stattdessen doch noch zu versuchen, ein paar weitere Seiten in »*Die Fahrt zum Leuchtturm*« zu lesen.

Es blieb bei dem Vorsatz.

Er schlug das Buch allerdings auf, um noch einmal die Signatur auf dem Titelblatt zu betrachten. *Josephine Connor, April 1984.* Zu der Zeit musste Jo noch zur Schule gegangen sein. Sie schrieb in alle ihre Bücher ihren Namen und den Monat, in dem sie sie gekauft hatte. Larry fand das nett und in keiner Weise penibel. Andererseits deutete es auf einen gewissen Besitzerstolz, auf eine besitzergreifende Art hin, zumindest, was ihre Bücher betraf. Das sollte ihm eigentlich eine Warnung sein, dass sie es eventuell nicht gutheißen würde, wenn er in der Küche mit einem Bier und einem Schinkensandwich mit Senf vor sich in einem davon las. Noch während er darüber nachdachte, fiel ihm auf, dass er auf der unteren Ecke der Seite einen fettigen Fingerabdruck hinterlassen hatte. Während er mit einem feuchten Tuch darauf herumwischte, überkam ihn das seltsame Gefühl, beobachtet zu werden, und als er schuldbewusst aufblickte, sah er, wie die beiden Dämonen, die er aus seinem Haus mitgebracht hatte, ihn boshaft anstarrten. Sie standen Seite an Seite auf der gefliesten Oberfläche der Anrichte. Larry hatte das Gefühl, dass sie sich *persönlich* über ihn lustig machten. Als wüssten sie etwas, wovon er keine Ahnung hatte.

Er zuckte förmlich zusammen, als im Nebenzimmer das Telefon läutete. Er beeilte sich, den Hörer abzunehmen, dachte, es könne Ben sein, der immer noch wach und ganz aufgedreht war – oder wohl doch eher Ruth, die ihn darüber ins Bild setzen wollte, dass Ben mit einem Truthahnknochen im Hals mit Blaulicht ins Krankenhaus gebracht worden war und jetzt auf dem Operationstisch lag oder vor wenigen Minuten unter dem Messer des Chirurgen gestorben war. Aber nichts davon traf zu. Es war Jo.

»Wollte nur mal anrufen, um dir frohe Weihnachten zu wünschen«, sagte sie, »und zu hören, wie es dir geht.«

»Ach, bestens«, sagte er. Und dann, nach einer etwas zu langen Pause, »das Gleiche wünsche ich dir auch.«

Ihm war bewusst, wie überrascht, ja beinahe nervös seine Stimme klang. Nachdem er den ganzen Tag lang davon geträumt hatte, dass sie ihn anrief, brachte der tatsächliche Anruf ihn nun aus dem Konzept. Er stellte sich vor, dass sie ihn sehen konnte, einsam, ohne Freunde, ein Ausgestoßener am ersten Weihnachtstag… Dass sie durch die halb geöffnete Tür in die Küche schielte und die Bierflasche und das angebissene Sandwich und den Stapel Bücher sah. *»Die Fahrt zum Leuchtturm«* immer noch feucht von dem Tuch. Er griff nach der Fernbedienung, um den Fernseher leiser zu stellen.

»Ich wollte nur mal hören, ob alles in Ordnung ist«, sagte sie und klang fast ein wenig enttäuscht. »Du kommst also klar, und die Wohnung ist auch nicht ausgebrannt oder so was?«

»Alles bestens«, bestätigte er noch einmal.

»Na, dann hoffe ich, dass ich dich nicht bei irgendwas gestört habe.«

»Höchstens bei einem Clint-Eastwood-Film.«

»Oh, das tut mir Leid. Dann lasse ich dich jetzt in Ruhe, damit du weitergucken kannst.«

Irgendetwas – eine kleine Rakete aus dem Weltraum oder ein Fußtritt von einem zufällig vorbeikommenden Engel, der gerade auf dem Weg war, ein Kind davor zu bewahren, an einem Truthahnknochen zu ersticken, brachte ihn wieder zur Besinnung, und er sagte: »Ich kenne den Film schon. Wie war Weihnachten?»

»Nun, wir sind sozusagen noch mittendrin. Hier ist es erst Viertel vor sechs. Wir sind gerade von einem Spaziergang am Strand zurückgekommen.«

Sie sprachen nun ungezwungener über ihre jeweiligen Erlebnisse zu Weihnachten, und man konnte es als nette Unterhaltung bezeichnen, es war sogar mehr als das. Sie erzählte ihm, dass ihre Mutter ein traditionelles böhmisches Weihnachtsgericht zubereitet hatte – Karpfen in Aspik –, das alle außer der Köchin selber abscheulich fanden, und dass es heute Abend ein amerikanisches Essen geben würde – gebratene Gans mit den üblichen Zutaten – gekocht von einer ihrer irischen Tanten.

»So ist es nun mal in unserer Familie«, sagte sie. »Jeder muss dem anderen etwas beweisen.«

»Wo bist du jetzt gerade?«, fragte er.

»In meinem früheren Zimmer. Das ich schon als Kind gehabt habe. Ich habe das Telefon mit nach oben genommen, damit uns keiner zuhört.«

Er versuchte, sich ihr Mädchenzimmer vorzustellen. Am liebsten hätte er sie gebeten, es ihm zu beschreiben, aber das erschien ihm doch ein wenig voreilig. Ihr Gespräch verlief angenehm, aber beide waren auf der Hut, als wüssten sie um die Grenzen, die noch zwischen ihnen bestanden, und hüteten sich davor, einen Schritt zu weit zu gehen. Einen großen Schritt aber hatte sie bereits getan – sie hatte ihn angerufen –, und sie beide wussten, was das bedeutete.

Sie telefonierten schon seit etwa zwanzig Minuten, als sie eine verschämte Bemerkung wegen der Gebühren und die zu erwartende Reaktion ihres Vaters auf die Rechnung machte.

»Aber trotzdem schön, dass du angerufen hast«, sagte er.

Sie ging nicht darauf ein. »Ach, ich musste gerade daran denken, wie gerne ich jetzt in meiner kleinen Wohnung wäre und wie schön es ist, dass du ihr Gesellschaft leistest.«

Darauf fiel ihm keine Antwort ein. Er sah zum Fernseher, wo Clint Eastwood ohne Ton eine Bar voller Revolverhelden kurz und klein schlug. Dann unternahm sie einen weiteren Vorstoß.

»Ich wünschte, ich wäre auch da.«

Zu seiner eigenen Überraschung nahm er das Stichwort gleich auf.

»*Ich* wünschte, du wärest hier.«

Ein leiser Trommelwirbel. Er hörte sie atmen.

»Unter Umständen könnte ich etwas früher zurückfliegen«, sagte sie.

Er sagte ihr, wie wundervoll er das fände.

»Falls ich einen Platz bekomme. Ich könnte es mal versuchen.«

Als könne er sich überfahren fühlen, fügte sie rasch hinzu: »Wenn es dir nichts ausmachen würde... Ich meine, du musst ja nicht gleich deine Sachen packen...«

»Es würde mir keineswegs etwas ausmachen«, versicherte er ihr.

KAPITEL 21

Kuratko der Schreckliche

Jo hatte Zweifel, ob sie wirklich vom Flughafen abgeholt werden wollte. Einerseits war es nett, wenn jemand einen erwartete. Andererseits hätte sie es vorgezogen, nicht um sieben Uhr in der Frühe und im Alter von siebenunddreißig Jahren nach einem Nachtflug über den Atlantik von jemandem erwartet zu werden, mit dem sie sich auf eine Liebschaft einlassen wollte.

Ist es das, was ich tue?, fragte sie sich, als sie in der Toilette bei der Gepäckausgabe vor dem Spiegel stand, kritisch ihr mitgenommenes Äußeres in Augenschein nahm und die Utensilien zusammensuchte, mit denen sie es wieder herrichten wollte, *mich auf eine Liebschaft einlassen*?

Dies war ein selten benutzter Ausdruck in ihrem aktiven Wortschatz. Sie wälzte ihn in ihrem Kopf hin und her wie ein längst vergessenes Buch, auf das sie plötzlich in ihrem Regal gestoßen war. *Wo habe ich denn den Spruch her?*, dachte sie sich, als hätte er nicht schon die ganze Zeit in ihrem Hirn gespukt, als wäre er dort in schelmischer Absicht von jemandem eingepflanzt worden. Aber sie wusste, wo der Gedanke herrührte. Sie hatte ihn sich bereits in ihrer Jugend zu eigen gemacht, und er würde sie auch forthin stets begleiten: der Traum, galant umworben zu werden, von langen Spaziergängen auf einem Landsitz, Balustraden und Terrassen in der Nacht, Lampions und Abendessen bei Kerzenschein, vom schweifenden Blick über ein wohl gefülltes Tanzparkett…

Darcy, Mr. Knightley und der schimmernde Geist des Earl of Rule…

Aber nein, stattdessen würde sie, wenn nicht zu viel Verkehr herrschte, in zwei Stunden in ihrer Wohnung mit einem Mann im Bett liegen, der ihr in allen wesentlichen Punkten bisher noch vollkommen fremd war.

Diese Vorstellung hatte ihren Reiz; aber gleichzeitig wurde sie den Gedanken nicht los, dass etwas daran *gezwungen* war. Es war ein Vorhaben, für das ein achtstündiger Flug nicht gerade die beste Vorbereitung darstellte, weder ästhetisch noch athletisch. Etwas, das zu dem das Wort »Liebschaft« kaum zu passen schien.

Mit der Zahnbürste und der kleinen Tube Zahncreme, die sie an Bord bekommen hatte, putzte sie sich die Zähne.

Sie hatten sich noch nicht einmal richtig geküsst. Sollte sie sich ihm in die Arme werfen, ihm das Gesicht mit erwartungsvoll gespitzten Lippen entgegenhalten? Ihn mit gehauchter Stimme ihren Schatz nennen?

Sie hatte einmal in der Zeitung von einem Paar gelesen, das sich in Heathrow wiedergetroffen und sich noch auf dem Boden des sich bewegenden Laufbandes geliebt hatte. Eine kleine Menschenmenge war nebenher gelaufen, um ihnen zuzusehen. Während Jo sich kaum vorstellen konnte, je in eine solche Lage zu geraten, musste sie doch zugeben, dass da etwas dran war. Man umging die Anspannung auf der Heimfahrt, das Geplauder, löste die Frage, wer den Anfang machen würde…

Sie betrachtete ihr Gesicht im Spiegel, sah die Besorgnis darin. Sie konnte die Worte in der Sprechblase lesen, die über ihr schwebte. Bist du dir sicher, dass du weißt, was du tust? Weißt du überhaupt noch, wie man es macht?

Es war nicht zu leugnen, dass der lange und schmerzliche Ablösungsprozess von Michael ihr Selbstbewusstsein nicht gerade gestärkt hatte. Die vierzehn Monate der Enthaltsamkeit, die sie seitdem erdulden musste – ein Zölibat, für das sie selber noch keine einleuchtende Erklärung gefunden hatte –, waren keine ideale Grundlage für einen entspannten Liebesakt, falls und wenn es je wieder zu einem solchen kommen sollte. Und dann war da noch die Frage des Zusammenwohnens. Er würde seine Sachen im Bad ausgebreitet haben, seine Kleidung würde im Wandschrank hängen… es wäre, als lebten sie bereits zusammen.

Ihre Augen verengten sich zu Schlitzen, ihr Kinn reckte sich vor. Ein anderes Bild erschien im Spiegel; eines, das ihr bekannt vorkam und das sie insgeheim »die Schulmeisterin« nannte. Auch dieses Bild hatte seine dazugehörige Sprechblase, und darin stand: Mal dir dein Gesicht an, Schätzchen, und lass den Dingen verdammt noch mal ihren Lauf.

Grimmig entschlossen wie ihre Vorfahren, die Emigranten, begann sie nachzubessern, was es nachzubessern gab, und machte das Beste aus sich und ihrer Unsicherheit.

Als sie aus der Gepäckausgabe kam, sah sie sich nach ihm um, rechnete aber nicht allzu fest damit, dass er wirklich da sein würde. (Wenn Michael überhaupt jemals aufgetaucht war, dann in der Regel eine halbe Stunde zu spät.) Aber Larry war da.

»Hallo«, begrüßte sie ihn.

Er küsste sie scheu auf die Wange und nahm ihr das Gepäck ab. Sie passte sich seinem Schritt an. Sie kam sich vor wie ein kleines Mädchen, das von seinem großen Bruder abgeholt wird.

Draußen war es kalt, doch den Schnee sah sie erst, als sie schon im Auto saßen und auf London zufuhren. Ihr fiel jetzt wieder ein, dass der Pilot wohl eine Wetterdurchsage gemacht hatte, als sie sich im Anflug auf Heathrow befanden, während der sie aber mit den Gedanken woanders gewesen war. Der Schnee lag an beiden Seiten der Autobahn aufgehäuft und bedeckte malerisch die Landschaft.

»Schnee«, sagte sie.

»Hat am ersten Weihnachtstag angefangen«, sagte er. »Ben ist ganz hin und weg, aber ich hatte schon Angst, dass deine Maschine nicht landen könnte.«

Das war ein ermutigender Anfang. Sie legte die Hand auf sein Knie, und er nahm sie und küsste sie.

»Wo ist Ben?«, fragte sie.

»Ich habe ihn bei meinem Vater gelassen.«

Auch das war vermutlich ein gutes Zeichen, aber sie wünschte sich, etwas weniger verkrampft zu sein.

»Wir haben einen Schneemann gebaut«, erzählte Larry gerade. »Ach, und ich habe einen Tannenbaum besorgt. Ich hoffe, der stört dich nicht.«

»Natürlich stört er mich nicht.«

Sie hoffte, dass er sich nicht wie ein Eindringling vorkam. Aber etwas in ihr war bereits auf einen Eindringling gefasst.

Es gab keinerlei Anzeichen dafür, dass er sich in ihrer Wohnung häuslich niedergelassen hatte – bis auf den Baum und die frischen Blumen in der Vase auf dem Tisch. Weiße Lilien, nicht gerade ihre Lieblingsblumen, aber immerhin…

»Hübsch«, sagte sie und meinte damit den Baum, die Blumen, alles.

Sie trat ans Fenster, das auf die Wassergärten hinausging, die jetzt gefroren waren. Da stand der Schneemann.

»Groß«, kommentierte sie.

Ihr Vokabular schien auf das einer Dreijährigen geschrumpft zu sein. Hallo. Schnee. Hübsch. Groß.

Sie stand am Fenster und wartete. Wenn ich mich nicht umdrehe, dachte sie, wird alles in Ordnung sein. Er wird die Arme um mich legen, wir werden uns küssen, und dann geht's in einem Strudel abwärts…

»Ich muss jetzt wieder zu meinem Vater«, hörte sie ihn sagen. »Ich habe Ben einen Schlitten gebastelt und ihm versprochen, mit ihm nach Hampstead Heath zu fahren.«

»Aha.« So kann's auch abwärts gehen.

»Ich dachte, du wärst jetzt vielleicht gerne ein wenig für dich allein«, sagte er. »Packst aus, schläfst ein bisschen…«

Einerseits wusste sie das zu schätzen. Es war sehr rücksichtsvoll von ihm, ihr ihren Freiraum zu lassen. Andererseits wollte sie die Sache hinter sich bringen. Beinahe hätte sie es ausgesprochen. Aber stattdessen sagte sie: »Nimm den Schlüssel mit. Kann sein, dass ich schlafe. Komm einfach herein.«

Sie ging zu ihm und küsste ihn. Das war gut. Das funktionierte meistens. Einen Augenblick lang dachte sie schon, er würde bleiben, aber sie hatte sich getäuscht. Er trat einen Schritt zurück, musterte sie einen Moment lang, streckte dann die Arme aus und zog mit dem Knöchel eines Fingers eine Linie von ihrem Ohr über ihren Kieferknochen bis zu ihrem Kinn – wie ein Schnitt eines Chirurgenmessers. Obwohl er sie dabei freundlich, geradezu liebevoll ansah, bekam sie eine Gänsehaut.

»Bis nachher«, sagte er.

Als er fort war, ging sie durch ihre Wohnung. Bis auf den Christbaum und die Blumen sah alles genauso aus, wie sie es verlassen hatte. Kein einziger schmutziger Teller in der Küche. Sie inspizierte alle glatten Oberflächen. Nicht ein Fleck. Sie schaute ins Badezimmer. Nichts von seinen Sachen. Auch nicht von dem Kind. Keine Zahnbürsten, gar nichts. Hätte sie nasse Handtücher auf dem Fußboden und Haare und Reste von Rasierschaum im Waschbecken gefunden, hätte sie sich geärgert. Sie hätte sich benutzt gefühlt und Erinnerungen an die Zeiten mit Michael wären in ihr aufgestiegen, wenn sie nach nur wenigen Tagen Abwesenheit nach Hause zurückkam und vor einer unbeschreiblichen Dreckshöhle stand. Sie war sich dann immer wie ein Flüchtling vorgekommen, der nach langer Besetzung seines Heimatlandes durch feindliche Truppen zurückkehrt, hatte stets dagegen ankämpfen müssen, auf der Stelle in Tränen auszubrechen. Dass sie nun aber keinerlei Spuren von Larrys Aufenthalt in ihrer Wohnung entdeckte, beunruhigte Jo fast ein wenig. Er hatte die Tür zum Gästezimmer offen gelassen. Sie steckte den Kopf hindurch und sah hinein. Zwei akkurat gemachte Betten. Auf dem einen lag ein Plüschtier. Wenigstens etwas. *Sie waren also hier gewesen.* Sie hatte das Zimmer eigentlich gar nicht betreten wollen, aber als sie sich gerade abwandte, fiel ihr Blick auf die Bücher auf dem Nachttisch. Sie erkannte den Namen auf dem Buchrücken.

Nun wollte sie aber doch wissen, was er sich ausgesucht hatte. *Die Fahrt zum Leuchtturm* und *Die Fahrt hinaus.*

Das war ja nicht zu glauben. Sie stellte im Geiste eine Liste zusammen:

War pünktlich am Flughafen
Wohnung tipptopp
Blumen
Schneemann
Liest Virginia Woolf!!

Sie sah im Kühlschrank nach. Gerammelt voll. Und keine halb gegessenen Bananen, keine halb leere Dose Bohnen. Sie musste sich erst einmal setzen.

Nach einer Weile ließ sie sich ein Bad einlaufen.

Lavendel, Pinie, Salbei. Und einen Spritzer Schaumbad. Sie versank in einer heißen Quelle auf einem Hügel der Provence. Wärme. Beschaulichkeit. Ein trügerischer Friede.

So sind die ersten Tage.

Mach das Beste daraus, Schätzchen, sagte die Schulmeisterin. Es kann nur noch schlimmer werden.

Sie war in einem Wald und sammelte zusammen mit ihrer Mutter Pilze. Der Boden war von Schnee bedeckt, aber die Pilze wuchsen unter dem Schnee, was Jo nicht weiter verwunderte, obwohl sie doch wusste, dass Pilze nur im Herbst und im Sommer wachsen. Sie selber war noch ein kleines Mädchen, aber ihre Mutter hatte ihr wirkliches Alter, kam Jo also mehr wie ihre Großmutter vor, die Großmutter aus der alten Heimat, die sie nie gekannt hatte.

Durch den Wald zu gehen und Pilze zu suchen war eine der Gewohnheiten ihrer Mutter aus der Heimat – wie der Karpfen zu Weihnachten. Als kleines Mädchen in Deutschland hatte Jo ihre Mutter oft auf solchen Ausflügen begleitet. Ihre Mutter trug dann einen Schirm und Jo den Korb für die Pilze. Wenn Jo der Korb zu schwer wurde, tauschten sie. Manchmal erzählte ihre Mutter ihr Geschichten. Auf einem dieser Spaziergänge in den Wäldern um Wiesbaden hatte Jo wahrscheinlich auch die Geschichte vom Dybuk zum ersten Mal gehört. Sie erinnerte sich, dass sie es an manchen Stellen mit der Angst bekommen hatte, aber nicht so sehr, dass es ihr die Freude an dem Ausflug verdorben hätte. Ja, die Geschichten ihrer Mutter waren unabdingbarer Bestandteil dieses Vergnügens, ob sie nun gruselig waren oder nicht.

Jos Mutter war 1935 in der Tschechoslowakei geboren worden. Ihre Familie gehörte zu der deutschsprachigen Minderheit, die zehn Jahre später »wegen der Kommunisten«, wie sie es ausdrückte, das Land verlassen mussten. Sie sprach nicht oft über ihre Kindheit und Jugend, die sie überwiegend in Flüchtlingslagern und später dann in Wohnunterkünften in verschiedenen deutschen Städten – immer dort, wo Jos Großmutter gerade Arbeit fand – verbracht hatte. Jos Großvater war 1942 zur deutschen Wehrmacht eingezogen worden und nie aus dem Krieg zurückgekehrt.

Die Märchen schienen die einzigen Kindheitserinnerungen zu sein, an denen ihre Mutter noch hing und die sie gerne mit ihren Kindern – Jo hatte noch zwei Brüder – teilte. Jos Bild von der Heimat ihrer Mutter war bis ins Teenageralter geprägt von finsteren Wäldern voller Hexen, Wölfe, Kobolde und diverser Geister. Die meisten Figuren in den Erzählungen ihrer Mutter schienen eher bösartigen Charakters zu sein, und die Menschen, die darin vorkamen, waren nie das, was sie schienen. Sie konnten jederzeit ihr Aussehen oder ihr Wesen ändern. Am meisten faszinierten – und ängstigten – Jo die Leute, die sich in Ungeheuer verwandelten und schreckliche

Dinge taten, an die sie hinterher keinerlei Erinnerung mehr hatten. Solche Menschen schienen ein besonderes Merkmal der böhmischen Märchen zu sein – zumindest derer, die sie von ihrer Mutter hörte. Jo konnte sich an keine Frösche erinnern, die sich in schöne Prinzen verwandelten.

Jos Mutter erzählte ihr natürlich schon längst keine Märchen mehr, aber sie ging immer noch mit ihr Pilze sammeln.

Es war nicht so einfach, in Boston welche zu finden. Die Suche erforderte längere Autofahrten ins Landesinnere oder die Küste hinauf nach Cape Ann. Die besten, behauptete sie, fände man in den Wäldern und den Weiden um Danvers herum, was einst das Dorf Old Salem gewesen war, wo die Hexen herkamen. Jos Meinung nach spielte hierbei allerdings weniger die Qualität der Pilze eine Rolle als vielmehr die Tatsache, dass ihrer Mutter die Geschichte des Ortes gefiel. Sie war die Einzige, die ihre Mutter auf solche Exkursionen mitnahm, und Jo genoss es sehr, denn nur dann fühlte sie sich ihrer Mutter richtig nahe.

Am meisten Spaß hatte sie, wenn ihre Mutter im Wald einen italienischen Kellner entdeckte. Ihre Mutter schimpfte dann immer lautstark auf ihn und drohte mit ihrem Schirm. Jos Mutter hielt ständig Ausschau nach italienischen Kellnern, weil die, wie sie sagte, die Pilze sammelten, um sie dann mit enormem Gewinn an die Restaurants zu verkaufen, in denen sie arbeiteten. Hier offenbarte sie einen speziellen Sinn für Allgemeingut – obwohl es nicht klug gewesen wäre, sie darauf anzusprechen –, indem sie die Auffassung vertrat, Waldpilze seien Gemeinbesitz, den Profitgeier nicht an sich reißen durften. Warum sie dieses Prinzip nur auf Pilze anwandte – und nicht auf Gebrauchsgüter wie Wasser, Kohle, Eisen oder Elektrizität –, blieb Jo immer ein Rätsel. Und nicht weniger rätselhaft fand sie, dass ihre Mutter, die früher wie heute nicht einmal »Buuh« zu einer Gans sagen konnte – und erst recht nicht zu Jos Vater –, es sich nicht nehmen ließ, wildfremden Menschen im Wald mit dem Schirm zu drohen und sie anzuschreien, und das nur, weil diese Menschen italienische Kellner waren und der Allgemeinheit die Pilze klauten.

Jo hatte von ihrer Mutter eine Menge über Pilze gelernt. Sie kannte all ihre Namen und jeweiligen Besonderheiten: die nussig schmeckenden Pfifferlinge mit den ockerfarbenen Hüten, die im Mittsommer in Fichtenwäldern wachsen; die Austernpilze, die in Büscheln auf vermodernden Baumstümpfen gedeihen und die ihre Mutter immer in Ei wälzte, bevor sie sie in Butter briet. Den Schwefelporling mit seinem leuchtend gelben und orangen Fruchtkörper, der sich an verfallenden Baumstämmen einnistet und den man frühzeitig pflücken muss, ehe die Insekten einem zuvorkommen und ihre Eier darauf ablegen. Und ihre Lieblingspilze, die Morcheln, die man aber nur selten antraf, und dann meist in alten Apfelgärten oder nach einem Waldbrand unter der Asche.

Jo lernte auch, die *Mörder* zu erkennen: den Spitzkegeligen oder Blaufärbenden Kahlkopf; *Boletus satanas,* den Satansröhrling; den Fliegenpilz. Besonders die giftigen Pilze hatten es Jo angetan; sie suchte eifriger nach ihnen als nach Speisepilzen, obwohl ihre Mutter sie schon als kleines Kind ermahnt hatte, diese Pilze unter keinen Umständen zu berühren (und auch nie ihrem Vater zu sagen, dass sie überhaupt wusste, dass es sie gab). Wenn man sie aß, sagte ihre Mutter, bekam man furchtbare Bauchschmerzen, musste sich heftig übergeben und hatte Durchfall. Dann färbte sich das Blut schwarz. Leber und Nieren wurden zu Brei. Die Muskeln erlahmten. Und schließlich fiel man ins Koma und starb.

Jo liebte die Geschichten um die Giftpilze und das, was sie mit einem anstellen konnten, ebenso sehr wie die Märchen. Besonders begeisterte sie sich für die tödlichen kleinen Schlaumeier, die sich als harmlose oder essbare Pilze darstellten – wie den Frühjahrslorchel, der häufig mit der Speisemorchel verwechselt wird, den Kartoffelbovist und den Faltentintling. Ihr Favorit war der Faltentintling, dessen Gift erst zu wirken begann, wenn man innerhalb von fünf Tagen nach seinem Verzehr Alkohol trank. Jo fand das ausgesprochen klug eingefädelt für einen Pilz.

Als Jo nicht mehr ganz so klein war, fragte sie sich ab und zu, ob ihre Mutter nicht den Wunsch verspürte, eines Tages Jos Vater einen solchen Pilz zu verabreichen, damit sie ihn am nächsten oder übernächsten Tag unter entsetzlichen Schmerzen sterben sehen konnte, nachdem sie ihm ein Glas seines irischen Lieblingswhiskeys eingeschenkt hatte. (Und dass dies der wahre Grund dafür war, dass Jos Mutter nicht wollte, dass Jo ihrem Vater von giftigen Pilzen erzählte.)

Aus ihrer Lektüre des Buches *Wenn Frauen töten* wusste Jo, dass das Vergiften die herkömmliche Mordmethode von Frauen war, wenn sie einen Mann um die Ecke bringen wollten. Und dass Pilzvergiftungen in der Beliebtheitsskala besonders weit oben standen.

Jo hatte allen Grund dazu, sich zu fragen, ob ihre Mutter wohl gerne ihren Ehemann vergiften würde – denn Jos Vater war ein Tyrann. Er hatte ihre Mutter tyrannisiert, solange Jo denken konnte. Er tyrannisierte sie und demütigte sie sowohl in der Öffentlichkeit als auch in den eigenen vier Wänden. Jo hasste ihren Vater dafür, wie er mit ihrer Mutter umsprang, und verachtete ihre Mutter, weil sie es mit sich geschehen ließ. Aber nicht so sehr, wie sie sich selber dafür verachtete, all die Jahre Daddys kleines Mädchen gewesen zu sein.

Während der meisten Zeit ihrer Kindheit war Jo der Liebling ihres Vaters gewesen, das liebste seiner drei Kinder. Sie hatte seine sämtlichen Marotten über sich ergehen lassen, teils, weil sie sich vor ihm fürchtete, teils, weil sie sich seine Zuneigung und sein Wohlwollen sichern wollte. Sie hatte sich sogar mit ihm gegen ihre Mutter verbündet, hatte sich gegen die Schwachen auf die Seite der Stärkeren gestellt und verbrachte nun den Rest ihres Lebens damit, Abbitte dafür zu leisten. In späteren Jahren hatte sie dann den Spieß umgedreht und sich vollends gegen ihn gekehrt, womit sie ihn kränkte und verwirrte, hauptsächlich aber wütend machte.

Einmal hatte sie zufällig mitgehört, wie er einem ihrer Brüder gegenüber äußerte, sie wäre schizophren. Es hatte sie nicht besonders berührt. Zu dieser Zeit war es ihr bereits gleichgültig, was er von ihr dachte.

Mit zunehmendem Alter war ihr Vater ein wenig umgänglicher geworden. Er schien seine Liebe zu Jos Mutter wiederentdeckt zu haben oder war zu der Erkenntnis gelangt, von ihr abhängig zu sein. Er tyrannisierte sie nicht mehr, sondern machte sich eher über sie lustig. Bei ihren seltenen Besuchen in ihrem Elternhaus musste Jo allerdings feststellen, dass das keinen großen Unterschied machte. Möglicherweise sah ihre Mutter das anders, aber es war schwer zu sagen. Jo wusste nie so recht, was ihre Mutter über ihren Ehemann dachte. Vielleicht wartete sie nur, bis ihre Stunde gekommen war und sie den perfekten Pilz gefunden hatte, den unwiderstehlichen Schopftintling.

Im Traum pflückte Jo keine Pilze. Sie betrachtete nur mit Interesse deren verschiedene Formen. Außer ihrer Mutter war noch ein anderer Pilzsammler unterwegs. Zwischen den Bäumen hindurch konnte sie ihn sehen. Ihre Mutter begann zu schreien und mit dem Schirm zu fuchteln, aber Jo merkte, dass es kein italienischer Kellner war – es war Michael. Entweder war es der Schock über diese Entdeckung oder etwas anderes, was sie jäh erwachen ließ.

Sie blieb einen Augenblick lang liegen und starrte an die Decke, versuchte, sich zu erinnern, wo sie war. Die Vorhänge waren zugezogen, und obwohl im Zimmer Dunkelheit herrschte, wusste sie, dass es draußen noch taghell sein musste. Sie sah auf den Wecker neben dem Bett. Zehn nach zwei. Sie hatte ungefähr drei Stunden geschlafen. Dann nahm sie den Geruch wahr, der aus der Küche kam.

Dort stand Larry, der gerade einen Bräter in den Ofen schob. Barfüßig und nur mit ihrem weißen Bademantel bekleidet, blieb sie in der Tür stehen und sah ihm zu.

»Was ist das?«, fragte sie. »Etwa Pilze?«

Er fuhr herum, und sie bemerkte den Ausdruck in seinem Gesicht, als er sie in dem Bademantel sah, und wurde rot.

»Nein. Es nennt sich Dubliner Kasserolle«, sagte er. »Kohl mit Speck und Kartoffeln. Ein deftiges Mahl für kalte Wintertage. Hättest du gerne Pilze gehabt?«

»Nein.« Der Beschreibung nach wollte sie auch keine Dubliner Kasserolle. »Das klingt gut«, sagte sie und ging zum Kühlschrank, um sich einen Orangensaft zu holen. »Ist Ben da?«

»Nein. Ich habe ihm gesagt, dass ich ihn später abhole.«

Er schloss die Herdklappe.

»Wie lange braucht das?«, fragte sie.

»Nun, so eine Kasserolle soll bei kleiner Hitze garen, aber wenn du hungrig bist, könnten wir sie in einer halben Stunde herausholen.«

Sie stellte sich neben ihn und schlang die Arme um seinen Hals. Sie fühlte sich wunderbar entspannt und ungewöhnlich zuversichtlich. Lag das an dem Salbei, den sie ins Badewasser getan hatte?

»Eine halbe Stunde dürfte genau hinkommen«, sagte sie.

Letzten Endes dauerte es dann doch ein wenig länger, und sie musste ihren Orgasmus vortäuschen. Das überraschte sie nicht weiter, noch war sie enttäuscht. Es klappte bei ihr selten beim ersten Mal. Entweder war sie zu nervös oder zu erregt oder beides. Immerhin war sie erregt genug gewesen, um instinktiv die richtigen Geräusche von sich zu geben. Sie glaubte nicht, dass er es gemerkt hatte. Aber wenn sie einen richtigen Orgasmus hatte, würde ihm der Unterschied auffallen.

Danach servierte er die Dubliner Kasserolle und entkorkte eine Flasche Champagner.

»Eigentlich gehört dazu Guinness«, sagte er. »Oder ein starker Tee. Aber ich hielt Champagner für angemessener.«

»Da hast du ganz Recht«, sagte sie. Guinness hätte sie an Michael erinnert. Aber er hatte ihr nie eine Dubliner Kasserolle gekocht.

»Hat du irgendwie irisches Blut in den Adern?«, fragte sie.

»Nicht, dass ich wüsste. Aber ich liebe Irland.«

»Ich auch. Aber nicht alles, was von dort kommt.«

Sie sah zu, wie er die beiden Champagnergläser zum Tisch trug und sie ganz behutsam abstellte – wie Leuchterkerzen auf einem Altar, dachte sie – und dann, beinahe ebenso vorsichtig, ihr gegenüber Platz nahm. Er war ein hoch gewachsener Mann, und seine Bewegungen wirkten ein wenig unsicher, als hätte er ständig Angst, etwas zu zerbrechen. Konnte es sein, dass er als Junge viel umgestoßen und eine Lektion fürs ganze Leben gelernt hatte? Sie sah ihn mit einer Schulmütze auf dem Kopf und in einem Blazer vor sich, wie er mit seiner Mutter in einen Eisenwarenladen ging und Stapel mit Pfannen, Blumentöpfen und Wellensittichfutter umschmiss. Dann fiel ihr ein, dass er zu der Zeit ja gar keine Mutter mehr gehabt hatte; sie hatte ihn verlassen, ehe er zur Schule kam.

Er nahm sein Champagnerglas und prostete ihr zu: »Cheers.«

»Cheers«, sagte auch sie und hob ebenfalls ihr Glas.

Sie war sehr glücklich.

Sechs ganze Tage lang, über Neujahr bis zum vierten Januar, blieb sie so glücklich. Es war gut, dass Ben bei ihnen war; er wirkte wie ein Katalysator. Sie planten Ausflüge, die sie mit ihm unternehmen konnten. Sie lieferten sich Schneeballschlachten im Garten. Sie gingen in Hampstead Heath rodeln und im Park von Crystal Palace, wo sie die riesigen Dinosauriernachbildungen anschauten, die auf der Insel in der Mitte des Sees im Schnee standen. Sie fuhren mit dem Riesenrad und sahen, wie sich die verschneite Stadt unter ihnen ausbreitete. Sie nahmen den Ausflugsdampfer den Fluss hinauf nach Richmond und beobachteten die Rehe im Park. Sie gingen auch in ein Weihnachtsmärchen – Aschenbrödel. Ben war das ideale Kind im idealen Alter. Abends brachten sie ihn gegen acht Uhr zu Bett, lasen ihm noch eine Geschichte vor, aßen dann zu Abend und liebten sich. Oder liebten sich erst und aßen danach – wie sie gerade Lust hatten. Sie brauchte keinen Orgasmus mehr vorzutäuschen.

Eines Abends, nachdem sie gerade zusammen geschlafen hatten, redeten sie über Michael. Larry wollte wissen, ob irgendwelche der Bücher in der Wohnung ihm gehörten. Sie fand die Frage sonderbar, weil es doch so viele andere Fragen gab, die er ihr über den Mann, den sie geheiratet hatte, hätte stellen können.

»Nein«, sagte sie. »Er hat nie viel gelesen, und die paar Bücher, die er besaß, hat er mitgenommen, als er auszog. Es waren höchstens zwei Kartons, glaube ich.«

»Trefft ihr euch manchmal?«

»Nein. Nie.«

»Also war es keine einvernehmliche Scheidung.«

»Wir sind noch gar nicht geschieden. Aber nein, es war und *ist* nichts Einvernehmliches daran.«

Sie wollte Larry von Michael erzählen, aber es fiel ihr nicht leicht. Sie konnte einfach nicht erklären, wie sie sich je in ihn hatte verlieben können, ganz zu schweigen davon, wie sie es drei bittere Jahre mit ihm ausgehalten hatte.

Als sie ihn das erste Mal sah, erzählte sie, hatte sie sich an Mr. Rochester in *Jane Eyre* erinnert gefühlt. Ein gut aussehender und zugleich abstoßender Mann, ein Vulkan, eine grob aus Granit gehauene Skulptur. Daran hatte sie bei Michael immer denken müssen: dass er nur halb vollendet war. Und zunächst gab es Hoffnung, dass er zur Vollendung reifen würde, sogar, dass es ihr gelingen könnte, ihn zu vollenden. Doch nach und nach zeichnete sich ab, dass daraus nichs würde: gekauft wie besehen. Er verblieb in seinem halb fertigen, bruchstückhaften Zustand. Und damit einher ging das Gefühl einer tiefen Unzufriedenheit mit sich und der Welt und allen Menschen – vor allem jenen, die ihm am nächsten standen.

Wenn er seine beste Seite hervorkehrte, konnte Michael nett, großherzig, mitreißend, intelligent, kreativ, ein guter Liebhaber und ein guter Koch sein – Jo hatte einmal eine Liste seiner guten Eigenschaften aufgestellt, weil sie es für erforderlich hielt –, aber er war und blieb mit Mängeln behaftet. Mängeln, die sie nicht beheben konnte.

Er benötigte ständig Unterstützung und Zuspruch. Er brauchte jemanden, der willens war, ihn zu umsorgen, sein Ego zu polieren, gleich, was es diesen Menschen an Kraft kostete. Eine Pflegerin, ein Kindermädchen. Eine Jane Eyre. (Obwohl selbst die gute Jane erst mit Rochester zurechtkam, als er blind und halb gelähmt war.) Michael brauchte eine Frau, die so stark war, dass sie nicht fürchten musste, von seinen Wünschen erdrückt zu werden. Oder eine, die sich damit abfand, zur Frau an seiner Seite zu schrumpfen.

Keines davon traf auf Jo zu.

Sie setzte sich kritisch mit seiner schriftstellerischen Tätigkeit und seinen Ansichten über Literatur auseinander. Sie forderte von ihm, dass er seine Interpretation von Bühnenstücken und Charakteren neu überdachte. Sie trieb ihn in einen mürrischen, verstockten Groll.

Jo gefiel sich ganz und gar nicht in dieser Rolle, aber zuweilen empfand sie Michaels Ego als so überwältigend, sein Begehren nach Anerkennung und Aufmerksamkeit als so unerbittlich, dass sie sein Ego ankratzen musste, um überleben zu können. Nur ihr wacher Geist bewahrte sie davor, bei lebendigem Leibe verspeist zu werden.

Es gab ein böhmisches Märchen, das in Jos Augen ihre Beziehung zu Michael perfekt versinnbildlichte – die Fabel von Kuratko dem Schrecklichen.

Kuratko der Schreckliche war ein Hahn. Der alte Großvater hatte ihn als kleines Küken auf dem Markt gekauft, aber als er mit ihm auf den Hof zurückkam, begann Kuratko ungeheuer zu wachsen. Und je größer er wurde, umso mehr fraß er. Er verschlang alle Würmer auf dem Hof und danach alle Hennen. Dann fraß er das Schwein und die Kuh. Als er sämtliche Tiere des Hofes gefressen hatte, drang er ins Bauernhaus ein und fraß Großvater und Großmutter. Er terrorisierte die ganze Umgebung. Der König schickte eine Schwadron Soldaten aus, um ihn zu erschießen, aber Kuratko verspeiste sie alle samt ihren Musketen und Bajonetten. Nichts vermochte seinen gewaltigen Hunger zu stillen. Er hätte ganz Böhmen leer gefressen, wenn er nicht eines Tages Kotsor die Katze schlafend vor dem Kaminfeuer entdeckt hätte. Er schluckte sie als Appetithappen hinunter, aber Kotsor kratzte mit ihren scharfen Krallen so lange an seinem Kropf herum, bis Kuratko tot umfiel.

Und dann entstieg Kotsor die Katze dem Loch, das sie in Kuratkos Hals gekratzt hatte, und fraß *ihn*.

Gelegentlich erzählte Jo diese Geschichte den Kindern in ihrer Gruppe an der Schule in Southwark. Sie erfand verschiedene Fassungen, damit die Kinder ihren Spaß daran hatten. Mal soff Kuratko das ganze Bier in der Brauerei aus. Mal war er hinter den Bauernmädchen her. Mal ließ Jo ihn auf seinem Misthaufen herumstolzieren und unanständige Lieder singen, zu denen alle applaudierten und Kuratko anfeuerten, noch mehr zum Besten zu geben, weil sie Angst hatten, sonst von ihm verspeist zu werden. Um drei Uhr morgens ließ Jo Kuratko vor dem königlichen Palast sein Kikeriki schmettern und anschließend alle Soldaten verjagen, die hinausgesandt worden waren, um ihn zu erschießen. »Ich nehme es mit jedem auf!«, schrie Kuratko mit irischem Akzent.

Erstaunlicherweise schienen die Kinder Kuratko zu mögen. Kotsor die Katze hingegen machte ihnen Angst.

Jo merkte, dass auch Larry ein wenig verhalten reagierte.

»Ich bin nicht so wild auf Katzen«, sagte er.

»Dann iss sie nicht«, antwortete sie.

Doch sie selber fühlte sich bereits mit Haut und Haaren

verschlungen, und es machte ihr längst nicht so viel aus, wie sie angenommen hatte. Sie hatte das Gefühl, sich an ihn zu verlieren, und zumindest für eine Weile war sie glücklich damit. Sie hatte niemanden von ihren Freunden angerufen, um zu sagen, dass sie vorzeitig zurückgekommen war, nicht einmal Meg, obwohl sie ihretwegen Gewissensbisse hatte. Aber Jo wollte einfach den Zauber des Augenblicks bewahren.

Doch irgendwo tief in ihrem Inneren wusste sie, dass es nicht ewig so schön bleiben konnte.

Eines Nachmittags gingen sie die *Lady Jane* anschauen.

Sie standen an der Mole, gingen aber nicht auf das Boot, weil sie Ben dabei hatten und er die Vögel nicht mochte. Sie sahen zu, wie sie sich auf den Treibholzhaufen gegen die Kälte zusammenkauerten. Es waren hauptsächlich Möwen, aber auch ein paar Kormorane und ein Reiher. Ein richtiges kleines Vogelschutzgebiet.

»Es sind eigentlich ganz freundliche Tiere«, sagte Jo. Aber sie merkte, wie wenig überzeugend ihre Stimme klang. Ben sagte nichts.

»Wir müssen etwas dagegen unternehmen«, sagte Larry. »Im Londoner Zoo bieten sie Therapien für solche Fälle an. Ich weiß, dass sie es bei Spinnen- und Schlangenphobie machen. Sie lassen die Leute sie berühren. Vielleicht machen sie es auch mit Vögeln. Sollen wir dir nicht einen Papagei kaufen?«

Ben sah ihn misstrauisch an. Er wusste nicht recht, ob er auf den Arm genommen wurde.

Jo interessierte sich nicht für die Vögel – ob sie nun freundlich waren oder nicht. Was ihr missfiel, war der Anblick des Boots, selbst mit dem Tannenbaum am Mast, den der Schnee mit einer feinen Pulverschicht überzogen hatte. Auch auf dem Deck lag Schnee.

»Du hast auf dem Ding *gewohnt*?«, fragte sie.

»Drinnen ist es sehr gemütlich«, versicherte ihr Larry. »Wenn erst einmal der Ofen brennt. Es hat sogar eine eigene Bordheizung. Etwas primitiv, aber sie funktioniert.«

Doch der Landungssteg wirkte kalt und trostlos – und auf eine Art und Weise, die Jo sich nicht erklären konnte, auch unheimlich. Sie hatte beinahe das Gefühl, dass er für sie *persönlich* eine Bedrohung darstellte – als wäre dies ein Teil von Larry, den sie nicht erreichen konnte, und dieser Ort das wüsste und nur darauf wartete, Larry wieder von ihr fortzulocken. Sie wusste, dass das Unsinn war, bekam aber trotzdem eine Gänsehaut. Sie legte den Arm um Ben und drückte ihn an sich.

»Ist dir kalt?« Larry hielt ihr den Handrücken an die Wange. Er hatte immer warme Hände. Als würde in ihm ein Ofen glühen, eine primitive eigene Bordheizung.

Auf den Mansardendächern der Apartmenthäuser und den Baugerüsten an den ehemaligen Lagerschuppen lag vereinzelt Schnee. An den Baukränen hingen bunt leuchtende Weihnachtsbäume. Aber es war nichts Weihnachtliches an der Szenerie. Die ganze Gegend hier am Fluss wirkte düster und feindselig – sogar ein wenig gefährlich –, als wäre all der Luxus, all der neue Reichtum nur ein modischer Dreitagebart auf dem Gesicht des alten Sünders und das ganze Gebiet immer noch von zwielichtigen Gestalten bevölkert, die beim Rückgang der Flut von einem Ruderboot aus nach Leichen fischten.

»Lasst uns jetzt etwas essen gehen«, schlug sie vor.

Sie gingen am Fluss entlang in Richtung Wapping und aßen in einem Pub am Wasser zu Mittag. Auch hier war alles weihnachtlich dekoriert, auf den Tischen standen rote Kerzen, und die Bedienung brachte Ben Knallbonbons, aber Jo fühlte sich plötzlich sehr niedergeschlagen. Nicht einmal der Wein konnte sie aufheitern.

»Hast du noch Sachen auf dem Schiff?«, fragte sie Larry ganz beiläufig.

»Ein paar Klamotten und so. Und die gesammelten Werke von Elizabeth Barrett Browning.«

»Ah ja!«, sagte Jo. Es überraschte sie, dass er auch nur den

Namen der Dichterin kannte. »Aber mal im Ernst – wenn du noch Sachen auf dem Schiff hast, an denen dir etwas liegt, solltest du sie in mein Apartment schaffen. Es wird doch alles feucht und schimmelig.«

Er nickte, sagte aber nichts. Auch das fand sie ein wenig unheimlich.

Als sie wieder in ihrer Wohnung waren, fragte sie ihn zum ersten Mal nach Virginia Woolf. Sie hatte ihn bisher nicht in den Büchern lesen sehen, die er sich ans Bett geholt hatte. Er sagte, dass Amy ihn gefragt hätte, ob er sie eine Weile lang bei ihrer Führung durch Bloomsbury vertreten könne, und dass er jetzt seine Hausaufgaben machte.

»Du kennst Amy?«, fragte sie beiläufig. Aber in ihrem Kopf schrillten die Alarmglocken.

»Nur durch Meg und Rob«, sagte er. »Ich bin zufällig eines Tages wegen der Rundgänge mit ihr ins Gespräch gekommen. Als Student war ich Begleiter auf einem der Ausflugsdampfer und wusste ganz gut über Jack the Ripper Bescheid. Also hat sie mich bei der Organisation, die diese ganzen Touren veranstaltet, eingeführt, und sie haben mich auf Probe eingestellt.«

»Also interessierst du dich eigentlich nicht für die Bücher?«, fragte sie.

»Ich denke schon, dass das was für mich sein könnte. Es würde mir mehr liegen als Jack the Ripper.« Er schien noch etwas hinzufügen zu wollen, aber sie kam ihm zuvor.

»Ich spreche von den Romanen, nicht von dem Rundgang.« Sie hatte ihn beinahe angefaucht, und er blickte erschrocken auf. »Mit den Romanen habe ich so meine Probleme«, sagte er kleinlaut. »Man muss sich da doch ziemlich einlesen.«

Am liebsten hätte sie jetzt zu ihm gesagt, dann solle er mal besser bei Jack the Ripper bleiben, ließ es aber sein. Sie konnte sich selber nicht ausstehen, wenn sie so von oben herab war. Jetzt musste sie ihn aber unbedingt nach Amy aushorchen.

»Amy macht ihre Sache sehr gut«, bemerkte sie.

»Du bist mitgegangen?«

Sie nickte. »Du auch?«

»Nein. Ich bin ihr nur ein paarmal begegnet.« Gleich ein *paarmal*, dachte sie. *Wo?* »Ich wusste nicht einmal, dass sie sich mit Virginia Woolf so gut auskennt.«

Jo kamen eine Reihe von Erwiderungen in den Sinn, von denen eine so biestig war wie die andere, aber sie behielt sie alle für sich. Er konnte beim besten Willen kein Verhältnis mit Amy gehabt haben, denn sonst wüsste er, dass sie sich für eine Virginia-Woolf-Expertin hielt. Jo hätte beinahe vor Erleichterung geseufzt. Nach Michael fiel es ihr schwer, jemandem zu vertrauen.

»Einmal ist Amy sogar mit uns nach Sussex gefahren«, nahm sie ihren Faden wieder auf, »damit wir uns Charleston Manor ansehen, wo sie alle gelebt haben. Und das Haus in Rodmell, wo Virginia Woolf ertrunken ist – in dem Fluss unterhalb des Gartens.«

Eine Fiepsstimme meldete sich zu Gehör.

»Warum konnte der Gingerwolf nicht schwimmen?«

Ben spielte auf dem Fußboden mit seinen Autos. Sie hatten beinahe vergessen, dass er bei ihnen war.

»Was hast du gesagt?«, fragte Larry.

»Ich hab gefragt, warum der Gingerwolf nicht schwimmen konnte.«

Einen Moment lang wussten beide nicht, wovon er redete. Dann begann Jo zu lachen.

»Er meint Virginia Woolf«, sagte sie.

Da mussten beide lachen, und Ben sah sie ratlos an.

Am nächsten Tag brachte Larry ihn zu seiner Mutter zurück.

Als er wieder in die Wohnung kam, bereitete Jo gerade das Mittagessen. Larry schien ein wenig abwesend zu sein, als würde er über etwas nachdenken. Sie erklärte es damit, dass er Ben vermisste, aber das war es nicht allein. Während er eine Flasche Wein öffnete, schüttete er ihr sein Herz aus. Er hielt es für besser, wenn er für eine Weile auf das Schiff zurückkehren würde, sagte er.

Sie hatte ein Gefühl, als hätte sie einen Schlag in die Magengrube bekommen, schnitt aber weiter Zwiebeln für die Spaghettisauce klein. Er füllte Wein in die Gläser und fuhr fort, als würde er ihr erklären, er wolle nur mal eben Zigaretten holen gehen.

»Es ist ja gleich drüben auf der anderen Flussseite. Ich könnte zum Beispiel während der Woche dort bleiben und am Wochenende herkommen. Ich möchte nicht, dass du das Gefühl hast, ich wäre endgültig hier eingezogen.« Dann schienen ihm Bedenken zu kommen, wie sie das wohl aufnehmen würde, und er fügte rasch hinzu: »Ich meine, ich möchte nicht, dass du dir überfallen vorkommst.«

»Ich fühle mich nicht überfallen«, sagte sie.

»Nun, das ist schön, aber du *könntest* das Gefühl bekommen, wenn ich einfach hier wohnen bleibe – wenn ich einfach so tue, als wäre es eine Selbstverständlichkeit.«

Jetzt sagte sie gar nichts mehr. Sie hatte plötzlich ein Gefühl wie früher bei Michael: Gib ihm genügend Leine, dann wird er sich selber daran erhängen. Sie merkte, wie der Zorn in ihr aufstieg. Männer waren wie streunende Kater: Sie kamen angekrochen, wenn ihnen nach ein bisschen Wärme und einer leckeren Schüssel Katzenfutter war. Vielleicht sollte sie eine Klappe in die Tür einbauen.

Sie schnitt sich mit dem Messer. Eine kleine Wunde am Daumen.

Sofort war er bei ihr, ganz besorgt, und sah die Tränen.

»Was ist los?«, fragte er.

»Diese blöden Zwiebeln«, log sie. »Mach du weiter.«

Dann drückte sie ihm das Messer in die Hand und rannte ins Bad, um sich ein Pflaster zu holen.

KAPITEL 22

Der königliche Fötus

Larry wusste, dass er das Richtige getan hatte, aber er wünschte, er hätte es ihr besser erklären können. Er konnte doch nicht einfach so aus heiterem Himmel bei ihr einziehen. Das wäre eine unerträgliche Belastung für sie beide.

Im Geiste malte er sich die Situation aus. Jedes Mal, wenn sie sich beklagen würde, dass er die Zahnpastatube nicht zugeschraubt hatte, hätte er das Gefühl, dass sie ihn loswerden wollte. Nicht, dass er jemals eine Zahnpastatube nicht zuschraubte. Maler schrauben immer die Tuben zu. Und Kameramänner, selbst ehemalige, waren ausgezeichnete Mitbewohner. Sie achteten sehr penibel auf ihre Ausrüstung. Aber darum ging es hier nicht. Es ging darum, dass Larry ihre Romanze genießen wollte, bevor sie sich in eine Beziehung verwandelte – und dazu brauchte er seine eigene Bleibe.

Doch es würde nicht das Boot sein. Das wusste er, als er auf der Mole stand – wo er vierundzwanzig Stunden zuvor auch mit Ben und Jo gestanden hatte. Es gibt einen Ofen, hatte er gesagt, und sogar eine Bordheizung. Aber inzwischen widerte ihn der Gedanke an, nachts mit einer Flasche als Kameraden in dem dunklen Steuerhaus zu hocken und auf die andere Seite des Flusses zu starren, wo *sie* wohnte. Das Gefühl der Einsamkeit – noch schlimmer, des *Verlassenseins* – würde ihn zugrunde richten. Es lag nicht nur an dem Boot. Es lag daran, was in ihm steckte. Der Eigenbrötler. Das Strandgut des Lebens. Und sein Vater. Aber irgendwo müsste er hin.

Ihm fiel das Haus ein. War das eine Möglichkeit?

Er hatte dieses Haus geliebt. Mit einem Mal wurde er wütend bei dem Gedanken daran, was geschehen war. Nicht mit Rob. Sondern mit dem Haus. Es war befleckt, würde fortan stets von dem Fluch dieses einen Abends heimgesucht werden. Als er zuletzt dort gewesen war, das Blut aufgewischt, in der Dusche gestanden hatte, hatte er nicht geglaubt, dass er je wieder darin würde wohnen können. Doch vielleicht war das die unmittelbare Nachwirkung davon gewesen, dass er gerade die Überreste seines besten Freundes vom Fußboden und den Wänden abgewaschen hatte. Inzwischen hatte es sich vielleicht ein wenig gegeben. Er würde natürlich die Dusche auswechseln, und er konnte sich nicht vorstellen, noch einmal die Küche zu benutzen – aber wenigstens schlafen konnte er doch dort? Das Haus als Unterkunft für die Nacht benutzen?

Er musste es einfach versuchen. Er würde nie wieder mit Ben zusammen in dem Haus sein – vorläufig jedenfalls nicht. Aber das brauchte er ja auch gar nicht. Sie konnten die Wochenenden bei Jo verbringen – falls sie sie noch haben wollte.

Auf dem Weg nach Spitalfields fiel ihm eine Schlagzeile ins Auge, die an einem Zeitungskiosk prangte: »Neue Spur im Hakenmord«. Er kaufte die Zeitung und fand sich mit Stones Theorie von der Zufallstäterin konfrontiert – beinahe Wort für Wort so, wie Stone sie ihm in dem Pub dargelegt hatte. Aber etwas wirklich Neues gab es nicht. Wie zu erwarten gewesen war, zog man Parallelen zu Jack the Ripper und zitierte irgendeinen lahmen Experten, der sich über das Zurückschlagen der Frauen ausließ – »In den Siebzigern von den Feministinnen verlacht, aber nie ganz fallen gelassen.«

In der Nähe des ehemaligen Armenhauses warf er die Zeitung in einen Müllcontainer.

Es war schon fast dunkel, als er bei seinem Haus ankam.

Die Schlüssel hatte er in einem Seitenfach seiner Umhängetasche. Ehe er die Tür öffnete, warf er einen verstohlenen Blick die Straße hinunter. Kein Mensch weit und breit außer einer einsamen Gestalt, die in den alten Büchern in der Kiste vor dem Antiquariat herumwühlte. Mit dem langen schwarzen Schal und der Mütze wirkte der Mann wie eine Figur aus einem Roman von Charles Dickens. Larry sah, wie er sich mit dem Handrücken die triefende Nase abwischte und dann tief in seine Hosentasche griff, um ein großes, graues Taschentuch hervorzuziehen, das aussah wie ein Putzlappen und in das er sich ausgiebig schnäuzte. Larry hätte kein Buch kaufen mögen, das der in den Händen gehabt hatte.

Endlich schloss Larry – immer noch zögernd – die Tür auf.

Es war das dritte Mal, dass er nach dem Mord das Haus betrat – und das erste Mal, seit das Blut fort war. Stattdessen roch es nach frischer Farbe und Desinfektionsmittel. Er schaute in alle Räume und blieb dann in der Tür zum Schlafzimmer stehen.

Über diesem Raum hing ein Fragezeichen. Hatte Rob ihn an jenem Abend benutzt? War er mit einer Frau im Bett gewesen, als es an der Tür läutete? Das waren die Fragen, die sich auch die Polizei gestellt hatte. Die Antwort darauf lautete nein, dachte Larry, denn das Bett war unberührt gewesen, als er nach dem Mord mit der Polizei das Schlafzimmer betreten hatte. Es war kaum denkbar, dass die Frau – oder der Mörder – nach der Tat das Bett frisch bezogen hatte. Aber für die Polizei war das nicht so selbstverständlich. Die Polizei hatte die Bettwäsche mitgenommen, um sie im Labor auf Spuren untersuchen zu lassen. Larry hatte sie noch nicht zurückbekommen. Er wollte sie auch gar nicht mehr haben. Er sah das Bett mit der kahlen Matratze an. Er würde nicht auf dem Bett schlafen. Das hatte er sich schon auf dem Weg hierher überlegt. Er würde auf dem Dachboden ein Klappbett aufstellen. Dies war der einzige Raum im Haus – mit Ausnahme von Bens Zimmer – in dem er vielleicht ein Auge zutun würde. Hier wollte er auch seine Mahlzeiten zubereiten. Er würde in seinem eigenen Haus kampieren.

Er betrat das Zimmer und holte seinen Schlafsack und seine Reisetasche aus dem Kleiderschrank. Er wollte den Raum gerade wieder verlassen, als er das Buch sah.

Es befand sich in dem Bücherregal neben dem Bett, lag quer auf der obersten Reihe Bücher. Von dort, wo er stand, konnte Larry recht deutlich den Titel und den Autorennamen auf dem Buchrücken lesen.

Orlando, Virginia Woolf.

Larry besaß kein einziges Buch von Virginia Woolf.

Er legte den Schlafsack und die Tasche auf den Boden und ging zum Regal, um das Buch in die Hand zu nehmen. Dann hielt er inne. Es erschien ihm plötzlich sicherer, ein Papiertaschentuch aus seiner Hosentasche zu ziehen und das Buch damit an einer der Ecken zu greifen. Er legte es auf den Nachttisch und benutzte einen Stift, um es aufzuschlagen. Er wusste, was ihn auf dem Titelblatt erwartete, obwohl er immer noch hoffte, dass es ihm erspart bliebe.

Josephine Connor, August 1981.

Auf Anweisung der Polizei hatte Larry den gesamten Raum nach etwas durchsucht, was ihm fremd erschien oder sich nicht an seinem gewohnten Platz befand. Doch das Buch war ihm nicht aufgefallen. Er hatte es schlicht und einfach übersehen.

Er setzte sich aufs Bett und ging im Geiste alle Möglichkeiten durch. Jetzt, wo er darüber nachdachte, war er nahezu überzeugt davon, das Buch schon einmal gesehen zu haben. Er konnte es sogar selber in dem Regal abgelegt haben, ohne einen weiteren Gedanken darauf zu verschwenden. Das konnte vor Wochen gewesen sein – Wochen vor dem Mord. *Als Rob das letzte Mal mit einer Frau hier gewesen war.* Larry hätte sofort gewusst, dass es nicht Robs Buch sein konnte – Robs literarische Vorlieben waren noch schlichter als die seinen –, also hätte er geschlossen, dass es der Frau gehören musste. Aber zu jenem Zeitpunkt hätte er der Angelegenheit keine weitere Bedeutung beigemessen und hätte sie in die hinterste Ecke seines Gehirns verbannt, wo sie dann liegen geblieben wäre wie das Buch selber.

Unmöglich, flüsterte er. Jo konnte nicht hier gewesen sein. Sie wäre doch nicht hergekommen haben, ohne ihm etwas davon zu sagen. Aber es gab auch Dinge, von denen Larry *ihr* nichts erzählt hatte. Eine Sache vor allem.

Er würde sich selber verrückt machen, wenn er weiter darüber nachdachte. Es gab alle möglichen Erklärungen. Sie konnte das Buch bei Meg vergessen haben, und Rob hatte es gefunden, darin zu blättern begonnen, und es dann hierher mitgenommen. Um darin zu lesen, während er auf die Frau wartete. Larry konnte sich das zwar nicht so recht vorstellen, aber dennoch…

Noch etwas anderes bereitete ihm Kopfzerbrechen, aber er konnte nicht mit Bestimmtheit sagen, was. Es war etwas, das jemand zu ihm gesagt hatte. Etwas, das mit Virginia Woolf zu tun hatte…

Dann fiel es ihm wieder ein.

Er wollte Jud anrufen, erreichte ihn aber weder auf seinem Handy noch in Amys Wohnung. Ob er im *Ten Bells* war? Das Pub befand sich gleich um die Ecke, gegenüber dem Spitalfields Market. Für gewöhnlich hielt Jud dort mit den übrigen Mitgliedern des Organisationskomitees für die Rundgänge Hof – den Leuten, die sich um den Zeitplan und die Werbung kümmerten und die einen feuerten, wenn sie meinten, dass man ihre hochgestochenen Erwartungen nicht ganz erfüllte. Der Wohlfahrtsausschuss, wie sie von den anderen Touristenführern in Anspielung auf die Clique, die zur Zeit der Französischen Revolution in Paris ihre Schreckensherrschaft ausgeübt hatte, genannt wurden. Und Jud war Robespierre.

Aber heute Abend war er nicht da. Dafür erkannte Larry zwei andere Komiteemitglieder – Trevor und Stan, die mit Jud bei der Weihnachtsfeier an der Bar gestanden hatten. Er erkundigte sich, ob sie wüssten, wo Jud steckte, aber die beiden sagten, sie hätten ihn seit Weihnachten nicht mehr gesehen.

Larry fragte sie, ob sie etwas trinken wollten. Sie nickten eifrig, als würden sie ihm damit eine Gefälligkeit erweisen. Manche der Führer pflegten die Komiteemitglieder zu einem Drink einzuladen oder sich auf andere Weise bei ihnen einzuschmeicheln, weil sie hofften, dadurch mehr Aufträge oder einen günstigeren Dienstplan zu bekommen. Aber Larry wusste, dass das reine Verschwendung von Geld und Zeit war – das Komitee plante alles so, wie sie selber es für richtig hielten. Er holte zwei Pints für die beiden und eines für sich und erzählte ihnen, dass Amy ihn gefragt hatte, ob er beim Bloomsbury-Rundgang für sie einspringen könne. »Natürlich nur, falls es euch recht ist«, fügte er vorsichtshalber hinzu.

Die beiden nickten, sagten aber nichts.

»Nur hat Jud etwas mir gegenüber erwähnt, was ich in dem Moment nicht ganz verstanden habe«, bemerkte Larry beiläufig. »Dass es da eine Verbindung zwischen Virginia Woolf und Jack the Ripper geben soll oder so was.«

Die beiden Männer tauschten kurz ein süffisantes Grinsen aus.

»Eine von Juds halb garen Theorien«, sagte Trevor, oder war es Stan? »Damit die Touris was zu staunen haben.«

Larry glaubte, verstanden zu haben. Alle Führer hatten ihre eigene Theorie zur Identität des Rippers, die sie am Ende des Rundganges zum Besten gaben. Das erwarteten ihre Zuhörer. Als Larry sich darauf vorbereitete, als Ersatz für Jud die Ripper-Tour zu machen, hatte Jud ihm drei verschiedene Hypothesen präsentiert – jede mit einer Verbindung zum englischen Königshaus. Die erste lautete, dass es sich bei dem Ripper um Albert, Duke of Clarence und Enkel von Königin Victoria, handelte, der sich bei einer Prostituierten die Syphilis geholt hatte und sich nun rächen wollte. Der zweiten zufolge war es der Leibarzt der Königin, Sir William Gull, der sich für den

Satan höchstpersönlich hielt. Und nach der dritten – für Larry überzeugendsten Theorie– verbarg sich hinter Jack ein ganzes Team von Mördern, die allesamt von Königin Victoria gedungen worden waren, weil der junge Albert eine der Huren geschwängert hatte und von ihr erpresst wurde. Die Mörder wussten, dass es sich um eine von fünf oder sechs Frauen handeln musste, aber nicht genau, um *welche*. Also meuchelten sie eine nach der anderen und schnitten ihnen den Unterleib auf, bis sie diejenige gefunden hatten, die ein Kind erwartete. Alle weiteren Verstümmelungen an den Opfern waren nur dazu gedacht, die Polizei von der richtigen Fährte abzubringen.

Die Virginia-Woolf-Theorie hatte Larry allerdings noch nie gehört.

»Ihr wollt doch nicht behaupten, dass er meint, Virginia Woolf wäre der Ripper gewesen?«

Das schienen die beiden höchst komisch zu finden, obwohl Larry nicht ganz einsah, wieso diese Mutmaßung so viel weniger plausibel sein sollte als die Geschichte mit dem königlichen Fötus.

»Nicht Virginia Woolf«, sagte Trevor, nachdem er sich ausgekichert hatte. »Ihr Vetter Jem.«

Nun fiel Larry ein, dass Virginia Woolfs Vetter Jem der Mann war, über den er in der Biografie gelesen hatte – es war J. K. Stephen, der »gequälte Stier« ihrer Kindheit und Autor des Gedichtes *»Ein Gedanke«* sowie anderer frauenfeindlicher Verse.

Ob sich sein Gestörtsein nun darin äußerte, dass er mit einem Satz chirurgischer Instrumente fünf oder sechs Prostituierte zerfetzte, darüber könne man, wie die beiden andeuteten, bloß spekulieren. Es gebe keinerlei handfeste Beweise dafür – bis auf die gesammelten Verdachtsmomente infolge seiner Dichtungen, seinen fortgesetzten sexuellen Missbrauch von Virginia und ihrer Schwestern und ein paar zweifelhafte Eintragungen in seinem Tagebuch, die Jud sich aber auch aus den Fingern gesogen haben könnte, soweit sie im Bilde waren.

»Du kennst ja Jud«, sagte der, den Larry jetzt endgültig zu Stan erklärt hatte. »Sollte wohl ein Seitenhieb gegen Amy sein.«

»Und doch«, sagte Trevor, »*könnte* es Virginia Woolf gewesen sein.«

»Ach nee«, konterte Stan. »Als Mann verkleidet, was?«

»Nein, nein, gekleidet wie eine Frau. Überlegt doch mal.«

»Clever«, sagte Stan. »Das würde auch erklären, warum sich die Weiber nicht vor ihr in Acht genommen haben.«

»Das kannst du wohl laut sagen. Wo doch ganz London auf der Suche nach einem *männlichen* Täter war. Stell dir vor, da steht so eine Mieze an der Straßenecke, und sie sieht, wie diese Gestalt auf sie zukommt und denkt, ›O weh, das könnte der Ripper sein. Besser, sich zu verdrücken.‹ Aber dann erhascht sie im Licht der Gaslaterne einen Blick auf das Gesicht und denkt, ›Ach, das ist ja die Autorin von *Mrs Dalloway*. Einen wunderschönen Abend, Mrs. Woolf, wie kommen Sie mit dem nächsten Roman voran?‹ Und blitzschnell kommt das gute alte Messer hervorgeschnellt und schneidet ihr ratzfatz die Kehle durch.«

Sie kicherten noch ein wenig in ihre Biere, bis Stan fragte: »Wie alt wäre Virginia Woolf wohl zur Zeit des Rippers gewesen?«

»Ach, so ungefähr sechseinhalb«, antwortete Trevor.

»Dann können wir's wohl vergessen«, sagte Stan. »Außer, sie war sehr groß für ihr Alter.«

»Trotzdem kein schlechter Einfall«, bemerkte Trevor.

Sie kippten den letzten Schluck hinunter und sahen Larry erwartungsvoll an, wohl hoffend, dass er ihnen noch eine Runde spendierte.

Aber Larry hatte für diesen Abend genug von den beiden. Er hatte bekommen, was er wollte, auch wenn ihn das in Hinblick auf Jo kein bisschen schlauer machte.

Er erhob sich. »Also, wenn ihr Jud seht, sagt ihm, dass ich nach ihm gefragt habe.«

Larry hatte keine Lust, gleich wieder nach Hause zu gehen. Je weniger Zeit er dort verbrachte, umso besser. Er wollte in der Brick Lane erst ein Curry essen. Inzwischen war er nicht mehr so angetan von seiner Idee, zurück in sein Haus zu ziehen.

Der Gedanke erschien ihm noch weniger verlockend, als er sich nach einem Chicken Madras und zwei Pints um zehn Uhr endgültig auf den Heimweg machte. Sein Weg führte ihn die Princelet Street hinunter, wo die *echten* Seidenweberhäuser standen – im Gegensatz zu seiner Seidenraupenbude. Die meisten davon waren von ihren neuen Besitzern, Leuten, die erst in den letzten Jahren in diese Gegend gezogen waren, ordentlich herausgeputzt worden. Und diese neuen Besitzer waren keine Einwanderer wie die meisten derjenigen, die es in der Vergangenheit nach Spitalfields verschlagen hatte; auch keine Asylbewerber. Leute von Funk und Fernsehen, mutmaßte Larry, oder aus der Werbebranche, oder Innenarchitekten, Künstler, die vor langer Zeit die Kunsthochschule absolviert hatten. Larry konnte nur spekulieren, persönlich kannte er niemanden hier. Er wusste bloß, dass diese Leute reich waren – mindestens so reich wie diejenigen, von denen diese Häuser gebaut worden waren, und wesentlich reicher als alle, die seither darin gewohnt hatten. Sie hatten sie zu ihrer früheren Pracht restauriert, aber es war eine grimmige, wenig einladende Pracht. An den meisten Fenstern zur Straße waren die Jalousien heruntergezogen, und nur gelegentlich verriet ein durch einen Spalt dringender Lichtschimmer, dass dahinter Leben herrschte. Durch das eine oder andere Fenster hindurch konnte Larry eine prunkvolle Stuckdecke oder einen goldenen Bilderrahmen erkennen. Schon bei früheren Spaziergängen war ihm der bewusst zur Schau gestellte Hang zum Althergebrachten aufgefallen, mit dem die neuen Bewohner dieser Häuser aller Welt ihren erlesenen Geschmack und ihre Kennerschaft zu beweisen suchten. Neuer Wein in alten Schläuchen.

Die Straße war nur spärlich beleuchtet, und ein dünner Nebel hing in der Luft, der Geist des Smogs aus viktorianischen Zeiten. Weiter als bis zu diesem Viertel war der Ripper mit seinem tödlichen Handwerk nicht vorgedrungen, aber er hatte sich alle Mühe gegeben, hier nicht weniger Blut als in Whitechapel zu hinterlassen. In der Hanbury Street hatte er Annie Chapman ausgeweidet und in der Dorset Street, gleich dem Markt gegenüber, an Mary Kelly, seinem letzten Opfer, ganze Metzgerarbeit geleistet. Zu dieser Zeit lebten die Seidenweber längst nicht mehr hier. Sie hatten ihre Vornehmheit mit sich genommen; ihre Häuser waren zu Billigunterkünften für die Hoffnungslosen verkommen, die sich zu viert oder zu fünft ein Zimmer teilen mussten. An einem Abend wie heute war es nicht schwer, sich diese Häuser so vorzustellen, wie sie zu viktorianischen Zeiten gewesen waren – mit verbarrikadierten Fenstern und dem Geruch von Angst in den Straßen.

Außer Larry schien niemand unterwegs zu sein. Nur ein paar Häuserblocks entfernt von dem ruppigen Charme der Brick Lane war es in den Straßen so still wie in einer Leichenhalle, und selbst das Geräusch seiner einsamen Schritte wurde von dem Nebel halb verschluckt. Schließlich bog er in seine Straße ein, passierte das frühere Armenhaus an der Ecke und näherte sich der Eingangstür seines Hauses. Natürlich hatte er das Licht brennen lassen, aber trotzdem wirkte es nicht sehr einladend. Ein paar Schritte vor dem Haus hielt er inne und betrachtete es von oben bis unten. Keine Anzeichen eines gewaltsamen Eindringens, jedenfalls nicht von der Straßenseite. Er steckte den Schlüssel ins Schloss. Immer noch zwei Umdrehungen, bis die Tür aufsprang.

Er blieb im Flur stehen und schaute in die Küche. Er stellte sich vor, wie Rob mit einer Flasche Wein dasaß. So, wie er ihn einmal bei der Rückkehr von einer seiner Reisen vorgefunden hatte – mit diesem frechen Grinsen im Gesicht, der unverbesserliche Missetäter, der sich bei einer neuerlichen

Freveltat ertappt fühlte. »Schnapp dir ein Glas«, hatte er Larry begrüßt. »Nimm dir was zu trinken.« Er hatte sich während Larrys Abwesenheit die Wohnung ausgeborgt, um sich ein wenig zu amüsieren, wie er sagte. Robin, der alte Schlawiner. Er fehlte ihm.

Larry trug den Fernseher aus dem Wohnzimmer auf den Dachboden hinauf und zappte sich bis zwei Uhr morgens durch die Programme. Dann war er endlich müde genug, um einzuschlafen. Zu seiner Verblüffung schlief er tief und fest und wachte erst um acht Uhr früh von dem Geräusch der Tauben auf dem Dach auf. Er blieb noch eine Zeit lang liegen – das Klappbett war bequemer, als er geglaubt hatte – und sah zu, wie die Farbe des Himmels nach und nach von Tintenblau in Grau überging. Schließlich griff er zur Fernbedienung, um sich das Frühstücksfernsehen anzuschauen. Schon nach fünf Minuten kamen die morgendlichen Kurznachrichten. Larry durchfuhr ein solcher Adrenalinstoß, dass ihm die meisten Einzelheiten entgingen. Selbst der Name sagte ihm nichts, bis erwähnt wurde, dass er Theaterstücke geschrieben hatte.

KAPTIEL 23

Tod eines Bühnenautors

Geraghty war ein gut aussehender Mann gewesen. Selbst sein Alkoholkonsum hatte dem nichts anhaben können – aber jetzt war es damit vorbei. Ein Haken, hatten sie gesagt, an der Innenseite messerscharf geschliffen. Anhand seines Gesichts hätte sie ihn nicht identifizieren können, doch es gab einige Merkmale, an die sie sich erinnerte. Länger zurückliegende, harmlose Verletzungen. Eine halbmondförmige Narbe an der rechten Fußsohle. Er war damals sechs Jahre alt gewesen und am Strand auf eine Glasscherbe getreten. Ein weiterer Schnitt an der Kuppe seines Daumens aus der Zeit, als er noch am Queen's College studierte und jemand in einer Bar mit einer Flasche auf ihn losgegangen war. Sie wusste noch, wie sie – nicht lange nach ihrer ersten Begegnung – seine Hand in der ihren gehalten, sie mit der Handfläche nach oben gedreht, ihn nach dem Zwischenfall ausgefragt und dann die Stelle an ihren Mund geführt und geküsst hatte. Ebendiese Hand hatte er nun dazu benutzt, um den Schlag mit dem Haken abzuwehren, und das hatte ihn zwei Finger gekostet.

»Eigentlich mehr wie eine Sichel, aber fester und mit einer scharfen Spitze«, bemerkte Stone ganz beiläufig, ließ sie und ihre Reaktionen dabei aber nicht aus dem Auge.

Sie fragte ihn, ob er ernsthaft glaube, dass eine Frau Michael diese Verletzungen zugefügt haben könne. Die Frage schien ihn zu überraschen.

»Wenn sie sauer genug auf ihn war«, sagte er.

Dann legte er den Kopf auf die Seite, als wäre ihm gerade noch etwas anderes eingefallen. Wie ein großer Vogel, dachte sie, der auf Würmer unter der Erde lauscht.

»Außer, er war vom anderen Ufer. Schwul«, fügte er hinzu, als bedürfe dies einer Erklärung. »Er war doch nicht schwul oder bisexuell?«

Sie merkte, dass er sie provozieren wollte, ging aber nicht darauf ein. »Nein«, sagte sie. »Nicht dass ich wüsste – aber ausschließen kann man so was ja wohl nie.«

Ihre Antworten waren platt, ziemlich nichts sagend. Erstaunlicherweise stellte er nicht die Fragen, die sie erwartet hatte, so dass sie nicht allzu viel lügen musste. Die Ordensschwestern würden solche Lügen als Unterlassungssünden bezeichnet haben. Nach ein paar Stunden sagte Stone, sie könne gehen. In der Halle wartete Larry auf sie. Sie überließ sich ganz ihm, fühlte sich wie ein Paket, das er abholen gekommen war. Es verblüffte sie, dass die Dunkelheit bereits eingesetzt hatte, aber sie machte sich nicht die Mühe, auf die Uhr zu schauen. Auf der Heimfahrt mit dem Taxi kuschelte sie sich an Larry und er legte den Arm um sie, aber beide sprachen kein Wort.

Ihre Mailbox hatte drei Nachrichten aufgezeichnet. Zwei von Meg und eine von Liz. Aber ihr war nicht danach, zurückzurufen. Als Erstes brauchte sie jetzt ein Bad.

Ein paar Minuten später rief sie Larry ins Badezimmer. Er brachte ihr ein Glas Wein mit, und sie sagte ihm, er solle bei ihr bleiben, also ging er noch einmal zurück, um die Flasche zu holen. Als er wieder da war, hatte sie das Glas bereits ausgetrunken, und er schenkte ihr nach. Dann erzählte sie ihm alles – soweit es ihr möglich war.

»Er hatte eine Wohnung in Notting Hill gemietet, am unteren Ende von Ladbroke Grove…«

Ihr kam in den Sinn, dass er diese Wohnung wahrscheinlich schon vor ihrer Trennung besessen hatte, ein Unterschlupf, in den er seine Frauen mitnehmen konnte, wenn diese keine eigene Bleibe hatten oder ihn aus irgendwelchen Gründen nicht zu sich nach Hause einladen konnten…

»Man weiß, dass er kurz vor neun Uhr aus dem Theater gekommen ist. Er hatte sein neues Stück geprobt und danach noch in der Bar ein paar Pints mit dem Ensemble getrunken. Wie üblich. Die Leute vom Theater haben gesagt, sie dachten, dass er noch mit jemandem verabredet war. Mit einer Frau. Nicht, dass er ihnen das erzählt hätte. Wie gewöhnlich hat er sich auf Andeutungen beschränkt. Also muss er, selbst wenn er zu Fuß gegangen ist, um halb zehn herum bei der Wohnung angelangt sein.«

Sie hielt sich das kühle Glas gegen die Wange und musste daran denken, wie Michael früher manchmal mit einer Flasche Wein und zwei Gläsern zu ihr in die Wanne geklettert war. Dann lag er da, ihr gegenüber, die Beine links und rechts von ihr ausgestreckt, und machte sie wegen irgendwas zur Schnecke – seine gewohnten Sticheleien – während sie ihn mit einem zugekniffenen Auge durch das Weinglas hindurch beobachtete, als wäre es das Zielfernrohr eines Gewehrs. Peng, und du bist tot. Du bist ein Klumpen totes Fleisch, mein Lieber. Jetzt sah sie ihn vor sich, wie er von der Bar nach Hause schlenderte, der ewige Schuljunge, der er war, von Gott mit dunklen Locken und blauen Augen gesegnet, und mit einem Bauch voller Bier – auf dem Weg zu einer Frau, mit der er die Nacht verbringen wollte.

»Kurz nach Mitternacht ist einer seiner Nachbarn nach Hause gekommen – der Knabe in der Wohnung unter ihm – und entdeckte einen nassen Fleck an der Decke, aus dem etwas heruntertröpfelte, das wie Blut aussah. Er hat oben an die Tür geklopft, aber es hat sich nichts gerührt, also hat er die Polizei gerufen. Der Tod muss zwischen zehn und elf Uhr eingetreten sein, wurde mir gesagt. Sie wollten natürlich wissen, wo ich um diese Zeit gewesen bin.«

Sie machte eine Pause, damit er sie danach fragen konnte, was er aber nicht tat.

»Und natürlich war es der erste Donnerstag im Monat, an dem immer das Treffen des Lesekreises für abgelegte Frauen stattfindet. Also die üblichen Verdächtigen. Meg, Liz, Amy und ich. Du kannst dir vorstellen, was Stone daraus gemacht hat.«

Sie erzählte ihm die Einzelheiten – wie sie es zuvor bereits bei Stone getan hatte. Mit der gleichen ungerührten, unbeteiligten Stimme. Letzten Endes war ja doch alles egal.

»Das Treffen fand bei Liz statt. Ich bin von halb neun bis halb zwölf Uhr bei ihr gewesen. Dann bin ich sofort nach Hause gefahren und hier um fünf vor zwölf Uhr eingetroffen. Der Nachtportier hat mich hereinkommen sehen.«

»Mich brauchst du nicht zu überzeugen«, sagte Larry.

»Ich weiß. Nur… habe ich Stone verschwiegen, dass Meg gegen neun sagte, sie fühle sich nicht wohl und wolle nach Hause. Sie wollte sich ein Taxi nehmen, aber Amy hat darauf bestanden, sie zu fahren, um sich zu vergewissern, dass sie auch gut zu Hause ankommt.«

Larry saß mit dem Weinglas zu seinen Füßen auf dem zugeklappten Toilettendeckel und sah sie an.

»Ich habe ihm nichts davon gesagt, weil er mich nicht gefragt hat. Ich habe nur gesagt, dass ich mit den anderen drei bei einem Treffen unseres Lesekreises gewesen bin. Ich habe nicht gesagt, dass jemand vorzeitig gegangen ist. Kann sein, dass die anderen es ihm erzählen – oder dass er es sonst wie herausbekommt. Ich weiß, was er dann denken wird. Er denkt es wahrscheinlich jetzt schon. Dass wir eine Abmachung hatten. Ich bringe Megs Ehemann um und sie meinen.«

»Warum solltest du das tun wollen?«

»Sag du es mir.«

»Vergeltung?«

»Das wäre ein Grund.«

Er seufzte, als hätte er keine Lust, seine Zeit damit zu vergeuden. »Vergeltung wofür?«

»Michael hat mich betrogen. Immer wieder. Er hat mich erniedrigt. Er könnte mich sogar geschlagen haben.« Als sie seinen Gesichtsausdruck sah, fügte sie rasch hinzu: »Man weiß es ja nie.«

»Das kann ich mir nur schwer vorstellen. Denk daran, was du mit dem Typen angestellt hast, der dich überfallen wollte.«

»Ach ja, das kommt auch noch hinzu. Stone weiß davon. Wir wissen ja, zu was Sie fähig sind, hat er gesagt.«

»Wenn er dich für seine Hakenmörderin hält, warum hast du ihn dann neulich nicht benutzt?«

»Bei dieser Gelegenheit hatte ich ihn zufällig nicht bei mir, also habe ich ihm nur den Fuß gebrochen.«

»Ich würde Stone nicht zu ernst nehmen«, sagte Larry. »Bis gestern hat er noch damit geprotzt, dass es eine Zufallstäterin sein muss. Jetzt glaubt er an eine Verschwörung. Morgen hat er wieder eine andere Theorie.«

Larry füllte noch einmal ihr Glas. Wollte er sie betrunken machen, um ihr die Zunge zu lösen – das hätte zu Michael gepasst –, aber das war ihr jetzt gleichgültig. Er hockte sich neben die Wanne, legte ihr die Hand auf die Schulter und streichelte mit dem Rücken seines Zeigefingers ihre Wange. Sie legte den Kopf kurz auf die Seite und drückte den Finger an ihre Schulter. Sie fragte sich, ob sie ihm vertrauen könne, aber auch das begann ihr gleichgültig zu werden. Wahrscheinlich lag es am Wein.

»Da ist noch etwas«, sagte Jo. »Ich schuldete ihm Geld. Einhunderttausend Pfund. Für die Wohnung. Als wir uns trennten, haben wir ein Gutachten erstellen lassen; es hat mich zweihunderttausend gekostet, ihn auszuzahlen. Die Hälfte habe ich aufbringen können, und den Rest bin ich ihm schuldig geblieben. Bis zum Ende des Jahres – des Jahres, das gerade vorbei ist – hatte ich Zeit, das Geld aufzutreiben. Sonst hätte ich die Wohnung verkaufen müssen. Jeder weiß, dass ich es nicht übers Herz gebracht hätte, mein Apartment aufzugeben. Jetzt hat sich das erübrigt.«

Er beugte sich vor und gab ihr einen Kuss auf die Stirn. Sie schloss die Augen. Es erschreckte sie, dass sie angesichts von Michaels Tod keine einzige Träne vergossen hatte.

»Ich komme jetzt raus«, sagte sie.

Er hielt ihr das Badelaken hin. Sie schlang es um sich und setzte sich auf den Wannenrand.

»Was war denn mit Meg?«

Sie sah ihn scharf an. »Meg?«

»Du sagtest, sie hätte sich nicht wohl gefühlt.«

»Das hat sie zumindest behauptet.«

Jo stand auf und ging an ihm vorbei ins Schlafzimmer. Sie war ein wenig unsicher auf den Füßen und sehr müde – das Bad war zu heiß gewesen. Sie legte das Handtuch ab und schlüpfte ins Bett. Larry blieb in der Tür stehen und sah ihr zu.

»Erzähl mir, was mit Meg gewesen ist«, sagte er.

Sie drehte sich auf den Rücken und starrte zur Zimmerdecke hinauf. »Sie hatte Kopfschmerzen, wollte aber nichts dagegen einnehmen. Sie sagte, sie wolle nur nach Hause und sich hinlegen. Liz meinte, ihr ging es noch gut, als sie gekommen war – sie war die Erste gewesen –, und dass sie sich offensichtlich darauf gefreut hatte, uns alle zu sehen. Wir haben uns später noch darüber unterhalten, als Meg und Amy fort waren, und Liz hat gesagt, dass sie ihr von uns beiden erzählt hat.«

»Du hast Liz von uns erzählt?«

Sie sah ihn mit halb geschlossenen Augen an, ohne den Kopf zu bewegen.

»Hätte ich das aus irgendeinem Grund nicht tun sollen?«

Er antwortete nicht darauf, kam aber ins Zimmer und setzte sich auf die Bettkante.

»Ich habe sie angerufen, als du gegangen warst. Ich musste einfach mit jemandem reden. Normalerweise wäre das Meg gewesen, aber wegen Rob … Du weißt schon. Schließlich habe ich mich ja nicht einmal bei ihr gemeldet, um ihr zu sagen, dass ich vorzeitig aus Boston zurückgekommen war.

Ich dachte, sie wäre bestimmt sauer auf mich. Ich weiß, dass ich wie ein kleines Schulmädchen klinge, aber…«

»Aber das ist nicht das eigentliche Problem, oder?«

»Wie meinst du das?«

Er half ihrem Gedächtnis auf die Sprünge. »Sie war nach neun Uhr nicht mehr bei euch, und du hast Stone nichts davon erzählt.«

»Nein.« Sie legte den Kopf in den Nacken, und ihr Seufzen war mehr ein Ächzen. Sie sah ihn immer noch nicht an, als sie ihm von dem anderen Problem berichtete.

»Sie war auch nicht bei uns, als Rob ermordet wurde.«

Larry schwieg. Sie stützte sich auf die Ellenbogen. »Das darfst du keinem verraten. Versprich es mir.«

Sie kam sich jetzt wirklich wie ein Schulmädchen vor, das im Schlafsaal mit ihrer Bettnachbarin kleine Geheimnisse teilte. Nur gehörte er zum anderen Geschlecht. Und ihre Mädchengeheimnisse waren ganz anderer Natur.

»Wenn jemand damit herausrückt, muss ich es sein. Oder Meg selber.«

»In Ordnung.«

Seufzend ließ Jo sich wieder aufs Bett sinken. Es war einfacher, wenn sie ihn dabei nicht ansah.

»Der Lesekreis trifft sich für gewöhnlich um halb acht Uhr. Aber an dem Abend, als Rob ermordet wurde, ist Meg erst kurz nach acht Uhr erschienen. Nachdem die Polizei sich mit ihr in Verbindung gesetzt hatte – um ihr zu sagen, was passiert ist –, hat sie mich im College angerufen und mich gebeten, auszusagen, dass sie pünktlich um halb acht Uhr dagewesen wäre. Und Liz zu bitten, das Gleiche zu tun. Sie würde uns später alles erklären, sagte sie.«

»Und hat sie das getan?«

»Nein. Nicht richtig. Sie hat nur gesagt, es hätte sie ganz konfus gemacht, als die Polizei wissen wollte, wo sie gewesen sei, und dabei hätte sie aus Versehen die Zeit genannt, zu der sie hätte kommen *sollen*, nicht die Zeit, zu der sie tatsächlich gekommen ist. Und dass man es merkwürdig finden könnte, wenn sie nachträglich ihre Aussage revidiert.«

Larry wirkte nachdenklich – und dazu gab es ja auch allen Grund. Jo selber hatte wochenlang an nichts anderes denken können.

»Also hat sie dir nicht gesagt, *warum* sie zu spät gekommen ist?«

»Nein – nur, dass sie ihr Haus um fünf Uhr verlassen hat. Was also hat sie während dieser drei Stunden gemacht? Sie ist doch bestimmt nicht ziellos in der Tate Modern herumgelaufen?«

»Du glaubst nicht, dass sie Rob umgebracht hat, oder?«

»Nein. Ich bin es im Kopf immer und immer wieder durchgegangen und komme jedes Mal zu dem gleichen Ergebnis. Ich glaube nicht, dass sie es fertig gebracht hätte.« Jo sprach langsam und betonte jedes einzelne Wort sorgfältig, als stünde sie vor ihrer Lerngruppe. »Aber *wo* ist sie gewesen?«

»Sie war bei mir.«

Einen Moment lang brachte Jo kein Wort heraus. Dann sagte sie nur: »Oh.«

Nur das. Oh. Aber es sagte mehr als tausend Worte. Sie schloss wieder die Augen.

»Jo«, hörte sie ihn sagen.

Wieso war sie nicht darauf gekommen? Es hatte so viele Hinweise gegeben. Wie lange ging das schon so? Monate? Jahre?

»Wir haben uns auf einen Drink getroffen«, sagte Larry. »In einem Weinlokal in Clerkenwell. Ich dachte, sie wollte über Rob sprechen, und irgendwie wollte sie das wohl auch. Aber uns beiden war klar, worüber wir eigentlich reden wollten und worauf es hinauslaufen würde. Da war immer diese – wie soll ich es ausdrücken? Erwartung, diese Angst, dass es geschehen könnte. Wir haben darüber gesprochen. Wir beide *wollten*, dass es passiert. Aber wir waren uns einig, dass wir es nicht tun würden.«

»Ihr wolltet erst auf Nummer sicher gehen«, sagte sie.

»Wir haben uns nicht auf einen Zeitpunkt festgelegt.«

»Aber das hättet ihr gerne?«

»Jetzt nicht mehr.«

»Lügner.« Das sagte sie ohne Zorn. Sie war zu benommen, zu erschrocken, um Wut empfinden zu können.

Sie spürte, wie er sich an der Bettkante entlangbewegte, bis er neben ihr auf der Decke lag, die Hand auf ihre Schulter legte und den Mund so dicht an ihr Ohr hielt, dass sie mit dem Kopf von ihm abrückte. »Hör zu, Jo. Ich wollte mit Meg ins Bett gehen, okay. Ich kann es nicht ändern, so beschissen ich mich auch dabei fühle. Wenn Rob nicht auf diese Weise zu Tode gekommen wäre oder wenn ich mich nicht in dich verliebt hätte, würde ich wahrscheinlich immer noch den Wunsch haben. Ich könnte sogar mit ihr im Bett *gewesen sein*. Wer weiß? Aber es ist nicht geschehen, und das wird es nun auch nie.«

Das fand Jo wenig befriedigend, aber sie sagte sich, dass sie wohl oder übel damit leben müsste. Außerdem hatte er ihr wahrscheinlich soeben gerade seine Liebe gestanden, und sie hatte es um ein Haar nicht mitbekommen.

Sie öffnete die Augen.

»Hat sie gewusst, wo Rob zu der Zeit war und was er dort trieb?«

»Nein. Zumindest nicht von mir. Und sie hat mir gegenüber auch keine Andeutung gemacht, dass sie es wüsste.«

»Wann habt ihr euch getroffen?«

»Um halb sechs.«

»Und wann ist sie gegangen?«

»Ich weiß es nicht. Ich kann mich nicht mehr erinnern. Schon gut, schon gut…« Er schüttelte den Kopf. »Ich wünschte, ich wüsste es, aber ich kann es dir nicht sagen. Ich habe endlos darüber nachgedacht. Es kann nicht früher als sieben Uhr gewesen sein. Es kann auch erst um halb acht gewesen sein, aber ich kann es beim besten Willen nicht sagen.«

»Ich kann mir auch nicht vorstellen, dass du dauernd auf die Uhr geschaut hast«, sagte sie. Und dann, nach einer Pause: »Wie lange braucht man von Clerkenwell bis zu dir?«

»Zu Fuß? Ungefähr eine Viertelstunde.«

»Wenn sie also um sieben Uhr aufgebrochen ist…«

»Könnte sie es gerade eben geschafft haben. Aber dann hätte sie sich ziemlich beeilen müssen, um… alles zu erledigen und um acht Uhr bei dir zu sein.«

»Kurz nach acht Uhr«, korrigierte sie ihn.

Sie legte die Hand an die Stelle am Kopf, wo der bohrende Schmerz saß.

»Meg war es nicht«, sagte er.

»Du musst es ja wissen.«

»Jo, das wollte ich dir schon die ganze Zeit erzählen. Die ganze Woche schon habe ich es dir erzählen wollen, aber es hätte so ausgesehen, als würde ich aus einer Mücke einen Elefanten machen.«

»Und der Polizei hast du auch nichts davon gesagt.«

»Nein, das wollte ich ihr überlassen.«

»Was für ein Gentleman.«

»Schau mal, auch wenn nichts zwischen uns gewesen ist, waren wir doch an dem Abend, als Rob ermordet wurde, zusammen. Kannst du dir vorstellen, wie ich mich dabei fühle?«

»Ich weiß nicht, ob ich das kann«, sagte Jo. »Wie fühlt man sich denn dabei?«

Sie nahm die Hand, mit der sie ihre Augen gegen das Licht bedeckt hatte, vom Kopf und schob auch die seine beiseite.

»Wir sind erledigt«, sagte sie. »Das ist dir doch wohl klar?«

»Es ist eine vertrackte Situation. Aber ich würde nicht gleich sagen, dass wir erledigt sind.«

»Ich bin nicht mehr müde. Oder zumindest über den toten Punkt hinweg. Ich kann jetzt sowieso nicht schlafen. Ich stehe auf. Vielleicht mache ich einen Spaziergang.«

Es war Viertel vor sieben Uhr.

Larry verließ das Schlafzimmer, damit sie sich anziehen

konnte. Als Jo in die Küche kam, hatte er eine Kanne Kaffee gekocht und etwas Toast gemacht. Zu ihrer Verwunderung hatte sie mit einem Mal mächtigen Hunger. Er nahm ihr gegenüber Platz und sah zu, wie sie die Marmelade auf dem Toast verteilte.

»Da ist noch etwas, worüber ich mit dir reden muss«, sagte er.

»Ich kann's kaum erwarten.«

Er bückte sich, zog etwas aus seiner Tasche und legte es auf den Tisch. Es war ein Buch in einer durchsichtigen Hülle. *Orlando* von Virginia Woolf.

»Ich bin bei mir im Haus gewesen«, sagte er, »und habe das im Schlafzimmer gefunden. Es steht dein Name drin.«

Jo begriff nicht sofort. »Was hat das Buch in deinem Haus verloren?«, fragte sie schließlich.

»Nun, ich nehme nicht an, dass *du* es dort zurückgelassen hast.«

»Ich bin nie bei dir gewesen. Jedenfalls nicht *im* Haus.«

Er zog die Stirn in Falten. Also war sie doch einmal dort gewesen? Sie erzählte ihm, wie sie die Zeit gemessen hatte, die man von seiner Wohnung bis zu ihrem Apartment brauchte. »Um zu überprüfen, ob man es zeitlich schaffen könnte«, sagte sie. Bewusst sagte sie nicht, dass sie hatte schauen wollen, ob *Meg* es zeitlich hätte schaffen können.

»Wie ist dieses Buch dann dorthin gekommen?«

Sie griff danach.

»Nimm es nicht aus der Hülle«, ermahnte Larry sie.

Sie sah ihn verständnislos an. Zunächst dachte sie, er wollte nicht, dass das Buch einen Fleck bekommt – wenn bloß jeder so sorgsam mit ihren Büchern umgehen würde –, und dann fiel es ihr wieder ein.

»Amy«, entfuhr es ihr. »Ich habe es Amy geliehen.«

»*Amy?*«

»Du glaubst doch nicht, dass sie sich ein Buch von Virginia Woolf *kaufen* würde, oder? Nicht, wenn sie es sich von mir leihen kann. Und sie *liest* die Bücher dann ja noch nicht einmal. Ich kann mir auch nicht vorstellen, dass sie dieses gelesen hat. Sie hat es vermutlich nur mit sich herumgetragen, um Eindruck zu schinden.« Dann überlegte sie, was das bedeuten konnte. »Ist Amy bei dir zu Hause gewesen?«

»Soweit ich weiß nicht. Ganz bestimmt nicht in meiner Anwesenheit. Wann hast du Amy das Buch geliehen?«

»Gott, da muss ich überlegen. Vor ungefähr zwei oder drei Monaten, würde ich schätzen. Du denkst doch nicht, dass sie mit Rob dort…«

»Auf jeden Fall nicht am Abend seines Todes.«

Jetzt war *er* über den Ausdruck auf ihrem Gesicht entsetzt.

»Jo? Sie war an dem Abend, als er ermordet wurde, doch mit *dir* zusammen…?«

»Sie ist erst nach Meg gekommen. Es war schon lange acht Uhr durch.«

»O Gott«, sagte Larry. »Also beide Male… Und sie kannte *beide* Männer.«

»Nein.« Jo schüttelte energisch den Kopf. »Das ist unmöglich. Eine Menge Leute haben sowohl Rob als auch Michael gekannt. Sie verkehrten in denselben Kreisen. Rob ist in mindestens zweien seiner Stücke und hinterher bei der Premierenfeier dabei gewesen. Beide waren Frauenhelden. Es könnte eine Schauspielerin geben, die sie beide gekannt haben…« Sie sah seinen Blick.

»Sie hatte eine Rolle in Michaels neuem Stück«, sagte Larry. »Am Gate Theatre. Deswegen wollte sie, dass ich den Rundgang durch Bloomsbury übernehme.«

»Nein.« Wieder schüttelte Jo den Kopf. Weil sie es nicht glaubte, oder weil sie es nicht glauben wollte. »Davon hat sie *mir* nichts gesagt. Erst am Donnerstag hat sie uns damit in den Ohren gelegen, dass sie keine Arbeit hatte. Sie hatte seit Ewigkeiten kein Engagement mehr, jedenfalls nicht auf der Bühne. Und sie hatte die Schnauze gestrichen voll.«

»Ja, aber sie hat einen Rückruf bekommen – mit dem sie fest gerechnet hat«, warf Larry ein.

»Die Besetzung stand doch längst fest. Sie waren doch schon bei den Proben. Rob ist am Donnerstagabend mit der Truppe einen trinken gegangen«, erinnerte Jo ihn.

Larry stand vom Tisch auf, ging ins andere Zimmer und kam mit einem weiteren Buch zurück. Es war eine ihrer Virginia-Woolf-Biografien.

Er schlug es auf, nahm eine Postkarte heraus, die darin gesteckt hatte, und gab sie Jo. Auf der Rückseite war eine Liste von Namen und Daten notiert.

»Was ist das?«, fragte sie.

»Also gehört sie nicht dir?«

»Nein. Das ist nicht meine Handschrift.« Die Schrift war sorgfältig, beinahe geziert. Alle Buchstaben neigten sich brav in dieselbe Richtung. Ihre tanzten hin und her.

Larry verglich die Karte mit Jos Namenszug auf dem Titelblatt. »Da hast du natürlich Recht«, sagte er. Ihr entging die Erleichterung in seiner Stimme nicht. »Das hätte mir gleich auffallen sollen, Himmel! Hast du dieses Buch auch an Amy verliehen?«

»Weiß ich nicht mehr. Könnte sein.« Jo blätterte in dem Buch und entdeckte die Bleistiftanmerkungen und die Eselsohren. »Es sieht aus, als hätte ich es mal verliehen. Oder hast du das gemacht?« Er schüttelte den Kopf. Sie nahm noch einmal die Postkarte mit der Namensliste. »Wer *sind* sie? Sagen dir diese Namen etwas?«

Larry sagte ihr, wer diese Frauen waren.

»Aber warum sollte sich Amy für die Opfer von Jack the Ripper interessieren?«

Larry erzählte ihr von Juds Theorie über Virginia Woolfs Vetter Jem.

»Das hat doch gar nichts zu bedeuten«, sagte Jo.

Er tippte auf das Buch in der Plastikhülle.

»Aber das. Ihre Fingerabdrücke werden darauf sein.«

»Und meine ebenfalls.«

»Aber die von Amy bringen sie mit Rob in Verbindung – und mit dem Haus.«

»Wirst du es der Polizei übergeben?«

»Sie haben gesagt, wenn ich etwas im Haus finde, was mir nicht gehört… Ich habe ja gesucht, aber das Buch habe ich erst gestern entdeckt.«

Jo saß schon wieder kopfschüttelnd da. »Ich habe Amy nie so recht über den Weg getraut«, sagte sie, »aber ich habe sie nie für gewalttätig gehalten. Was du da sagst…« Wenn sie es in Worte fasste, wurde es plötzlich so *real*. »Und was Michael betrifft – bloß, weil er ihr keine Rolle in seinem neuen Stück gegeben hat?«

»Das habe ich nicht gesagt«, erwiderte Larry.

»Aber du denkst es doch.«

»Du auch.«

»Tue ich nicht.« Jo stand auf. »Ich gehe jetzt eine Runde.«

Larry blieb sitzen, während sie sich den Mantel anzog.

»Was ist denn nun?«, sagte sie.

Er blickte überrascht auf. »Ich wusste ja nicht, dass ich mitkommen soll.«

»Sei nicht albern.« Sie warf ihm seine Jacke zu.

Jo lehnte sich auf das Geländer beim *Old Anchor Inn* am Dock von St. Mary's Overy und starrte auf das schwarze Wasser. Dies war einer ihrer Lieblingsplätze am Fluss – zumindest im Winter; im Sommer waren ihr hier zu viele Menschen. Sie mochte diesen Namen: St. Mary's Overy – nach einer alten Kirche, die einmal hier gestanden hatte. Als Jo kurz nach ihrem Umzug nach London zum ersten Mal hergekommen war, hatte sie dabei an *St. Mary's Ovaries* denken müssen – *die Eierstöcke der heiligen Maria*. Trotz der unterschiedlichen Schreibweise glaubte sie noch immer, dass die Ähnlichkeit kein Zufall war. Nur die Engländer konnten sich einen solchen Namen einfallen lassen. Hier zweigte ein kleiner Flussarm von der Themse ab. Es gab eine Schleuse und einen Nachbau von Sir Francis Drakes Flaggschiff, der *Golden Hind*. Man konnte das Schiff für Partys mieten. Wenn sie das nächste Mal etwas zu feiern hatte, würde sie es hier tun, erzählte Jo allen Leuten. Darauf dürften einige schon sehr lange warten.

Es war Flut, das Wasser klatschte ihr fast bis auf die Füße. Sie hatten schon eine knappe Meile zurückgelegt, ohne ein Wort miteinander zu wechseln. »Sie muss sehr, sehr verstört gewesen sein«, sagte Jo schließlich.

»Ja, so sieht's aus.«

»Ich meine, sie konnte doch nicht einfach... Da muss doch etwas in ihrer Vergangenheit gewesen sein, weswegen irgendwas in ihrem Kopf nicht stimmt.«

»Schon möglich.«

»Aber davon hätten wir doch etwas mitbekommen.«

Jo starrte auf das Wasser zu ihren Füßen. Der dunkle Fluss, das große dunkle Becken... *eine undurchdringliche, klebrige Substanz, die über ihrem Kopf zusammenschwappte*. Äußern Sie sich dazu, welche Bedeutung Wasser in den Schriften Virginia Woolfs hat.

»Warum konnte der Gingerwolf nicht schwimmen?«, sagte sie.

»Wie bitte?«

Sie hatte Larry gar nicht angesprochen, hatte es nur so vor sich hin gesagt, aber nun, da ihr wieder eingefallen war, wo sie diese Worte zum ersten Mal gehört hatte, wiederholte sie sie laut und deutlich, als wünschte sie tatsächlich eine Antwort auf diese Frage: »Warum konnte der Gingerwolf nicht schwimmen?«

»Weil sie einen dicken Stein in ihrer Tasche hatte?« Larrys Stimme klang sarkastisch, als wäre dies ein albernes Ratespiel, das sie mit ihm treiben wollte.

»Ja, *warum*? Warum hat sie sich ertränkt?«

»Weiß ich doch nicht.«

»Ich sag's dir gleich, wenn ich mal kurz überlegen darf. Es war 1941. Sie hatte Angst davor, dass die Nazis England besetzen und sie alle im Konzentrationslager enden würden. Leonard Woolf war Jude. Sie… da war noch etwas. Etwas, das mit Sigmund Freud zu tun hatte…«

»Warum sprechen wir jetzt über Virginia Woolf?«, fragte Larry ungeduldig.

»Weil Amy irgendwie besessen ist von Virginia Woolf und es da eine Verbindung gibt. Wenn du bloß mal die Klappe halten und mich nachdenken lassen würdest.«

Aber es hatte keinen Zweck, Jo hatte den Faden verloren. Sie musste die Stelle noch einmal nachlesen. Den ganzen Weg zurück am Fluss entlang lief sie ihm ständig einige Schritte voraus.

Die Biografie lag noch immer auf dem Küchentisch. Sie suchte nach dem entsprechenden Kapitel.

»Sie war gerade Sigmund Freud begegnet. Er war 1939 nach London gekommen. Sie unterhielten sich über ihre Kindheit – und dann begann sie seine Bücher zu lesen. Und ließ bis zu ihrem Tode nicht mehr davon ab – das steht in ihrem Tagebuch –, und Freud schien sie davon überzeugt zu haben, dass der Kindesmissbrauch nur in ihrer Fantasie stattgefunden hat, eine Wunscherfüllung war.«

»Du meinst J. K. Stephen?«

»Nicht bloß ihn. Er war nichts im Vergleich zu den Brüdern – den *Stiefbrüdern*, Gerald und George. Vor allem Gerald. Sie hat doch alles in ihren Briefen geschrieben: an Vanessa und Clive Bell, Vita Sackville-West, Violet Dickinson, ihren Bruder Adrian Stephen – ihren *richtigen* Bruder. An alle möglichen Leute. Es steht auch in ihren Erinnerungen. Hör dir das doch einmal an… Sie ist ungefähr acht, und Gerald ist bei ihr. Er ist um die achtzehn oder neunzehn. Er hebt sie auf diesen Sims, oder diese Platte im Vestibül, wo die Dienstmädchen das Geschirr stapeln, und da ist auch ein Spiegel… Hier ist es.«

Die Passage war mit einem langen Strich am Rande der Seite markiert. Jo las laut vor:

… als ich dort saß, begann er, meinen Körper abzutasten. Ich kann mich noch an das Gefühl erinnern, als seine Hand sich unter meine Kleider schob und sich energisch und ständig immer tiefer vorschob. Ich erinnere mich, wie sehr ich hoffte, dass er aufhören würde, wie ich mich steif machte und wand, als seine Hand näher an meine Geschlechtsteile kam. Aber sie hielt nicht inne.

»Es geht noch weiter. Er kommt abends an ihr Bett. Sie hat eine Heidenangst. Man stelle sich das nur mal vor. Wenn es wahr ist, was sie da schreibt, dann ist sie von ihren Vettern jahrelang systematisch missbraucht worden, und kein Mensch hat irgendwas dagegen unternommen. Leonard Woolf hat gesagt, dass sie ihr Leben zerstört haben, ehe es richtig begonnen hatte.«

Jo schlug die Seite um.

Ich träumte, dass ich in einen Spiegel sah, als plötzlich ein schreckliches Gesicht – eine Tierfratze – über meiner Schulter auftauchte. Ich kann nicht mit Bestimmtheit sagen, ob es nur ein Traum oder ob es Wirklichkeit war.

Der letzte Satz war so heftig unterstrichen worden, dass der Stift durch das Papier gedrungen war.

»Das ist das Gesicht, das sie in dem Spiegel in der Halle sieht. Aber ist ihr das nun wirklich widerfahren, oder hat sie es sich nur eingebildet? Das ist der springende Punkt. Freud scheint sie davon überzeugt zu haben, dass das alles nur in ihrem Kopf stattgefunden hat, alles ein Phantasma war – Gedächtnishalluzination nennt man das. Nicht das, was wirklich geschehen war, sondern das, was sie sich gewünscht hat. Es muss die reinste Hölle für sie gewesen sein, wenn man bedenkt, wie sehr sie diese Männer verabscheut hat. Und dann stellt sich heraus, dass das alles nur Fantasien waren. Oder dass sie nur glaubt, dass es hätte geschehen *können*. Kein Wunder, dass es sie in Verzweiflung gestürzt hat. Sie hat Gerald als feisten Alligator beschrieben. Und George als eine fette Laus mit gierigen Rattenaugen, als überfressenen Köter… und hör dir das an… *›dessen aufgedunsenes Fleisch man gerne aufschlitzen würde‹.«*

»Gut, also Virginia Woolf hätte gerne ihre Vettern aufgeschlitzt – aber was hat das mit Amy zu tun?«, wollte Larry wissen.

»Die Vorgeschichte. Du hast doch gesagt, dass es da eine Vorgeschichte gegeben haben muss. Und so ist es in der Tat. Amy ist wegen etwas, das *ihr* widerfahren ist, so besessen von Virginia Woolf.«

»Und das wäre?«

»Ich weiß es nicht mehr. Ich habe es vergessen.«

»Du hast es *vergessen*?«

»Liz hat es mir gegenüber einmal erwähnt. Schon vor Jahren. Ich habe es damals nicht ganz verstanden, und sie war auch nicht so wild darauf, zu sehr ins Detail zu gehen. Sie hat gesagt, Amy hätte dieses Ding mit Virginia Woolf, weil sie sich mit ihr identifizierte. Es hätte damit zu tun, dass sie als Kind missbraucht worden ist.«

»Sexuell missbraucht? Von ihrem Stiefbruder?«

»Keine Ahnung. Liz wollte nicht darüber reden. Es war auch offensichtlich, dass sie bereute, es überhaupt angesprochen zu haben.«

»Ich kenne Amys Stiefbruder«, sagte Larry. »Er heißt Jud. Und er kann's nicht gewesen sein. Sie hat ein ganz normales Verhältnis zu ihm.«

Jo erhob sich. »Ich werde mal Liz fragen.«

»Heute Abend?«

»Ich rufe sie an.«

Sie verließ das Zimmer, um zu telefonieren. Als sie zurückkam, sagte sie: »Liz ist unterwegs hierher.«

»Wie? Jetzt sofort?«

»Ich habe mich auch gewundert. Ich habe schließlich gar nicht viel gesagt. Nur, dass ich mit ihr über Amy sprechen wollte, und sie sagte, sie käme gleich rüber. Sie muss sich wohl auch selber deswegen Sorgen gemacht haben.«

Larry sah auf die Uhr. Es war halb acht. »Möchtest du, dass ich bleibe?«

»Weiß nicht. Was meinst du?«

»Ich glaube, du bekommst mehr aus ihr heraus, wenn ihr unter euch seid.«

»Das denke ich auch. Wo willst du hin?«

»Ich gehe zurück zum Haus. Keine Sorge, ich komme später wieder. Ich will das hier nur dahin zurückbringen, wo ich es gefunden habe.« Larry griff nach dem Buch in der Plastikhülle. »Wenn ich der Polizei davon erzähle, brauchen sie nicht zu erfahren, dass ich es von seinem Platz entfernt habe.«

Jo sagte ihm, er könne ihren Wagen nehmen.

KAPITEL 24

Die Geschichte

Nachdem Larry gegangen war, fühlte Jo Panik in sich aufsteigen. Es musste an dem Alleinsein liegen. Sie fühlte sich so einsam und verlassen, dass sie meinte, kaum noch Luft holen zu können. Und es lag an der Angst, aber nicht um ihrer selbst willen. Sie wollte ihm nachlaufen und ihm sagen, dass er bleiben solle. Aber das hätte nicht zu ihr gepasst. Sie führte es auf den Schock nach Michaels Tod zurück; darauf, dass sie ihn in der Leichenhalle gesehen hatte. Wenn sie noch verheiratet gewesen wären, eine richtige Ehe geführt hätten, stünde sie jetzt unter ärztlicher Aufsicht, hätte ein Beruhigungsmittel bekommen, oder zumindest würden Freunde sich um sie kümmern. Auch Liz' bevorstehendes Eintreffen hatte keine sonderlich beruhigende Wirkung auf sie.

Jo war überrascht, wenn nicht sogar verwirrt von Liz' Reaktion auf ihren Anruf gewesen. Sie hatte eigentlich eine bissige Bemerkung erwartet, oder dass Liz wütend sein würde. Liz ging oft scharf mit Amy ins Gericht – auch von Angesicht zu Angesicht –, aber sie konnte auch sehr fürsorglich ihr gegenüber sein. Wurde Amy von jemandem angegriffen, nahm sie sie stets in Schutz und konnte dabei ausgesprochen aggressiv werden. Am Telefon aber hatte sie bestürzt geklungen. Vor allem, nachdem Jo ihr von dem Buch berichtet hatte.

Jo machte sich jetzt Vorwürfe, dass sie das Buch überhaupt erwähnt hatte. Sie hätte zunächst in Erfahrung bringen sollen, *warum* Liz so besorgt war. Wenn Liz nun von ihr verlangte, dass sie das Buch vernichtete?

Liz konnte andere bisweilen ganz schön einschüchtern, vor allem, wenn sie wütend war. Sie konnte dann sehr bedrohlich wirken. Bei Auseinandersetzungen wurde sie ziemlich schnell laut.

Aber ich brauche doch keine Angst vor Liz zu haben, sagte sich Jo.

Fast hätte sie sie angerufen, um ihr zu sagen, dass sie zu Hause bleiben sollte, dass ihr jetzt nicht danach wäre, darüber zu sprechen, und dass sie es ebenso gut auch auf morgen verschieben konnten. Sie hatte sogar damit begonnen, Liz' Nummer zu wählen, brach aber mittendrin ab. Die Stille um sie herum deprimierte sie. Ihr Apartment deprimierte sie. Zum ersten Mal seit Michaels Auszug mochte sie nicht alleine in ihrer Wohnung sein. Sie stützte den Kopf in die Hände und massierte mit den Fingern die Augen, als könne sie so das Bild von ihm, wie sie ihn zuletzt gesehen hatte, aus ihnen herauspressen.

Sie musste an seine Familie in Belfast denken. Sollte sie sie anrufen? Aber sie war seinen Angehörigen nur einmal begegnet. Es waren Katholiken aus der Falls Road, seine beiden Schwestern und seine zwei Brüder gehörten der Sinn Fein an, und ein weiterer Bruder war in den Achtzigerjahren von Soldaten an einer Straßensperre erschossen worden, weil er ein Sturmgewehr der US-Army im Kofferraum seines Wagens mit sich führte. Es sei ihm untergejubelt worden, behauptete die Familie. Seine Mutter war nie darüber hinweggekommen, war ein Jahr nach seinem Tod ihrem Krebsleiden erlegen. Und nun hatten sie auch Michael verloren, den Einzigen von ihnen, der mit heiler Haut davonkommen würde, wie sein Vater Jo gegenüber einmal prophezeit hatte.

Sie ließ die Hände sinken und sah die Dämonen.

»Sie gefallen mir«, hatte sie zu Larry gesagt, als sie die Bilder in ihrer Wohnung entdeckte und er sie gefragt hatte, ob sie ihr etwas ausmachen würden. »Nein, lass sie, wo sie sind.«

Jetzt aber störten sie Jo. Sie hatte das Gefühl, von ihnen beobachtet, bösartig beäugt zu werden – als würden sie sie verhöhnen, weil sie mehr wussten als sie. Sie waren in Larrys Haus gewesen, als Rob ermordet wurde. Jo beschlich das Gefühl, dass sie Unglück brachten, dass sie ein böses Omen waren. Sie wollte noch einmal zum Hörer greifen, als es an der Tür läutete und sie erschrocken zusammenfuhr.

Aus der Gegensprechanlage erklang Liz' Stimme. Jo bat sie, heraufzukommen. Dabei fiel ihr ein, dass sie Liz zuletzt am Abend von Robs Tod dazu aufgefordert hatte, als sich der Lesekreis in ihrer Wohnung traf. Für gewöhnlich kam Liz stets mit Amy zusammen, doch nicht an jenem Abend. Sie war die Einzige gewesen, die pünktlich erschienen war, und die beiden hatten in der Küche gesessen und ein Glas Wein getrunken, während sie auf die anderen warteten.

Als Jo gerade die Wohnungstür öffnen wollte, hatte sie plötzlich die Eingebung, dass Liz Amy mitgebracht haben könnte. Aber sie kam allein.

Liz schlang die Arme um Jo und drückte sie heftig an sich; dann trat sie einen Schritt zurück, hielt Jo auf Armeslänge von sich und sah ihr besorgt ins Gesicht.

»Wie geht es dir?«

»Ich werde es überleben …« Nein, das hörte sich zu furchtbar an… »Ich kann nicht behaupten, dass ich ihn immer noch geliebt habe, aber ich habe es einmal getan, und ihn jetzt so zu sehen …«

Liz umarmte sie noch einmal und fragte dann, ob noch jemand da wäre.

Jo sagte, dass sie unter sich seien.

»Die Polizei ist bei mir gewesen«, begann Liz. »Wegen gestern Abend. Ich wusste nicht, was ich ihnen sagen sollte. Ich hatte ja keine Ahnung, was die anderen erzählt haben.«

Jo fragte sich, ob Liz deswegen so eilig zu ihr gekommen

war, weil sie wissen wollte, was Jo ausgesagt hatte. Sie hätte nicht gewagt, am Telefon mit ihr darüber zu sprechen. Jo überlegte sogar, ob die Polizei eventuell ihre Wohnung überwachte, um festzustellen, wer kam und ging. Das erschien ihr keineswegs abwegig.

»Was hast du denn nun gesagt?«, wollte Jo wissen.

»Ich habe gesagt, dass ihr alle um halb acht Uhr herum gekommen seid, und dass du bis nach elf Uhr geblieben bist, die anderen beiden aber schon früher gegangen wären. Sie wollten wissen, *wie viel* früher. Aber ich sagte, ich könnte mich nicht mehr genau erinnern. Ich wusste einfach nicht, was ich sagen sollte. Was hast *du* denn ausgesagt?«

»Ungefähr dasselbe.«

»Wann ist er denn gestorben?«

»Irgendwann zwischen zehn und elf Uhr, meint die Polizei.«

»Und hast du schon mit Meg gesprochen?«

»Nein. Sie hat eine Nachricht auf meinem Anrufbeantworter hinterlassen, aber ich habe sie noch nicht zurückgerufen.«

»Wenn sie wieder will, dass wir für sie lügen…« Liz beendete ihren Satz nicht.

»Sie hat uns beim letzten Mal gebeten, die Unwahrheit zu sagen, weil sie mit Larry zusammen war«, sagte Jo. Dann erzählte sie Liz von der heimlichen Verabredung in der Weinbar in Clerkenwell.

»Und warum hat sie das verschwiegen?«

»Es war ihr peinlich.«

»*Peinlich?*« Jo konnte förmlich mitverfolgen, wie in Liz' Kopf die Gedanken Gestalt annahmen. »Also hatten sie was miteinander?«

»Nein. Sie haben sich nur unterhalten.«

»Nix da. Die haben was miteinander gehabt.« Jo verzichtete auf den Versuch, es Liz auszureden. Wie sollte sie auch? Sie war sich ja selber nicht sicher. »Also hätten sie es gemeinsam getan haben können«, sagte Liz gedehnt. »Oder

Larry…« Und dann mit mehr Nachdruck: »Larry war der Einzige, der wusste, wo Rob sich aufhält.«

»Und Michael? Hat Larry den auch umgebracht?«

»Woher soll *ich* das wissen?« Sie sah Jo scharf an. »Woher stammt eigentlich deine ganze Weisheit? Hat Meg es dir erzählt?«

»Nein. Larry.«

»Larry«, wiederholte Liz trocken. »Und Larry hat wohl auch das Buch gefunden?« Sie sah die Virginia-Woolf-Biografie auf dem Küchentisch liegen und wollte danach greifen. Dann aber zog sie die Hand zurück, als könne sie sich daran verbrennen.

»Ist es *das* Buch?«

Nein, sagte Jo, es handele sich um einen ihrer Romane – *Orlando* –, und Larry habe ihn wieder mit nach Hause genommen, um ihn dort hinzulegen, wo er ihn entdeckt hatte.

Sie merkte Liz an, dass sie gerne wissen wollte, wieso Jo und Larry einander mit einem Mal so nahe standen, dass ihr jetzt aber dringendere Fragen durch den Kopf gingen.

»Gibt es irgendeinen Grund zu der Annahme, dass Amy je bei Larry gewesen ist?«

Jo schüttelte den Kopf. »Nicht, dass ich wüsste. Fällt dir einer ein?«

»Selbstverständlich nicht. Das ist doch Schwachsinn.«

Aber es war eine Spur Zweifel in ihren Augen. Oder hatte sie das Gefühl, sich rechtfertigen zu müssen?

»Und Rob und Amy?«, drängte Jo. »Hast du je daran gedacht, dass sich da etwas abspielen könnte?« Zunächst glaubte sie, dass Liz das weit von sich weisen würde. Aber stattdessen sagte sie nur: »Keine Ahnung.«

»Aber du hattest sie im Verdacht.«

»Ich habe sie zusammen auf einer Party gesehen. Anlässlich einer Premiere. Das war vor ungefähr zwei oder drei Monaten. Rob war da, aber ohne Meg. Und es war etwas an der Art, wie Amy sich ihm gegenüber benahm. Ich habe mich nur gewundert, habe gedacht... du wirst doch nicht etwa, du kannst doch nicht...? Der Gedanke ist mir schon durch den Kopf gegangen.«

»Aber darauf angesprochen hast du sie nicht?«

»Nein, aber es war ihr irgendwie anzusehen, du weißt schon. Die Katze, die harmlos tut wie ein Kanarienvogel. Irgendwie schuldbewusst, aber gleichzeitig auch mit sich selbst zufrieden. Diesen Blick habe ich schon einmal an ihr beobachtet.«

»Und was ist mit Michael?«

»Nein...« Liz schüttelte energisch den Kopf. »Ich bin mir sicher, dass sie nicht mit Michael geschlafen hat.«

Jo erzählte ihr von Michaels Theaterstück.

»Du denkst, dass sie ihn umgebracht hat, weil er ihr keine Rolle darin gegeben hat? Bist du denn noch zu retten?«

Beide schwiegen einen Augenblick lang. Liz starrte das Buch auf dem Tisch an, und Jo merkte, dass ihr noch etwas anderes im Kopf herumschwirrte. Es geht ihr um das Buch, dachte sie, das Buch, das Larry mitgenommen hat.

»Was ist mit Amy geschehen, als sie noch ein Kind war?«, brach Jo das Schweigen. »Du hast mal angefangen, mir davon zu erzählen.«

Liz sagte immer noch nichts, aber es war ihr anzusehen, dass sie Mühe hatte, es zurückzuhalten. Schließlich entfuhr es ihr: »Sie ist vergewaltigt worden. Von ihrem Stiefbruder.«

»O mein Gott. Du meinst Jud?«

»Nicht Jud. Es gab noch einen. Ich kenne seinen Namen nicht. Juds älterer Bruder.«

»Hat *sie* dir das erzählt?« Das passte zu Amy, dachte Jo. Neues aus dem Reich der Fantasie.

Liz nickte.

»Und du glaubst ihr?«

Jetzt wurde Liz ungehalten. »So was denkt man sich doch nicht aus, Jo.«

»Amy schon.«

Liz schien zunächst etwas dagegen einwenden zu wollen,

doch dann nickte sie noch einmal und sagte: »Stimmt. Amy schon. Oder sie könnte es sich eingebildet haben. Aber ich weiß, dass sie keine schöne Kindheit hatte. Ihren Vater hat sie nie gekannt. Er hat sich verpisst, als sie erst ein paar Monate alt war. Oder möglicherweise sogar schon vor ihrer Geburt. Also blieb sie allein mit ihrer Mutter zurück in ihrer Sozialwohnung in Hounslow. Praktisch auf der Rollbahn des Flughafens, hat sie mal gesagt. Dann sind sie eine Weile in der Gegend herumgezogen. Ihre Mutter war so eine Art Hippie. Eine Zeit lang haben sie in einem Bus gewohnt. Sind in einem ganzen Konvoi solcher Busse unterwegs gewesen, waren in Glastonbury und so.«

»Amy hat in einem *Bus* gelebt?«

»Behauptet sie. Vielleicht ist es auch Spinnkram. Ich kann es dir nicht sagen. Aber ich schätze mal, dass irgendwo doch ein Körnchen Wahrheit darin steckt. Eben so viel Wahrheit, wie man von Amy erwarten darf. Sie war wohl zehn oder elf, als ihre Mutter diesen Typen kennen gelernt hat. Jemanden aus der Musikbranche, ziemlich wohlhabend und verwitwet. Er hatte selber zwei Kinder – beides Jungen. Der eine war ein paar Jahre älter als Amy, der andere ein bisschen jünger. Jedenfalls sind sie schließlich zusammengezogen, und dann hat der ältere Junge sie vergewaltigt.«

»Und sie hat sich damals niemandem anvertraut?«

»Nein, sie hätte sich zu sehr gefürchtet, sagt sie. Er hat gedroht, ihr die Titten abzuschneiden.«

»Amy hatte mit zehn schon Brüste?«

»Himmel noch mal, Jo, willst du das nun hören oder nicht? Ich gebe nur weiter, was sie mir erzählt hat.«

»Entschuldige, Liz.«

»Kann sein, dass sie auch schon älter als zehn gewesen ist. Auf jeden Fall hat sie schreckliche Angst vor ihm, und die Sache geht immer weiter. Sie muss alles tun, was er von ihr verlangt. Aber der jüngere Bruder, Jud, kommt dahinter. Er und Amy sind gute Kumpel, also spricht sie mit ihm darüber, und er ist total von den Socken. Und siehe da, mit neunzehn stirbt der ältere Bruder bei einem Autounfall. Er hat gerade den Führerschein gemacht und kommt von der Straße ab oder kracht in einen Laster oder so etwas. Die Polizei stellt fest, dass an den Bremsen herummanipuliert worden ist. Die Bremsflüssigkeit war abgelassen worden oder irgendwas in der Art. Der Verdacht fällt auf die anderen Kinder.«

»Amy und Jud?«

»Genau. Es gibt keinerlei Beweise, aber die Eltern glauben offenbar, dass an der Geschichte etwas dran ist. Sie stecken Amy in ein Internat und nehmen Jud mit nach Amerika.«

»*Haben* sie sich denn an den Bremsen zu schaffen gemacht? Hat Amy dir das erzählt?«

»Sie wollte mir keine klare Antwort geben, aber ich hatte den Eindruck, dass es so war.«

»O Gott.«

»Aber das beweist gar nichts, Jo.«

»Nur, dass sie eine gewaltige ...«

»Macke hat? Sie hat keine *Macke*. Wie würdest du denn reagieren, wenn jemand dich vergewaltigt hätte?«

»Das ist doch das Problem.«

»Schon möglich, aber ich schwöre zu Gott, Jo, dass Amy kein gewalttätiger Mensch ist.«

»Du willst sagen, dass du nie *gesehen* hast, wie sie jemandem Gewalt antut.«

»Ich werde sie anrufen.«

Jo erschrak. »Was willst du ihr denn sagen?«

»Ich will sie nur wegen des Buches fragen. Ich werde ihr sagen, dass Larry es hat und es der Polizei übergeben will. Wir müssen sie schließlich warnen.« Liz merkte, dass Jo nicht einverstanden war. »Sie hat es nicht getan, Jo, davon bin ich felsenfest überzeugt. Ebenso wie davon, dass es keine von uns getan hat. Aber wenn sie mit Rob herumgemacht hat, sollte sie sich besser eine Geschichte zurechtlegen. Möglicherweise hat sie ihm die Schwarte ja auch geliehen.«

Jo lauschte, während Liz ihren Anruf erledigte. Sie klang ein wenig unbeholfen. Schließlich legte Liz die Hand auf die Sprechmuschel und sagte: »Sie behauptet, dass sie nie ein Exemplar von ›Orlando‹ hatte. Es müsse ein anderes Buch sein, das sie von dir bekommen hat.«

»Lass mich mit ihr reden.« Sie griff nach dem Hörer und riss ihn Liz aus der Hand. »Hör mal genau zu, Amy«, sagte sie, »du weißt so gut wie ich, dass ich dir das verdammte Buch geliehen habe. Und du kannst behaupten, was du willst – deine Fingerabdrücke werden überall auf dem Buch sein.«

Jo nahm den Hörer vom Ohr und sah Liz an. »Das war wohl nicht so gut«, sagte sie.

»Was hat Amy denn gesagt?«

»Nichts. Sie hat aufgelegt.«

KAPITEL 25

Der Weihnachtsbaum

Als Larry auf dem Weg zu seinem Haus die Tower Bridge überquerte, fiel ihm der Weihnachtsbaum wieder ein. Es war Dreikönigsabend, und der Baum hing immer noch am Mast des Schleppers.

»Mist«, fluchte er.

Er brachte den Wagen am Nordende der Brücke zum Stehen und dachte nach. Es regnete. Nicht allzu sehr, aber trotzdem… Brachte es Unglück, den Weihnachtsbaum noch über das Dreikönigsfest hinaus aufgestellt zu haben? Nein, das glaubte er nicht. Wenn es nach ihm ging, konnte er gleich bis nächste Weihnachten da bleiben. Aber er musste auch an seinen Vater denken. Sein Vater war *überzeugt* davon, dass es Unglück brachte, und es würde sein Missfallen erregen, wenn Larry den Baum nicht herunternahm. Nachdem sein Vater sein Leben lang vom Pech verfolgt worden war, sollte man zwar annehmen, dass es ihm darauf nun auch nicht mehr ankäme, aber leider traf das nicht zu. Man konnte davon ausgehen, dass er von morgens bis abends am Bermondsey Wall stand und nur darauf wartete, dass Larry vergaß, den Baum abzunehmen. Wahrscheinlich saß er genau in diesem Moment in seiner Wohnung und ließ sich bei Tante Ethel über eine derartige Nachlässigkeit aus, drohte, selber hinunterzugehen und die Arbeit zu erledigen. Nur, damit er sich hinterher als Märtyrer fühlen konnte.

Larry fluchte noch einmal. Dann ließ er den Wagen anrollen und fuhr zum Hermitage Wharf. Es war Ebbe, aber die Lastkähne saßen noch nicht auf dem Schlick fest. Mit äußerster Vorsicht kletterte er über sie hinweg. Er wusste, dass er bei der hier herrschenden Strömung keine Chance hatte, wenn er in den Fluss fiel. Und dazu noch bei dieser Kälte. Auf den Decks lagen immer noch vereinzelt Schnee und Eis, in die sich der schmutzige Regen mischte. Larry schimpfte laut vor sich hin, während er sich damit abmühte, die Planke in die richtige Position zu wuchten. Als er zum Mast hinaufblickte, musste er wegen des Regens die Augen zukneifen. Der kleine Weihnachtsbaum schien sich über ihn lustig zu machen. Es kam Larry vor, als sei eine Ewigkeit vergangen, seit er ihn aus dem Fluss gezogen hatte.

Der Regen hatte zugenommen. Im Licht der Uferbeleuchtung konnte Larry die Tropfen fallen sehen. Auf keinen Fall würde er bei so einem Wetter ohne Regenklamotten auf den Mast klettern, um mal eben einen Weihnachtsbaum herunterzuholen.

Er öffnete die Tür zum Ruderhaus und schaltete das Licht und die Heizung ein. Er machte auch die Decksbeleuchtung an, damit er keine Taschenlampe brauchte. Aus einer der Schubladen holte er ein scharfes Messer und eine gelbe Regenjacke. Larry überlegte, ob er eine Schwimmweste anlegen sollte. Aber selbst, wenn er abrutschte, war es unwahrscheinlich, dass er ins Wasser fiel. Er ließ die Rettungsweste an ihrem Platz und ging zurück aufs Deck.

Er stieg auf die Leiter und dann auf das Dach des Ruderhauses. Er hätte Handschuhe anziehen sollen, dachte er. Die Stahlsprossen waren eiskalt. Als er nach oben sah, konnte er wegen des Regens kaum etwas erkennen. Der Fuß des Baumes befand sich etwa drei Meter über dem Dach des Ruderhauses, also viel zu hoch, als dass er ihn hätte erreichen können. Zentimeter für Zentimeter hangelte er sich an dem dünnen Tauwerk hoch, wobei er sich mit einem Arm daran festklammerte, während er mit dem Messer in der anderen

Hand an der Schnur sägte, mit der der Baum am Mast angebunden war. Es dauerte nicht lange, bis der Baum an ihm vorbei auf das Dach des Ruderhauses purzelte. Larry kletterte wieder runter, griff nach dem Baum und warf ihn in den Fluss. Das ablaufende Wasser spülte ihn augenblicklich ins kalte Dunkel davon.

Ben hätte dem Baum gewiss ein würdigeres Ende gewünscht.

Als Larry wieder im Ruderhaus stand, entschloss er sich, Kaffee zu kochen. Dann fiel ihm ein, dass er die Zeit nutzen konnte, um die paar Sachen zusammenzuraffen, die sich noch an Bord befanden. Er hatte zwar keine Tasche dabei, doch ein Müllbeutel tat es auch.

In diesem Augenblick klingelte sein Handy. Es war Jo.

»Wo bist du gerade?«, erkundigte sie sich.

»Auf dem Schiff«, sagte er. »Ich musste den Weihnachtsbaum herunterholen.«

Es entstand eine kurze Pause. Sie schien darüber nachzudenken. »Was? Am Hermitage Wharf?«, fragte sie schließlich.

»Es hat sich in letzter Zeit nicht von der Stelle bewegt«, scherzte er. Er war überrascht, dass sie sich noch an den Namen des Docks erinnerte.

»Entschuldige, ich kann irgendwie nicht klar denken. Hast du das Buch noch bei dir?«

»Klar«, sagte er. Es lag in Jos Auto.

»Rühr dich nicht von der Stelle«, sagte sie. »Unternimm nichts. Ich bin gleich bei dir.«

KAPITEL 26

Die Stimme

Jo und Liz diskutierten immer noch, als es an der Tür läutete. Sie sahen einander an.

»Das könnte Larry sein«, sagte Jo.

Aber es war nicht Larry, sondern Amy.

»Das gibt's doch gar nicht«, sagte Liz. »Ich habe doch eben noch mit ihr gesprochen.«

Jo drückte auf den Summer, damit unten die Haustür aufging.

»Bitte du sie herein«, sagte sie zu Liz.

»Okay, mache ich.«

Aber Jo sah, dass sie es nicht gerne tat. Sie folgte ihr in den Flur, um nichts zu versäumen.

Mit einer raschen Bewegung zog Liz die Tür auf und drückte sich dann gegen die Wand. Draußen stand Amy. Sie trug einen schwarzen Plastikregenmantel, der vor Nässe glänzte, und eine schwarze Schultertasche, ebenfalls aus Plastik.

»Oh, Jo«, sagte sie. Sie trat ein und warf die Arme um sie. »Oh, Jo, es tut mir ja so schrecklich Leid.«

»Wo kommst du denn plötzlich her?«, wollte Liz wissen.

Amy drehte sich um und schaute Liz an, als würde sie sie zum ersten Mal in ihrem Leben sehen. »Liz«, sagte sie. Sie breitete die Arme aus, aber Liz hielt immer noch die Tür fest.

»Ich habe dich doch eben zu Hause angerufen«, sagte Liz. »Wie hast du es in zehn Minuten von Peckham bis hierher geschafft? Hast du Jetskates?«

»Wovon redest du?«, fragte Amy. Dann, an Jo gewandt: »Wovon redet sie?«

»Warum bist du hergekommen?«, wollte Jo wissen.

»Um dich zu sehen. Die Polizei hat mir das von Michael erzählt. Ach, es tut mir ja so schrecklich Leid.« Sie begann zu weinen. »Mein Gott«, schluchzte sie. »Mein Gott, was für ein furchtbarer Schlamassel.«

Liz und Jo sahen einander an.

»Dann lass mal hören«, sagte Jo.

Liz schloss die Tür.

Es dauerte eine Weile, bis Amys Ausführungen einen Sinn ergaben.

Zunächst berichteten sie ihr von dem Buch, das Larry gefunden hatte. Amy sah sie mit großen ängstlichen blauen Augen an. Aber dahinter reift schon ein Plan, dachte Jo.

»Also, mit wem warst du nun zusammen?«, wollte Liz wissen. »Larry oder Rob?«

»Larry natürlich«, antwortete Amy.

»Lügnerin«, sagte Jo. Sie wünschte sich, sie wäre so überzeugt, wie sie sich anhörte. »Warum hat Larry mir dann von dem Buch erzählt?«

Amy blickte zu Boden und sagte kleinlaut: »Also gut, es war Rob.«

Liz stieß eine Verwünschung aus.

»Ja, schon gut. Als ob ich die Erste oder Einzige gewesen wäre. Es war ja nicht so, dass ich vorhatte, ihn Meg wegzunehmen.«

»Du kapierst es wohl immer noch nicht, was?«, fuhr Liz sie an. »Der Knabe ist tot, verdammt noch mal. Und du hast eine Affäre mit ihm gehabt.«

»Zu der Zeit nicht mehr. Ich hatte ihn da schon seit ungefähr drei Wochen nicht gesehen.«

Das ließen die beiden anderen gelten.

»Also warst du an jenem Abend nicht mit ihm zusammen?«

»Natürlich nicht. Ich war doch hier bei euch.«

Sie erinnerten sie daran, dass sie erst nach acht Uhr eingetroffen war.

»Schön, da habe ich mich eben ein wenig verspätet. Das kommt doch öfter bei mir vor.«

Das stimmte allerdings.

»Nun gut«, sagte Liz, der gleich der Geduldsfaden zu reißen drohte. »Bevor wir darauf näher eingehen – mit wem habe ich eben gesprochen?«

»Wann?«

»Als ich bei dir zu Hause anrief und glaubte, du wärest am Apparat.«

Wieder blickte Amy verschämt auf die Tischplatte. »Das muss wohl Jud gewesen sein«, sagte sie so kleinlaut wie zuvor.

»Jud?«

»Manchmal macht er mich am Telefon nach.«

Liz und Jo tauschten einen Blick aus.

»Er macht dich nach?«

»Ja, er imitiert meine Stimme. Er kann das ziemlich gut. Er kann jeden nachahmen. Deswegen wird er so oft als Synchronsprecher eingesetzt. Man würde nie darauf kommen, dass ich es nicht selber bin. Manchmal bereitet mir das sogar ein wenig Sorge.«

»Amy, um Himmels willen«, sagte Jo.

»Angefangen hat es als Jux. Aber dann hat er es ein bisschen übertrieben.«

Den beiden anderen entging nicht die Angst in ihren Augen.

»Was meinst du mit *übertrieben*?«, fragte Liz.

»Na ja, wenn Männer anriefen.«

»Was war, wenn Männer anriefen?«

»Er hat sich mit ihnen verabredet. Tat so, als wäre er ich. Und dann kamen die Männer zum vereinbarten Treffpunkt – und ich nicht.«

»Aber warum?«, fragten Jo und Liz wie aus einem Mund.

Amy zuckte die Achseln. »Weiß ich selber nicht. Eifersucht, denke ich. Oder einfach nur zum Spaß. Wir haben deswegen auch Krach miteinander gehabt, aber ich dachte, er hätte damit aufgehört. Doch dann…« Sie sprach nicht weiter.

»Spuck's aus«, drängte Jo.

»Also, ich habe mich gewundert, wieso Rob nichts mehr von sich hören ließ. Was ich sagen will… ich habe mich gefragt, ob er mich nicht vielleicht *doch* angerufen hat und Jud am Telefon war und so tat, als sei ich es.«

»Und sich dann mit ihm verabredet hat«, beendete Jo den Satz für sie.

»Mein Gott«, sagte Liz. »Ich habe ihm erzählt, dass Larry das Buch hat.«

KAPITEL 27

Die *Lady Jane*

Während er auf Jo wartete, packte Larry die auf dem Schiff verbliebenen Sachen und Kleidungsstücke zusammen. Jo hatte Recht gehabt. Sie fühlten sich klamm an. Er stopfte gerade alles in einen schwarzen Müllsack, als Jo erneut anrief.

»Wo bist du?«, fragte sie. Er merkte, wie erregt ihre Stimme klang.

»Auf dem Boot natürlich. Und wo steckst *du*?«

»In meiner Wohnung.« Seine Frage schien sie zu verwirren. »Was tust du denn auf dem Boot?«, wollte sie wissen.

Larry stutzte. »Ich warte auf dich«, sagte er. War der Stress mit ihr durchgegangen? Er erinnerte sie an ihr Telefongespräch.

»Ich habe dich nicht angerufen«, sagte sie. Ihre normalerweise eher tiefe Stimme klang nun beinahe schrill. »Ich dachte, du wärst bei dir zu Hause.« Im Hintergrund vernahm Larry eine aufgeregte Debatte am anderen Ende der Leitung.

»Was ist los?«, fragte er. »Wer ist bei dir?«

Als Jo wieder an den Apparat kam, hatte ihre Stimme sich ein wenig beruhigt, ließ aber nichts an Dringlichkeit vermissen.

»Hör zu, Larry, du musst sofort vom Boot verschwinden.«

»Was soll das heißen – vom Boot verschwinden? Du hast mir doch eben gerade eingeschärft, mich nicht von der Stelle zu rühren, bis du da bist.«

»Das war nicht ich.«

»Was soll das denn nun wieder heißen? Das warst du nicht? Ich habe mir das doch nicht eingebildet.«

»Ich erkläre es dir später. Aber jetzt mach bitte, dass du so schnell wie möglich vom Schiff kommst. Tu es für mich, Larry.«

»Und wo soll ich deiner Meinung nach hin?«

»Larry, ich meine es ernst. Wie ist noch mal der Name von dem Pub beim Anleger? Oben an der Straße?«

»*The Town of Ramsgate,* aber…«

»Warte dort auf mich. Ich komme in zehn Minuten.«

Er blieb mit dem Telefon in der Hand stehen und fragte sich, was mit ihr los war. Konnten es die Nachwirkungen des Schocks sein?

Er packte die restlichen Sachen ein und zog dann alle Schubladen auf, um sicherzugehen, dass er nichts vergessen hatte, fand aber nur ein kleines Fotomäppchen mit Aufnahmen, die er bei seiner letzten Reise mit Rob gemacht hatte. Larry erinnerte sich, wie er das Album noch rasch in seine Reisetasche geworfen hatte, als er im Haus unter polizeilicher Aufsicht seine Habseligkeiten zusammenkramte. Wenige Minuten zuvor war die Leiche fortgeschafft worden. Er wunderte sich, warum er gerade das Album mitgenommen hatte, wo er doch so vieles andere im Haus zurücklassen musste. Was hatte er sich bloß dabei gedacht? Sollte es eine Erinnerung an Rob sein, möglicherweise ein Geschenk für Meg? Er blätterte darin. Sie waren unten in Cornwall gewesen, um einige Szenen aus dem Leben auf den alten Rahseglern nachzustellen, die im Hafen von Charleston lagen. Das war ihr letzter gemeinsamer Auftrag vor seinem Studium an der Kunstakademie gewesen. Der Kameraassistent hatte ein paar Schnappschüsse von ihm und Rob gemacht – Larry stand wie üblich am Sucher seiner Kamera, und Rob schaute ihm dabei über die Schulter. Sie standen sehr nahe beieinander, so dass es aussah, als wollte Rob ihm etwas ins Ohr flüstern. Ohne die Kamera wäre es eine sonderbar intime Szene gewesen.

Sonderbar, weil sie sich während all der Jahre, die sie einander kannten, kaum je berührt hatten – zumindest nicht mehr seit ihren Kindheitstagen, und dann auch nur, wenn sie miteinander rangen. Sie hatten sich nie umarmt. Ihre Väter hatten *sie* nie in den Arm genommen, und sie machten das auch nicht miteinander. Nach Larrys Einschätzung hatte es bis zu Bens Geburt keinen anderen Menschen gegeben, dem er sich so verbunden gefühlt hatte – nicht einmal seine Tanten, und ebenso wenig Ruth –, und doch hatten sie sich in den dreißig Jahren ihrer Freundschaft so gut wie nie körperlich berührt.

Larry setzte sich auf eine der Bänke in der Kajüte, hielt das Album in der Hand, blätterte aber nicht weiter darin. Stattdessen sah er sich noch einmal in dem Raum um, ließ alles auf sich wirken. Den alten rußigen Herd, den Tisch und die Stühle, die kahlen Wände, das kleine Bücherbord. Was tat er hier? Der Weihnachtsbaum erschien ihm jetzt nur wie ein Vorwand, nicht wie der wahre Grund für seine Anwesenheit auf dem Schiff, und nun suchte er sogar nach Gründen, noch *länger* an Bord zu bleiben. Es hielt ihn ja eigentlich nichts hier. Es war kalt, es war feucht, es war schäbig… und das Boot konnte ihm doch eigentlich gestohlen bleiben.

Aber Larry hatte immer gespürt, dass ein Teil von ihm hierher gehörte. Ein Teil, der nur hier seinen Platz hatte, der von niemand anderem beansprucht werden durfte. Es war der Teil von ihm, der sich nicht engagieren mochte, sich von anderen Menschen, vom Leben fern halten wollte. Der Teil, der es vorzog, die Welt durch den Sucher einer Kamera zu betrachten. Einer von Larrys liebsten alten Filmen war *Des Pudels Kern* mit Alec Guinness in der Rolle des vagabundierenden Malers Gulley Jimson. Gulley brauchte kein Heim, er brauchte keine anderen Menschen. Er wollte nichts als Malen. Er malte alles. Er liebte die Herausforderung. Schließlich machte er sich daran, ein gewaltiges Fresko auf die Bordwand eines alten Schiffes zu malen, eines verrottenden Wracks auf der Themse, wo niemand ihn stören würde. Etwas in Larry hatte immer wie der alte Gulley sein wollen – oder sogar wie sein Vater: ein Gulley Jimson, aber ohne dessen Talent.

Larry stellte sich vor, wie es wäre, das ganze Jahr über mit seinen Farben und seinen Leinwänden hier zu wohnen, im Ruderhaus zu malen und die Bilder dann in der vorderen Kajüte aufzustellen, wo sie vor den Blicken anderer verborgen waren, sich sonntags zu seinem Vater auf einen Drink im *Judge Jeffries* zu gesellen und sich gelegentlich ein Fußballspiel im Sportkanal anzuschauen. Und wenn sie dann nach Hause kamen, hatte Tante Ethel bereits eine warme Mahlzeit für sie auf dem Tisch. Ein Leben ohne Mühen und Plagen. Er war schon immer als Teil einer Dreierbeziehung besser zurechtgekommen: Larry und seine zwei Tanten; Larry, sein Vater und seine Tante Ethel; Larry, Rob und Meg… Der wohlwollende Beobachter all ihrer Höhen und Tiefen, der Schlichter ihrer Streitigkeiten. Auf eine wundersame Art und Weise hatte das funktioniert, bis er und Meg es verdorben hatten. Wenn er noch einer Lektion bedurft hatte, dass es viel, viel vernünftiger war, sich aus allem herauszuhalten – dies war sie gewesen.

Aber was würde dann aus Ben?

Ben stellte ihn vor ein Dilemma. Er könnte ihm nie den Rücken kehren, wie seine eigene Mutter *ihm* den Rücken gekehrt hatte. Er konnte sich kein Leben ohne ihn vorstellen – allein schon der Gedanke daran erschreckte ihn fast zu Tode.

Und Jo?

Larry dachte an die fünf oder sechs Tage mit ihr, bevor er bei ihr ausgezogen war, um wieder in seinem Haus zu wohnen – und bevor Michael Geraghty gestorben war. Aber würde es je wieder so werden? Larry glaubte nicht daran. Er ahnte schon, dass es unweigerlich mit ihnen bergab gehen würde. Es war viel besser, sich das gleich im Voraus klar zu machen.

Und doch gelang es ihm nicht so recht, sich an diesen Gedanken zu gewöhnen.

»Man muss mit seinen Gefühlen auch mal ein Risiko eingehen«, hatte Ruth einmal zu ihm gesagt – vermutlich kurz vor ihrer Trennung. »Manchmal muss man einfach den Sprung wagen, aber das willst du ja nie.«

Warum nicht?, dachte er. Warum es nicht einmal versuchen? Mehr als auf die Nase fallen konnte er nicht.

Er warf das Fotomäppchen zu den anderen Sachen in den Müllsack, verschnürte ihn und trug ihn hinauf ins Ruderhaus. Er hatte es jetzt eilig, ins *Town of Ramsgate* zu kommen. Inzwischen dürfte sie dort bereits auf ihn warten.

Er knipste alle Lichter aus und verschloss die Tür des Ruderhauses. Ein letztes Mal, hoffte er. Als er sich umdrehte, stand sie neben der Gangway, kaum mehr als einen Meter von ihm entfernt. Einen kurzen Augenblick lang dachte er, es wäre Jo, die gekommen war, um ihn abzuholen. Dann trat sie einen Schritt vor, und er sah ihr Gesicht.

KAPITEL 28

Der Strom

Sie nahmen Amys Auto, weil Jo ihres Larry geborgt hatte und Liz mit einem ihrer Lieferwagen gekommen war. Jo saß vorne neben Amy und beschrieb ihr den Weg, aber dann verfuhren sie sich im Straßengewirr nördlich der Tower Bridge. Amy war kurz davor, in Panik zu geraten. Verzweifelt blinzelte sie hinter dem Scheibenwischer in den Regen hinaus. Vom Rücksitz aus versuchte Liz, sie wieder auf den richtigen Weg zu lotsen, aber sie hatte keine Ahnung, wo sie waren und wo sie eigentlich hinwollten.

»Ich weiß überhaupt nicht, wieso wir uns mit ihm treffen müssen«, grummelte sie. »Warum rufst du ihn nicht einfach an und bestellst ihn in deine Wohnung?«

Darauf fiel Jo keine Antwort ein. Teils lag es daran, dass sie nicht glaubte, dass Larry es ernst nehmen würde, sofern sie ihm nicht die ganze Geschichte erzählte, und das wollte sie am Telefon nicht tun. Zum Teil aber auch, weil sie das Gefühl hatte, so rasch wie möglich zu ihm zu müssen, weil sonst etwas Schreckliches passieren würde.

Und nun hatten sie sich heillos verfranzt.

»Fahr einfach zum Fluss«, sagte sie zu Amy. Wenn sie erst einmal am Fluss waren, konnte sie am Ufer entlanglaufen, bis sie das Pub gefunden hatte. »Fahr zurück zur Tower Bridge.«

Aber als sie um die nächste Ecke bogen, erblickten sie das Polizeirevier von Wapping, die Dienststelle der Wasserschutzpolizei.

»Wir sind fast da«, sagte sie.

Sie hielten vor dem *Town of Ramsgate,* und Jo stürzte in das Pub. Aber Larry war nicht da. Sie fragte die Frau an der Bar, ob sie ihn gesehen hatte.

»Heute Abend noch nicht, Liebes«, sagte sie. »Er ist schon seit Weihnachten nicht mehr hier gewesen.«

Jo lief wieder nach draußen und rannte beinahe Liz über den Haufen, die gerade das Pub betreten wollte.

»Er muss noch auf dem Boot sein«, keuchte Jo.

Sie rannte am Pub vorbei zum Fluss hinunter. Die anderen beiden folgten ihr. Durch den Regenschleier konnte Liz die Schleppkähne erkennen.

»Das ist doch wohl nicht dein Ernst«, sagte Liz.

Aber Jo war schon halb die Treppe hinunter.

Er lebte noch, als sie ihn fanden, gegen die Ruderhaustür gelehnt wie ein Betrunkener in einer Schnapslache. Jo rutschte darin aus, als sie zu ihm wollte. Erst, als sie neben ihm in die Knie ging, sah sie den Haken, der in seinem Hals steckte.

Seine Augen waren geöffnet, und als er sie sah, schien er ein Lächeln aufsetzen zu wollen, brachte aber keines zustande. An seinen Zähnen war Blut. Er atmete durch den Mund; kurze, scharfe Stöße, die ihm Schmerzen zu bereiten schienen, als hätte er Nadeln in der Lunge. Jo wusste nicht, was sie tun sollte. Dann hörte sie Liz von ihrem Mobiltelefon aus nach der Polizei und einem Krankenwagen rufen.

Überall war Blut. Sie kniete darin. Sie wusste, dass sie die Blutung stoppen musste, aber sie hatte keine Ahnung, wie. Sie begann vorsichtig seinen Mantel aufzuknöpfen, als brächte sie ein Kind zu Bett. Der Haken war durch seinen Kragen gedrungen, und sie stellte mit Erleichterung fest, dass der Stich eher in seiner Schulter saß als in seinem Hals. Es schien jetzt auch nicht mehr so stark zu bluten, nicht so stark zumindest, um die Pfütze von Blut zu erklären, in der sie hockte. Dann merkte sie, dass ihre Hand sich nass anfühlte und entdeckte die Wunde in seiner Brust, aus der das Blut strömte.

Sie zog ihren Mantel und ihren Pullover aus und rollte beides zu einem Knäuel zusammen, das sie auf die Wunde presste. Etwas anderes fiel ihr nicht ein.

»Sie sind unterwegs«, meldete Liz.

»Wo ist Jud hin?«, fragte Amy. Jo hatte ganz und gar vergessen, dass sie auch dabei war, und bis eben hatte sie überhaupt nicht mehr an Jud gedacht.

»Weg«, hörte sie Larry röcheln.

»Weg?« Amy sah sich auf dem Deck um, und auch Jo suchte es mit den Augen ab. Dabei sah sie das Blaulicht des Notarztwagens, der die Tower Bridge überquerte, und hörte über das Wasser hinweg das Martinshorn. »Weg wohin?«

»In den Fluss.« Seine Stimme klang belegt, als wäre seine Zunge zu groß für seinen Mund. Als sie ihn wieder ansah, erblickte Jo die Blasen aus Blut auf seinen Lippen.

»Versuch nicht zu sprechen«, ermahnte sie ihn, aber Larry hatte schon lange darüber nachgedacht und wusste, dass es keinen passenderen Augenblick geben würde, um es zu sagen. Sie musste sich dicht über ihn beugen, um ihn zu verstehen, und spürte das Blut, das ihr auf die Wange sprühte. Sie zuckte zurück und hielt sich die Hand vors Gesicht.

»Was sagt er?«, wollte Amy wissen.

»Das ist wirklich nicht lustig«, versetzte Jo.

»Was hat er gesagt?« Amy schrie ihr ins Ohr. Jo hörte die Panik aus ihrer Stimme heraus und hasste sie, weil Larry im Sterben lag und sie an nichts anderes denken konnte als an Jud.

Ihre Stimme klang brutal. »Auch Männer sollten auf Schiffen keine hochhackigen Schuhe tragen«, sagte sie.

KAPITEL 29

Dead Man's Hole

Man barg die Leiche am Dead Man's Hole, genau wie Larry es vorausgesagt hatte. Jo war beeindruckt.

»Sie treiben fast immer dort an«, sagte er. »Nur bei Monks habe ich mich getäuscht.«

Sie hatte keinen blassen Schimmer, wovon er redete, fragte aber auch nicht nach. Auf dem Weg ins Krankenhaus hatte er jede Menge zusammenhangloses Zeug von sich gegeben. »*Ich komme zurück, um nach dir zu schauen... Du hast noch nicht angefangen, mir zu fehlen...*« Später erzählte er ihr dann, dass das Zitate aus Filmen waren und er sich gedacht hatte, dass er nicht ohnmächtig werden und sterben würde, solange er versuchte, sich an sie zu erinnern und sie laut vor sich hin zu sprechen – aber dann war es den Notfallsanitätern zu viel geworden, und sie hatten ihm eine Injektion verpasst.

Er könne von Glück reden, dass er überlebt hatte, sagten die Ärzte, als sie Jo die Röntgenaufnahmen zeigten. Das Messer hatte den linken Lungenflügel durchbohrt und wäre um ein Haar ins Herz gedrungen; der Haken hatte die Halsschlagader um kaum einen Zentimeter verfehlt. Wie sich herausstellte, war Jud im Umgang mit beiden Waffen geübt gewesen. Er hatte einmal Kapitän Hook in *Peter Pan* gespielt. Sergeant Harris dürfte jetzt stolz auf sich sein, meinte Larry.

Sie erfuhren noch einiges mehr über Jud, aber da das meiste von Amy kam, konnte man nicht sagen, wie viel davon wirklich stimmte. Er hätte nie den Tod seiner Mutter verwunden, erzählte sie. Und als er herausbekam, was sein Bruder Amy angetan hatte, hatte er an den Bremsen von dessen Wagen gebastelt. Seitdem sei er immer wieder in psychiatrischer Behandlung gewesen und hätte außerhalb seiner Klinikaufenthalte bei ihr gewohnt. Er wäre wie besessen von ihr gewesen, hätte sich mit ihr »identifiziert«. Er sprach mit ihrer Stimme, zog ihre Kleider an … und sei sehr wütend geworden, wenn er glaubte, dass, wie Amy es ausdrückte, irgendwelche Kerle »an ihr herumfickten«.

Ihre Affäre mit Rob hatte Jud vermutlich dieser Kategorie zugeordnet.

Rob hätte sie benutzt, sagte sie. Er hätte besondere Befriedigung dabei empfunden, Megs Freundinnen zu vögeln. Es war, als wollte er ihr damit etwas beweisen. Und wenn der Beweis dann erbracht war, ließ er sie wieder fallen. Das hatte bei Jud ganz besonderen Zorn hervorgerufen. Doch erst nach der Ermordung Michaels war Amy ein Verdacht gekommen.

Sie wäre nur ein einziges Mal mit Michael im Bett gewesen, beteuerte sie. Er hätte ihr die Hauptrolle in seinem neuesten Stück so gut wie versprochen gehabt und sie dann jemand anderem gegeben. Auch das hatte Jud sehr wütend gemacht.

Amy verstieg sich zu der Theorie, dass Jud es als seine Aufgabe erachtet hätte, *sämtliche* benutzten Frauen zu rächen. Manchmal trieb er sich in Amys Kleidern nachts auf den Straßen herum und legte es darauf an, überfallen zu werden – aber sie schwor, dass sie nie gedacht hätte, dass er ernstlich jemandem etwas zuleide tun könnte. Sie glaubte, dass er sich einfach in seiner Rolle als Racheengel gefiel.

»Ich wusste die ganze Zeit, dass es keine Frau sein konnte«, sagte Larry, als er von all dem erfuhr.

»Aber gewiss doch«, spöttelte Jo. »*Niemand* hat ernsthaft geglaubt, dass es sich um eine Frau handelt.«

Doch sie war sich bewusst, dass manche Leute weiterhin in dem Glauben blieben. Lady Macbeth habe den Dolch zwar nicht geführt, aber doch dafür gesorgt, dass ihr Gemahl es tat.

Diesen Verdacht hatte auch Liz gegenüber Jo geäußert.

»Es mag nicht vordergründig das Motiv für Amys Handeln gewesen sein«, sagte sie, »aber sie dürfte genau gewusst haben, was die Folge war, wenn sie Jud erzählte, sie sei von einem Mann schlecht behandelt worden. Sie muss es gewusst haben, seit er seinen eigenen Bruder umgebracht hat.«

Jo überlegte, ob sie diese Mutmaßung auch Larry unterbreiten sollte, entschied sich aber dagegen. Es gab keinen Beweis. Sollte Amy ihre Toten begraben. Sollten sie alle ihre Toten begraben.

Die Besuchszeit würde erst in einer halben Stunde enden, aber Jo hatte sich mit Meg zum Essen verabredet – in Soho, also auf neutralem Terrain. Es gab Brücken, die wieder instandgesetzt werden mussten. Sie hatte auch das Gefühl, dass es sich um eine Übung in Schadensbegrenzung handeln würde. Sie würden einander nie wieder so nahe stehen wie damals in den Hügeln oberhalb von Amalfi. Und es würde nie wieder ein Treffen des Lesekreises für abgelegte Frauen geben.

Sie beugte sich über das Bett, um Larry einen Gutenachtkuss zu geben. Er lag vorerst in einem Einzelzimmer, damit die Polizei seine Aussage aufnehmen konnte, würde am nächsten Morgen aber in ein Mehrbettzimmer verlegt werden. Und wenn er weiterhin so gute Fortschritte machte, konnte er unter Umständen sogar schon zum Wochenende entlassen werden. Jo hatte darauf bestanden, dass er wieder zu ihr in die Wohnung zog, und bisher hatte Larry sich nicht gerade heftig dagegen gesträubt.

Seine Möglichkeiten waren allerdings keineswegs so begrenzt, wie Jo es angenommen hatte.

Er war umgeben von Genesungskarten und vier Vasen voller Blumen. Nachdem sie ihn immer für einen Eigenbrötler gehalten hatte, überraschte es Jo nun, dass er so viele Freunde hatte – und es beunruhigte sie ein wenig, als sie merkte, dass ein hoher Prozentsatz davon weiblichen Geschlechts war.

Trotzdem war sie fest entschlossen, sich davon nicht kopfscheu machen zu lassen, doch als sie das Krankenhaus verließ, fiel ihr in der Eingangshalle eine junge Frau auf. Etwas an ihr erweckte in Jo den Eindruck, dass sie die Verfasserin einer der vielen Genesungskarten war. Sie hatte einen Blumenstrauß bei sich – rote Rosen –, der neben ihr auf dem Empfangstresen lag, und als Jo an ihr vorbeiging – dichter, als es nötig gewesen wäre –, hörte sie die Frau nach Larry Hunter fragen.

Jo blieb an der Tür stehen, damit sie das Gesicht der Frau sehen konnte. Sie hatte blondes Haar, war attraktiv, vielleicht ein wenig jünger, als Jo aus der Entfernung geschätzt hatte. Sie trug ihren Mantel offen, und als sie sich vom Tresen abwandte, erhaschte Jo einen Blick auf das weiße T-Shirt mit dem aufgedruckten Bild und dem Spruch darunter. Sie konnte nicht alles erkennen, was da geschrieben stand, nur die beiden Worte *rauhe Mädchen*; aber dann strebte die Frau bereits dem Korridor entgegen, der zu dem Zimmer führte, in dem Larry lag.